書評體的

百萬種測試與生命叩問

紀昭君 著

假的我眼睛業障重啊

本書感謝國家文化藝術基金會創作補助與秀威資訊出版
獻給我的父母與一路支持我的人
特別致謝知名心理諮商師蘇絢慧老師心理叢書著作
開啟我人生轉捩的光
最後向本書所有參閱的智慧結晶致敬
人生何所幸，我們都站在巨人們的肩膀上，望遠望高

好評推薦

去年紅絲女子節的「暗夜行路——兒童女子話語權」的三場文學講座內容，即為本書〈為了理解，我們把話語權交給所有人〉章節，當時聽昭君講到銜尾蛇的生死同點、善惡同籠，心裡有一座走道生長出來。

過往經歷以及正在發生的事情，都在這座走道上演，聚光燈彷彿在很久以前就架設好，演員的剪影靜靜等待著。等待那暗號，啪搭一聲就開始動作，有如銜尾蛇般的戲劇作品，人世間的傷害與療癒似鱗片呼吸開闔。連續動作從未間斷，聽見遠古森林在一旁生生滅滅。

人活著是為什麼呢？果陀會來嗎？因為閱讀，才知道人還是可以接近、感覺自己的存在。恭喜昭君終於完成這般血痕創歷的生命書寫，也期待我們由此獲得更多的生命詮解。

——彰化紅絲線書店店長　林虹汝

寫作者經常以文字向生命提問，以文字解答自身的困境。

昭君這本書做得更遠，不但給有志寫作者具體可行的方向，也為台灣書市困境提供第一手觀察報告。五百本書的閱讀與心理學、神話學、文化人類學的知識交融，更試圖反轉過去對書評體的忽

視，種種努力，均成就本書的價值與出版意義。

——貓頭鷹出版社編輯　張瑞芳

拜讀昭君新作《假的我眼睛業障重啊》，當真讓我驚豔（呆）！

開卷撲面而來的是綿密不絕的「旁徵博引」，汨汨傳送著既廣且深的內容——大量經過提綱挈領的小說精要，帶領讀者廣泛接觸各人文學科，又能夠不偏不離深扣生命主題「一以貫之」。

昭君展露厚實的學養，架構出繁麗如錦織的文章，難能可貴的是，在條理分明的犀利論述下，蘊含溫柔敦厚的詮釋觀點，呼應其書名的意旨——不以偏狹視角單一論點恣意批判，凡事持以保留其他可能性的態度。

身為讀者何其有幸，能在一本書內汲取到眾書精華，並隨著作者指引的各個面向延伸思考，彷彿瞬間被灌注眾多真氣於體內，調和後頓覺充實無比。因而可以確定本書一點也不假，而是作者紮紮實實真材實料的誠意鉅獻！

——瑞昇文化總編輯　郭湘齡

〈假業障，真類纂〉

春日的午後，昭君傳來新書稿件，說是二十萬字的稿子，但才讀了幾行，便發覺，這本書起碼有兩百萬字！難道是我的眼睛業障重嗎!?

這些年陷在學術研究的泥淖，因此也對論文的寫作規範相當熟悉，但卻很難達到本書的境界——從大量援引的書籍中與各種註解中，以老嫗能解、輕鬆詼諧的方式，整理出一條明朗的道路。這令我想起古書有種體例稱之為「類纂」，簡單的說，就是把同類的資

料彙整在一起。（什麼？本書還加了點評！）

「生命」是類、「百萬種測試」是纂，「業障」是假的！

海浪阿伯說的那句經典名言，現已被奉（諷）為圭臬，然而當海濤襲來，我們唯有通過閱讀，才能抵抗浪潮、才能看透業障，全身而退。

——東華大學中國語文學系兼任講師　陳冠榮

假的我眼睛業障重啊：書評體的百萬種測試與生命叩問

Contents

Con-
tents

Con-
tents

假的我眼睛業障重啊：書評體的百萬種測試與生命叩問

【寫在前面】

　　2016年約莫年中時候，感謝秀威資訊出版，我接連出了兩本作品，分別是長篇推理《無臉之城》與寫作教學書《小說之神就是你》，並於2017年很榮幸地共同入圍誠品10月網路書店閱讀職人大賞與【年度最期待作】年度最注目臺灣在地創作者，同年4月，新作《小說之神2》計畫申請也獲國藝會創作補助（後來就成了現在這本《假的我眼睛業障重啊：書評體的百萬種測試與生命叩問》），對於一位久耕文字創作卻始終沒沒無聞的工作者，不啻是種肯定，也有種范進中舉的驚喜感。

　　老實說，《無臉之城》是我早年2011年，利用心理學推衍人行為模式因果的邏輯套用寫作而成，與我個人的私生活並無關聯，爾後因為生命輾轉流連，以及投稿屢投屢不中只好屢屢再投的焦慮疲憊，讓我對「世界暢銷小說公式」有所好奇，由此誕生《小說之神就是你》。

　　所以《小說之神就是你》前身，其實是我研究「世界暢銷小說公式」的筆記大全，內容博雜了臺灣暢銷排行榜，無論是外國引進或臺灣特有作品，超過400本，分屬世界各國暢銷母題的攻略集成，以此試圖來求得世界共通結構佈局、人物心理原型與角色人物設定等的相互推導倒逆。

　　不過，若由此邏輯，人的一切，行過水痕的紅塵遍歷，皆可被通靈預見所有命定結局，那麼生而為人，究竟為何而存在？萬物之靈，又與禽獸草木有何異焉？生而為人的價值意義又在哪裡？若人

為的努力始終無法抗拒因果的命定，那麼生而為人，為何要努力，又要如何前進？會不會我們自以為是、孜孜矻矻的踏步行走，都如心猿悟空，上窮碧落下黃泉，卻總不脫如來佛祖之手？

上帝創世造人共七天，以己之形象捏塑，然而爾後我們卻發現，號稱與人文學科對立平行，分屬「兩個世界」的工程師職業內容，其內裏結構卻與人生老病死再迴旋的歷史沒什麼不同——設計、出產至實用，產品將有良莠、損壞與維修，最後功成身就回收再用，又是新一代產品誕生的潮流，如斯回返不窮。

難道人的存在，只不過是個設定好，卻毫無自由意志的「行屍走肉」，端賴「命運的脈絡」來操縱？《小說之神2》寫作緣由，便是基於這樣的困惑。

是故，《小說之神2》雖延續《小說之神》廣角歸納文學、社會、心理學與神話學多重奏，及各類學科SOP的貫通，但相比前書較為著重寫作奇技的破解，續書則更另添能影響人行為思考邏輯的意志自由與生命價值意義思索。

比較特別的是，這本書的寫作過程也比較「前衛自由」，一開始只隱隱約約有點感覺，之前其實也沒人寫過這類，想試試看且大致有個範圍就淪陷了。

沒有《無臉》事先規劃好的佈局懸念，且《小說之神》早把我前五年的閱讀資料庫盡皆用罄完全，於是書中每本書的書評創作都是我新讀新寫，事後回顧更發現這範圍根本就是浩瀚無邊，邊寫未完還有各式演講備課與邀約，兩年衝至近500本，我也算是鞠躬盡瘁、死而後已了吧。

記得本書近完結時，恰逢世界超新星溫蒂渥克（Wendy Walker）來臺，聽她講述自身寫作的發想與靈光乍現，更讓我確知己身概念的可行——她雖非創作本科，乃因生命輾轉曲折的眼見，才得出這樣精湛的視野，不過這也積累了多年才得以實現。

人的親身閱歷確實會影響筆下所及的內容，不過「沒看過豬走路也應該吃過豬肉」（？），世上想學寫作的人，又有幾個十多年來積累，或來面對生命的憂鬱疲憊？

有沒有可能，就讓人文學科——「神話學、文學（詩、小說、散文）、心理學、歷史、版權、時事批評與書評、文學獎機制」等，一體全面，全數通貫串結，搭配國際語言學習進入校園？這會不會才是未來人文學科學子最想學的？

畢竟寫作某種程度上來說，其實也可算是一種知識的炫技與人生閱歷的積累，人生閱歷或許無法取代，然而視野拓寬卻能經由理解來習得。

且人文學科各類，或許日常生活肉眼並不可見，可卻以一種全然貫串的概念，無所不在、如影隨形地影響我們生命各項各面，舉足輕重、不可抹滅，我想要證明這一點，或許這樣的話，也有機會大幅改善，大專院校人文學科總被抨擊無用之用的譏諷，與行將被毀棄的岌岌可危。

另外，寫作也不僅止於寫而已，寫作的內容還會受到國內外市場、讀者群，甚至文學獎評審霸權機制的影響，這些組成結構跟人們對歷史正統的質疑困惑，實乃有志一同——現有權威的決定一定都是對的嗎？所謂的權威書寫與官方宣揚概念，會不會只是單一同溫層的「單眼」，甚至是自我中心世界，與他者並不相交集的偏見？

還有，書評體作為小說體外新興文類，是否可以突出劇情摹繪外，更兼有各式形體的呈現？且相與結合的時事批評一類，即便言之有物並成理，是否也能脫出人身攻擊、自我自尊卻將踩踏他人的鄙賤？畢竟指名道姓群體攻擊，說不定也算是種暴力，正義的霸凌。箇中異同的分野，在實際執行上存有諸多曖昧。

先說我在這裡非是要另行豎立新的權威或專制橫行的一言堂，

也不敢說自己振聾發聵，但希望可以為大家提供一個更宏觀的視野來看待社會，旨在尋求多元並可相互討論涉獵的複眼，以此消弭因為不瞭解所以陷入錯解誤詮的偏見圍限。

畢竟一個民主自由的世界，當能試圖相互理解並給予話語權，正如後世詮解哲人伏爾泰（Voltaire）面對異議的哲學，即是「我並不同意你的觀點，但是我誓死捍衛你說話的權利。」否則最末我的倡議也將淪為反烏托邦追尋的崩毀，為求理想美好反而更使眾人陷入其他未曾想過的矛盾癥結。

因此，2017年我遞送國藝會計畫申請的靈光乍現，便是想以2016-2017年，最貼近時代脈絡，各大書店（含網路）反應「臺灣閱讀消費習慣」的暢銷排行榜，以華文創作或翻譯作品為主體的「暢銷小說」集成為目標對象，從中尋找能體現「人之存在與生命價值意義相關」，由心理學、比較文學、神話學、人類學、兩性相處至與社會時事的日常生活映顯，佐附寫作佈局、藝術評比與社會關懷的橫切面，作為一種萬花筒視象的特殊詮解。

也因寫作結構的比例輕重，主要以暢銷小說脈絡兼及人文學科各類，主體仍是小說，所以心理學、神話學、文化人類學甚至其他特殊理論類，就非本本特寫專攻的大篇幅呈現，而是多擷取其中意識共通的原型概念來輔證並列。

例如溯源心理叢書創作，乃是心理諮商師個人經驗或諮商案例整理，結合心理療癒專業，協助當事人來應對轉念，不過，人生歷程（案例）或許各個不同，然而其所呈顯，卻彷彿人類集體潛意識的歸結，存在諸多共同點——不管是「人的存在即為美好，不須外求的自我信念，希望從此別再複製父母婚姻，但代間悲劇卻代代傳沿，重複跳針的惡夢輪迴，有時可能都不過是因為無法與悲傷失落告別」等，皆可由此「跨界通訊」，相互應用至自我修復、兩性戀愛、親子關係與創傷糾結各範圍。

因為心理學本是人類行為因果的統計，本就可由此相互推逆至我們生活日常的層層面面，交相詮解，這也正是過往傳統「『詩』以興觀群怨所以言」的發想概念——寫作本身，無論能不能稱之為文學，寫實虛構、或彼此跨界的曖昧，多數時候，人文學科都擁有歷史意義借鏡，甚至同時兼擅有社會洞察的針砭與藝術美學的呈顯。

　　過往書評體，相較小說，往往歸屬於不受重視的偏門別類，加之發表平台與搜羅可到的資源，不管是作者風格或內容，總是零散不一的破碎，大致區分可能不過僅供娛樂消遣，小眾愛好者的分享撰文與點閱，購書前的參考指南或出版社導讀邀約的片面。雖可為重點小說的主體添色增光，但多數時候，因為人們無法精闢多元的統合，甚至結合社會潮流脈絡，來進行一種完整的詮解，故「書評體」常被大眾錯解誤詮為，可能也不過只是劇情大綱的簡述概念，或做為小說主體創作的一種綠葉襯托，完全處於邊緣地位。

　　可如今，我不僅想解決書評體沒有完整脈絡或資源可循的窠臼保守，還想要擴充此類題材的守備範圍到最廣，讓文學觸動人心的生命共通，由此推衍，層層疊疊，不僅可體現在小說創作，還能在一種前所未見，卻切合時代脈動的新穎書評體中，開創新的複眼世界。

　　讓讀寫評與時事小說交織穿梭，繁花複現再不分類，雖兼雜有人文學科各類，以紮實書目的研究成為創作，卻讓創作／研究即生活，兩者唇齒依偎相互體現，以達生命深層的思索，並致力於能有「老嫗能解」的淺顯易懂。

　　畢竟近年從黑貓老師《歷史，就是戰：黑貓老師帶你趣解人性、權謀與局勢》、謝金魚《崩壞國文》、祁立峰《讀古文撞到鄉民》、陳昭《地表最強國文課本》與陳嘉輝《這不是你想的希臘神話》等，都可由此得見人們對歷史、神話與正統顛覆再詮的貪求，這大抵也是源於預期盛世卻迎來厭世的幻滅悲摧導致。

書評創作，從我早年追蹤，專營版權事項的光磊版權國際公司，創辦人譚光磊先生臉書上的收穫，至我2016年起，很幸運也很謝謝「說書Speaking of Books」主編，陳建守先生邀稿【煲小說‧褒小說】專欄的【故事－說書】平台，後續風起雲湧的書評崛起運動，更如雨後春筍，越顯輕重。

2016年底「中時開卷周報」雖不再刊登書評，卻由線上《Openbook閱讀誌》傳承，2017年初《祕密讀者》停刊後續再復刊，然後2018年《聯合文學》雜誌新增了「書評別冊」內容，還有由素人鄭俊德創辦華人閱讀社群「讀書讀人讀世界，生命空缺用閱讀補足」的「閱讀人」社團等，潮起潮落卻風起雲湧。

由此可知，雖然過往書評總默默無聞，從沒被正式定位，甚至予人一種「是否只是劇情大綱簡述」的錯覺偏見，但在現代人資訊快速紛飛的河道頁面上，書評，將會是一種引領知識潮流，滿足人們內心渴求的營養補給，不可或缺。

本書參閱有小說266本，心理學（含愛情兩性、生命創傷與親子關係不等）共127本，電影或影音相關23片，詩集5本，神話學、文化人類學、社會觀察或特殊理論類共33本，電子媒體相關約24篇，參考書目多達400本以上，成書近20萬字。

學海無涯，難免遺珠之憾，成千上百至萬，多少名家偉著我還想再加入，依照我擇善固執個性，時間體力若尚可，恐怕也真的會持續做下去，無窮止盡；但礙於篇幅長度已廣，且針對此一階段，我想探求的生命叩問與題旨核心，幾近概略周全，若再增補零碎，恐遭有狗尾續貂、甚或拖泥帶水之弊，於是便決定由此收尾作結。

本書重點主題共分有六大章，佐附特別收錄與時事精選，搭配索驥地圖與主要參考書目相互參照對看，書中大部分初稿相關，皆已於【故事－說書】專欄【煲小說‧褒小說】、各大出版社導讀解說或邀約演講中發表。

本書題旨立意援引2015年諾貝爾文學獎得主亞歷塞維奇寫作初心與方法策論的邏輯——跳脫嚴謹科學實證，或研究成果預期套用的框架限定，取而代之的是，以一種正統權威，甚而可說是「他的」歷史（His-story）居多的主力視象外，別開新面，補足缺憾地去另行建構，那些肉眼不可得見，情感的、靈魂的歷史相關。

是故，過往那些被遺忘、被忽略，總不受重視，肉眼可能未得見並無由定位的領域，便是我主要的關懷面向，由被定義為「稗官野史、街談巷語或道聽途說」者流的「小說」文體，推衍至暢銷全球，卻仍屬小眾且非屬正統的「推理」範疇，以及人文學科各類，如「文學、心理學、神話學、文化人類學與社會學」等，肉眼既不可見，又有軟科學無法直接套用嚴謹科學實證方法論的悲摧，再至口述記憶不可相信，暗夜行路的兒童女子話語權，那些消失女孩自我追尋的冒險至彌補人類悵恨痛苦的平行世界，由各式邊緣地位序列的提升呈顯，來與正統權威並列。

特別值得一提的是，2018年第75屆金球獎的頒獎典禮上，獲頒終身成就獎——塞西爾戴米爾獎（Cecil B. DeMille award）的美國知名脫口秀主持人歐普拉（Oprah Winfrey），曾以一席「說出真相，是我們共有最強大力量」的演說激勵全球。

可群眾除卻響應「＃我也是」（Me too）的風起雲湧運動外，溯源重頭，我認為兒童女子們，也不當僅有直抵暴力傷殘與精神虐待的性侵暴力或性騷不尊重才算舉足輕重，世上規章法條或不在其限的文化社會氛圍，本就該保有她們生而為人，基本人權的話語權、身體權與隱私權等各項種種，而非只能單憑機運地，仰賴神的慈悲或上帝恩典。

不過，雖是立基於如此莊重肅穆的題旨大纛，全書卻以老嫗能解，知名上師「開導」芸芸眾生，那「假的我眼睛業障重啊」的逗趣詼諧，提綱挈領地貫串悲劇命運反覆重演輪迴的家國社會、文化

性別、歷史時間、文明自然與妄念追想以補憾恨的平行世界，及暗夜行路的兒童女子話語權。因為此些種種，箇中傷悲難解，往往都源於眼見不能為憑的視而不見、自欺欺人而不敢相信任何人的崩毀幻滅。

短期內，人們雖藉由對權威命令的直覺服從與從眾，由此達到自我否認機制運轉的焦慮撫慰，然而否認對創傷並無實質作用，反使生命難過層層疊疊，未解的遺憾成為人生的未爆彈，讓過去現在未來因果業報的罪與孽，成為人生最後的引雷。

在二戰結束終了七十餘年的現在，不管是美國、非洲、阿富汗與俄羅斯等國，世界各地的日常生活，仍舊充斥著戰爭、死亡與不安。即便解嚴過後許久的本土臺灣內部，也仍存在著殖民史後，轉型正義無以拍板定案的新舊黨爭、世代資源爭奪的交替為難，與必也正名乎卻是國際地位卑微的動盪，或許此時這樣縱雜錯結的局面，人們也只能選擇一同體現，什麼都不能偏廢的複眼，來看待這世界。

另外，這種以紮實研究為底的創作，研究對象橫跨各國眾科的發想概念，還必需要談談「臺菜好還是異國料理香──臺灣小說本土與外來之爭」的國族民情情結。

在生物學上，同一地域歷經時代刻痕的疊合，往往會出現有原生種與外來種相互競爭地域的景況，或許，距今解嚴不過三十年的臺灣，其錯綜的地理國族背景──邊陲的島嶼小國，參差錯落的多國眾族，殖民權力體與被殖民間的更迭職掌，最後使得我們對自我認同的定義，總是混淆不清，又搖擺不定。

從過去聖多美斷交，高中生扮納粹遭國際砲轟，然後摹繪臺日交會光譜間，受遺忘族群的《灣生回家》，竟爆出作者陳宣儒矯造身世的謊言，最後則是越南籍女子海倫清桃，為抗拒歧視（或夫家暴）而轉換身分等事件，在在都呈顯了我們現所居住的這塊土

地——

　　大至國家主體於國際地位的無足輕重，是故僅能以利益交換行使外交，內飢外迫之餘，卻又另行鄙視他國的差別待遇；無法跟隨上時代腳步的歷史定位與轉型正義的空白，使得國人由上至下，個人身分情感的認同皆無以託付，深覺無所適從。

　　於是我們只得在這樣的混沌中，訥訥地於「崇洋媚外」（？）、妄自菲薄，或另行轉嫁的輕蔑裡，自卑又自大的悲哀中擺盪。

　　家國大事何等重要，如此備受關注的議題尚如此不足，糾結於現實無法突破的窘境而蜿蜒崎嶇，又遑論過往，總被視為「稗官野史、街談巷語」所傳，無一席之地的小說？如此看來，臺灣歷史，與小說的地位流變，彷彿有同是天涯淪落人之感？

　　臺灣現代小說，過去受上述原因所囿，往往以國仇家恨的嚴肅文學為體，或無病呻吟的純文學為主，後續漸進式的轉為須與歷史土地交相結合，彷彿不這樣做，生於斯長於斯者，便將無以記取歷史國族的認同與記憶。是故不是空中樓閣難以施力，便是矯枉過正，過度關注史實，強調臺灣元素的深耕或無病呻吟的純文學為尚，小說由此顯得枯燥乏味難以卒讀，並且缺乏藝術力。

　　雖可同理由歷史背景造就的寫作立意，可卻使小說的寫作上，特別關注在歷史的深耕上——過度注重史實，讓歷史相關小說成為艱澀難讀的樣本書，磚頭鉅著，然後成為讀者前方，一道巍然高聳，無法跨越的高牆。因為過度嚴肅使讀者產生隔閡，失去了閱讀本來作為一種冒險新知，娛樂性質的種種樂趣。

　　即便有心的創作者，試圖使臺灣小說增添風味，但有時卻往往弄巧成拙的，將臺灣歷史事件或元素等，在小說中淪為點綴或過於俗氣。這樣一直被苦苦壓抑的讀者需求，與臺灣破碎認同的窘迫，後來便直接毫無保留的顯現在現實市場的回應上。

　　在臺灣出版市場上，顯而易見的，是被歐美日翻譯小說所大幅

攻佔的領地，無論內容質量，一旦遠渡來台，即便良莠不齊偏屬中下之作，卻仍鍍金似的耀眼暢銷，舉足輕重的影響力與讀者絕對買單的消費意願，讓人無法小覷。

相較下，臺灣本土作家及其創作，其待遇則有雲泥之別，天差地遠。

過往或許因國族歷史背景與純文學當道，而使小說枯燥無味，失去本有應當的色彩，可近幾年，百家爭鳴齊放，好書倍出，一掃過去的積鬱沉悶，不過縱然質好文美，卻往往仍是乏人問津，甚至難掩滯銷命運，除非輾轉至國外獲獎而得盛讚，才能一朝翻身，不可同日而語。問題究竟出在哪裡？

重點或許可說是落在國族自信的建立與藝術感發力的提升上。

臺菜好還是異國料理香的困惑，對小說而言，或各類文學體裁亦同，要跳脫這樣的困境，當前最為迫切的問題，便在於解決國族自信的低落與藝術技法的習得，前者或許只能暫待歷史命運之輪的推進消化，而後者，便是我寫作《小說之神》與《小說之神2》的動機。

因不可否認的是，外國翻譯之作，有時確實也存有叫人心懾的廣闊炫麗，面對被養大胃口的讀者，我們臺灣的創作者自然也當不時進修，充實自己。但特別要強調的是，這並非一種純然硬性的「橫的移植」或「西體臺用」的嫁接，而是追尋一種打動人心好故事的「原型」。

「原型」的概念，最為著名者，本是文化人類學，如弗雷澤（Frazer J. G.）《金枝》（*The Golden Bough*）或列維・布留爾（Lucien Levy-Bruhl）《原始思維》類，經由實地的考察與研究，才綜結出的結論。心理學上，榮格對此一類似概念的詮釋用語，則是「集體潛意識」，亦即可能是「祖輩至孫，各國各地，一種難以言喻，彷彿心靈相通默契，共同『沿襲』相符的模式」，如生活經驗、活動

方式或思考邏輯，甚至顯現投影至神話與童話等。

神話學大師喬瑟夫・坎伯（Joseph Campbell）的系列著作上，如《千面英雄》（*The Hero with A Thousand Faces*），便是他蒐羅世界各地材料與英雄歷險來轉化故事，才歸結出了冒險行進裡，英雄及其內在旅程的各種原型。後來這樣的概念，使得克里斯多夫・佛格勒（Christopher Vogler），寫出俱有「好萊塢寫作聖經」美稱的《作家之路》（*The Writer's Journey*），便也是以此逆轉資料集成，輸出「原型」，逆向來說明優良劇本或故事起伏上，應當具備有的各種要素，並佐以好萊塢經典電影為證。

我的《小說之神》與《小說之神2》，亦是發想於這樣的概念──不管如何晦澀難解，領域混雜的文本，皆自有其通用「原型」可循（白話來說就是SOP），若將此原型公式付諸紙筆，寫作者亦能逆向將此作為人物形象塑造與情節的走向依據。

由此可跳脫東食西宿，躊躇於「外國月亮比較圓」或低落國族自信引發的「老王賣瓜，自賣自誇」的忐忑窘迫，這種兩者擇其一的艱難，不因出處托高買單，也不妄自菲薄，而是共同朝向一種好看好讀小說故事「原型」的追尋，達到魚與熊掌兼得的雙贏。

這也讓我想到日本與英國托爾金、美國勒瑰恩並列齊名的上橋菜穗子，其耗時三年，榮獲2015年本屋大賞的首獎之作《鹿王》，在書中，她創設出醫療與奇幻雙線並進的不可思議世界，以生物醫療的進化與狂犬病潮，讓人體防禦屏障免疫功能（淋巴或白血球）與多國眾族硝煙算計中的敵我之分，交相類比呼應。可最後不管是在人體免疫、生物演化與政治盤算裡，同一國土，原生種與外來種的磨合互動，歷經時代堆疊的交相錯雜，已是難以硬性切割，需得共生共榮的融合與寬厚。

當翻譯小說於市場舉足輕重，受讀者青睞並熟稔習以為日常時，爭論你我他已經失去意義，因為，這所有的一切，都成了我們

生活的一部分，難以逕行切割。臺灣的歷史、種族、文學等，甚至小說，大概也是如此。

我想將臺灣的文學研究，落實到世界好故事「原型」的脈絡中，特別針對最具時代脈動的2016-2017年，反映臺灣閱讀與消費習慣、書市排行榜上的「暢銷小說」集成，縱雜生活各面（心理學、社會時事、比較文學、神話學、兩性戀愛等）為一爐，真實體現，此時此地的所有面貌，這便是我《小說之神2》的內容。

後續成書提綱挈領，才正式定名為《假的我眼睛業障重啊——書評體的百萬種測試與生命叩問》，因為，這是一本立基於人文學科各類文體，不管是評論、創作、推理、小說與女子兒童話語權等，各方邊緣領域的大幅提升與正名，既是書評體的百萬種測試，亦是對人命運百轉千迴的生命叩問。

最後，在這浩瀚無垠，二年浸淫書海的讀寫評過程裡，我對於「文學作品的創作與評論」，我們該如何看待，有些話想說。

文學評論雖是一種主觀，然而箇中主體所牽涉，實乃基於一種審美的嚮往，是以見其美則往之，見其惡者則勵矣，是故，理念不同並不等同於真正的是非對錯，即便包裹於「以愛為名」的諄諄教誨亦同。

白馬非馬，時代潮流在走，很有可能前人認定的美，不過是種裹小腳、科舉制度的八股文類，且文學創作無論文體，即便世界各國暢銷之筆，如何頂尖，打磨拋光，亦仍有其進步空間的函蘊，端賴時間長河的流經而已。

確實過往肇因國族自我認同與殖民更迭等背景，臺灣創作者無能第一時間「與時俱進」或與世界文學同步而「並駕齊驅」，然而今非昔比百家爭鳴，相信臺灣創作者無意以國族民族情感凌駕藝術能力的號召響鳴，但也不該因國族自卑的自我厭棄而是非不論任意抨擊。因此，不論是作為創作者或評論者，都該可預想希冀，甚

且樂觀期許一種正義天平的客觀審析，而非人云亦云，片面想像的過激。

如臺灣當代重量級小說家駱以軍老師，便曾憶及在他年輕時候的某場校園文學獎評比，他與文壇前輩大起衝突的冒昧驚心，雖然事後為此深感懊悔，然而事實的真相，並非是因為駱老師年輕、血氣方剛沉不住氣，而是前輩以輕佻傲慢的姿態，來低貶一篇對他而言並不那麼喜歡的作品，非常遺憾的是，後續因緣際會，駱老師再遇那位讓他起身捍衛的年輕創作者，對方卻已擱筆多年不再寫。

文人相輕或許一直是古往今來的陋習傳沿，不可抹除泯滅，前後輩分觀念的參差與職場爭競的心理焦慮，更常造就彼此的交相攻訐、傷痕累累，要由衷的欣賞與明辨他人創作的優缺，不僅需要寬闊的視野，更要有能接受差異的多元。

雖非將文學評論都拘泥於浮誇氾濫的推薦，但我想，人們也會反對，因自身的資歷或年齡成長，就覺得可以對他人嘔心瀝血所寫，任意的鄙夷輕賤，不管對方有無「足以傲慢別人創作的偉大作品」、「時代潮流既得利益者的順遂」或本身「不過是個話術嘴砲王的虛偽」等皆然。

提筆寫作前，甚至也別焦慮，患得患失寫作中與寫成後，將有的浮浮沉沉或良莠優缺，若人生一時有那麼樣的靈光乍現，或物不平則鳴於胸壑，寫就是了。

就像東華大學華文系吳明益教授，同時也是我非常喜歡的《複眼人》與《天橋上的魔術師》作者，對方於〈來自廉價座位區的觀點——關於尼爾・蓋曼給我的啟示〉一文中，評點世界說故事大師尼爾・蓋曼（Neil Gaiman）的最末，他便是這樣鼓勵在創作裡迷惘的年輕人們——或許「你們可能是最後一匹人頭馬，但你們『有權或有義務用自己的方式說故事』，因為那是屬於你們的故事，一定要被訴說。」還有，擅摹臺灣移民與勞工底層心聲、《做工的

人》作者林立青，亦於弱勢中途援手——「人生百味」的社會觀察中許願，「希望所有人都可以寫作，用自己的筆為自己說話」。

因為想像是美，然而現實卻痛苦難解，或許我們總在人生的道路上跌跌撞撞，屢屢在社會價值框架的跑道上，摔得鼻青臉腫、頭破血流，而且常常流離失所，找不到可以安身立命的地方。

不過即便社會價值標的的刻度指標，如何將我們劃界標籤，將我們視為怎樣不濟、如何魯的人生失敗組或下賤卑微，我們依然有權也該發聲，奪回我們該有的話語權，這便是生而為人，最輕也是最重的微言大義。

雖然如今距我年少已久，但我一直都很記得，在初讀清曹雪芹偉大鉅著《紅樓夢》中的起首標題詩內容——「滿紙荒唐言，一把辛酸淚，都云作者癡，誰解其中味。」人總說創作之所源／緣，乃在於生命的業與孽，是以，文者，用以傳道、授業、解惑也，但卻最重於解惑，一本書的誕生，正是如此的舉足輕重，顯現人的生命脈絡。

我生性口拙不擅辯，生平歷經過諸多生命崎嶇的輾轉流連，及尖酸刻薄近乎殘忍的錯解誤詮，我最終理解，這樣橫跨多元的耙梳脈絡，我想說的究竟是什麼。

驀然回首，這本書的創作，對我而言，也是個人生命敘事，多重人稱視角轉換的拼圖推理，直指謎團真相。【故事－說書】平台自身對理念的解釋是「知識的邊界由『書評』得以定位」，我對己身的生命詮解，或許也由這樣嶄新的書評得到標界。

在此之前，我對人生的理解可說是既近且遠，時間是握不住的沙，然而過去創傷畫面卻是歷歷在目，如在目前，雖不曾真實受過暴力行為的侵害損傷，卻是長久飽受精神上的折磨苛厲，非純然的庸人自擾，而是生命曾經累計的冷暴力——排擠、霸凌、忽略與差別待遇，群起圍攻情緒勒索與關係黑洞的迷離，叫人疲憊且恐懼。

假的我眼睛業障重啊：書評體的百萬種測試與生命叩問

在瑪麗法蘭絲・伊里戈揚（Marie-France Hirigoyen）的《冷暴力》裡，眼見不能為憑、情緒感受無由成理的隱形暴力，更使人身心俱疲，相比於肉體的摧殘鬥毆，心靈言語與冷漠敵意帶來的刺痛，更具殺傷力，有苦難言，被虐被質疑又無以「正面迎敵」的驚恐積鬱，更使傷口被拉扯加乘，陷落「被竊取故事」的精神悲劇。

遺憾的是，世間情態往往非是非黑即白的分判，而是「橫看成嶺側成峰，遠近高低各不同」的曖昧擾動，不僅兩相跨界無以言說，那樣「只緣身在此山中」的「假的我眼睛業障重」，更有金玉其外，存於日常的邪惡平庸，嚐起來，是糖衣包裹的毒與痛。

人生實難別亦難，生命既是一種美，也是傷，於是我們才以哭聲來到這世上。若問人為何而生，為何而寫？我會答，人因寫而生，因生而寫。

因為人生老病死諸苦、無常輪迴，生命印記的斑斑血淚，正是寫作所源、所織就的無上螺旋，雕鏤且精美，並可由此達到現實悵恨、無助也無以圓滿的平行世界。

過往哲人言，「我寫故我在」，但我更貪心，不僅想要號召爭取兒童女子話語權、提升人文學科各類與推理大觀園及特殊書評體的地位，也希望世之所見，乃層層面面、繁花綻放的複眼，讓邊緣暗夜的哭聲，也能嘈嘈切切，百家爭鳴，得以被訴說理解，而不再被單一權威所障蔽曲解（假的我眼睛業障重？）。

即便看不見，可她們依然存在。

感謝各位，不管是生命蜿蜒曾幫助過我、支持過我或如今是誰將此書翻閱，也希望你們藉由這樣多元不可思議的複眼世界／視界，找到生命自我的詮解與話語權。

這是一場屬於我們的冒險。

【為了理解，我們把話語權交給所有人】

在日本魔幻推理大師泡坂妻夫《幸福之書：迷偵探約吉・甘地之心靈術》中，故事曾以瑜伽大師約吉・甘地的人物虛構，遊走於觀落陰與騙術與否的困惑，爾後誤入宗教團體「惟靈講會」，區區外人卻被尊迎入內的緣由，原來不過是二代教主權位爭奪的漩渦。

在天險隔絕密室下的殉祭陪葬惶恐，卻唯有傳道授業解惑，並帶來無上希望（？）的「幸福之書」可解破，內外交相煎熬的逼迫悟道，卻是不肖惡人的行將殺人行兇。其中「絕食甘地」的情節種種，不僅讓人聯想浮翩歷史名人作為而會心一笑，書中之書的追尋，不僅有生命的祕密，還有推理機心裡，公理正義命懸一線的驚心動魄。

不過，所謂的幸福該當何處尋？代表著光明希望的「幸福之書」，是否又能真正帶給人「幸福」，人言芥子納須彌，大千世界由小至大的紛陳細膩，政治／宗教／民族／神話／文明／體制等，「幸福之書」所記所載所宣揚的真理，都是真的嗎？抑或肉眼所見的萬象包羅，都是騙術的欺瞞詐唬，「假的我眼睛業障重」？

那麼，或許我們可由亞歷塞維奇筆下，國族歷史的遞嬗幻滅，話說重頭。

【口述記憶不可相信，女子兒童話語權Ⅰ】
　　亞歷塞維奇著作全精解

　　2015年諾貝爾文學獎得主，斯維拉娜・亞歷塞維奇（Svetlana Alexievich）曾言說，「為了理解，我把話語權交給所有人」，力求於「正統歷史」外的書寫，為那些權威脈絡外，總被遺忘忽略卻又舉足輕重的「女人兒童」發聲血淚。

　　亞歷塞維奇1948年出生於白俄羅斯，明斯克大學新聞學系畢業後，便投身記者工作，輾轉擔任過地方報社記者與尼曼文學雜誌特派員，後來受阿列斯・亞當莫維奇《我來自燃燒的村莊》的寫作所啟，向友人商借五千元鉅款後向單位請公假，毅然決然投入個人特殊文體的寫作生涯，未料由此一舉成為閃亮耀眼的文壇新秀。

　　後續一生逾30年，都致力奉獻於《赤色百科》（「赤色人」與「赤色烏托邦」百科全書）系列的撰寫，共囊括有《車諾比的悲鳴》、《我還是想你，媽媽》、《戰爭沒有女人的臉》、《鋅皮娃娃兵》與《二手時代》，企圖以一種寫實如繪的呈顯，去披露社會主義理想泡沫中，「想創設人間天堂卻反墮進地獄」的困惑悲涼與哀怨。

　　亞歷塞維奇雖明言其創作乃《赤色百科》（「赤色人」與「赤色烏托邦」百科）的撰寫，可讀者必得理解，其故事內容本質，實是「反烏托邦」的人性鳴笛與摹寫。因為此部宏觀的百科系列，綜觀細節，實乃關乎一個共產主義式，「烏托邦」理想社會的冒險試煉卻走向崩毀的敘述。

　　特別值得一提的是，她的文體雖具文學性卻無法被純然劃分，既承繼著俄國口述文學傳統，又另行創立同時兼有報導文學、散文與呈顯時代真相文獻的「聲音小說」特色，以推理的角度而言，亞

歷塞維奇作品甚可也能說是「一樁懸案各自表述觀察」與「口述記憶不可相信」的多重人稱敘事拼圖推理與國家寓言。

首先，所謂「聲音小說」概念，乃指以「人聲拼貼」方式，各階層一一訪述間，細膩追索人們成長的生命碎片，最後造就彷彿戰時千人針、佛門百衲衣，血淚交織的動人圖騰。如此眾聲喧嘩的複眼，引領讀者近身走入阿富汗戰爭、二戰、蘇聯解體或車諾比事故等重大事件，揭露血腥幕後不曾為人所見的膽戰心驚與國家謊言。

一般推理懸案直指之謎，往往是現有親密關係並行童年點滴、家庭校園不幸悲劇或歷史爭競的優勝劣敗作為題旨核心，然而無論如何的災難不幸，都自有其娛樂性，且人稱敘事的游移，大抵不超過十人。可亞歷塞維奇作品，卻是「數以千計」的真實結集，用國家個體生命慘案的訪談側記，拼貼為痛苦和聲的瀝血嘔心，那意欲讓黑幕籠罩下的生命靈魂得以被明晰的企圖野心，就顯得特別哀傷與慈悲心腸[1]。

但同時，也因這般毫無矯飾、直逼真相的決心，往往戳破了官僚體制下，極盡包裝美好以求統治控管便利的官方宣揚，及實際運作上，背後亟欲掩蓋的諸多殘忍，使得亞歷塞維奇屢屢置身於被審判、控訴、竊聽或作品查禁及人身安危受脅的險境，最後不得不經由國際避難城市聯盟（International Network of Cities of Asylum）協助，陸續轉往歐洲各地定居生活。

｜書評體的魔法圈1｜

一樁懸案各自表述的多重人稱拼圖推理，詳見《小說之神》【推理懸疑篇 I】懸案的表述觀察：視角與意識的複眼視象，其中伊蓮諾・卡頓（Eleanor Catton）《發光體》（*The Luminaries*）以黃道十二宮星盤來詮釋人物性格的多變性並配合章節篇幅長短的調節，已屬異數，否則一般佈局往往不超過十人視角的轉換敘述。

假的我眼睛業障重啊：書評體的百萬種測試與生命叩問

作為50年來首位以非純文學獲獎者，主要緣故便是她那充滿人道主義關懷與痛切時事心情的內容，過往「詩以興觀群怨」，文學針砭時事用以相互對照的傳統自始已久，其人其作更從一樁懸案各自表述觀察，口述與記憶的不可相信，至厭女情結與母子分離間的不完全，家庭關係的崩裂與從眾的權威服從直覺等，完納時代浪潮悲劇的重演與對美好想像追尋烏托邦的幻滅，可謂周全，以下分述其著作來詮解。

《車諾比的悲鳴》（*Voices from Chernoby*）是亞歷塞維奇在臺首部翻譯作，摹寫1986年車諾比核災過後，倖存者無以為繼的悲慘生活。肇因於事故發生前後，政府將人民置身無知之地的利誘騙哄——以強烈愛國心與因公奉獻情操的驅動，誘使人們投入完全未見任何防護措施的災難現場清理，輻射外洩的恐怖，眾人下場可想而見。

傷害無可逆的個體一一倒地，家國亦無以復加的產生缺漏縫隙，死者逝去，活者也生不如死，無法捨棄母土的戀家情懷，佐附核災傷殘備受折磨的軀塊，不是使他們更逼近死亡，便是輾轉流離裡，飽受失根與被排擠的悲傷，連孕育新生的希望都渺茫，日常生活裡，只剩下絕望孤單[2]。

《我還是想你，媽媽：101個失去童年的孩子》書如其名，是蒐集二戰時期，那時彼刻約莫二至十五歲孩子，稚眼／稚顏／稚言的生命經歷。烽火連天的征戰裡，他們接連失去雙親，學業無以為繼，尚未成人卻已學會殺人，童年成為戰爭的代名詞，不僅無法無憂無慮，反而被迫舉起槍桿，提早面對死亡與殺戮的暗影，還有痛徹心扉的愛恨生別離，最終只能在午夜夢迴，懷想母親，夜半啼鳴，時光膠囊的重啟，滿是失落童年與戰爭悲劇的淚眼唏噓。

此書重點摹繪失去雙親、撕裂的內心糾結，父親被徵召出征後等同不存在，孩子只得與母親相依為命，可戰火流離的不幸，後續

【為了理解，我們把話語權交給所有人】

在各國暢銷的反烏托邦青少年小說裡，最常慣用末日災難敘事，作為青少年女主角，抗爭出逃成就英雄史詩的背景，如朱莉安娜‧柏格特（Julianna Baggott）《純淨之子》三部曲（Pure Trilogy），便如詩如繪地呈顯末日核爆過後，英雄英雌的絕地逃生；然而亞歷塞維奇筆下，生命最為艱難的寫實，卻是官僚權力持續性的獨大，唯有人民陸續死去。平凡人物的側寫裡，既沒有英雄，也不曾勝利，重複累計的，只有人民如螻蟻赴死滅頂的無辜身影，誰也逃不出去。連倖存者控訴悲傷的耳語，都顯得有氣無力，被封閉。是故，亞歷塞維奇耐心傾聽，起起落落鑽鑿那因傷與不幸而緊閉的心，才掘出這些悲傷無以名狀的生命秘密，重見光明。

也難覓母親蹤影，未及成人，本該接受愛與哺育，卻反轉成「小大人」將所有責任一肩扛起。尚無能辨識自我，卻須有敵我之別，並在殘酷死亡的洗禮中蛻變。家庭失能、過早擔負責任的小大人們、殺人與生存鬥爭等，都將對幼童內心，造就難以彌補的創痛傷害，一輩子延續。

　　心理學上簡易區別，母親為溫柔的愛與養育，父親則是社會化標竿的界線禁制，烽火無情，自小聆聽遺留倖存者（母／子／女）傷心耳語的亞歷塞維奇，至成年各處真實訪談的側記，個人人生的歷經即是一種無止盡重演的慣習，而徒留女人兒童的村莊活口，亦使下一代孩童，自我生成發展難以成熟，又須即早面臨死亡與早熟，終身難以抵擋內心缺口的增闊與死亡焦慮造就的痛苦漩渦，悲劇於是代代沿襲至後[3]。

　　因為心理學上自我發展脈絡與社會化的進程中，子與母會先歷經「母子融合期」抗拒外人，這便是眾所周知的「伊底帕斯意欲『弒父娶母』」，戀母情結的展現，不過，為了孩子建立熟成自我，孩子終須代表「社會化標竿」的父親介入帶離，免去被母體吞

噬覆蓋的危機，孩子得以複製並內化父親形象的各個特點，以習得踏入社會基準模範的成年洗禮。若母子分離不全或父親失能缺席，都將造就孩子自我成長主體的崩壞解離，造成自我認同的混淆錯亂，引發日後關係的各式困難與破裂循環[4]。

在日本漫畫，高橋留美子所著《犬夜叉》中，有一種名為「無女」的妖怪，是戰爭或饑荒裡，失去孩子的母親，怨念的集合，可她身為妖怪，卻仍懷抱有母親愛子心切的慈悲心，其形象的摹繪，則是一種「沒有臉部的女人」，由此可幻化為他人母親，作為迷惑之用。這彷彿是《我還是想你，媽媽》，集合戰爭所有失去母親的

書評體的魔法圈3

歐文・亞隆（Irvin D. Yalom）《存在心理治療》（*Existential Psychotherapy*）曾說，幼時對死亡接觸若超過孩童自我保護的範疇，將成為巨大創傷陰影的歸咎，特別是年幼而重要的手足死去更具重大意義，因為這動搖了只有老人才會死亡的想法，而父母的死去更使幼童過早理解死亡給予自身的衝擊，不僅太早失去依附對象，自我難以發展周全，更產生對己身生命全面性的恐懼不安與焦慮而難以適應（頁160-166）。

書評體的魔法圈4

詳見岡田尊司《父親這種病》《母親這種病》系列著作，人的自我大約一歲多才漸次發展出來，主要是以其與主要照顧者的鏡映互動，體認出「自我」的概念，使得人與家庭關係的互動，後續將成為未來人際，特別是伴侶關係的複印（這與依附及依戀關係網絡的形成有關），二戰花木蘭們歷經這諸多，她們既無有發展依附關係的可能與自我熟成脈絡，回返社會已屬困難，何況社會隨勢反轉的無情冷漠？關係鏈結既斷，再也無法回返。

【為了理解，我們把話語權交給所有人】

孩子們，其想望的反相；沒有臉孔，可隨意替換的身形，也像是《戰爭沒有女人的臉：169個被掩蓋的女性聲音》，被抹去痕跡，無能發聲的女人們。

《戰爭沒有女人的臉》講述二戰期間，彈盡援絕，男人死傷慘重的缺陷，使得近百萬蘇聯女孩，被徵召上場，彷彿庫德族女歌手Helly Luv〈Revolution〉的熱血昂揚，她們捨棄了女孩該有的天真純美與梳妝打扮，婉轉峨眉一朝變身，成為戰爭工廠下，重複性運轉並可被無情烽火隨意淘汰的零件組構──狙擊手、砲兵、坦克兵、通信兵、機槍兵、游擊隊員、司機、空軍飛行員、傘兵、醫生、護士與戰地記者等，但戰鬥民族巾幗亦不讓鬚眉，更有狂放的愛國氣節與優秀執行軍令的迅捷。

可逃過了戰場上生死一瞬的驚險，不料餘生卻有更多的恐怖等在前──肉體殘缺、心靈斷裂，還被惡意的標籤以淫亂不潔，人生行至最後僅餘孤獨終老的寂寞傷悲與無窮戰事陰影的盤旋。書中記載，斑斑血淚，講述戰後的花木蘭們，如何暗自隱藏或撕碎獎章褒狀，不敢與人言，只怕為此遭受歧視輕蔑，惴惴終日，不安惶恐，往往於錯亂悔恨的自責裡，孤身終老，屈住幻滅再長眠[5]。

這種女為男用，從軍征戰的情節，古來今往羅曼史的浪漫亦所在多有，可對於《戰爭沒有女人的臉》而言，只有如影隨形、軋實且無窮止盡的痛。最為不幸的是，一腔熱血趕赴戰場的熱切，竟反使她們生命的後續墮入深淵，所有該擁有的全都失去，包含作為一個女人或戰士的發聲權──「只因女人無法成為英雄」的厭女情結。

且不止女人被騙，兒童青年亦難以倖免。

《鋅皮娃娃兵：聆聽死亡的聲音》以二戰30年後的1979年為背景，那時蘇聯入侵阿富汗，烽火綿延近十年，然而恐怖的是，平凡母子舐犢情深的「精忠報國」，竟反使愛國心切的數萬青年，被哄

二戰前後戰事情勢改換使得人們態度截然不同，而予士兵有受欺遭騙無所適從的困窘，在百田尚樹《永遠的零》或皆川博子《倒立塔殺人事件》等亦可得見。百田尚樹《永遠的零》摹繪了強調赴死的愛國氛圍，不過是官僚體系自我中心與盲目政策的錯決，使得無辜士兵，命如螻蟻，枉送性命，即便僥倖存活也因戰後親美政策被摒棄，倍覺錯愕，與宮崎駿《風起》，理想翩翩的浪漫，代價可能是千萬人性命的美好成為強烈對比。皆川博子《倒立塔殺人事件》則直指教會學校的權威言行，不過是風吹草偃的牆頭草居心。由此可見小至個人私事，大至家國戰爭，都俱有「一樁懸案各自表述」的可能，端賴觀點視象的移轉。亞歷塞維奇所揭露的，便是被「正統歷史」蓄意掩蓋，人類生活史中長久失落的缺塊，並由此省思「生而為人，究竟為何而存在？」。

或騙，誘迫往死路無還的沙場，不到黃泉不得相見，箇中悲摧無以言，也無誰能償（嘗）的幻滅。

此書以母與子視角的紛陳羅列，間或穿插作者心境絮語的點綴，串起了國家謊言如何引領青年集體走向覆滅的傷悲。生而為人，卻成意義不明，散落一地肉塊堆的灰飛煙滅，由黑色鬱金香的不祥，成群列隊的鋅皮棺材，送還家鄉，即便僥倖生還，可不僅身體殘廢缺陷，更有那心靈的土崩瓦解——

他們為何而戰，為何而往，何德能還？因為他們殺人喋血、殺人如麻，即便老弱婦孺手無寸鐵者也不畏怯，可這一切並非肇因英雄本色的愛國熱血，而是國家狼子野心下的操縱傀儡，爾後內心受創，驚覺被騙，事態卻已無可轉圜，正義大纛傾斜且心性改變，徒餘再也難以回歸日常的傷悲。

莫知所以然的生命錯節，衍生母親對子當是英雄而非犯罪的撕裂，娃娃兵拋頭顱灑熱血，愛國心熱卻無端被犧牲敬獻，然後餘生

被自責歸咎與死亡陰影所盤旋。厭惡自身作為遠勝愛家愛國眷戀，於是寧願未出現在這段歷史的摹寫，成為污點，唯有婦女與兒童留存，細細叨念死亡與傷悲。

可曾流露的情真意切，最終卻一轉為亞歷塞維奇《鋅皮娃娃兵》被控點滴的「不實」還原，為保護的匿名與修改算是失真，歷史真相的述說則隨觀眾改變，只因受了復興共產勢力鼓動，想收割名利與金錢，欲討回公道的憤怒無處發洩，或聚焦死者英雄形象的呈顯，於是母與子，代代皆同，都被利用，悲劇無限蔓延。不僅個人口述記憶不可相信，歷史亦是謊話連篇的幻滅與弔詭。

戰爭中，不分敵我的溫情同理，是愚鈍還是溫馨？違背天性，被迫持槍的殺人喋血，是不是罪？愛國心熱，由此背負血腥罪孽，事後回歸，卻慘遭背叛排擠，成為世所不容的邊緣，傳言正義女神總蒙著眼，可這事究竟，孰對孰錯，孰是孰非，又誰正誰邪？在埃及來世文化中，曾有鷹頭神何魯斯（Horus）執行秤心儀典的摹繪，由此明辨亡靈生前所為，若各國死後判決皆相類，那麼此些受苦受難的人，該當何所依歸，何所從？難道僅短短歸諸於「時代悲劇」，便劃下句點？

多麼遺憾生命可貴，他們投諸信任，人生卻在國家神話裡崩解。

日本個人言行備受爭議的小說家百田尚樹，其《永遠的零》亦曾描寫徵召募集來的軍人前線，被迫當勇往直前、將志願狀簽寫，且無論優勝劣敗，都將自戕身死以完成愛國主義的吹噓鑲嵌，然而端視之，這些不過都是權力中間，無意識服從的從眾表面而已。研究者發現，即便關乎生死，違背人的良心同理，人仍易流於權威服從的指令操縱而無視他人痛苦，這由1961年，斯坦利・米爾格拉姆（Stanley Milgram）「米爾格倫實驗」（Milgram experiment）與1971年美國心理學家菲利普・津巴多（Philip Zimbardo）「史丹佛監獄實驗」（Stanford prison experiment）等皆可現端倪[6]。

「史丹佛監獄實驗」（Stanford prison experiment）乃1971年，由美國心理學家菲利普・津巴多（Philip Zimbardo）執行於史丹佛心理學系大樓地下室模擬監獄的實驗，主要是將受試者分隊為監獄看守與被禁囚犯兩種，從中觀察人們適應角色間的互動，由此得出看守人將發展出「掌權刑虐」與囚犯扮演的「受虐」情感傷痕，無意間導出人性魔鬼變化的恐怖幽微，甚至最後不得不終止實驗。「米爾格倫實驗」（Milgram experiment）常與前者相提並論，除卻兩主持實驗者的同窗情誼外，實驗系列結果更有所融貫呼應，甚至可對照參看。此乃斯坦利・米爾格拉姆（Stanley Milgram）1961年於耶魯大學所作，另名為權力服從研究（Obedience to Authority Study），分隊為「教師」與「學生」二種，教師需在工作人員下達指令時，眼見學生遭受電擊痛苦並呼救，然而即便中途提出停止實驗，工作人員仍會堅持進行不為所動。由此測試結果竟驚人的導出，即便關乎生死，違背人的良心與同理，人卻仍易流於服從權威與指令而無視他人痛苦。（若按照陳俊欽醫師《黑羊效應》一書對「霸凌成員」與其進程的解釋，便是旁觀眼睜睜霸凌加害或兩者視角合一來對上受害黑羊的袖手冷淡）。

是以漢娜・鄂蘭（Hannah Arendt）才明言，非關邪惡己身，而是平凡內裏自有邪惡，如指揮屠殺百萬人者的納粹罪犯阿道夫・艾希曼（Adolf Eichmann）亦是，無關乎其行為的罪惡本身，他可能也不過是單純聽命而為的遵從者而已，就同韓國延尚昊執導電影《屍速列車》中的行屍走肉一樣——空有（噬肉）驅力的強烈鞭策，卻毫無人類自由意志（驅動者）抉擇的痛苦斑駁[7]。可惜保護祖國母親的天職，成了生而為人最不可言說的生命創痛，這大概也可說是另類集體的母國（母愛）創傷的受害吧。

可是當時的人們沒有選擇的自由，而生而為人的幸福追尋，最終也不知所蹤，反烏托邦小說鼻祖尤金・薩米爾欽（Yevgeny

邪惡本身並不巨大，肉眼雖不可見，然而平凡生活卻處處有，主要肇因於人生就權力蛛網裡，無論個人言行、團體對應、家庭倫理以至國家社會群體，皆存有權力流通彼此宰制的秘密。除卻毫無血緣關係，可能是權力上對下的職場管理與同儕同事間的集體霸凌，縱然是最親密的家人，按照德國治療大師伯特·海寧格（Bert Hellinger）盛行於歐洲心輔界的家族系統排列，也指出原生家庭權力位階分布而擔負居多傷害罪咎的成員最弱。

Zamyatin）《我們》（Мы）裡曾說：「世界上有兩個樂園：沒有自由的幸福，和沒有幸福的自由。」那麼《二手時代：追求自由的烏托邦之路》便是這樣的痛楚。此書以蘇聯解體為標竿紀年，分列1991-2001與2002-2012兩個重要十年的二部曲結構，明確了《我們》一書的箇中精義——我們與我，幸福與自由，及社會與資本主義的遞進錯落，如何造就幻滅的不安與躊躇。

「二手時代」一詞，不僅可詮解為「二手」訪談記錄的資料緣由，套用中央研究院中國文史研究所副研究員陳相因的「Second-hand」（秒針）解釋，更直指時間刻度裡，過去現在未來，流金歲月迤邐的遞進波濤。遺憾的是，世代環境與思想的迥異，成為不可解的鴻溝的或可接受，怕只怕，那是種曾是善者後續卻轉為惡的地裂天崩。彷彿荒腔走調版，荒謬（ㄇㄡˋ）的敬老尊賢原則，或性侵不尊重女人的藉口，但一切都遠遠不及邪惡的平庸存於生活，現於你我[8]。

人是如此脆弱平庸，是以易流於權威指令的服從、無意識的從眾與弱弱相殘無視他人苦痛，致使劊子手與被害者共存共容，且善惡生死搖擺，皆只因年代思想的詭譎變動。人們都曾以為自己正朝著光前進，不料卻反落入煎熬無比的無間地獄中；曾以為的光，噬

敬老尊賢原則來自臺灣2017年10月，藝人徐乃麟與唐從聖為求綜藝節目效果，由荒謬（ㄇㄧㄡˋ）引發「輸不起」口角紛爭與國罵髒話蔓延事件，同此時遭爆性侵女星疑雲的好萊塢金牌製片哈維韋斯坦（Harvey Weinstein）亦曾託詞解釋說，他發跡於1960-1970年代，「當時職場文化和互動模式與現今有所不同，但知曉此非『藉口』，願意向過去造成的困擾致歉。」以此想杜絕眾人悠悠之口卻被群起圍攻。

的一聲全滅了，這才發現，世界是那般永夜無明，而他們既無能為力又無所適從。本是為了追求理想自由，卻換來了集中營裡的嚴拷訊問與失蹤，及種族間的屠戮為仇，錯落日常生活邪惡平庸的無感冷漠，還有那不管高低學歷者皆無所適從的經濟通膨，使得大眾流離失所還做著不穩定的打雜工。（臺灣未來亦然？）

　　閱讀她這樣對時代紀錄的驚心動魄，同時也提醒著我們，世界的苦難仍在延續，距離二戰已逾70載，然而世界各地卻仍發生著戰爭與不幸。2016年8月17日，敘利亞空襲過後，被抱上救護車的倖存男孩翁蘭·戴克尼許（Omran Daqneesh）呆若木雞，渾身灰燼血跡，可在前一年土耳其的沙灘上，才正傾覆著亞藍·庫爾迪（Aylan Kurdi）的屍體，二戰以來的難民危機，不曾稍息，越演越烈，但許多戰事仍在進行。

　　從二戰安妮·法蘭克（Anne Frank）《安妮日記》猶太人被屠戮捕捉，臺灣國民黨白色恐怖，受苦受難被清鄉與人命被視為草芥的種種，至亞歷塞維奇《二手時代》與現代脫北者朴研美《為了活下去》的極權管控。綜觀歷史，無論是德國屠戮猶太人種、蘇聯解體、臺灣當年的二二八驚恐與現行南北韓封鎖，所謂時代苦難波濤的痛苦難當，實是世人不分你我的原型共通。

由此看來，歷史的切片是如此若隱若現、如影隨形，顯露「人一生的預言」與悲劇命定的重演，實乃輪轉不滅。無怪乎亞歷塞維奇於《二手時代》書末〈與文學評論家、俄羅斯《消息報》評論員娜塔莉雅・伊格魯諾娃的訪談〉中，最在意的點，便在於「探究過去，有助於釐清歷史的謊言與真相的分野，並由此讓人們的眼界更加開闊無懼」。類同心理學試圖理解過去，從來不是要由此究責歸罪誰，而是替現在的恐懼釐清因果原型，免去重蹈覆轍的惡果，由個人集體到家國各面，道理皆同。

每部著作，亞歷塞維奇都耗時多年，訪談千百人才剪裁而成，1917年至今，各式各樣滄桑年歲的輾轉流連，但這不僅是對國家戰事的個人訪談或記憶陳述的證言而已，她以一個朋友的身分靠近，讓人吐露生命的祕密，彷彿從中追尋人生命的原型與奧義。因此蘇維埃的國體悲劇，更可映射至人類全體，正統歷史書寫所沒有的，靈魂的、情感的歷史切面，將由此得到補足充滿，無可避逃的歷史戰爭與生命悲劇或許非一人之罪，亦非親身經歷難以言喻，所以亞歷塞維奇，才如此關切個人發聲，行文卻又形諸於和聲，只因「為了理解，我們把話語權交給所有人」。從這樣叨叨絮絮的講述，權威脈絡沒有的書寫，見證殘酷真實，望見最鏤骨蝕心的人性。

 【口述記憶不可相信，女子兒童話語權 II 】
母愛創傷與厭女

歐文・亞隆（Irvin D. Yalom）於《存在心理治療》（*Existential Psychotherapy*）中曾述說過，佛洛伊德試圖以病人的回憶重新建構歷史的過去，不過弔詭的是，「重新建構過去的並不是根據事實，而是根據當事人對事實的態度和反應」（473），換言之，過去的問題，可能建構在記憶與意識之上，再經當事人表述而來，可

是，記憶、意識與口說（或各種型態的表述）是可信的嗎？

　　讀過小說（不管是不是推理）的人都知道，創作者是多麼頻繁地以科學史上，人類記憶、意識或表述上的種種差異，佈局來成就詭計，如失憶、潛意識，或一樁懸案各自表述觀察的迷離等，若這些記憶、意識與口說，有可能因為創傷症候群（PTSD）或其他諸因，被選擇性組合、特定遺忘或刪改增修以符生存實際，那麼這樣真實性待考，以此為基礎建構的「歷史」，何可成為依據？

　　2015年諾貝爾文學獎得主亞歷塞維奇，50年來第一個以非純文學獲獎的作者，在專訪中曾表示她想要建構一個情感的、靈魂的歷史，以補足正統科學歷史（history）的缺漏，結合她後續為保護受訪者所進行的匿名刪修而被告、被質疑真實性的無奈，是否也驗證了關於方法學上，對於「情感意識」這種存在諸多變動因子的領域，另行建立「歷史」的質疑困惑？

　　其次，佛洛伊德的心理學，相當強調過去的建構來作為解釋的系統，也就是說，「所有的行為與心智觀念都是先前事件的結果（包含環境或本能事件）」（476），不過，雖然這理論應用在創傷形塑與因果上得以詮解症狀癥結，但是，若凡事皆被過去所決定，人的改變要從何而來？過去的過去又是被什麼所驅使？是環境、命定，還是人的自由意志？過去的過去的過去的過去…最先的根源起點，是肇因什麼樣的驅力或現象？若面對事件，因為恐懼腦筋一片空白，最終「『無所作為』的作為」，是否也歸屬於人「自由意志與抉擇」的呈現？

　　書中最後解釋，因果原則意味著否定意志，因為它認為人的感受、思想和行為都依賴外在力量，使人脫離了責任，如何用一種免除責任的參考架構來處理過去，卻用涉及責任的參考來處理未來？

　　是以，心理學大師佛洛伊德以過去來詮解現在未來，並且資料來源大量立基於口述記憶的方式，雖然於某種程度上解釋得通，

【為了理解，我們把話語權交給所有人】

然而不得不承認，這樣的邏輯推衍，立基卻自有其缺陷。且佛洛伊德將幼系子代心理創傷溯源至主要照顧者如父母的歸因，也忽略了人生來即須面對有創傷症候的命定，與父母作為可能無所關聯的弔詭，如許皓宜《即使家庭會傷人》第二話〈人之初，焦慮就成形了〉所提及，就算迴返文化人類學大母神信仰的原型，亦是善惡同體叫人同感喜懼。

不過口述記憶不可相信，絕大多數現於父權脈絡裡的厭女，或父親存在的失序缺席，使得母女以彼此為中心，陷入交互威逼的泥濘，由此便須由母愛創傷與厭女開始說起，在此先以溫蒂·沃克（Wendy Walker）《世上只有媽媽好》（*Emma in the Night*）、蘇珊·佛沃與唐娜·費瑟（Susan Forward, PhD&Donna Frazier Glynn）《母愛創傷》（*Mothers Who Can't Love*）及卡洛琳·艾瑞克森（Caroline Eriksson）《失蹤》（*The Missing*）為例。

首先，溫蒂·沃克《世上只有媽媽好》此書，結構佈局乃世界暢銷公式「平行世界女性類比追尋」的最正宗典型，佐以「消失的女孩」為題，彷彿蘿拉·李普曼（Laura Lippman）《貝塞尼家的姊妹》（*What the Dead Know*），姊妹失蹤下落不明，其中之一失而復返的祕密，卻是口述與記憶的不可相信，以及女子兒童話語權的迷離[9]。

其中鑑識心理學家艾比蓋兒·溫特博士個人經歷的不幸，對比「消失的女孩」凱絲口供的前後不一，過去現在交相遞進，方從破裂中尋得自己與愛的真諦，結尾迴旋令人驚愕不已的詭計，如天蠍之鉤狠辣無比，更有克萊兒·傅勒（Claire Fuller）《那些無止盡的日子》（*Our Endless Numbered Days*）糖衣包裹的謊言，是解離，亦是無可直指真相的怵目驚心。

故事講述富家姊妹失蹤，妹妹回歸，「完美母親」深情凝諦，卻藏有如吉莉安·弗琳（Gillian Flynn）《控制》（*Gone Girl*），

關於創作，據作者自述，她由一個執業公事法的律師，幾經輾轉結婚生子，多年後二度就業回歸，新學家事訴訟與心理創傷各項理論，以一個媽媽的心情，揣摩設想靈光乍現，成為自己人生成就感的來源，寫作歷程著實有趣，更使我們理解，一個人的生命經歷確實會影響筆下的內容，但即便事不關己旁觀的置身事外，亦能因覷見人心的洞察力、喜好推斷分析他人反應後續的興趣，以及最重要的，心理學做為個人集體行為模式甚至因果原型的統計，相互推斷逆行，亦可達到等同人生歷練的突破累積。

鎂光燈閃閃，卻是「偽裝成愛」的惡意與控制，不僅婚姻的甜膩可造假，母女關係亦是。是故，溫蒂‧沃克《世上只有媽媽好》更可與蘇珊‧佛沃與唐娜‧費瑟《母愛創傷》對照參看，因為此書特以「自戀型人格障礙」母親為題，不可小覷。

《母愛創傷》乃以母親天職的母愛神話幻滅，作為針砭的題旨核心，共分十四章的內容，分述有辨識「母愛創傷」的五種典型——嚴重自戀、過度糾纏、控制狂、需要母愛；忽視／背叛或對孩子屢屢打擊，至療癒機制的開啟——改變行為、設定界線或重寫人生劇本等。

視及此書標題，常人可能立即心生「媽媽真的很辛苦」「沒人檢討爸爸」，或「爸媽都很辛苦」等OS，用盡一切努力卻被嚴厲批評，認定此些述說乃是有違道德大纛的毒蘋果，絕對必須除之而後快，殺之教之撲滅之的不可言語。

不過所謂「母愛創傷」背景，實際直指，正是傳統權威脈絡，「缺席父親」的嚴重問題，使得弱勢妻女轉向彼此弱弱相殘的威逼，女兒則淪為生存鎖鍊最末，最無助恐慌且無有援手的獻祭，且以一種外界看似合理正常的形式。

綜觀蘇珊·佛沃系列著作（不管單人或合著），其《愛上Ｍ型男人》（*Men Who Hate Women&the Women Who Love Them*）、《情緒勒索》（*Emotional Blackmail*）至《母愛創傷》（*Mothers Who Can't Love*）等，結合作者親身經歷與母親關係及諮商協理的案例整理，皆是起源於厭女男女由父至母轉女的層層封閉，使得蛛網之內，無人得以逃脫，只能於靜默的暗夜裡哭泣，溫蒂·沃克《世上只有媽媽好》寫得正是這樣的角落悲戚[10]。

延續筆者拙著《小說之神》【心理篇Ⅲ】母親相關，此些呈顯「無愛行為」的母者，她們或許不是故意，僅是被害轉加害，無心卻代代相傳的代間悲劇，不過若非有如此生命經歷者，大概往往也難同理。其中自戀母與其女的互動行舉，亦映證了日本心理學大師加藤諦三《人生的悲劇從當個「乖孩子」開始》，「自我中心」症候的根源始終來自於「自我」被剝奪的悲劇。

畢竟這個世界的本質，並非全然明辨的黑白分明，月之暗面，其輝光處亦為暗影，善良純美的瓜子姬，胸口竄出的，更是邪惡無比的魔鬼身形，光與影，如太極混沌，本不可輕易分離。學習觀視迥異，乃是為了釐清自身行為恐懼原型的因果與後續歷史悲劇的迴

書評體的魔法圈10

本書作者擅剖「幸福家庭與完美情人的秘密」，亦是首先提出「情緒勒索」概念的先知先行，以其親身經歷與母親的關係及諮商協理的案例整理，耙梳出「母愛創傷」概念，為受傷的女兒們解套悲劇，不再重蹈悲苦無情，其《愛上Ｍ型男人》亦擁有詮解生活日常「厭女男女典型」的深刻細膩。或許人生最終的解套，便是知曉創傷症候乃為命定，非為誰的錯誤歸咎，不過若辨清事實所以，受創遭傷，也非全毀一旦，當可經由療癒、界線設定與人生劇本的重啟，來理解，人的存在本身，便自有其美好動容與價值意義，請珍惜自己。

假的我眼睛業障重啊：書評體的百萬種測試與生命叩問

避，而非事件發生後推諉責任與砲轟的迅疾。

若能跳脫「加害與被害」的截然劃分，轉為壓迫的解救與更適當方式的追求是最好不過，因為任何一段關係的痛苦腐朽，失衡失序的爆破，箇中存有，沒有一個人是真正的加害者，但每個人卻都是受害者，唯有權力流動造就控制或受控等不同。

重要的是修復內在受傷小孩的行動，對彼此關係的鍵結，能有不同的理解與看見，如繭層層外剝。否則未解的遺憾也將成為人生的未爆彈，抑或又是另一個「被竊取的故事」，悲傷痛苦隱藏其中卻不可說。

華人文化底蘊確實藏有無能質疑權威的傳統，無論是國家社會抑或家庭等，然而長大成人的我們，終究會理解，以己為中心的世界完美轉動，不過都是一種「假的我眼睛業障重」的粉紅泡沫。等同《世上只有媽媽好》開宗明義所說──「人只相信自己想相信的事，只相信自己需要相信的事」、「事實躲過人的法眼，藏在盲點與偏見後面」，所謂「假的我眼睛業障重啊」的幽默，實際卻是日常生活點點滴滴，痛苦的不可說破[11]。

另外，百萬暢銷的卡洛琳・艾瑞克森《失蹤》更可說是口述記憶不可相信之絕妙經典，其中厭女情結的各種人物核心套現，淋漓盡致的彰顯，並可與蘇珊・佛沃與瓊・托瑞絲《愛上M型男人》一書交相對應。

本書以不可信任敘述者的第一人稱，精神混亂的迷離間開啟敘事，葛麗泰偕夫與幼女出遊「惡夢湖」及其島嶼四周的探險，不料卻使全家深陷惡夢──夫與幼女失蹤，己身則深陷恐慌錯亂的反覆困窘。母親持續不斷的熱線追蹤，並行回溯與丈夫相識相戀然後被SM極虐的經過，可島嶼搜尋與報警處理的冷靜，卻換來不良青少群眾的結集與並無夫女的資料之謎，視野所見一切實乃謊言，「假的我眼睛業障重」那麼真相又在何處映顯？追蹤深深與失蹤點點，

【為了理解，我們把話語權交給所有人】

關於「母愛創傷」類型，除卻溫蒂・沃克《世上只有媽媽好》心理驚悚的家庭創傷推理，還可參考臺灣作家海德薇《禁獵童話》童話系列三部曲。此套書由世界童話的改編再詮，成就獨具風味，青少年戀愛氛圍的羅曼史冒險，由臺灣原生地遠走高飛美國、澳洲、香港、梵蒂岡教廷世界各地，美酒佳餚衣著華麗的極致奢華與尋寶解謎的推理樂趣，卻在在都是母愛創傷與母女關係種種癥結的呈顯──角色倒逆、疏離與不可信任的衝突悲戚，其文筆流暢炫麗，卻天衣無縫的結集世界各地地理風情與人物角色內心深蘊，值得一讀再讀的精緻小品。

原來不過是男女權力天平的斜傾。

本書寫作策略類同S. J.華森（S.J. Watson）《別相信任何人》（*Before I Go to Sleep*）與鏡像姊妹作《雙面陷阱》（*Second Life*）二部曲，及珀拉・霍金斯（Paula Hawkins）《列車上的女孩》（*The Girl on the Train*）的佈局──採用病態人格枯燥日常的反覆錯落（失婚酗酒／失憶疑心／心理創傷各式成癮／嘔吐解離）結合童年創傷致使旁觀解離，與為保護母親與生存而扭曲的口述記憶，劇情起伏大抵直線到底，直達尾端變化為尖峰震盪的心電圖示意。不過雖然上述平淡轉折的爆破驚心，皆是立基於貪戀情愛歡愉的蒙蔽，《失蹤》一書卻更近於家族悲劇代代相續的代間傳遞。

葛麗泰、心理醫師與島嶼少女三組故事原型的人物性格遭遇，卻是極其類似的平移，大抵為丈夫酗酒家暴抑或外遇的脾性，而使母女間過度融合的相依為命，女兒無法獨立，且縱管女強人母親事業的光鮮亮麗，亦無法免及屈從丈夫的悲戚，最後延展至女兒人生不幸的代間傳遞（唯有最末者僅受男友暴力而無母女情）。

所謂「厭女」（Misogyny）或「M型男」的化簡歸一，基本來

假的我眼睛業障重啊：書評體的百萬種測試與生命叩問

說都源自於男人無法容許與女人權力天平的持正或傾斜任一，僅容許男人獨尊的自大妄行，加諸於女性口語身心上刻意的厭斥、輕鄙與攻擊，甚且SM或反社會人格的極虐遭遇等，皆是內心不安、恐懼、希冀復仇的種種縮影。

若以比喻釋意，厭女一詞，實則等同愛德華・薩依德（Edward W. Said）《東方主義》（*Orientalism*），想像的東方，想像的女人而已，不一定切中實際。

《失蹤》此書，便恰如其份且處處到位的搬演，父親身分的男人，對女人母親無法容忍權力位階的失去或不被允許的失控斜傾，是以「輕蔑畏懼」，並以酗酒家暴外遇與教唆犯罪等各式言行，轉衍為女人母親自我厭惡的雛形，再經父母予子系的代間傳遞，完成女兒「厭女」的自我封印。從丈夫與幼女的失蹤焦急，到小島探險搜尋的恐怖奇遇，一轉為母女不可告人祕密的驚心，與外遇M型男造就錯亂恐慌詭計的類比關係，雖是病態人格，生活枯燥日常反反覆覆的自言自語，卻是高竿寫作佈局的頂級。

不過，若更深入來說，耙梳那些正統書寫的脈絡，不能說出名字也不會有名字紀錄的女子兒童，其存在各項，往常總是「被失蹤」，箇中的酸楚與苦澀，彷彿由天才舞者梅狄・齊格勒（Maddie Ziegler）於澳洲才女希雅（Sia）《水晶吊燈》〈Chandelier〉一曲裡的詮釋舞動──穿著近膚色舞衣的身軀幼弱，蹦跳竄動中，是類同絕境壁虎斷尾求生的生命渴求，貫串女子兒童必得無性無欲，只能自我壓抑以求於世界生存的艱辛隱喻，於是最後成為「被竊取的故事」也不難想像了。

【為了理解，我們把話語權交給所有人】

【口述記憶不可相信，女子兒童話語權 III】
被竊取的故事

　　國際女性影展強片，瑪雅・孔恩（Marya Cohn）執導《被竊取的故事》（*The Girl in the Book*）與BBC影集《娃娃屋》（*The Miniaturist*）原著作者潔西・波頓（Jessie Burton）新作《打字機上的繆思》（*The Muse*），故事背景雖參差迥異，卻不約而同地以口述與記憶的不可相信，直指「女子兒童必得奪回其自身話語權」的振聵發聾。

　　特別值得一提的是，一為影視作品一為平面紙本的策略佈局，卻是默契一同的「平行世界結構佈局」，等同後續【平行時空・無限可能】的篇章設計──劇情順序發展脈絡實乃為ABCD，卻是過去事件淵源的AB前因，與現行謎題CD的抽絲剝繭，兩者交互穿梭並行，最終於BD交集處對照呼應出不可置信的真相之謎。

現在 C───────────D 謎題推衍
過去 A───────────B 因果始末

　　瑪雅・孔恩（Marya Cohn）執導《被竊取的故事》（*The Girl in the Book*），故事講述在紐約步步驚心出版環境擔任編輯助理的艾莉絲，雖頗具挖掘新人慧眼與卓越才能潛力，可源於「以父愛為名」、「父二代知名書商經紀之女」的背景，使其言行舉止反應，總落入被忽略漠視，不受尊重的差別待遇，這樣由童年至長成，皆持續不斷的恐怖陰影，使她不由自主落入「有性，故她在」，夜夜笙歌的一夜性愛成癮[12]。

　　時值百萬暢銷作品《清醒雙眼》再印，卻牽動艾莉絲青少年女

人之所以創作，無論文字作品或電影藝術相關等，十之八九，實乃肇因於其自身生命本體，過往不可抹滅的生命創痛，引領各式的上癮症頭與跳針漩渦，大抵可劃分為酒精、毒品、藥物與性，抑或是普通常見的書籍小說電影食物等外物的執迷，箇中差異實乃社會價值觀感好壞判定與接受與否而已。創作來自於「內在的慾望或創痛」的概念，在日本結集《殺死瑪麗蘇》裡，便是以擬人化角色「瑪麗蘇」出現，那是能「強烈投射出作者想望，經過度理想化甚至近乎自戀」的人物，可開外掛放大絕以彌補現實缺憾。不過書中亦提問「消滅原有創作驅力造出的『瑪麗蘇』，究竟將前往創作高峰抑或從中跌落凡間」的兩難。因為若以「瑪麗蘇」作為遁世逃避的奇想，則忘卻現實艱難；但若殺死「瑪麗蘇」並轉往現實力圖滿足，則創作的絢麗終歸平淡或抵達天堂？

時期，不堪回首的記憶──被原生家庭剝奪各式發聲話語權力，內心寂寞痛苦造就寫作熱情，不料此點卻遭身為父親好友的無良作家所利用，假情假意熱切傾聽，與隱隱約約的曖昧勾引，使她落入類同林奕含《房思琪的初戀樂園》，萬劫不復被誘姦的地獄。然而更恐怖的是，對方更以此私密，將她的殘酷真實鑲嵌拼入作品，成名獲利，人人尊敬。

通常「假的我眼睛業障重啊」的壓抑，往往多出於為免去自身生存危機的壓抑，才造就口述與記憶的不可相信，然而此一事件，則是話語記憶經驗感覺全然被剝奪忽視否定的消解──被「借物借身體借記憶借經歷」的利用消費，身心俱疲訴諸家人，卻換來不過是幻想奇境的嘲笑犀利，有口難言，暢銷世界與各家訪談的鋪寫，使此境更加蒼涼劇烈。是以最後唯有直視真相的瘡疤，才能擺脫反覆跳入「性愛成癮以抒解，卻反更感空虛」的漩渦痛切，與自己和解[13]。

　　相較對比的潔西・波頓《打字機上的繆思》，故事封面文案則以「1幅畫，2封信，3個女人，跨越30年的夢想旅程」來點題，佈局宏偉壯麗。

　　故事等同「平行世界女性類比追尋」的佈局，講說千里迢迢由千里達遠渡來倫敦的奧黛兒，高學歷卻輾轉流連，由鞋店轉至畫廊打字員，滿是懷才不遇的傷悲，可新任頂頭上司快克小姐的知無不言，以及與其陷入熱戀小鮮肉攜來的謎樣畫作，都將使她人生逆轉貧窮的天崩地裂[14]。另線則是30年前，西班牙島嶼上，鍾情繪畫且才華洋溢的奧莉芙，即便擁有橫空出世的天分甚至獲得藝術學院錄取，卻不敢讓他人知曉。尤其是身為藝術經紀且掌握空前發語權的父親大人，不過幾次偶然間，與女僕泰瑞莎的分享，卻因緣際會的「偷龍轉鳳」，以泰瑞莎兄長哈薩克之名，使畫作得以傳遞世界，箇中更隱隱然有男女的情慾在流動。

　　若說張愛玲《色・戒》以「女人的心直通陰道」作釋意，那麼

假的我眼睛業障重啊：書評體的百萬種測試與生命叩問

《打字機上的繆思》則反其道而行，使才華女畫家奧莉芙縱情恣慾於情人哈薩克身體，作為繆思女神的靈感來源，並以其男性父權之名，用以廣達世界各國的「借物」便利，這部分可說是與父權脈絡世界裡的「厭女」囿限與「自我」被剝奪所導致的求生驅使倒逆。

日本社會派推理作家松本清張的《天才女畫家》，曾雙線並述藝術掮客與畫商的交相算計，只為找出所謂不世出「天才女畫家」之謎，是否不過是個抄襲仿製的贋品，可層層推演至最後，原來毀滅「天才女畫家」的關鍵卻是平淡陷入愛河的日常，卻不曾想過以男人為繆思，以男人之名傳布的可能。

厭女情結雖始於父權男人無法容忍與女人權力天平的持正或情勢不利的傾斜，常由此衍生鄙視厭棄輕賤等的男人自我中心與自大妄行，但若經社會時尚所趨的推波助瀾，厭女往往輾轉內化為女子生命內在，無意識自卑自棄與自我厭惡的趨力。

端看兩部作品女主角皆有「他們選擇我必定是有問題，他們可以選擇更好，因為她們不值得被這樣對待」的自鄙自棄，外在力量形塑加強的不公不義，至此卻已深根內化為己身自動自發的驅力，連自己也輕視自己的痛斥，成為被害轉加害（自己）、身體的各式成癮（艾莉絲性愛成癮），或即便創作也不敢署上真名的委屈（奧黛兒、奧莉芙），必得冠繼以父親或情人之名，成為「以我為器」或「女人為器」的誤用濫行及浮、濫、亂不貞崎嶇的悲劇。

從倫敦、千里達與西班牙30年的時空穿梭，不管是以父為名行走江湖與發表小說的奧黛兒、以男人名義兜售畫作，己身卻默默無聞的奧莉芙，箇中的懷才不遇與敘事者間的姊妹情誼，對照《被竊取的故事》原生家庭待遇與被誘姦經歷，遭父權權威脈絡主宰壓制的空白疏漏，居間輾轉，迴轉卻勢力萬鈞，可說是奮力奪回女子兒童發語權，最完美出色的逆襲[15]！

於是接續而下的，亦是如斯「以誰為器」的悲劇，使得箇中弱

【為了理解，我們把話語權交給所有人】

關於厭女情結與所謂「M型男人」癥結，無論是卡洛琳・艾瑞克森《失蹤》或潔西・波頓《打字機上的繆思》，光鮮亮麗女強人妻卻搭配無事惹事生非夫的糾結心緒，或歷史悲涼的蕭軍蕭紅戀情－起於蕭紅落魄窮苦的孤立無援，後續卻難忍蕭紅的光芒耀眼而外遇連連，終至破裂，皆和蘇珊・佛沃與瓊・托瑞絲《愛上M型男人》所分類，男人畏怖女子權力天平傾斜衍生後續作為的模式若合符節。

勢，只好寄託反烏托邦脈絡內裏與「借物」使用的邏輯寓意來相互推逆，引人深省。

以我為器的女人國逆襲，首先則以沼正三《家畜人鴉俘》為例。

 ## 【以我為器Ⅰ】他被SM，故他在；女人國逆襲傳說

《家畜人鴉俘》作者沼正三自稱法學部畢業，因二戰末受白人女軍官俘虜性虐，內在創痛無以忘卻被虐滋味，是以驅動寫成《家畜人鴉俘》全集。

世界背景設定於兩千年後的未來，極致金字塔的社會權力霸權，由白人女性職掌，黑人為奴次之，而位列最低者，則是被應用特製於生活日常（家畜家具或各式設備）的日本人。故事以來自未（慰）來，高挑白富美的白人女性寶琳姐，因耽溺自慰而失事地球的意外，邂逅沐浴愛河的小鴛鴦──德女克拉拉與日男麟一郎。因緣際會將兩人攜回「宇宙帝國EHS（邑司）」那不可思議的世界，然而不料卻造就克拉拉入主貴族，麟一郎淪為畜生道的悲慘差距。

本書乍讀彷彿是李汝珍《鏡花緣》與薩德伯爵《索多瑪120天》的科幻鎔鑄，入異世而另察原界體制的荒謬可笑，也頗有倉橋由美子《亞瑪諾國往還記》的韻味。

書中女男尊卑位列的顛覆，與包裝於未來科幻感濃厚的反烏托邦架構，使得本該讓人作嘔不適，大量佐列SM性虐與飲尿食糞癖好隱喻的呈顯，一轉為打破世界各體制框架的翻轉諷刺，叫人嘖嘖稱奇，大開眼界。不過，雖然《亞瑪諾國往還記》與《家畜人鴉俘》的男人都受到身心上的閹割頓挫，但前者的男人P是先抵達異界，利用傳教名義廣開後宮，最後因「寵妃」醋意大熾而成太監，後者雖專情，卻是短暫出場後便被去勢為畜，並被己身陽具特製化的鞭索來進行馴服調教──「以其人之鞭，還治其人之身」，嗚呼哀哉，天下之慘，莫過於此。

在邑司裡，除卻高高在上的白人聖女享有無上尊榮，階級而下的白人男性便有如今日社會女子的附庸地位，還算境遇優渥，較為恐怖的是黑奴與日本人，大抵可說是為奴為婢的悲慘，後者更甚，還是為畜為器具的卑微存在。

一個擁有獨立個體主權的人，究竟可被剝奪利用到何種地步？翻閱《家畜人鴉俘》讀者將獲得驚心不可思議的萬千解答。

誰能料想承接天照大神輝光的日本民族，在邑司帝國裡，竟不過是供給自慰（舌人形）、如廁（廁畜或肉便器）、騎乘（畜人馬、輕畜車）、生育（子宮畜）、娛樂（演奏具）、食用（食用畜）等生活日常的活體材料?!令人不寒而慄！

劇情主線雖以「戀人一轉為女主人，己身則為奴為畜」的男人悲歌做述說，使人不禁思及E. L.詹姆絲（E. L. James）《格雷的五十道陰影三部曲》（*Fifty Shades of Grey Trilogy*），調教、束縛與自由後，女方完勝男兒的戀愛競技。

可《家畜人鴉俘》除了性／愛／性愛，男人最終淪為裙下之臣，腳旁之畜的極致，卻還有更多面向值得思考。

日本淵源中的古籍史料（《古事紀》或《和歌集》）、神話傳說（天照大神）、文明標誌（國旗象徵）、民族氣節（切腹赴

【為了理解，我們把話語權交給所有人】

死）、男女尊卑等，僅是邑司一角的遺跡或情景摹繪；而乍見無上尊崇的信仰習俗，如源於古希臘精神的奧林匹克運動會、基督教光輝燦爛的聖水聖餐洗禮、動保醫療範圍權益，甚至人類先祖及歷史英雌人物等，抽絲剝繭而來所窺見的，竟是邑司上位者，為私利與享樂而發展出的種種洗腦壓榨與剝削。

運動精神與赴死氣節是為滿足「土雞肉質訓練與觀看決鬥趣味」目的，神的榮光聖餐實乃「尿水糞食洗育畜人心靈」之用，動保「慈畜」，所以「使用殆盡，用完則棄」；歷史扉頁英雌，如天后赫拉、天照大神、聖母、西王母、武則天等，也只能說是「來自未來白人女性的穿越」，而致倒果為因，因果溯源難論的意外。連觀音示像的存在，也是尖端科技作為摸頭洗腦媒介的設計（崩潰掩面）。

可代價卻是那些被奴役的下層者，身體的極致變形與心志上的錘鍊痛苦，犧牲奉獻而來。用被虐痛苦等級以換取喜樂昇華的高昇位置，即便聽來極度殘忍的活魚生吃，將狗與牛關鎖於暗不見天日小房內，作為繁殖哺乳專用的使用等，皆反映於此些畜人身上，而他們，不被當人，是為畜（牠）的下賤存在。

蒼涼的是，牠們一生為侍神或成人的信念所驅，孜孜矻矻努力，不料學富五車或賢良淑德的嚴苛受訓，卻是將牠們帶往暗夜地獄的指南，學者犬／子宮畜／檢尿或避孕矮人等，等同《黑天鵝》（Black Swan）娜塔莉波曼（Natalie Portman），自以為晉升光明的瞬間，卻直墮死亡深淵，也彷彿百田尚樹《永遠的零》與《風中的瑪莉亞》，國家菁英制度，百轉千關的考核培育，卻不過是將其推入「送死之地」／「無用可用」／「拋之即棄」的荒謬殘酷。

行文中亦有對日本居高位者，向歐美各國卑躬屈膝、奴顏媚態的不齒與強烈諷刺，並且逆轉一般人咸認的所有公平正義標竿，揭露金玉其外，實則為兒戲而不以為意的不公不義。於是乎，在以日

本為主背景，約定俗成並拓展至世界框架的種種摹繪，所謂的政治／宗教／民族／神話／文明／體制，皆在SM調教悲歌的隱喻下，映射出國家民族荒謬、階級殘酷剝削，權力倒轉與公義為遊戲的恐怖邑司帝國。

　　神／人／畜三者界線皆泯然之後的世界，人到底該何去何從？生而為人，究竟為何而存在？我想，「為奴為畜為具而不自知的悲哀」，才正是沼正三《家畜人鴉俘》最想傳遞的意念。是故，這套書不僅是書寫SM的色情文體而已，實際上，這是深思自身存在意義的絕世經典。

　　而這樣叫人驚恐無以言語的反烏托邦諷刺寓意，更可見於另類「女人國」，被「借物」使用的變形，如瑪格麗特・愛特伍（Margaret Atwood）《使女的故事》（*The Handmaid's Tale*）。

【以我為器 II】乾坤逆轉，誰為上下

　　靜宜大學臺灣文學系副教授李欣倫女士，其收錄有23篇散文結集，寫盡女人身體心事的《以我為器》，從結婚、懷孕、生產到燙傷，她深刻的意識到，作為一位母親的身體，肉體的苦痛與新生降臨之喜的臍帶相連相繫，因為那意指著女人不只是她自己，更是個呈裝的容器。可是，若「以我為器」的「女人為器」被誤用濫行，乾坤逆轉，誰為上下的宇宙天地，又是何種情景？或許可來讀讀加拿大文學女王，瑪格麗特・愛特伍（Margaret Atwood）《使女的故事》（*The Handmaid's Tale*），據傳因川普上任，歧視女性的諸多言行舉行，而使此書重掀熱潮熱議。

　　小說標題設置類比十四世紀英國文學之父喬叟（Geoffrey Chaucer）《坎特伯利故事集》（*The Canterbury Tales*）取行業單篇成立故事的形式為主脈線，援引《聖經・創世紀》拉結不孕而讓

【為了理解，我們把話語權交給所有人】

使女與其夫雅各同房生子以承膝的典故，開展反烏托邦女權被剝奪的未來奇景，講述「未來基列國」取「自由民主美國政府」而代之的篡奪，使得美國麻塞諸塞州逆轉顛覆，一轉為「原教旨主義」（fundamentalism）宗教極權主義分子主宰的理想國。

　　然而箇中人民，無論男女言行，特別是情思自由的想望實際，皆飽受嚴謹的清規戒律所禁閉，罪咎煎熬不得妄動。尤以女性喪權辱格的受迫為甚，她們被分門別類，各有專司——權掌夫人（窮苦人家則是經濟太太）、洗腦馴化嬤嬤、供給生育使女、家事雜役馬大與人盡可夫蕩婦妓女。大抵分工以家事雜役各項打理，採購烹飪刷洗生育與管理等，要不然就只有性的純然劃一。唯一例外於戒律者，則另有一款年老色衰，無能生育或頑強不教的「壞女人」型，被發配進同等二戰納粹集中營概念的「隔離營」，與極具危險、放射性的核廢料成日為伍做清潔女，一同泯滅生機。

　　《使女的故事》以繁衍子嗣的「使女」為題，輾轉流離只為其所屬的大主教生育，劇情開枝雖取自聖經典籍，不過其中男女，那位階層級尊卑對立，卻難掩「低下者」慧黠蘭心，而得恩擢超拔禮遇，並錯落於主人與妻間隙的張力，彷彿崔西・雪佛蘭（Tracy Chevalier）《戴珍珠耳環的少女》（*Girl with a Pearl Earring*），以女人於保守監禁過去，試圖突破環境與自身命運限制的努力，有異曲同工之趣。

　　就像所有受壓反烏托邦壓抑的原型SOP，《使女的故事》亦頗肖尤金・薩米爾欽（Yevgeny Zamyatin）《我們》（*Мы*）精髓，魚貫列列使女，有如娥蘇拉・勒瑰恩（Ursula K. Le Guin）《地海六部曲》（*Earthsea Cycle Series*）《地海奇風》異國公主身不由己，罩著面紗蓬裙的沉靜，卻是不得自主的怵目驚心——無孔不入的眼目，死亡如影隨形的違禁示警，於是她們的「我」消滅在「我們」的群體裡，失去真名，套在制服裡，了無生氣。除卻身體動作

行徑，更是精神思緒皆須整齊劃一的附屬品。

　　大凡物不平則鳴，詩以興觀群怨所以言，文學傳統，不論世界各國，本就來自於社會的真實性與集體潛意識的壓抑共鳴，是故，瑪格麗特・愛特伍也才會在艾瑪・華森（Emma Watson）向她的訪談裡直言靈感的來源「故事中所有事，都必須是某時某地真正發生過的事情」[16]，而使立基現實的虛構，更讓人有種怵目驚心的惶恐。不過此書反烏托邦背景脈絡更根基於厭女的畏懼。這就必須從厭女症（Misogyny）談起。

書評體的魔法圈16

詳見〈艾瑪・華森訪問瑪格麗特・愛特伍：關於父權、厭女、女權運動與《使女的故事》〉一文。

　　所謂厭女症的一詞釋意，並非若字詞面上所解「厭惡女性」這般簡易，實則暗藏有尊卑貴賤，權力掌控的分別，在上野千鶴子《厭女：日本的女性嫌惡》定義，往往大抵別類為聖女（母與妻）或妓（器）。然而，若更深一層深入日常男女伴侶點滴，則是一種無法容忍權力分流的畏懼與控制慾，如蘇珊・佛沃與瓊・托瑞絲《愛上M型男人》所列，男女權力角逐的言行舉止與萬千種的總裁陰影。

　　屆時聖女當又分流為（1）掌握中溫順馴服於其下者的母妻（在家從父，出嫁從夫，夫死從子）總裁俏秘書系列的權力高低；（2）無所掌控或作為童年受控復仇，引發各式詆毀、控制以期歸順為（1），逾矩不羈與無所望者則成暗黑特質的惡女原型，如吉莉安・弗琳（Gillian Flynn）《控制》（*Gone Girl*）裡的愛咪。但這其實都根源於男人對女人，無法容忍權力位階的失去或不被允許

【為了理解，我們把話語權交給所有人】

的失控驚心，是故「輕蔑畏懼」，轉衍為女人自我厭惡的接引，然後男人女人再由父母子系影響沿襲而得厭女。

心理學大師佛洛伊德對男女性別心理的詮解定義，很大的一部分立基於「陽具」的有無與欣羨造就去勢的傷悲，可這種所謂天生而來的男女有別，實則更來自於女權主義權威西蒙波娃《第二性》所言，「女人非天生，實乃人為」，缺陷所感等同種族別類，乃後天風俗襲沿馴化，而非先天造就尊卑貴賤差別，就像使女故事中後一世代，良家女孩不受教只等婚嫁的愚騃，全然是外界社會的洗腦摧殘造就。

很多人對於女性身體或情慾書寫等，總戴著有色的眼鏡來端視，或投射充滿物化女性的想像，但這是不對的，或許可說女人的心直通陰道，不過情慾書寫的要旨，從來不是浮、濫、亂的女子不貞潔，使身體為器地隨意拋售，實是肇因於父權壓迫，導致為顛覆而顛覆的蜿蜒，造就陷溺的癮頭與崩毀。

1997年3月19日東電OL殺人事件，日間為高級知識份子且高收入的主管渡邊泰子，夜裡卻是濃妝艷抹廉價的路邊之妓，溯源身世乃父親早死，母親妹妹與其不相分屬的孤寂，對父親眷戀看齊與自我性別厭惡才種下慘死禍因；首位獲得泰國文學獎首獎的應召女塔娜妲·沙望都恩（Thanadda Sawangduean），跨海賣春的真實故事《應召人生》（*I am Eri: My Experience Overseas*），以己身為器為妓的崎嶇，亦是原生家庭失能，小大人必須一肩扛起家中經濟，還遭受父權至上兄長不時拳打腳踢鄙夷，甚至危急生命的痛楚悲戚。

非是向外而是向內，最終都只能以自身身體為武器的反擊，其實是鎖鍊層層遞進，受害者無能還擊的自殘自溺。是以女人身體自由意志的抉擇與情緒感受，平日裡自當就要有可選的Yes or No，由此進入現今性別概念的缺漏。

從再婚夫婿盧克之死，失蹤的愛女、進隔離營的母親，使女奧

芙格倫步步驚心周旋於大主教、夫人、使女與奴僕間，與未知情所以起的司機尼克，望不見的黑暗光明，都讓她慢慢於日常裡窒息。即便兩人相愛，亦非彼此相屬，而是男人的附屬品，命運之軸無法操之在己，便只存驚恐或自棄的反擊。

另外，上述種種諸多恐怖，皆是小說家們以如椽大筆，或以自身親歷，或以社會批判的思考邏輯，寫出極具社會意義的政治寓言或明日世界驚心，不過內容大抵多取用真實歷史的挪移或虛構的隱喻（只是讀來寫實如歷）。可古往今來，卻有殘酷血腥的自傳日記，鉅細靡遺地呈顯如斯「反烏托邦」式，獨裁極權的無邊暗影，如何使身處其中的人民，如熱鍋螞蟻，憑任宰割的悲慘不幸，如安妮‧法蘭克（Anne Frank）《安妮日記》與朴研美《為了活下去》（*In Order to Live*）[17]。

有卡夫卡小女兒美譽的猶太少女——安妮‧法蘭克（Anne Frank）的《安妮日記》，深刻的摹寫出人為求生存，日復一日從事機械性單調勞動，困守於籠中獸的桎梏無能逃脫，最終在消極致鬱不再掙扎的狀態屈服，獨留人存在真諦與價值意義的思索在腦海中轉動，無怪乎日本知名作家、記者池上彰教授將之名列「改變世界的10本書」席捲全球，後續在臺灣更因高中生扮納粹事件，再度成為熱門話題[18]。

安妮‧法蘭克卒年於約莫十六七歲的少女時代，是二戰納粹德國屠戮猶太人事件裡最廣為人知的犧牲者。安妮1929年才誕生於

書評體的魔法圈17

脫北女孩逃亡求生的悲慘故事，除朴研美《為了活下去》外，也可與李晛瑞《擁有七個名字的女孩：一個北韓叛逃者的真實故事》（*The Girl with Seven Names—A North Korean Defector's Story*）對照參看。

【為了理解，我們把話語權交給所有人】

2016年12月23日，臺灣新竹光復中學學生，以扮納粹為校慶變裝主題，卻意外引發爭議，在未能理解那樣歷史種族背景所積累的傷害，甚至對生命的剝奪殘暴前，高中生這樣的表演確實並不顯得適當，可事件發生後，除了交相攻訐與重懲外，應可視為絕佳的學習借鏡與契機，省思僵化填鴨的教育裡，知識的累進並不等同於殘忍事實的同理甚至歷史的深度意義，且希冀從現有填鴨分數取向的升學考量，卻能引導學生推演出寬闊並舉足輕重的視野思考，不啻也顯得過於理想美化。關於教育、歷史與學習，或許是臺灣經歷諸多殖民與權掌者的交替，使得我們必須坦承，在各種層面上，我們確實都還顯得不足拮据。

德國法蘭克福，然而短短四年，卻因1933年納粹黨贏得此區大選使反猶太遊行一時興起，受迫情勢，全家不得已遷徙至荷蘭阿姆斯特丹，可隨著情勢節節升溫，1942年，法蘭克一家只能避世於父親公司裡的閣樓密室，另有父親友人一家三口與性情古怪的牙醫師同住，暗不見天日。

《安妮日記》是她於1942-1944年藏匿期所寫，記錄下此非常時刻的點滴，早慧心靈摹繪了母女／情人／外在人際關係，與逼近死亡恐懼下的種種碰撞。砲聲轟隆的日常裡，（猶太）人的生命彷彿螻蟻。吃食需靠外供應，開窗、洗衣、上廁所等，人生日常，皆須經過計算考量，躲躲藏藏不見天光，只怕生命就此受波及。

困守於如此狹隘，卻又有更多人性的戰爭可打──人的貪婪／慾念／自大／驕傲，及經濟膨脹越漸誇張的困窘，多人共住一小室，摩肩擦踵，室內室外，皆是一觸可發的地雷炸彈。在此密室，安妮記錄下了烽火戰亂下的流離恐懼，家庭關係中的種種爆破，青少女百折千迴的婉轉心事，既有對性的啟蒙覺醒、對愛戀的猶疑抗拒，更承載著對人生命尊嚴與存在價值的質疑，因為這一切的一

切，都被壓縮在一斗室間進行而叫人窒息，特別是日日夜夜，居於其中的人都被圈禁在日常生活各項（吃食住行），恐怖且無以抗拒的重複循環裡。

在安妮的日記裡，屢屢表達對這種機械日常造就的麻痺感到痛苦，總是寫著三餐自己與他人，因為她被困守在此無能出逃，她甚至一日摹寫著整個下午反覆剝著豆子使她如何暈眩厭惡的心情。可她們卻逃不了，更令人遺憾的是，在最後距今戰爭勝利前不過幾月，他們卻被告發逮捕，最後安妮便在移往集中營後染病死亡，全家唯有父親倖存，白髮送黑髮，日記手稿則經由善心秘書趁隙收藏轉交，方得保存。

《為了活下去》以脫北女孩朴研美的生命經歷為題旨核心，自傳式的書寫己身由北韓至中國轉南韓逃生的血淚荊棘，北韓極權陰影的禁閉，彷彿臺灣二二八時期的風聲鶴唳，路有野殍而行人不敢問，衣不蔽體的寒飢更如影隨形，然而這一切最恐怖的並非是寒飢與死亡，而是親人手足，為免連坐傷害只好交相出賣的背信告密。

人民不僅日復一日感受不敢相信任何人的疑心驚懼，生活日常更陷落國家極權濫用的陷阱，不得不於黑市犯罪交易裡求取生機，朴研美父親於是便由此入獄，剩餘的孤女寡母試圖突破困境，然而橫越結冰鴨綠江的勇氣，卻反讓她們落入中國人口販子的手裡，趑趄趦趄生不如死，不知該怎麼向前走去，所幸最終不肯向命運低頭的堅毅與對生命自由的渴求，將她們引領至穿越戈壁，只靠星星指引的命運之旅。

此些方當幼兒的稚齡至青少女，這樣戰火下的稚眼／稚顏／稚言，卻生冷且理性的戳破映顯，世界不公不義、殘忍血腥的「國王新衣」。

過往我們讀法蘭茲・卡夫卡（Franz Kafka）《變形記》或安部公房《沙丘之女》，此些鉅著雖與安妮・法蘭克《安妮日記》及朴

【為了理解，我們把話語權交給所有人】

研美《為了活下去》等同，「人形卻困獸籠中般地，毀滅於如蟲如獸的反覆絕望」，由此生出對人存在價值意義的思索。

不過畢竟前二者不過是小說敘事的情節內容，卻未有真實經歷的惶恐，且其性別人物塑造，也偏重男人對生命／工作／情感的追索——那無能工作養家餬口或機械性反覆無意義的勞動，失去存在價值意義的困惑，卻仍舊缺漏了女性與兒童。

可溯源存在主義的歷史源起，本就基於工業革命後，人於工廠重複性的機械操作，作為一個工廠行進「螺絲釘」零件的沮喪空虛，不分男女老幼[19]。

書評體的魔法圈19

人不該囿限於反覆勞動有如工蟻存在的生命意義，亦可參照對看中國女作家徐小斌色彩鮮明的作品集，雖然其寫作特色偏重繽紛奇想與精神分析，然而在對人深層意識的探查與想望，亦有這樣自由理想幻夢的追尋。

耙梳權威書寫的種種，我們往往得見男人的世界，可是兒童、青少年與女人，卻總被忽略遺忘，甚至不予以承認。但是，生命的拼圖全貌，不該僅止於此而已。

是以，後二者與亞歷塞維奇之筆，戰時或極權的生活壓迫，顯露出對自由的渴求、嚮慕與思索等，對生命居間錯雜的各項困惑質疑，人的存在與歷史想像，再不囿限於男人與成人，也不僅是官方檯面上的公開宣言，生命的祕密，人存在的價值，在這些戰火轟隆、失親傷悲或輾轉流離的幼童青少女，萬千心緒的成長糾結，及女人無法成為英雄的「厭女」，才盡數補全了歷史權威書寫脈絡中，女人兒童視野與話語權存在意義諸多，而這一切悲傷、恐

懼、難過與痛苦的話說重頭，更可於反烏托邦脈絡的緣由開始一一
述說。

【反烏托邦文學溯源】反烏托邦國族寓言的遞嬗幻滅

溯源烏托邦小說作品的起源，乃根基於對「美好理想」的憧
憬，與對涼薄現實的避世無力，本質上，本就具有部分「粉紅泡
泡」想像的存在。然而反烏托邦小說，則又層層疊疊，更立基於此
「美好理想」是否能真正付諸執行的困惑質疑，是故往常總以人性
種種範疇的細膩，開展考驗通關的冒險崎嶇，完成對「理想國」概
念的衝撞突破，還有箇中，究竟是誰偷走了乳酪？

大凡物不平則鳴，於是英雄起身革命。然而恐怖的是，那「推
翻專斷，戳破既得利益與掌權者空泛大餅與階級霸權」的覺醒，時
代意義里程碑的矗立，幕後魔手或豬隊友，卻往往是所謂的正道權
力，相互之間的傾軋角力。從慷慨激昂抗拒暴權的理想血氣，中途
穿越實際推行備受掣肘的崎嶇，預期中的煥然一新，美麗新世界卻
仍布滿荊棘。因為，理想國並不是非黑即白的良好運作，而是衝突
不斷的彼此交攻，於是最後只能於無奈裡，交互擺盪，以求現實與
理想泡沫間的相互折衷。

不過，若論反烏托邦經典溯源脈絡，則須由反烏托邦三部曲
——尤金・薩米爾欽（Yevgeny Zamyatin）《我們》（*Mы*）、喬治・
歐威爾（George Orwell）《一九八四》（*1984*）與阿道斯・赫胥黎
（Aldous Huxley）《美麗新世界》（*Brave New World*）開始講起[20]。

尤金・薩米爾欽作為反烏托邦始祖的《我們》（*Mы*），40回
的記事體形式，講述200年戰爭後，世界唯一僅存幸福淨土「聯眾
國」內發生的各項故事。由擁有數學強項甚至設計宇宙飛船「積分
號」的宅宅工程師D-503的記事視角，敘說原本跟人如其名圓滾滾

【為了理解，我們把話語權交給所有人】

女孩O-90與好友厚唇詩人R-13，過著幸福快樂的聯眾國「同妻」生活，可本屬理性工科宅生活的平靜無波，卻因神祕女I-330的魅惑魔力，從奇妙瘺嘴老婆婆的玻璃屋內相會後，世界因此不同。

此國極其閃亮剔透，被綠牆所環繞，人彷彿溫室中的花朵，居於玻璃等各式透明材料間，無隱私地任人隨意探看，須得登記請領有粉紅票券，方得垂下窗簾做愛。且標誌自由的行動，實則則如監獄犯人的放風，四個一列於玻璃步道上整齊劃一的踏步走。（瑪格麗特・愛特伍《使女的故事》「使女們」的「理想國戒律」亦類此，如控管人生自由的放風與消滅個人獨特性的「使女穿著」等皆是）由「無所不能者」所宰制的世界，運行規律極其獨特──人民由無生物血緣關係（如父母手足）的連結建構，取而代之的，是「無所不能者」父親般的「看顧」（老大哥正在望著你）。

他們無名無姓，穿著統一且齊整，僅餘號碼以供標誌辨認。號碼的組合方式，男人為輔音字母配合奇數，女性則為元音與偶數。個人獨特性被全數抹除外，日常生活更另配給有《作息條規時刻表》，供詳參遵循用。科學與理性造就瑰麗，反對者則被處刑，不過綠牆外，有什麼正在蠢動？一塵不染的淨土，又藏著什麼恐怖？

聽來有如當今工程師宅宅們遭妹詐騙的最早起源，實則是人生自覺想望的啟蒙，標誌個人情感的獨特與奔向自由，可遺憾的是，《我們》的終局不可能有「我」，於是D-503，個人的「我」被偉大手術「治癒」（強迫切除腦部想像力中樞）之後，失去靈魂的行屍走肉，也只會眼睜睜愛人的消亡逝去卻無動於衷[21]。

貴志祐介《來自新世界》亦見腦葉切除進行思維改造與控管的情節，術後彷彿沒有靈魂的行屍走肉，失去知覺思考相關的腦部活動而被奪權。

　　本部作品據傳乃因作者自身1916-1917年泰恩河的造船廠經歷，衍生對此類大規模勞動意義的困惑質疑，因為箇中上對下階級間際的權力細膩與思想洗禮，更可套用至國家社會「標準體例」的諷刺深省。所以不難瞭解，即便此書1920-1921年便完成，後續於國內以手稿的形式流傳，甚至至國外多方輾轉，可在蘇聯卻是到了1988年才正式解禁，其如椽大筆的社會諷刺力道可想而知。

　　國家絕對標準的體例戒律，對比同婚平權亦合適，正如此書序的編輯小語質疑，究竟「誰可以定義幸福」，或者「幸福」標準的單一化，其實便是一種荒謬的專制？

　　2016年11月17日婚姻平權法案開審，卻引發對同婚議題正反的對峙抗爭，究竟，社會邏輯思考的框架，孰者才能歸屬於真正平等與正義的範疇，抑或只是不幸淪為某些自認「正統」思維的優勢霸凌？若高舉平等幸福的旗幟口號，卻是抹除人性，壓迫的差別待遇，則現實與反烏托邦想傳達的內裏意義並無差異──被定義的幸福，或許有時並不能實際代表「真正的幸福」。

　　蔡英文總統曾說，「在愛之前，人人平等」，大致亦是基於這樣的理解同理，能尊重個人意志與自由者，方得不淪為獨裁專制之譏。

　　其次，喬治・歐威爾（George Orwell）《一九八四》（1984）則講述大洋國、東亞國與歐亞國「三國鼎立」時候，彼此征戰不休，居於其中的小公務員溫斯頓・史密斯對威權體制的叛逆反動，

【為了理解，我們把話語權交給所有人】

竟不幸使自己與愛人同陷牢籠而無能擺脫[22]。

　　無所不在、無所不能顯示螢幕的監看下，人們所有的言行舉止都無所遁逃，連表錯情都有可能喪命。嚴謹的體制雖鼓勵父母以傳統方式教育子系，卻對幼童灌輸舉報相關，為諜作間的方針，類同亞歷塞維奇《二手時代》邪惡的平庸日常點滴或文革大陸紅衛兵的崛起，使得人人自危，戰戰兢兢如履薄冰。

　　於是想當然耳，這前身為英國，歸屬大洋國省分之一的「英社」（英國社會主義），在老大哥（Big Brother）的「庇蔭」下，核心黨員佔據特權控管，個人主義的獨立自由與權力權利，如私下交易或情感自覺思考等，全遭禁制否定。

　　作為大洋國「真理部」小編的苦情公務員，溫斯頓雜事繁冗的重心，真正作用卻是在「修改歷史」以供宣傳——讓歷史紀錄符合黨的方針與各項決策發展。他那對日常憎恨不滿的「其心可『異』」與「不良居心」，本僅存於私人日記與腦海，平日尚且還變色龍般地遮掩不彰，直至他邂逅同具反意的同志茱莉亞，事件才爆發開來。貌似溫厚儒雅的租屋房東，竟是思想警察的偽裝，使得剝除社會化人格面具的鴛鴦，幾晌偷歡卻被棒打，最終於「『老大哥』榮光的愛寵」中得到「解放」。

　　遺憾的是，所謂「沐浴於『老大哥』榮光的愛寵」，不過是泯滅人性的囚問煎拷與嚴刑監守，最終將使人於人性美好、真理正

書評體的魔法圈22

榮獲2016年安徒生文學獎的村上春樹，其《1Q84》便是對《一九八四》致敬之作，不僅字裡行間不自覺流露出同等對「無所名狀，不知其誰正於幕後監看」（Big Brother or Little People），被追逐感的恐慌不祥，亦同樣在彷彿被定調的命運基線裡，尋求愛的可能與生而為人的存在價值意義。

假的我眼睛眼業障重啊：書評體的百萬種測試與生命叩問

義執著與生而為人存在的價值所宗，直抵「假的我眼睛業障重」的「2+2=5」、「背棄愛人的窘迫」與人生信仰的全面毀崩，與李明哲事件同，映證小說有時非虛構，實乃真實歷史因果的鏡映脈絡。

喬治・歐威爾從就學期便細膩地覺察出階級歧異與權力張馳間的恐怖差異，至擁有緬印皇家警察經歷後的執筆，字裡行間更遍顯獨樹一幟的政治寓言。《一九八四》中核心黨員、外圍黨員與無產者三階層的組合，便內藏種種反諷異義，如「戰爭即和平、自由即奴役或無知即力量」的部門公務——和平部「戰事結果永遠勝利」，友愛部「思想犯罪者的拷問殘虐」，真理部「竄改歷史以符黨針」、富裕部「經濟產量配給的浮誇不實」），都存在強迫性的壓制中，凜然的諷刺意義[23]。

反烏托邦經典三部曲的最後，則是阿道斯・赫胥黎（Aldous Huxley）《美麗新世界》（*Brave New World*）。血液中汩汩流動有知名生物學家湯瑪斯・赫胥黎血統的作者，不負生物學者後裔美名，轉引莎士比亞（Shakespeare）《暴風雨》（*The Tempest*）名句「人類有多麼美！啊！美麗的新世界，有這樣的人在裡頭！」的《美麗新世界》，博學雜識的書寫間，亦可說是心理學制約控管一切的最佳展現，雖是1932年的出版作，內容卻簡直是時代領航先

書評體的魔法圈23

《一九八四》後半部於權威拷問裡的各項恐怖，亦可參照馬克・艾倫・史密斯（Mark Allen Smith），現代拷問偵訊為題的《無名偵訊師》（*The Inquisitor*）與《無名偵訊師2：雙重告解》（*The Confessor*）系列部曲。不過前者是反烏托邦禁制下的恐怖不可說，浮濫來說亦可算是磨難中遍顯愛與背叛的偶像劇脈絡，與後者娛樂推理性質的角色塑造較為不同，並且其生活日常的步步驚心與落入審訊下各式拷打的蕭殺冷漠，反更接近諜戰小說，如中國麥家《風聲》，雙面作間的驚心動魄與嚴刑受審的惶恐。

【為了理解，我們把話語權交給所有人】

鋒，先知先覺的真知灼見。

故事講述公元26世紀，汽車大王亨利・福特被奉尊為神，並以首輛T型車上市為紀年單位。社會分列有五大種姓——「阿爾法（α）」、「貝塔（β）」、「伽瑪（γ）」、「德爾塔（δ）」、「愛普西隆（ε）」，階級井然不得相互逾越的進行控管影響，其中尤以心理學巴夫洛夫效應的使用最為頻繁。此區人民以雜交不專的情感型態為主流，俱生物血緣的父母胎生關係與自然隨時俱進的老化死亡，被視為骯髒齷齪與落後的羞恥標誌，情感知覺時刻則服用「索麻」（類似現今毒品）抵銷那樣的力道，使人忘憂喜樂。

另外，被國家統一由試管培育的胚胎，更是人工改造，以心理學制約效應出產各層人種，人的獨特性與隨機發展全然被消彌，僅有福帝為尊，全然獨裁的恐怖——如被施以腦部缺氧者，因失去思考能力，終身只能以勞力生活；被電擊威嚇洗腦者，則厭棄花朵書目等，而能專心致志於勞動。活著的各階各層人種，日常生活即牢籠，陷落於反覆不斷的催眠洗腦，條件制約造就人思維邏輯與言行舉止的僵硬反射，情感知覺又受索麻所制，由此造就安穩平靜的美麗世界[24]。

故事以育種時錯混酒精，後續生成被視為殘缺異類的柏納德開啟英雄旅程，因相貌體格與常人的大相徑庭，存於團體中不時感到

書評體的魔法圈24

《美麗新世界》讓主角永駐青春、服用索麻或溺於雜交性愛等，或也可視為一種壓制不使個體成熟並擔負責任的作法，另外，人被制約對死亡無感（非坦然無懼），「未知死無法知生」由此亦無能體認生命價值意義的可貴，如何追尋。孔子「未知生，焉知死」的儒道，在榮格的詮解裡，或可逆轉為「知死方知生」，懼怕或經歷瀕死，才更珍惜生命。甚至歐文・亞隆《存在心理治療》一書便曾論及，人一出生便是要抵抗死亡的焦慮，生命的歷程可能因死亡的逼近而使生命達到正向的改變。

孤寂，並略顯反社會思考。後來有單位林志玲美譽的美女蘭妮娜，為了扭轉她過往只求單一伴侶專情的異議，便與其偕同前往美國新墨西哥州「野蠻人保留區」的馬爾白斯（Malpais）部落參訪旅行，不料卻巧遇育種中心主任湯瑪斯失蹤多年的愛人琳達與長大的腹中子約翰。

「原始」與「文明世界」的衝突差距，使得約翰母子總與當地印地安人格格不入還備受排擠，遭柏納德與蘭妮娜攜回認親後，卻也是物是人非事已休，自然老醜與胎生子系皆成為「文明世界」不恥的大忌。主任只好灰著鼻子黯然下台，沉浸於索麻，自我放逐。後來成為鎂光燈焦點的野蠻人約翰，重回文明卻仍被文明世界擋身於外，最終引發混亂，試圖歸隱匿於燈塔，卻又被蜂擁來的文明觀光客瘋狂追逐探看（全球最悲傷北極熊Pizza的概念），爾後與蘭妮娜彼此相互吸引的慾望更使他內在矛盾衝突，最終只得於無解的困惑中自殺身亡。

縱結以上，時值今日娛樂性濃厚且偏重戀愛取向的反烏托邦青少年女的大逃殺敘事盛行，除卻筆者拙著《小說之神》【青少年女類II】反烏托邦與逃殺小說中的團體霸凌及其解析的各種寓意外，眾人或以為此類「受迫壓制，愛戀激情佐附鬥志革命的威權顛覆」實是歷經時代沿革後的取巧變形，不過值得注意的是，溯源反烏托邦文學的淵源脈絡與定義，本就具有一定共通的原型。

唯一弊病是後者經後世輾轉變形，為討好讀者與戀愛取向市場的因應，部分流於白目花痴羅曼史，使得不平則鳴的革命為輔，一女繞二男或多男的爛漫奇想為主的比重差異，且往往圓滿團圓於終局，浪漫愛情的娛樂全能開外掛場景，削減了原有對威權專制恐怖的社會諷刺意義。不過大抵具有共通的寫作特點與脈絡可循：

（1）「單一定義美好幸福，官僚體與真相體的差異」──即

便荒謬，但威權專制定義的單一幸福即為主宰，且往往以「理想」之名，行「階級分制，差別待遇」的「權力分贓，惡性控管」之實[25]。

（2）「『我』與『我們』的對立」——個體情緒知覺與思維邏輯等的意志自由與獨特意義，對比國家群體齊整一致、泯滅個人及其各式想望以求管理便利。

（3）「女人無法成為英雄的『厭女』」——女人恆定作為潘朵拉式情節轉折關鍵的紅顏禍水，無論如何也無法成為英雄，如上述反烏托邦經典三部曲的「轉角遇到愛」的女人從來都是引發男主人翁平靜人生波濤或內在衝突的『元兇禍首』，此點因近年女性主角自我中心敘事的流行才另有變異。

（4）「永恆少年少女」——青春無老永恆無衰，只為自我價值意義的奔放自由與成就有關，如《美麗新世界》不孕不生的青春永恆，皆與榮格「永恆少年」概念相關。

（5）「無所名狀，不知其誰正於幕後監看」——個人隱私被

書評體的魔法圈25

這種被嚴密監視，利用聽來俱「正向意義」的官僚體粉飾太平，如修改歷史或官方謊言洗腦催眠的獨裁極權，也就是亞歷塞維奇所提的戰爭有兩種聲音，官僚體與真相體，往往使人們只得於假意屈從、反叛革命或被嚴刑拷問再教育的恐怖中擺盪，驚顫不已。想從標準一致的集體（我們），觀視到自我獨特性的個體（我），而能剪除那些心理制約、催眠暗示或官方教育洗腦的弊病，恐怕非獨有勇氣的莽夫，還需有謹慎萬一的智慧方可成功。因為人性脆弱，更存在諸多盲點偏見，人往往便於順從與麻痺間，失去自我，如Toshl《洗腦：X JAPAN主唱的邪教歷劫重生告白》，所紀錄的，也是這樣的一個故事。

假的我眼睛業障重啊：書評體的百萬種測試與生命叩問

一覽無遺且落入詳加控管的嚴謹透明，使人窒息，理想國所尊奉者，等同上帝，擁有莫大權力，且如影隨形，如《我們》「無所不能者」、《一九八四》「老大哥（Big Brother）在看著你」，或《美麗新世界》「福帝」。

（6）對性的恐懼、障蔽與負面意義：基本上表現方式乃是兩極化的差異，一者承襲現實對青少年女兩性教育的封閉，「性」大抵是不可說的祕密，鮮少提及，總以英雄／英雌的冒險戀愛為主重心，二者則是過度浮濫的雜交不專或劈腿花心，暗嵌負面意義的隱喻。

其實，人從中二到熟成，往往間雜了很長的一段時間，而且還有些發展完全出乎人們想像，也超乎範圍，於是有些痛苦爆破，便是無論如何也抹除不掉，一直向上累加，成為人生智慧的積累。假定世界運作全依人的想像期待，其實是種不成熟幼兒性格的遺留，踏步成年的成熟，便是理解即便生命崎嶇，福禍相倚依卻能保有無畏勇氣向前走的堅毅決心。

如鄧惠文醫師便曾以瑞士心理學家榮格提出的「永恆少年」及後續學者延伸的「永恆少女」的概念說明，「有一種人，無論在工作、親密關係與家庭責任上，都不願意定下來或接受關係裡的限制、磨損與自我犧牲。但人不可能永遠飛翔，隨著年紀增長，還是應該要雙腳著地，『要先成功轉大人，才能成功轉老人』」[26]。

人當然不可能永保青春不老，人生亦難符合全能想望的運轉，種種投射與變化，有時細觀，不過是種「逃避可恥但有用」的鴕鳥心態，此中矛盾且極其弔詭，心理學家歐文‧亞隆（Irvin D. Ya-

書評體的魔法圈26
詳見鄧惠文醫師〈一種「永遠不想讓自己定下來的人」〉《50+時光心蘊》影片講解。

〔為了理解，我們把話語權交給所有人〕

lom）於《存在心理治療》（*Existential Psychotherapy*）便曾言說，人生就下來便存有一種對死亡的恐懼絕望。

換言之，生命之初，便是為了拮抗死亡的焦慮而存在。

是故，逃避雖然可恥但有用，確實有其根據——心理學上最為常見者有二，一則是心態樣貌上，永恆少年少女的存在，二則是不斷回顧過去，難以看向現在未來的創傷後壓力症候群（PTSD）。

永恆少年少女在神話或故事中的代表人便是彼得潘／小王子，或青春不老，以少女之姿現身的女神樣貌，此類人物的共同特質，便是呈顯出一種「無法面對現實，抗拒長大，難以擔負責任」（這裡應當詮解為心理狀態上的抗拒承受，而非現實擔負責任的經驗積累或能力等），故而心態樣貌都猶如神話神祇，青春永駐的不老存在。諸多反烏托邦青少年女小說，便往往基於此種設定，如貴志祐介《來自新世界》，青春恆駐，神一般存在的少年少女，由中運轉世界便是一例。

另外，人擁有著不斷回顧過去，以逃避死亡焦慮的本能，讓腦內小劇場錯落在過去層層疊疊的畫面裡，便可忘卻並迴避現正發生的現在與即將發生的未來。然而最為弔詭之處更在於此，兩者皆抗拒面對現實的種種，原本可算是最為恐懼死亡之人，可卻反而使自己永遠活在死亡之內——無論是存在「永恆凍結的時間」，或「囚禁己身於過去」的抉擇，都將造就人生，無以感知，失去現在未來，逼使人生大幅被過去所佔據的惡果。

正如創傷後壓力症候群（PTSD）啟動機制的根源——大腦本想以這樣重複畫面的顯現，用以調節人的恐懼，漸進式的讓人適應，而達最終消滅恐懼的目標，可卻不料失控無止盡的跳針重複，卻反使人墮入過去創傷無窮疊覆的地獄深淵。（工作狂則意欲在填補時間以抵抗面對空白時間的焦慮）

新年之始作為生，或許我們仍常不自覺受本能驅使——「逃避

可恥但有用」，不過，或許學會慢慢接受現實，將使人從生命的深刻覺察裡，感知現在而能抵達未來，且心理學也驗證了有時歷經瀕死，反而能更珍惜生，因生命與死亡本是一體兩面，藉此斬斷過去剪不斷理還亂的痛苦心緒，從中真正學會，活著的意義。

另外，作為「理想幻夢追尋卻最終破滅」的反烏托邦文學，也讓人想起創作《後宮・甄嬛傳》與《後宮・如懿傳》作者流瀲紫的分享感言──「不認為幻想通過穿越便能擺脫煩惱痛苦，各種時代自有其苦處，希望藉由《甄嬛傳》展現後宮殘酷冷血真實鬥爭人性，以此打破既往作品給部分年輕人古代很美好夢幻的童話感，而能擺脫穿越避世情懷的想像，進而學會活在當下的堅強美好」[27]。如此看來，穿越與反烏托邦文體，兩者某種程度上也頗有異曲同工之妙！但或許，那種對反烏托邦世界的想像，也可歸諸於平行時空無限可能，用以解決人生藍圖裡，存在的各項憾恨。

書評體的魔法圈27

流瀲紫受訪全文，詳見舒晉瑜採訪整理〈《甄嬛傳》作者流瀲紫：古代不美好，後宮很殘酷〉一文。

特別值得一提的是，反烏托邦作品系列中，歷歷如繪對性雜交、荷爾蒙氾濫的瘋狂（《美麗新世界》《我們》）或針對性的高壓控管，做為掌握人心的政策（《一九八四》）等，在在顯現出無論虛構或實際，群眾對性的恐懼，只好選擇壓抑禁閉或過度刻意使其成為反面教材的思考邏輯。或許也是基於這樣的緣故，才造就了沼正三《家畜人鴉俘》系列作品，以性的各項極限變形，去顛覆並嘲弄「正常世界」運行的各項體制規定，如政治／宗教／民族／神話／文明／體制中的種種荒謬與不可思議。

【借物少女，女子情感自覺與自我追尋】

　　走過口述記憶不可相信的女子兒童話語權及厭女，那麼或許讀者內心會困惑，除卻以反烏托邦理想國的嘲諷或自傳式的書寫來療傷止痛，那些被剝奪被為器使用的女子們，最終該當如何逃脫、尋求自我？或可由接續的「借物少女」窺見不同。

　　「借物少女」標題取於日本吉卜力工作室2010年，改編英國小說家瑪麗‧諾頓（Mary Norton）奇幻小說《地板下的小矮人》（*The Borrowers*）的動畫電影《借物少女艾莉緹》（*The Secret World of Arrietty*），講述約莫10公分的嬌小女矮人及其家庭，如何竊取搬移人類物品以求生存的「借物」生活，恰可作為卑微渺小、肉眼未可見的女子話語權人形示意，且筆者在此的「借物『少女』」，更擴充涵蓋至女人群。

 ## 【借物少女 I 】女子的自我熟成與真愛冒險旅程

　　日本心理學大師加藤諦三《人生的悲劇從當個「乖孩子」開始》中，曾言述「自我中心者實乃內心缺乏依靠與歸屬」，所以「自我中心」即是「缺乏自我」的概念（178-183）。再延續《小說之神》【女性篇Ⅲ】〈揮灑烈愛：斑斕畫布上，女子動人的生命情致〉與【女性篇Ⅳ】〈知識、特殊技能或魔幻與女性自覺的關係〉等章節，可發現女性情感自覺的觀照，抑或自我內在的崩毀重建，往往佐以大量知識或藝術技能的奇巧淬煉。不過，值得注意的是，貫串全文的知識、藝術與奇技鑲嵌等，雖使讀者眼花繚亂目不

暇給，但全書旨趣卻仍以女性自我生命意義的深掘／覺為主。

對照父權權威書寫的正統歷史，被忽略以話語發聲權、情感孤獨或各式待遇差別與自我構建不全的女子群，說不定也是以此種他人所未見、冷門的鑲嵌，「借物少女／借物女子」來彰顯自我生命主體成熟的冒險蜿蜒。

若是如此，那麼或許珍・羅森（Jane L. Rosen）《黑色小洋裝的九段真愛旅程》（*The Dress*）與史蒂芬妮・丹勒（Stephanie Danler）《苦甜曼哈頓》（*Sweetbitter*）便是完美示例。

珍・羅森《黑色小洋裝的九段真愛旅程》，故事以每年將有件紐約時裝登上《Women's Wear Daily》封面的當季經典，成為女人朝思暮想傳奇蛻變的關鍵為引，講述今年的魔法黑洋裝，如何在九位女子間輾轉流連，參與並改變她們人生或愛情的轉捩（如女孩踏步女人的成年，或自身命運的改寫），結尾開場首尾呼應成為循環，更有種歷史的迴旋[28]。

書評體的魔法圈28

事實上，2010年伊莎貝爾・渥芙（Isabel Wolff）《古董衣情緣》（*A Vintage Affair*）或2008年安妮・弗萊徹（Anne Fletcher）執導《27件禮服的秘密》（*27 Dresses*）等亦為此類，在此不另加贅述。

想報復始亂終棄前渣男友的百貨公司店員、心悅君兮君不知的秘書小姐、女子抓猴組的私家偵探隊、初出社會卻失業的名校畢業小草莓、禁制重重伊斯蘭女孩與竄起的模特兒新秀等，一件黑色小洋裝，卻涵蓋了自我與愛，各面各項的心事串結。

讀來頗有種史蒂芬妮・丹勒（Stephanie Danler）《苦甜曼哈頓》（*Sweetbitter*）或蘿倫・薇絲柏格（Lauren Weisberger）《穿

著PRADA的惡魔》（*The Devil Wears Prada*），五光十色輝煌城，女子自我追尋中，遍嚐人生愛情職場試煉的步步高昇。只是不知為何箇中的愛情轉變，有時總帶有某種虛榮勢利與裝傻的欲拒還迎，可是最後卻還真的得到幸運的荒謬不羈，若在現實當中，女人應當沒有矛盾諷刺的，對愛感受遲緩笨拙，卻朝錢財光環十分機靈的迥異吧？

史蒂芬妮·丹勒《苦甜曼哈頓》被譽為餐廳版《地獄廚房》（*Hell's Kitchen*）與《穿著PRADA的惡魔》，自傳性濃厚的以作者本身任職紐約曼哈頓聯合廣場餐廳（Union Square Café）女侍長達七年的親身經歷撰寫而成，某次偶然於餐廳當面遞送書稿予傳奇書探彼得·蓋勒斯，由此一朝麻雀變鳳凰。

故事講述懷抱粉紅泡泡夢想的少女泰絲，青年世代22歲前進紐約曼哈頓高級餐廳工作的種種甘苦談與人生的歷練堆疊，從笨拙生澀至熟能生巧的工作範疇，或周旋於工作伙伴中的情愛糾葛，分屬長姐如母的濡慕愛護與叫人狂野騷動的頑童鮮肉，殘酷寫實裡，人生的遺憾不僅錯結且錯解，而使箇中的甜美與幻滅，叫人再三回味。

餐廳後台出菜時候，非得滴水不漏一氣呵貫的驚心動魄，對照打烊下班後，同事群起揪夥的徹夜狂歡，簡直天壤之別，所謂葡萄美酒夜光杯，生蠔香檳毒品佐性愛的滋味，可原來五感味覺，感官的嚐遍，卻亦是人生苦甜的積累。妹端的不是菜，而是人生的幻滅惆悵，如酒入喉，唇齒留香的嗆澀，卻亦是甘苦相連的滋味萬千。讓人不禁細想，追求感官歡愉的虛幻明滅裡，人所渴求、人所追尋者，究竟是什麼[29]？

> **書評體的魔法圈29**
>
> 此書以親身經歷寫成，非過往蓄意混入窺伺取材的角色扮演，而先入有尊卑貴賤之別，更顯自然珍貴。

【借物少女Ⅱ】突破框架無限可能

心理學上，對人存在的認證，實則本身存在，即具有價值意義，獨一無二而無可取代，然而遺憾的是，生而為人，特別是華裔家族中的女性角色，面對社會種種眼光與框架的投射，往往總不得不的被迫，甚或被害轉加害的內裏馴化，殊途同歸的囿限於框架裡，動彈不得，須得歷經萬千險難，方得以破繭重生，重現曙光可能，以下用女作家御姊愛的自我成長，佐附希臘神話、羅曼史小說與電影等為解說示範。

首先，暢銷美女作家御姊愛《單身生活，不是學會堅強就好》實乃其生命蜿蜒各式歷練成長的娓娓道來，始自於為免失去愛的「乖」，啟動人生完美執著強迫的恐慌，最終卻隨著人生閱歷的積累衝撞，逐次地學會放手與心胸寬廣的自由飛翔。

從傳播（網美衝點閱率與直播工作）、感情（恐懼承諾與獨身生活）、人際（被人討厭的勇氣與雅好內向者優勢）、生涯（完美執著強迫、突破舒適圈與限制的籌謀）至身體健康檢查有異（子宮）而有母親神話母職天性的思索。

約莫11章，乍見題旨相異的內容，卻萬法歸宗的直指社會價值框架的突破與牢籠逃脫，由日常頻頻陷落迷思的外貌、成績與工作成就，甚或是關係圓滿的擁有，從「群體意識」對比「個體差異」的難容，抵達突破框架則無限可能的灑脫。

特別值得一提的是，心理學大師佛洛伊德喜以過去來詮解現在未來，並且資料來源大量立基於口述記憶的方式，雖有其缺陷，然而不得不承認，這確實在某一方面的邏輯推演也說得通，可由此脈絡思考，人彷彿只有不安晃動的當下，那樣的情緒感受與意志自由才得以感覺自身存在意義的動容。

【借物少女，女子情感自覺與自我追尋】

不過作者從完美女孩沈佳宜的模範，與拚命三郎式硬逼自己套用社會主流價值的「從眾」，「危險高山行過盡」後所怔悟的道，則是「現在」的自己，就能為歷史記憶中的「過去」重新定位，更顯振瞶發聾──我們即可為自己的存在定義，無論社會價值觀迷思的各項陷落，我們自身即是一種獨一無二無可取代的生命涵容。

　　另外，觀其系列著作《只是不想將就在一起》與《對的人：找回自己，才能找到親愛的你》至《單身生活，不是學會堅強就好》的脈絡，除大眾簡易分類的談情說愛講性或人生命的自由，我認為箇中牽涉，女人跌跌撞撞生命歷程「自我」熟成的冒險建構，值得更多關注的比重。

　　心理學上，人的自我大約一歲多才發展出來，由主要照顧者行為鏡映的互動，方得確知自我獨立的存在，直至青少年亟欲獨立的叛逆，更是另一個確立自我價值認同的黃金期。遺憾的是，華人教育往往總以與未來無關的分數填鴨或外在成就取向，作為自我價值認同的自尊建構，愛與不愛都一樣。且無論尊卑老幼，皆以傳統權威為尚，順從聽話表現好遠比什麼都重要。是以，社會價值觀的從眾，成了人生命中最顛撲不破的牢籠。在這樣父權主流為大的歷史書寫系統，女性與兒童，或生而為人的情緒感受，總不受重視，更遑論自我完整的建構。

　　日本心理學大師加藤諦三《人生的悲劇從當個「乖孩子」開始》中，曾言述自我發展遭遇悲劇的種種，顛覆了常人對「自我中心者」的歧視冒昧謬見，重新定義詮解「自我中心者」，實乃內心缺乏依靠與歸屬，即是「缺乏自我」的概念（178-183）。

　　因為缺乏自我，或自我被剝奪，於是必得假託憑藉外在世界，如他人或他物的呈顯，以確保世界的轉動與自我的存在，無能也無法有心理學理想狀態描摹「存在本身即有價值意義」的從容。這在女性情慾情感自覺作品的顯示上便是大量知識或藝術技能的並行烘

托，因為身為「女者」，在發聲權與行動權上，是人類史上，自我最受歧視剝奪的特殊物種，可自我與愛，本就焦不離孟，更對一生影響重重。

英國詩人卡羅爾・安・杜菲（Carol Ann Duffy）有首名聞遐邇的情詩〈回聲〉（Echo）：

> 當時的我／正在清澈的池塘中／尋找石頭和珠寶
> 而你的臉倒映在水中／如同井中之月
> 我在水中期待著你的吻／你的吻如同冰凝的火焰／卻發現嘴邊只有一滴水珠停留
> 你的臉依舊迷人地映在水上／可當我轉過身時／卻空空如也

此詩趣味盎然地詮解了愛情可能不過是自我的迷醉與陶然，愛與自我本就無法分開，典故根據乃是希臘神話納西瑟斯（Narcissus）由來，據傳作為河神與水澤神女之子的納西瑟斯，幼時曾有「不得見己之臉方得長壽永生」的預言，是故即便俊美無比，卻不曾見過自己的樣貌。

然而「傾城傾國難再得」的一代天菜，納西瑟斯歐巴無動於衷於任何女人的求愛，甚至引發山中仙女艾可（Echo）神傷殞落，而使被拒眾多追求者請求復仇女神責罰，於是獵後回歸見池中倒影而深陷，憔悴致死生出水仙。後人常單一引此為「自戀」的負面寓意，但卻忽略了自戀其中，實乃含括正面自我的熟成與愛自己的隱喻。

中國知名女星范冰冰范爺曾自道：「一個人久了，突然意識到一件悲傷的事，自己正在慢慢變成自己想要嫁的那種男人。」墨西哥傳奇女畫家自傳電影《揮灑烈愛》（Frida）主人翁芙烈達・卡蘿（Frida Kahlo），一生留下200多幅畫作，其中自畫像便佔了三

分之二以上，她曾說「我畫自畫像，是因為我總是感受到孤身一人的寂寞，也是因為，我是最了解自己的人」。

所謂不得不愛從何而來？自我與愛本就交相纏構，不得仳離。

2017年10月31日雙宋戀（宋仲基、宋慧喬）世紀婚禮吸人眼球，彷彿世上王子與公主，就當這般幸福快樂過上生活，然而甜蜜瞬間的前置最末，實則有更多險難克服的不能說。還有一般日常遭人詬病的諸多粉紅泡泡羅曼史，橫劈天下的東食西宿一打二（王子與侍衛包夾左右開弓），或將男人全數囊括的荷爾蒙澎湃法，內裏層層剝開，實則是種以情人完補缺憾的想像投射與嚮往[30]。

書評體的魔法圈30

青少年女粉紅泡泡羅曼史介紹，詳見《小說之神》【關於愛Ⅱ】，荷爾蒙澎湃擴散法。

可是，完美情人，真的存在嗎？

2017年2月始，知名心理諮商師蘇絢慧老師刊登於《皇冠雜誌》〈完美情人不存在〉，「探討伴侶關係與自我內在缺乏」的系列專欄（後結集為同名書籍），即針對此一脈絡，詮解人其實無能從關係內，特別是伴侶中，尋找己身的匱乏失落，成熟當非是用以補償內心缺口或滿足需求，而是相伴相知相惜的彼此認識與交流[31]。

所以，獨立自我，堅強是我，剛強轉圜卻又盡顯溫柔才是生命十年功。

若論自我隨世界轉動或世界隨我而轉的具體脈絡，中國一線女星趙麗穎主演的多部火紅大劇，《杉杉來了》、《花千骨》與《楚喬傳》等，皆可為絕佳範例解說。

如由中國熱銷的IP小說，瀟湘冬兒原著《11處特工皇妃》改編

由此專欄系列可理解粉紅泡泡偶像劇女主角性格的缺陷－人若總想從關係內，特別是伴侶的鍵結，去尋找己身的匱乏失落，用以填補內在無止盡對「撫慰、接納與寬容甚至自我肯定價值感」的需求，便等同於將己身存在立基於仰賴他人的動盪（即加藤諦三「自我中心者實乃內心缺乏依靠與歸屬」，所以「自我中心」即「缺乏自我」概念）己身的不安全感也將持續擴展為伴侶關係的崩壞。真正成熟的愛，當如內容所說，「非是用以補償內心缺口或滿足需求，而是相伴相知相惜的彼此認識與交流。」或許我們對這樣羅曼史或偶像劇粉紅泡泡小宇宙的熱衷，不過也只是投射現實女人難為，各式匱乏的傷悲，不過實際感情經營還是要學會成熟與責任承受。

電視劇的《楚喬傳》，六卷近兩百章小說故事，穿越奇幻開頭（電視劇則因應政府政策一轉為西魏混戰的套用），講述少女楚喬被野生捕獲入貴族獵場以供射殺娛樂，輾轉與貴族少主燕北世子燕洵、宇文玥等人展開一段愛與「來抓我啊」的冒險故事。

以「分久必合、合久必分」的東食西宿為結構，由燕北、大夏王朝至卞唐門閥世子少主等，無人不為之傾倒，各國局勢為之連橫合縱，動盪不已，所謂「傾城傾國，佳人難再得」也不過如此，然而佳人更為難得的是，十八般武藝樣樣皆能，世界撼動，甚至成為萬世軍表的秀麗王將軍。

然而若細細卒讀，便可理解這樣的楚喬，甚而此類偏頗的羅曼史小說，不過是過度自我中心，使關係成為滿足私慾價值取向的工具而已。翻譯蒟蒻：「這世上所有人都愛我，這世界為我而轉動，我是最棒的！」世界暢銷小說中，確實亦不乏這樣的神（ㄓㄟˋ）奇（ㄓㄤˋ）人設，不過真實世界裡，若假定世界運作全依人的想像期待，其實是種不成熟幼兒性格的遺留；踏步成年禮的成熟，便是理解或許生命荊棘寶藏、福禍相倚依，愛的步履亦有傷的痕跡，卻

能無畏地鼓起勇氣然後前進。

另外，《花千骨》集三千寵愛於一身的開外掛無窮、世界依我而轉動，或情人眼中只有我的超強比重，更有女主角稚嫩青春必得清純白妝的甜美無暇，無盡犧牲付出，直至後續生命遭遇破裂，情慾情感自覺的覺醒，則扮妝飾以隱隱然藏有威脅、邪惡與不祥示意的豔紅。

這般紅色寓意在瑪格麗特·愛特伍《使女的故事》使女裝扮與《單身生活，不是學會堅強就好》封面所著洋裝（？）亦同，若合符節等同社會傳統對女性想像／神話／框架窠臼的強制套用，生命情感非得壓抑犧牲付出不能說，若覺醒衝撞或非主流，則有如黑五類被標籤負罪天地難容。

西方哲人柏拉圖曾說，人猶如星星的碎片，將傾盡一生去追尋另一半，以求完整，然而心理學卻又讓我們理解，家庭關係的互動，卻等同於未來人際，特別是伴侶間的複印，而成悲劇的沿襲，動輒得咎。不過，約翰·鮑比（John Bowlby）討論人愛戀關係組構類型的依附理論（attachment theory）裡，非安全型者其中之一的逃避型依附（Avoidant-attachment），亦即行事距離必如行星自轉中必與其他星保持間距的行動，從戀愛角度看來，遠望互動給彼此空間自由的自我熟成建構，不也輕鬆？

更或許，不論男人女人，一個或兩個，願意承擔自己生命重量者，自己就是那顆最閃亮的星。愛自己，嫁不嫁給誰都幸福，而單身生活，也不是學會堅強就好，人的生命自有禍福相倚，自有生命的課題需處理。

走到最後，人才理解，勇氣與邏輯，才是我們生存的必須。

所以，牽動我們愛，轉動我們生活，不是萬堅不摧的自我，而是那路程途中，能夠明瞭社會主流外，我們依舊能夠選擇能夠不選擇，即便受傷可以心傷，也可以繼續站起來的過去現在未來。

【借物少女Ⅲ】正常與異常的界線

　　承上，若突破框架無限可能，那麼歸本溯源，原有社會價值意義框架的邏輯內裏，那正常與異常界線的釐清，又要怎麼辨明？

　　日本名小說家皆川博子曾於其《異常少女》一書中，叩問人的內裏，是否藏有不可窺探的東西，來辯證所謂異常與正常，平行「兩個世界」的迷離，是從何可知，又有何可循的奧義，這些或許都可由2016年日本「芥川賞」得主村田沙耶香的系列著作，彷彿不被世所苟同的「摩天輪之愛」中，一窺端倪[32]。

　　村田沙耶香創作一貫喜好從一般群眾道德倫理認知上的正常／異常提出質疑與翻轉，字裡行間讀來特具衝擊與爆破，尤以《殺人生產》《便利店人間》為代表作。

　　《殺人生產》乃由〈殺人生產〉〈三人行〉〈乾淨的婚姻〉〈餘命〉顛覆社會日常正統思維的四篇短篇小說所組構，用之命題的首章〈殺人生產〉，以類同反烏托邦的理想圖式，呈顯了一個生

書評體的魔法圈32

皆川博子《異常少女》以日本戰前至戰後，七篇短小物語－〈異常少女〉〈卷鶴雞冠的一星期〉〈展翅的太陽〉〈隱沼〉〈標本盒〉〈安蒂岡妮〉〈慶典〉，串起「畫虎畫皮難畫骨，知人知面不知心」的人性幽微秘密，並且愛與死總緊密相隨，戰亂不定的日常，異常卻於其中隱身探看，即便身作天照大神後裔，發著光的神界，卻也難免戰亂、權威動盪與人性顛張倒錯的瘋狂。此書一脈承繼有系列行文，層層綻開推理，幻化萬花筒視象的炫麗風，《異常少女》更另添生死虛無間的哲思厭世，餘韻無窮。其中死亡憂鬱裡，無以出逃的絕望，與異常倫理關係，特別是母女親緣與否的劍拔弩張，頗肖櫻木紫乃之風。

【借物少女，女子情感自覺與自我追尋】

產十人即可殺一人的未來時代，創生與毀滅並行。

故事講述生來約莫擁有反社會人格與殺人傾向的姐姐，熱血沸騰的投入生產人的行列以換取殺人，從小陪同長大的妹妹「出淤泥而不染」卻於最後共享的殺人時光，改換信念。箇中切中「正義的霸凌實乃暴力，正常異常不過一線間，生與死、佛與魔根本就是一體兩面」三大點，更恐怖的是，人如蟲蟻，命如草芥，錯誤的思想制度，卻如養生聖品的蜻蜓酥、糖滷蚱蜢、蟬豆酥一樣，慢慢吞噬人類並蔓延。

〈三人行〉類同臺灣本土劇種《一家人》中的三人行，一夫一妻制的長相廝守已不待見，取而代之的則是多元成家的三人行最為盛行，世代對立的歧見與衝突，就從高中女生真弓的戀情開始，可那不被認可的交往性愛，人處其中，卻只感受到彷彿如母親羊水的熟悉溫暖。

後兩者篇幅較短〈乾淨的婚姻〉講述以無性有愛的兄妹模式組成夫妻，各玩各的，卻於面臨生育難題時，以科技解決人性無法相親的孤寂。〈餘命〉則講醫療發達的時代，人們生死的界線模糊，可自行選擇方式死亡，生者無生感，死者卻等來生的怪異乖張。

延續這樣對生死界線模糊與婚姻模式的質疑，《便利店人間》則特別針對男人女人活著所需符合的價值觀意義進行挑戰，猶如之前護家盟對同婚的不當見解——不啻是「摩天輪之愛」的異常，這是一本對「便利店」的情書。

本書故事講述大抵生就有亞斯伯格症（Asperger's syndrome）的女子古倉惠子，因其人際社交與語言溝通上有所困難，及過度執著特殊興趣領域的人格特質，成長過程中記取教訓，為求融入而處處習仿「正常社會所有行舉」的求生記事。

或許在其他具有人自由意志舉足輕重的反烏托邦小說裡，將會被英雄英雌拒斥痛恨的制式歸條，卻一躍成為本書主角融入正常的

救星指南。擁有鉅細靡遺操作手冊的便利店，是她邁步正常世界運轉的捷徑。

然而有其利必有其弊，作為世界零件之一的便利店員，卻無能一個身分永唬爛，於是36歲兼職打工、未婚也無戀愛更甭提存款的惠子小妹，在不堪親愛之人的「關愛」下，因為不想被當成「異物」排除的強制正常與需被修復信念，亟欲改變。

此時她遇上了失業輾轉、四處借貸寄居、被人瞧不起只好自卑轉自大，常以「繩文時代」後代繁衍規則鄙視社會的矛盾男白羽，兩人由此相互「利用」，作為正常螢幕障蔽的同居生活。

然而最終，惠子的心中，仍然有什麼呼喚，於是書末惠子更將於便利店打工的心情記事轉擬為對便利店的交往情書，彷彿等同護家盟呼籲「摩天輪之愛」如何可能的無法釋然，衝撞固有道德規防，叫人發噱卻也省思再三。

年齡、性別、工作與婚姻各層的男女究竟該有怎樣的樣貌才算正常？從小到大被灌輸的社會價值觀都是正確的？我們一定要遵守嗎？中國作家楊建東於其《我在精神病院當醫生》曾述及由看診經驗啟發來的生命叩問──「正常與異常的界線，說不定不過是觀點的差別迥異？就像普通人的腦袋或許存有監控器的存在，將自行刪除那種不可言說『觸及宇宙真相本質』等雜質過濾，並被世界視作精神異常，可換個立場，他們可能是真真切切的先知異能，且成功擺脫思想束縛的得道者？」（258）。

人生在世如螻蟻，日常種種，莫不受到權威鞏固的社會價值所縛而不自知，普世認可的結構如斯強大，以致於藏身其中的人們，有時往往等同《屍速列車》中的行屍走肉──空有（噬肉）驅力的強烈鞭策，卻毫無人類自由意志（驅動者）抉擇的痛苦斑駁。

於是那些不被接納、不可告人的「異常」，只得小心翼翼的，在膽小慎微裡，隱諱滋養，讓這些被世所摒除的邊緣男女，無臉無

聲，於緘默的灰燼裡同謀，取暖，然後淚眼對看，何其悲傷。

或許在這個「眼見為憑」的世界／視界背後，真的如同某些反烏托邦小說質疑的那樣，有什麼樣的誰，某個上帝或神祇之眼正在遠處探看，甚而一手操控世界的運轉，我們卻渾然不覺，是以，我們要以什麼世俗定義的標竿界線來界定正常與異常，說不定是太早也太過了。因為正常與異常，可能本身就存在曖昧，甚至一念瞬間。

最後，外向世俗常規的圍限可能存在偏見，那麼內向己身的視野，又將如何呈現？由此將接續下章，面朝自己的所見。

 【借物少女Ⅳ】
小龍女的古墓有誰在──愛不愛要反求諸己

中國詩詞裡，宋朝蔣捷《虞美人》曾寫道，「少年聽雨歌樓上，紅燭昏羅帳。壯年聽雨客舟中，江闊雲低斷雁叫西風。而今聽雨僧廬下，鬢已星星也。悲歡離合總無情，一任階前點滴到天明。」騷人墨客以聽雨貫串人一生跌宕，青壯老三歷程的轉變與傷感。此中轉折令人唏噓長嘆，可女人的一生，又是如何？

雖說如今距離封建時代所謂「在家從父，出嫁從夫，夫死從子」的保守窠臼已遠，然而在看似解除束縛大鳴大放至女權意識高漲的2018年，女子成長的生命路途，卻仍不時受到無以名之，崎嶇難行的衝撞與挑戰。

社會價值觀框架的脈絡中，青少年與幼童該當是馴服聽話的乖寶寶，適婚年齡時候到了則須儘早外銷，洗手羹湯做管家婆，若是老妹世代大齡剩女滯銷貨，則常被攻訐得無處可躲，等同村田沙耶香《便利店人間》那樣的「異常無用」。

好不容易結了婚，又要事業婚姻共生共榮，升任父母，既有

母親神話的枷鎖，肩負所有家務的勞動，作為親子教養言行「禍首」，身材還不能走樣，還要關注老公。老年媳婦熬成婆，若無法成功轉換舊時的思維與被害轉加害的苦痛，又將成為顧人嫌、毫無貢獻的剩餘人口。

總結就是多做多錯，階級分層下的低端人口，被分配以重複性且不支薪的家務勞動，無價值可利用則可如免洗筷隨意拋丟。由此來看，女人的一生是多麼長又多麼短，短短幾個悲劇就可講完，不過是無止盡無間地獄的輪迴，重複轉換，讓人不禁仰天大喊，天公伯啊──

鄧惠文醫師《婚內失戀》便是講述對比魯妹剩女，被視為完勝人生的已婚女，卻仍將面對坎坷困難種種（《梅花三弄》主題曲下）。獨樹一幟的以「已婚女人的『婚內失戀』」，來探討婚姻裡，「用力給愛，愛卻消滅的種種惡性循環」，藉由觀點的轉換與各式關係經營的技巧，去透澈婚姻火藥地雷下，未曾意識到的潛意識冰山，也許完全不如人的想像。

鄧醫師鞭辟入裏的點明，傳言婚姻是愛情的墳墓，單身失戀還能安慰自己「下一個會更好」，然而邁入婚姻，責任、經濟與各種情感關係網絡的深層羈絆，剪不斷理還亂，一旦有婚姻之名卻無愛之實，那在腳上寫個慘字也無能表達其中的空虛寂寞孤單冷。特別有趣的是，書中引述西蒙波娃所說，「婚姻被施的詛咒是：兩個人太常以弱點結合在一起，而不是強項，兩個人都在要求，而不能樂在給予。」（219）

可在一連串數花瓣般，「他不愛妳」、「妳不愛他」、「他不愛他自己」與「妳不愛妳自己」的索求困惑裡，卻歸結出，所謂愛戀的投射走到最後，除卻外在重大不平，部分問題有可能要反求諸己的內心──因為人之所以覺得自己不被愛，有可能出於自己無能去愛，無法愛人的源頭起因於無法接納自己無法愛自己的內心

【借物少女，女子情感自覺與自我追尋】

枷鎖。

在蘇絢慧老師《七天自我心理學》對「投射」的釋意——「人的喜愛痛惡與投射的關係，乃在於人與互動對象存在本身所引發的類同與差異，造就的認同渴求或拒絕厭棄」（158-159）。更精確來說，實指對擁有與自身特質相像的正向認同或嚮往（渴望擁有卻未及實現的理想典範），及特質相像的負面拒絕與希冀切割排外的「內在黑暗」（自己苦苦壓抑不敢表彰，對方卻是無所顧忌展露出來）。

是以，作者才言說「投射將阻斷人與人的真實接觸」，因為不僅「完美的『世界』、『父母』與『情人』皆不存在」，「完美的『自己』也可能僅存於想像的斑斕」，唯有寬容且尊重的接納己身與他人的不完美，光與影同時疊影交錯，我們與人方得以建立真實的互動，這亦是所謂「自我」熟成，崎嶇冒險的關鍵內容。

那麼或許也可說，除卻重大外物的干擾，小龍女的古墓究竟有誰在的話，愛不愛可能都要先反求諸己才行。另外，綜觀前述作家御姊愛《單身生活，不是學會堅強就好》、鄧惠文《婚內失戀》維繫婚姻需求的種種，與書末時事精選的世新砍殺案有感，各篇雖各有著重，卻皆提及個人「自我」熟成在關係中的舉足輕重。

然而對於從小生長在分數填鴨，缺乏情感教育的我們，自我熟成如何可能？相關概念又是為何？在此推薦蘇絢慧老師《七天自我心理學》做延伸補充。

《七天自我心理學》以《聖經》〈創世紀〉神造天地的關鍵七日，佐以能量畫作「自我誕生曼陀羅」與靜心練習的著色，梳理人自我熟成將經歷的種種困惑——人我界線、情緒知覺、自尊天賦予滋養接納等歷程概念，系統完善且淺顯易懂，適用於引導自我修復、療癒與熟成，特別是其中關於榮格「人格面具說」概念的解說引用（60-62），更對我們日常生活的應用舉足輕重——

雖然榮格以「人格面具說」來表徵個人外在展露的個性特質，然而此詞卻非存在全然否定的負面意義，而是關乎社會生存，人際關係面向種種的所有相處互動，因為多元人格面具不僅可作為因應環境的策略，亦是種能接納己身多元特質的寬容；人之所以會感知心傷慮毀的各式爆破，非單純源於「人格面具」的擁有，而是過度僵硬不得變通的執著，無法接納自己最後走向毀崩。

　　如2017年12月18日，南韓天團「SHINee」主唱鐘鉉自殺前的遺書透露「沒什麼人想認識真正的我」、「問我為什麼活著，就那樣、那樣、大家都是那樣活著，問我為什麼想死，因為我累了。」除卻即便難過憂鬱，只能笑不能哭，就算哭也要帶著笑的正面失控，還有外在藝人光鮮亮麗的「我」，私下無人人懂的「我」交相錯綜，而使其生命常感不可承受之重。不過，亦不能否定其與常人不同的生活，箇中帶來的憂鬱沮喪等情緒感受，每一種情緒都該被尊重與懂，這更是自我概念內裏的重大響鐘，R.I.P.，願每個人都能於生命碰撞中逐步學會自我接納的種種。

　　另外亦推薦專職心理諮商與青少年輔導工作的諮商心理師陳鴻彬《鋼索上的家庭》，此書縱結其20年諮商的29個真實案例，遍寫出原生家庭裡，父母與孩子間的衝突兩難——指責與批評的背後，隱藏著對愛的關注需求，將己身理想套用於孩童，實則是難以處理自己的遺憾失落，被用作情緒伴侶、情緒勒索或婚姻代罪羔羊長大者，為求阻隔過多負面情緒與不當背負罪咎的翻湧而漸漸變得冷漠，且作為乖孩子的代價可能是失去自我的順從等諸多。

　　家庭的互動關係，將成就個人未來人際所有互動模式的複印，角色舉足輕重。天下不可能有完美的父母，我們也可能生就為了體驗創傷而來，但無論如何都不可放棄的是，我們最終都要學會自己長大，作自己的內在父母，將自己愛回來，並以覺察終止無止盡的家庭詛咒循環。其實說穿了，自我中心實乃缺乏自我的概念，即便

自己內在荒涼，也要學會憐惜這樣匱乏貧瘠的自己，愛自己。

最末補充則是兩性心理暢銷作者女王系列作，她由崎嶇蜿蜒的感情摸索，磨練造就字字珠璣，尤以《美好的愛，是先給自己幸福》提點女孩邁步女人的聰明心事，更達顛峰頂級。

可省思之餘卻又不禁想問，即便佛祖降下了蜘蛛之絲，但居間沉淪，又有誰人得取幸福？綜觀世間女子情事，若Dcard版或靠北版創作文佔量份屬不高，我們將由中獲取怎樣恐怖的數據結果——不加支持、活在平行時空的豬隊友、毒菇巫婆的交相聯手、覺得寂寞覺得冷的單身狗，驚喜卻反驚嚇的抓姦爆破，甚且貧窮夫妻百事哀的寥落，遑論還有原生家庭生命課題的崩落。

世間辛苦人事物實在太多，痛苦無能相較，也無從比較。但若論女人難為，不管「女兒——母親——媳婦——妻子」任一角色，總是孜孜矻矻，尤其處在高掛傳統大纛的華人社會，往往總被忽略並積累重責與事後檢討的嫁禍——原生家庭、婆家妯娌與丈夫共成三國，幼兒撫育、老年照護與職場經濟的層層逼迫，暗夜哭聲，誰能聽取？

非是欣羨嫉妒與攻訐，或質疑批評與冒昧，筆者很尊敬這樣能引領自身幸福愛自己的犀利，讓女子群眾理解人生其實亦有幸福抉擇的可能，但綜觀世間女子生命紋理，人究竟要積累多少的幸與不幸，才能一朝改換悲劇不向下墮落去？遺憾的是，名人偉士的生命事蹟，即便常人同等努力，似乎也無能套用並行，輾轉歷練的曾經，也需要機運的成行。是以，除此兩性婚姻的引領，或許，人更應需求人文學科各類的思考與啟迪，以求在層層的崩毀爆破，得到一方純淨。

【借物少女Ⅴ】借物少男自我追尋之旅與母體回歸

　　承上「借物『少女』」（含女人）知識、技藝或藝術才能等的鑲嵌追尋，往常多用於女性情慾情感自覺的自我追尋，與之烘托並行，以彌補現實自我被剝奪無以熟成的苦處，不過對照下，由各式技藝知識或創作鑲嵌以自我追尋的「借物『少男』」（含男人），則偏重神話學大師喬瑟夫・坎伯（Joseph Campbell）《千面英雄》（*The Hero with A Thousand Faces*）定義──英雄啟程冒險的試煉原型裡，那「與女神相會」與「母體回歸」的情節／情結，如村上春樹《刺殺騎士團長》[33]。

　　此書故事中心題旨取自莫札特歌劇《唐・喬凡尼》之首──風流浪子唐璜意欲調戲未婚小姐安娜，挺身而出要求決鬥的安娜父親（亦即騎士團長）仗義不成卻反遭殺害，經書中人物，知名畫

書評體的魔法圈33

「與女神相會」或「母體回歸」情節氛圍在村上春樹作品間，特別是《1Q84》與《刺殺騎士團長》兩部經典尤為此類，甚可說是接續相連且極度相類，不管是啟程冒險追尋巫山雲雨神性女神或其分身救贖，有什麼人正在遠處看著的Little People與騎士團長，比唐鳳遠端視訊更加不可思議有力的遠端受／授精；與世迥異，言詞精短的奇幻少女深繪理或麻里惠，多金節制卻另有目的的好野老婦與免色涉，呈現混沌或被宗教洗腦的父親原型，貫串以嚴重蕭穆政情態的氛圍－虛構的1Q84年或二戰維也納與南京屠殺等，具被虐情結的大塚環與無名之女及漁村風貌點點等，族繁不及備載。不過相比下，在奇幻情節的遞進，或許是改換以第一人稱「我」取代原有多重人稱敘事拼圖推理敘述中，可能發生的疊覆無聊現象，《刺殺騎士團長》筆力更顯簡潔蒼勁且有趣。

【借物少女，女子情感自覺與自我追尋】

家雨田具彥改換為日本飛鳥時代（約6世紀末至8世紀初）的人物畫。不僅衣裳時代地點轉換，更於畫面一角增生一本不存於歌劇中的茄狀「長臉」男，掀開地洞探出頭來，彷彿路易士・卡洛爾（Lewis Carroll）《愛麗絲夢遊仙境》（*Alice's Adventures in Wonderland*），連結異世通道的孔洞惹人遐想。

故事講述類同日本童話詩人宮澤賢治悼念摯愛妹妹臨死討要一杯雨雪的悲傷輓歌〈永訣之朝〉的心情，念念不忘幼妹之死的男子，內心的空洞憾恨導致擇偶標準上，情人面容的馴養復刻，不料歷經男女雙劈與家庭阻力才結成的婚姻，結褵六年的妻子卻脫口說出外遇出軌無能再共同生活的意願。

晴天霹靂間，他包袱款款，灰心喪志地踏上漫無目的的旅程，最終因緣際會來到一處「東邊日出西邊雨，道是無晴還有晴」的神祕宅邸。此處本為好友雨田政彥失智父親——二戰負笈維也納求學西洋畫，卻因捲入納粹暗殺行動被遣返，戰後沉默多年轉以日本畫聲名大噪的知名畫家雨田具彥居所。

男子以看家形式住進後，無處皆不是雨田具彥風（歌劇唱片畫室等），後於閣樓尋見與貓頭鷹共存共榮的神祕包裹，藏著的正是引發後續一連串風波的《刺殺騎士團長》。中年失婚又習於制式肖像畫的落魄畫家，畫中人物騎士團長真實現身，彷彿韓劇《W：兩個世界》，由此開展他過往不曾思索的人生價值意義與自我追尋。

本書採廣義式「書中書」技法，過往「書中書」虛實交相出界的迷離詭異，總不脫「書中人物與創作稿件內容主角遭遇漸趨一致而難辨虛實」的混亂恐慌，《刺殺騎士團長》既有日本古典文學上田秋成《春雨物語》〈二世之緣〉即身佛經歷改編重詮的身歷其境，書中之「畫」亦是隱喻聯翩，或可視為書中書（創作）漫衍。

本來不過是伴侶外遇後自身的習仿出軌，作為報復被背叛的戀

愛或性愛需求，卻一轉為不可思議奇幻的通道，他的視界／世界因而大幅變動[34]。

　　不管是朝向大母神原型分化遞進的愛神形貌，專職「性事相關，溫暖懷抱」那樣避風港作用的「奔女」人妻，或深具貞潔色彩的處女崇拜原型——天真不諳世事的少女（深繪里或麻里惠），肇因其奇詭神祕通靈預知或觸媒相與，而使英雄都在巫山雲雨遠端授精的不可思議裡，與女神邂逅相遇[35]。

　　另外還有被狀擬為母神形貌特徵「容器」的林間小祠摹寫，與

【借物少女，女子情感自覺與自我追尋】

對父親形象感受的形容——從《1Q84》父親乃是個與之爭奪母親乳頭的外人，至《殺死騎士團長》總不脫是個混沌失明或遭宗教迷亂的邪惡存在；使得英雄啟程冒險，接受心靈導師（騎士團長）的指引，最終目的都等同伊底帕斯情結，「母子融合期」抗拒外人、想「殺死『邪惡』父親」的強烈渴求。

且英雄拯救少女的奇幻行旅——冥河中的生死曖昧須得於痛苦中求解，經無臉男擺渡有與無之河，安娜及死去幼妹Komi指引走過黑暗為裏的雙重隱喻，再突破風穴夾縫被吐回林間小祠的步履，簡直類比倉橋由美子《亞瑪諾國往還記》，那毫無知悉充滿想像的國度，銜尾蛇狀的奇異旅程，原不過都是子宮內面，魂靈意識死生的穿越，除卻由父系社會回歸混沌母體的渴望推演，還有生來世間為人的自我知覺。

騎士團長亦曾言說「本體作為idea是反映心的鏡子」，非僅是物理性的反射而已，連結村上春樹訪談自述從未出現在結局的「人相信他人的力量」與法國哲學家笛卡爾「我思故我在」，或許除卻肉體，靈魂意識與意念可達到的地方，遠比人們所想像的還多更多，而相信即成真。

是故，由「意念顯現」至「隱喻遷移」二部曲所組構的《刺殺騎士團長》，所謂「在現實與非現實間穿梭」與「於意念和隱喻中尋訪自我」，被移動的圓凳與並置一排的畫作〈雜木林中的洞穴〉、〈秋川麻里惠的肖像畫〉與〈白色Subaru Forester的男人〉，及〈刺殺騎士團長〉隱喻重重的歸本溯源，是生而為人，自我借物追尋的標的界面與人集體潛意識的母體回歸渴求。

墨西哥傳奇女畫家芙烈達‧卡蘿（Frida Kahlo）曾以自畫像作為排遣寂寞痛苦與自我心靈的映顯，荷蘭後印象派畫家梵谷（Van Gogh）自畫像系列則凸顯個人自我的憂鬱崩毀，兩者同以對稱與否的臉孔及強烈的色彩應用，成為後世畫作與心理探索的驗證穿

梭，村上春樹《刺殺騎士團長》亦以人臉的變化萬千，無臉歪斜或對稱的美，對這個「真實的或異樣的」世界做出詮解。

16世紀文藝復興期的米開朗基羅曾表示自身創作的大衛像「早已在大理石裡頭，他只是要把多餘的部分鑿開」，意味創作本身並非創作，而是將外在裹覆的包膜雜質剝落，使其本體顯現而已，作品本身一直都在那裡，他所貢獻，不過攻鑿之功，那麼由此概念，會不會真正「真實的世界」，正遠超過我們凡人平常的肉眼所見，而是集體潛意識母體回歸的渴望映顯？

若真是如此，那創作、靈感與創作者自我的動態變遷，便將由「未完成的你，未完成的我」，那樣心之所向所源，引領我們進入，「過去現在未來」，三維甚至多維宇宙次方，同步呈顯的不可思議世界。

心理學認為未解的遺憾將成為人生的未爆彈，大抵等同佛家「不是不報，只是時機未到」的因果循環與業力引爆概念，人們往往不自覺再現悲劇循環是因趨近熟悉的本能或認定有反轉過去的可能，《刺殺騎士團長》英雄的冒險，除卻己身的遺憾未解，存在神祕畫作裡的指涉，正是雨田具彥過往悲劇的再現，憾恨無已的人生從前。所以自我追尋之旅的所聞所見，也因如此才似洋蔥瓣瓣外剝，「橫看成嶺側成峰，遠近高低各不同」，如複眼視象般地萬象包羅，變化萬千[36]。

書評體的魔法圈36

過往蘇東坡偶然間遊覽至江西盧山西林壁，有感於山林走勢變化之美，於是寫下了遠古流傳的〈題西林壁〉—「橫看成嶺側成峰，遠近高低各不同。不識盧山真面目，只緣身在此山中。」以此詮解村上春樹《刺殺騎士團長》多元繁複的自我冒險，或許也是再適合不過。

【借物少女，女子情感自覺與自我追尋】

但溯源重頭，人之所以愛，不管是不是悲劇的循環，乃有二，一者為趨近熟悉的安全感（家庭關係是未來伴侶與人際的複印），二則為情人面容的馴養復刻，以解決過往的遺憾（流瀲紫《甄嬛傳》：「縱得莞莞，莞莞類卿，暫排苦思，亦除卻巫山非雲也」）。不過若由此細思慢想，人之所以愛與人生悲劇循環實乃息息相關，那麼生而為人，究竟為何而存在，為何而愛？不得不愛所為何來？難道，人之所以愛的「命中註定愛上你」，正是為了重蹈悲劇循環，人生本就當有命定的創傷，與他人無關？也正因為如此無奈，是以嬰兒才以哭聲來到這世上？

【人與歷史繾綣，乃如銜尾之蛇輪轉，無間輪迴】

　　2014年，理查‧費納根（Richard Flanagan）取材父親日軍戰俘營浩劫餘生經歷，榮獲英國文壇最高榮譽曼布克獎的《行經地獄之路》（*The Narrow Road to the Deep North*），內文曾引用日本18世紀俳句詩人之水（Shisui）的絕命詩作為貫串全書的隱喻──那是個始滅同點，如銜尾蛇的圓，象徵「留在死者嘴裡用來支付船夫的銀幣」（39）[37]。

　　不過，不僅行經地獄之地的無間輪迴是這般情狀，人與歷史的繾綣擁抱，亦是如銜尾之蛇輪轉，無盡無窮，而這一切，都須由「人一生的預言」開始講起。

書評體的魔法圈37

本書故事講述醫者天職的懸壺濟世，一朝卻成了薛西弗斯（Sisyphus）神話，推石上山石卻終將滾落的絕望徒勞與諷刺－於日軍槍口下臣服的戰俘，來往暹羅與緬甸，陌生異境卻是彷彿置身集中營的各式虐行與屍體橫陳的死亡鐵路修築，於是即便僥倖偷生，下半輩子也只能於女人胴體堆中打滾取暖，企圖以這樣不倫激情的上癮，去化解生而為人卻無能為力的沮喪空虛，卻更加寂寞陷溺的悲劇。故事完成出版當天，其父親同步與世長辭，或許這正隱喻，生死交會善惡同體所俱意義，已經得以沿襲傳遞的安心。

【你一生的預言Ⅰ】如銜尾之蛇輪轉

　　話說，華裔美籍作家姜峯楠（Ted Chiang）得獎顯赫的短篇小說集《妳一生的預言》（*Stories of Your Life and Others*）（即電影《異星入境》（*Arrival*）原著小說）出版後，滿堂喧嘩、各界驚詫。

　　但這以首篇命名，貫串〈妳一生的預言〉、〈巴比倫之塔〉、〈智慧的界線〉、〈除以零〉、〈七十二個字母〉、〈人類科學的演化〉、〈上帝不在的地方叫地獄〉與〈看不見的美〉共八則的中短篇小說集成，其中精義，一言以蔽之，更可說是「如銜尾之蛇輪轉」的世界觀全貌。

　　銜尾蛇（Ouroboros），一般音譯為烏羅伯洛斯，本是宗教與神話上，常見的象徵符號，蛇形卻銜尾成環，意指宇宙生死不滅的永恆，因為圓上任一點，起點亦為終點，文化人類學經典埃利希・諾伊曼（Erich Neumann）《大母神：原型分析》（*The Great Mother:An Analysis of the Archetype*），便將烏羅伯洛斯（the uroboros）形容為「是個完美的圓、自身轉動的輪，能同時有「生育（為母）、產生（為父）並吞噬的蛇」（30）。

　　也因其生死同存同滅，始而缺，缺而圓，圓又再缺復圓，大抵是個無窮無盡迴旋的概念，是故在數學上，或也將此轉化為無窮大的數學符號∞的扭轉形。最有意思的是德國化學家凱庫勒（F.A.Kekule）的故事，夢境遊走間，見著蛇銜尾成環的靈感乍現，使其想透了苯環當是六個碳原子單雙鍵交替結合的環狀鏈，亦即六角形平面環狀結構的圖形。姜峯楠小說《妳一生的預言》，便正是這樣無窮止盡循環的示意[38]。

　　作為主篇命名的〈妳一生的預言〉，雙線分述語言學家參涉國家機密的外星人種語言研究，以及自己與丈夫女兒「過去現在

這樣猶如銜尾蛇迴旋反覆，循環不止的概念，貫通《妳一生的預言》全書，如另篇由聖經故事推演而來的〈巴比倫之塔〉，藉由摹寫絕地天通後，人企圖重抵神界的努力，卻驚覺「世界不過是個密閉圓筒，即便大地天堂兩端圖案相異，卻是可彼此相通的連結」（135-136），也是這樣多面體現相連的世界觀。後續提及米澤穗信的《滿願》，六個故事六個悲劇的寓言，使我們理解，人命定的不幸，終究無法靠著願望來扭轉。

未來」直貫的部分情感記憶畫面，乍讀彷彿有史考特・費茲傑羅（F. Scott. Fitzgerald）《班傑明的奇幻旅程》（*The Curious Case of Benjamin Button*）初老死生的奧秘迴旋，艱澀難解。

不過走至最末才理解，原來外星人種的溝通語言，非是人類平面直線的因果推演，而是猶如克里斯托弗・諾蘭（Christopher Nolan）執導《星際效應》（*Interstellar*）那樣三維甚至多維宇宙次方的呈現，由此「過去現在未來」縱雜建構的寬闊視野，習得如此觀視奧秘的語言學家，由此預見生命的層層面面，喜怒傷悲。

作者26年寫作生涯雖僅產有15篇中短篇，但創作特色不僅集語言遊戲與科幻思維之大成，字裡行間更洋溢正反辯證的哲思點點，無怪乎橫掃「雨果獎」、「星雲獎」與「軌跡獎」諸多獎項。語言／科幻／哲理／數學／科學／生物／宇宙，都在銜尾蛇般的永恆裡輪轉，交相炫麗，有如魔術方塊的立體區塊，完美呈顯生命種種。

這也讓人想起米澤穗信《滿願》那囊括有諸多推理大賞的三冠王作品，「人為遂其所願而努力，卻終究無法抵抗，過去現在未來，點線面一生預言的命定，叫人不勝唏噓」的寓意，因為人一生的預言，往往有如悲劇命定的迴旋，於是對人世的眷戀，離恨恰如青草，更行更遠還生；然而人們所不知者，人類的歷史，即為人一

【人與歷史繾綣，乃如銜尾之蛇輪轉，無間輪迴】

生預言的集體再現，無可避免地重蹈覆滅。

【你一生的預言Ⅱ】通靈穿越，預見生命層層面面

科學文明前，人類以神話做詮解，科學文明後，人類識得心理學（如伊底帕斯情結），以此為生命中的不可思議種種或困惑，寫下註解，藤原進三《少年凡一》令人驚嘆的，便是那跨越邊際的彼此連結，結構繁複雕鏤，始而缺，缺而圓，圓又再缺復圓，宛若反覆跌宕的螺旋，精美。

一、通靈少年94狂

故事由日本京都一棟承載有歷史風華的絕美住宅說起，專攻精神醫學與心理學的沒落貴族藤原進三，與其妻其子，精擅彩虹數字的三菱財團長孫女岩崎麗子及博學高中生凡一，美食、知識與各項逸樂極致奢華饗宴的安穩日常，直摯愛子凡一不尋常的竊衣蘿莉控與失語徵顯，才大起波瀾。

於是為父為夫的藤原進三，不得不以心理治療啟動書寫案例的訪談，不料卻引出彷彿「九樣人生」的通靈碎語——佛家比丘薩摩第、希臘美少年卡德慕茲、聖殿騎士溫拿・蘭開斯特、文藝復興期皮拉姆斯、春秋盜跖、日本文豪志賀直哉、亞美尼亞公主米麗安、德國科學家海森堡與北美洲原住民風等。

此些寄宿附身的靈魂群體，嘈切錯彈，使得原本看似平凡的少年凡一，卻成就為有若通靈少年94狂的發聲媒介，然而那跨時橫空的眾聲喧嘩，集體潛意識裡的各項原型，與少年凡一的煩惱，竟一時「同情共感」，真正見證了心理學／神話集體原型，本就源自於個體的複數集成觀念。

據聞作者寫作《少年凡一》的初心，乃是身陷囹圄的父親，獄

中家書的成形，與後續將出版的《彩虹麗子》，分別是獻給其子其妻的心靈物語，可那虛實相浸不著邊際的知識累計，在在來自於真實生活的點滴。

正如前者寫時暫訂的題名《凡一的心靈神話》，本為寫給兒子的故事神話，直至完稿付梓，才體會那有如神話學大師喬瑟夫‧坎伯（Joseph Campbell）的哲學精義——英雄那經由召喚、試煉最後回歸生活的冒險旅程，都承接著家的原型與人的內心。

作者博學雜識的深厚根柢，使得歷史、神話、心理學、文學、音樂、藝術、科學、宗教等各門各科信手拈來，且宇宙共鳴共通理所當然，並雜揉有作者那非關政治，而是對人類共通處境困難關懷的信念，才發出對國際情勢與時事生活的批判見解，而這一切正若合符節的體現「原型」概念的所以然。

「原型」概念本是文化人類學，實地考察研究得出的綜結，榮格心理學的詮解則標註為「集體潛意識」那「世界各地不分世系，彷彿心靈相通默契的共同沿襲」，爾後開枝散葉至神話學坎伯英雄冒險行進的原型與寫作聖經人物原型的反逆，直至我個人著作《小說之神》與此書，亦以此概念推演讀寫評兼及時事的三位一體。

《少年凡一》不僅在知識宇宙上顯現原型概念的各種套用，如量子物理與佛經生死起滅的對照，這鎔鑄知識的精彩炫麗，大抵只有張草《滅亡三部曲》可堪並列，還有那身為臺灣人，卻是「不想書寫臺灣的臺灣書寫」，故而場景改換於日本京都，卻信手拈來的從容裡，完全可以理解，無論是在臺灣、日本或是世界各地，何時何地，照見個人自我內心光影的徘徊裡，誰都在宇宙與家的原型裡，不離不棄。

不過天命的追尋，似是也有人意志的參與，那麼就須一起讀讀《彩虹麗子》。

【人與歷史繾綣，乃如銜尾之蛇輪轉，無間輪迴】

二、彩虹生命數字絕學

藤原進三《彩虹麗子》承繼首集少年個體煩惱與彷彿前世今生的通靈，來詮解人類集體潛意識如何同情共感的《少年凡一》，一轉為人類歷史共通的生命課題，如何由命定理解人的參與，尤以女力時代為題。作為承接家的原型或內心寄寓的愛之書，這意圖贈與或說是與妻兒共同創作的作品，某種程度而言，也可說是補足了正統歷史上所缺乏，總被忽略不受重視的兒童與女人的生命拼圖。

《彩虹麗子》全書以三菱集團後系，承繼有「彩虹生命數字絕學」的長孫女岩崎麗子，以「人的生命課題」結合「彩虹生命數字」與「世界經典名畫」，三位一體觀照剖析，由美國希拉蕊、日本安倍昭惠、德國梅克爾、韓國朴槿惠、臉書營運長雪柔·桑德伯格、巨星安潔莉娜·裘莉、巴西前總統羅塞芙，與脫口秀主持人歐普拉等，生活藝術極致的奢華饗宴裡，完成人類個體與集體歷史生命所需面對的課題與遞進。

彩虹數字學據傳源於古希臘哲人畢達哥拉斯的「彩虹生命數字學」，在西方因其精準的預測性而供給予生命心靈或自我成長的指引，因此與星座及塔羅等並列為三大神祕學，甚且與中國古老傳統的易經有異曲同工之妙。彩虹生命學的運算規律，其神祕處便是根據數字1至9，同一特質卻有低中高階的層次遞進，去呈顯面臨生命點滴的遭遇難題，該當如何解謎。

這也讓人另外聯想至麥克·克萊頓（Michael Crichton）《侏羅紀公園》（*Jurassic Park*）分形與混沌理論的分析（271-272）——小說敘事裡引用了曼德博的「分形」，這種幾何學本應用於自然界的實物，如山或雲，但此種與一般學校教授的正方形、立方體或球面體的阿基米德學相異，曼德博綜結分析觀察數據後，認定物體即便不同等級，外表卻是幾近等同的原理，如遠望山峰起伏，便可發

假的我眼睛業障重啊：書評體的百萬種測試與生命叩問

現，由大至小的峰巒甚至微型岩石，都與大山具備相同的基本分形，是以，分形或可說是另一種觀看事物的方式。

根據這樣的道理對應至人，便是個人與群體皆擁有某種同樣性質的生命基底，看似隨機實則內裡藏有固定的規律（SOP）；分形那樣極小與極大的「一體平等」，某種程度上說不定也可用以詮解佛家經典的「芥子納須彌」——芥子之所以能納須彌，會不會也源自於「須彌納芥子」的「異體卻同形」的分形呢？

小說中侏羅紀公園的誕生，始自於一種生命規律再現的企圖心，而人們認定這應當是一種線性的、可供重蹈複製的生命規律；可遺憾的是，侏羅紀公園「之所以終將毀滅而不可回頭」，卻是因為隨機上的混沌原理——雖然分形呈現那樣「有跡可循」的規律線性，但這也意味著宇宙萬事萬物將存有一種造就循環的規律：事物將自行回歸至原點，再重新邁進。始而終，終而始的銜尾蛇生命之型，既是集體「一生的預言」，也代表生命終有毫無預兆驟然風暴的出現。

那樣猝不及防的崩解，或許讓人感覺不可思議且弔詭，畢竟人們是經由那樣千秋百代的科學實據，才積累歸納出這樣的線性來對生命剖析，可實際上，這樣混沌隨機帶來的覆滅，卻才真正符合終極宇宙的天道運行。因此，我們可以說，線性或許是種觀察生命的方式，可內在運行的規律卻並不一定，有時將以無以預測等同於破壞的方式呈顯，而改變其後種種。

這種人生遭遇並非單純按部就班的魚貫行進，而是具有其變因，將因意外或人為的行為反應造就差異（平行宇宙的概念亦是由此演進），套用至《彩虹麗子》，便是提出，或許天道自有其常，人力微渺、無所遁逃，可人力終將有所為，某種程度上，大致也頗肖林奕含專訪所引，儒家經典的誤用——「知其不可為而為之」。

是以，從《少年凡一》個體煩惱實則為集體潛意識的反映，兩

【人與歷史繾綣，乃如銜尾之蛇輪轉，無間輪迴】

者甚且可相互推逆的情形，別具創意的結構以前世今生的通靈，卻彷彿暗地裡予人一種不說自明的無力與無可扭轉的命定。因為即便浩浩湯湯的幾千年歷史過去，人卻始終面臨相同的難題。猶如薛西佛斯推石上山，石卻終將滾落或偷盜取火的普羅米修斯受鷹啄食，痛苦代代相繼，無論神話或心理，都時刻提醒，人類那重複且不停迴旋的生命印記。

《彩虹麗子》立基於《少年凡一》與具備宇宙生命根據的數字之謎，可特別值得一提的是，這由9位名女人、名畫與1至9生命數字低中高階的圓熟遞進，卻凸顯了，宇宙奧義裡，或許即便人為努力也自有其無法抗拒因果的命定，然而人的意志、行為與反應，卻可能授予這樣代代相傳的悲劇一線生機或衝擊，這是一場先天與後天的彼此進擊，共通生命課題的延續與彷彿終究無可遁逃的無力，是為了驗證生而為人，奮鬥與存在的價值意義。體會宇宙心靈圖像的最深指引的真諦，猶如小野不由美《十二國記》的天命追尋，人的意志與行為始終進行參與。

兩書寫作結構以藤原進三與妻兒（即岩崎麗子與少年凡一）的生活點滴，貫串起古今中外名人偉物內心的生命「通靈」，行至最後而至眾聲喧嘩的集體來討論人類歷史的生命課題，後者尤以新興崛起的女力時代為題，綜結藝術、政治、生命宇宙虛實交構的彼此輪轉複印，令人耳目一新，大讚創意。

三、通靈老年——明天，我要和昨天的妳約會

約翰・伯格（John Berger）《我們在此相遇》（*Here is where we meet*）分別以七座城市的行腳，串起他一生與父親、母親、女兒、戀人與師生情誼等，歷史點線面，「過去現在外來」串連成一片，歷歷如繪的生命行經，彷彿拉丁美洲魔幻現實奇技，取用原始思維萬物有靈間，生者與死者同在的延展概念。

然而不同的是，前者是約翰‧伯格個人前半生生命間隙，情感記憶大事紀，錯落無窮盡的生生死死與愛，後者則是宏觀史家之眼下，厚重紮實的歷史沿革，由眾家鬼魂「一生命定預言」的眾聲喧嘩穿插其中。

是以約翰‧伯格他從里斯本公園長椅上邂逅逝世母親，生者與死者模糊界線的異想世界，頗有娥蘇拉‧勒瑰恩（Ursula K. Le Guin）《地海彼岸》（*The Farthest shore*）的彼岸連邊意味。且光從字面與規格之上，既非傳統小說或散文體，更難稱作回憶錄或自傳的歸類，而是種混雜且超越形式的特殊夢境，點點如蜂巢，收納有生命情感與世界各地，回味無窮的鄉愁記憶。

全書文字細膩迂徐，想像中交織有過往記憶與城市風情的往返穿梭，好似讓生命迷宮裡，錯身而過的摯愛，都在時空交會的間隙，重新記取了遺忘的名字，於是用七月隆文《明天，我要和昨天的妳約會》來標示約翰‧伯格此書再適合不過了。

因為即便生死鴻溝，然而在情感與記憶的擾動裡，我們隨時可跨越相見，召喚的魔法源於愛不止息，更於其中彰顯生命精義。

正如本書封面題旨所言，「先死後生。之所以會有誕生，是為了要讓那些打從一開始就壞了的東西，在死亡之後，有個重新修復的機會。這就是我們為何出生在這世上的原因，約翰。我們是來修理的。」也如同大母神原型（The Great Mother）的「銜尾蛇」示象，始至終，終卻復始的循環不滅，昭告著毀滅的同時也是生，這便是生命予人的苦澀與甜膩。

 ## 【魔幻現實的陰陽泯滅與圓】

所謂的「魔幻現實」概念，乃根基於繪畫技法的演變，於後表現主義之後，由傳統的寫實勾勒，開始雜揉有部分超現實與幻想元

【人與歷史繾綣，乃如銜尾之蛇輪轉，無間輪迴】

素的朦朧與鑲嵌，慢慢地才逐步轉為文學奇技的詮解，尤以拉丁文學為最，想來當也是歸因於，仍舊保留過往樣貌的區域信仰與生活形態，以及傳承千年萬年，原始天地人神靈共有的原始思維。

1955年，墨西哥作家魯佛（Juan Rulfo）出版的《佩德羅・巴拉莫》（*Pedro Paramo*），倒敘穿插的靈動酣暢，混淆了正常世界的所有座標界線，使得生死魔幻，一念瞬間，同一畫面卻是如萬花筒視象般地絢爛花開且一體全面，由此被尊冠以魔幻現實之父的頭銜，奠定權威地位，爾後世界各地開始瘋傳。

後續各國名家如余華、蘇童、閻連科，張大春、宋澤萊與林耀德等，皆認同讚賞且深受影響，1982年，以《百年孤寂》（*Hundred Years of Solitude*）榮獲諾貝爾文學獎的賈西亞・馬奎斯（Gabriel García Márquez）亦名列其內。

不過魔幻現實寫作實乃曖昧，乍讀虛實相構的雙線，卻無一般「奇想故事」對比「現實殘酷」的清晰分野，亦非點線面的平面世界，不僅因果顛倒且生死陰陽泯滅，奇想奔騰的虛幻甚且夾帶歷史崩壞的遷延，是以人奇特日常與社會諷刺意義的摹寫，往往如人類基因圖譜的DNA螺旋，雙關隱喻層層鑲嵌，叫人目不暇給。

不過若簡單拆解，則可將之視為「魔幻為皮，寫實為骨」的基礎分類，並且可以三大原型特點步步為營寫就之。

一者乃是依據「天地人神靈共有的原始思維」，使「過去現在未來」點線面連成邊的不可思議世界／視界。二為幻化家族悲劇與國族歷史興衰起滅彼此串聯，並常配置有彷彿神應許之地作為虛構世界中心的恆常地點。三則為魔幻現實的「神格女子」生命側寫，但實為原始母神信仰原型流傳後世的轉變。

綜觀魔幻現實舉足輕重經典，如賈西亞・馬奎斯（Gabriel García Márquez）《百年孤寂》（*Hundred Years of Solitude*）、伊莎貝拉・阿言德（Isabel Allende）《精靈之屋》（*The House Of The*

Spirits），與艾卡・庫尼亞文（Eka Kurniawan）《美傷》（*Beauty Is A Wound*）等皆為此類。

《百年孤寂》以光怪陸離邦迪亞六代家族史的繁茂凋零，與馬康多小鎮歷史變遷的奇特敘事，使得家族眾人間，那各具偏執與奇異愛好的人物命運全景，情慾紛陳的權力輪轉，隱喻了拉丁美洲百年史裡，哥倫比亞家國興亡、歷史崩頹的日暮晚景。此一模式於後續經典內，幾乎完全相類並各異其趣，各有各的美。

《精靈之屋》（*The House Of the Spirits*）則以祖母克萊拉筆記、母親信件、泰希馬利亞分類帳冊，和各式各類散布在桌上的文件拼出魔幻世界的不可思議，不過實乃根據作者伊莎貝拉・阿言德（Isabel Allende），政治世家歷經政權輾轉的人生歷程改編，建構出神祕女子克萊拉與其枝葉，開張繁衍，遭遇人生起落流連的亂世浮士繪[39]。

最末，艾卡・庫尼亞文（Eka Kurniawan）那被當代文學號稱印度尼西亞上，世界級魔幻文學之花的《美傷》（*Beauty Is A Wound*），故事講述荷蘭少女黛維艾玉，身當名妓的生命遭遇，與其四名女兒及孫，三代同堂間的互動點滴，如何貫串起印度尼西亞

▎書評體的魔法圈39

本書初稿取自於顛沛流離裡，她與祖父間的書信往返，是以字裡行間兼有她與祖父第一人稱的混雜轉換以推進劇情，呈顯出理性（理智）與感性（瘋狂），父權與母權，文明原始虛實交相織就對比的曖昧，不過，從作者開宗明義「僅以此書獻給我的母親，我的外祖母，以及本書中所有不凡的女性」，便可知其關注要點，類同徐小斌《羽蛇》及艾卡・庫尼亞文《美傷》，皆在於彰顯此些各異其趣的神格女子原型與謎。另外，作者堂伯父，即前智利總統薩爾瓦多，因左傾政治傾向，於1973年被美國和智利右翼軍人合謀的流血政變遇刺身亡。

【人與歷史繾綣，乃如銜尾之蛇輪轉，無間輪迴】

當代——荷蘭殖民、二戰日軍佔領、60年代共產游擊與獨立過後的種種顛沛流離。誇張怪誕卻顯自然的世界表裡，深刻凸顯社會諷刺與批判的意義，正是最宗魔幻現實的作品，文句流暢綺麗，畫面更是生動無比[40]。

書評體的魔法圈40

本書不僅完美承繼魔幻現實深意與奇技，更於小說最末，另具新意地鎔鑄有推理謎團的殺人自白設計，命名亦跳脫過往魔幻現實同名同姓衍發迴旋的呼應，一轉為正反對應的哲思深省。是故，這由黛維艾玉一家興起覆滅的浮光掠影，才叫人理解，光是影的情人，而影則是光的部分，密不可分，是故，生命是美，亦是一種傷。

另外，向有「華人最受矚目女作家」美稱的中國作家徐小斌，其《羽蛇》則以羽家族五代間，眾女子的愛恨情愁細膩，貫串清末至90年代中國歷史的更迭覆滅。極具特殊的是，作者本身亦為畫家（封面女媧圖亦是親身所畫），是故其文字色彩濃豔，奇詭神祕，與魔幻現實技法的描摹，那神格女子通靈預知或飄渺神祕的形象特色頗為一致，不過相較於魔幻現實的政治諷刺，她較注重精神向度的探勘與虛幻奇境的演示，文字讀來色彩畫面橫生[41]。

可由《百年孤寂》以降，不管是在政治諷刺意涵，左傾右翼，民主共產黨等天平的傾斜擺盪，其中的女性形象皆儼然有卓然超群的不世之姿，其實這些「神格女子」的生命點滴，實則為原始母神信仰，經由多次裂變轉傳於後世的遺跡，大略有幾點共通如下。

徐小斌所推崇效仿者，便是中國古典四大奇書，清曹雪芹古典章回小說體的《紅樓夢》，「假作真時真亦假，無為有處有還無」的哲學涵韻，寶黛愛情悲劇與寧榮兩府興衰的雙線結構，敷衍成的紅樓一夢，雖假借女媧神話與「真事隱」朝的背景，卻是中國清代社會腐敗崩頹情狀之反映，也與魔幻現實那「幻化家族悲劇連結國家崩頹史，虛實交纏」的技法核心相符。（但魔幻現實定義對象為「現代小說體」）

一、不可思議世界的展現：特殊宇宙觀、神祕思維邏輯，與生死起滅同這三者為主

首先，特殊宇宙觀那所謂不可思議世界／視界的展現，實則等同開創「重新看待世界」的眼光體驗，箇中設定往往超脫世俗社會或常人種種的所思所見，以一種全然與現實不同的宇宙觀、邏輯思維與荒誕怪異卻顯自然無違和感的核心規則來運轉世界，不過這並非是反烏托邦式，那樣理想美好追尋的重建，某種程度上反而更近乎原始巫術，天地人神靈共有的奇特氛圍。

這顯然與魔幻現實文學的發源與蓬勃處的拉丁美洲文化有關，不過若以文化人類學「原型」的概念來所綜觀描述的原始思維——「世間萬物將可超越時空人物等各項因素而達神祕並彼此作用的因果」來解釋亦不相違背。

其次，魔幻現實一大特點乃是真實與虛構兼備，交相混淆，用同具此類特點的小說體來摹繪，可說再適合不過，但小說雖是「假作真時真亦假」的曖昧，往往虛構時空背景與角色居多，一般人物的邏輯思維，則大抵符合實際日常的反應互動。可魔幻現實那如有似無、仿真似幻的家國生命起落，人物思維或舉止言談，無不顯得怪異荒誕，卻無比自然，讀來雖頗為可信，卻較難實際對應套用至

真實生活[42]。

　　三者則為生死起滅同點的時間圓與生死陰陽泯滅的互動畫面，
這是最為殊異處，亦即此種文體時空的錯落概念，實乃為一個圓，
非人類平面直線的因果推演，而是等同克里斯托弗・諾蘭執導的
《星際效應》，三維甚至多維的宇宙次方，細密如織交雜「過去現
在未來」的寬闊視野，或華裔美籍作家姜峯楠〈妳一生的預言〉
「如銜尾之蛇輪轉」的世界流轉，由此預見生命的層層面面[43]。

　　然而其始滅同點，無休止循環的覆滅再重來，也讓人深感，事
件非偶然而是人力無以扭轉、命中註定的傷感。正如藤原進三《少
年凡一》通靈少年與眾家鬼魂的嘈切錯彈與喧嘩博雜，歷史層層疊
疊的橫切，卻是一體全面的含納，不僅指涉歷史創傷，代代相傳的
無以轉圓，少年凡一的失語，或許更見證了生存鎖鍊最末，被剝削
嘲弄至底，青年世代的無能為力與蒼涼吧？

二、幻化家族悲劇並行與國族歷史興衰，並有神應許之地的虛構中心為事件發生地

魔幻現實的另一特色便是幻化家族悲劇的更迭，往往於天馬行空想像繽紛的氛圍裡，鎔鑄有國族歷史的興衰起滅，並常配置有彷彿神應許之地的虛構中心，作為重大事件的發生處，並往往由此劃下命定覆滅的句點，始而缺，缺而圓，圓又再缺復圓，最終成就一個迴旋且餘韻不絕的圓，猶如寄託以神話想像、歷史意義或社會諷刺含蘊的烏有之邦，自始至終可能都不存在的懸疑弔詭。

是以，若將此特殊文類（或類同者）並列，如《百年孤寂》／《精靈之屋》／《美傷》／《紅樓夢》／《羽蛇》／《血色蝙蝠降臨的城市》，便可清晰顯見「重點家族／烏有之地／國族崩滅隱喻根據」的組合排列與其分野——邦迪亞家族，馬康多小鎮，拉丁美洲史／克萊拉家族，泰希馬利亞，智利20-70年代史／名妓黛維艾玉家族史，哈里蒙達，印度尼西亞近現代動盪史／賈府家族，榮國府，約清康熙至乾隆年間／羽家族五代史，輾轉流離，清末至90年代中國史／黑道青年崛起史，A市，臺灣選舉黑金史[44]。

書評體的魔法圈44

徐小斌《羽蛇》與清曹雪芹《紅樓夢》雖並未正式標籤有「魔幻現實」之名，後者甚至歸屬古典章回小說體，但其寫作筆法寓意及神格女子形象等的摹寫，特點亦有所通，所以暫列齊名；關於臺灣魔幻現實之作，張大春、宋澤萊與林耀德等相關，亦可詳見陳正芳《魔幻現實主義在臺灣》補充，在此不另贅述。

【人與歷史繾綣，乃如銜尾之蛇輪轉，無間輪迴】

三、魔幻現實與神格女子：神格女子是原始母神信仰流傳的裂變

承上，魔幻現實的奇技，既然是奠基於那近乎原始巫術氛圍的不可思議，並總以特定烏有之邦的覆滅興衰，隱喻有真實社會政治的嘲弄諷刺，如此一來，談論魔幻現實便與理解人類整體文明的發展息息關關。

若由眾家經典一字排開，《百年孤寂》／《精靈之屋》／《美傷》／《紅樓夢》／《羽蛇》等作，或以父權職掌之家，特別是家族姓氏所源的男主人翁（老邦迪亞／伊斯坦班／泰德・史坦姆勒）「他」生命的起落（His-story）作為家族興衰的脈絡，或母系族譜（黛維艾玉／賈母／玄溟）的開枝散葉為敘事主線，可無論如何，都不能抹滅那些彷彿「不食人間煙火」的神格女子形象，是如何突出顯著[45]。

> **書評體的魔法圈45**
>
> 其實《美傷》裡，荷蘭領主泰德・史坦姆勒的出場篇幅並不多，整體敘事結構反倒較為類同《羽蛇》，以玄溟／名妓黛維艾玉其開枝散葉後的母系族譜為重心，男性主角往往顯得孱弱空缺，或居於配輔的地位。不過泰德・史坦姆勒因是貫串整體家族詛咒謎團的始作俑者，並前後呼應，所以暫時一併列入。

文化人類學者埃利希・諾伊曼《大母神：原型分析》中，遠古人類崇敬的大母神（The Great Mother）形象，亦正亦邪，同時兼具生育與破壞，往常總以銜尾蛇示意代表。不過，母神為大的原母信仰，經農業生產轉化為掌管生殖豐產的地母，接而分化為專司性慾的愛神與純美貞潔的美神，又以此般的女神信仰裂變為女神魂靈

寄託所望的神女或女巫（非神乃人）。

神女女巫的現身則象徵母神無歷史的混沌，正式進入父系的歷史期，作為絕地天通，神話與文明分裂的重大分野，父權歷史與權威書寫的文明定義，開始取代遠古母神母系信仰核心。而母神遺跡在後世則遭改寫罷黜為男系神祇的配偶神，愛神則連結至具有俱有貶抑意味的「奔女」，美神則成為神女類貞守自防的想像投射[46]。

書評體的魔法圈46

母神形貌變化發展順序－由神話期，對母神的崇敬愛戀，並行人類文化社會制度的改變，由母系過渡到父系，「母神→愛神→美神→神女→女巫」（形象或角色特色僅概略而難清楚劃分，因互有重疊與漸次發展）。

魔幻現實作品，過往評論多注重不可思議的奇想設計，與人物神祕邏輯的荒誕不羈，卻鮮少理解，箇中神格女子與母神信仰形象有所關聯，大抵可分為——

(1) 生死起滅同點的「母神原型」，如《百年孤寂》易家蘭壽比南山最後卻返嬰之形／《紅樓夢》賈母個人生命為家族起滅對比／《美傷》黛維艾玉死而復返，皆是彷彿母親庇護、生死若圓且前後呼應的迴旋。

(2) 承繼有原母神生殖力，卻褪去神界光環的愛神，成為具負面意義的妓女，如《百年孤寂》互古荷爾蒙發電機透娜拉／《美傷》絕代名妓黛維艾玉／《紅樓夢》作為寶玉性事啟蒙的秦可卿／《百年孤寂》生殖性愛以達豐產交感的柯蒂絲等，在人間總以「戀愛性事無止盡」的奔女或名妓角色現身引領，定與戀愛及性發生關聯，無關年紀

【人與歷史繾綣，乃如銜尾之蛇輪轉，無間輪迴】

外貌，卻專職「性事啟蒙、溫暖懷抱」的避風港作用。

（3）處女崇拜，爛漫天真且貞潔不染的「少女原型」，婚嫁與否，都有強烈「不食人間煙火」少女特質，不管是奇詭神祕通靈或預知，如《精靈之屋》與《羽蛇》的克萊拉與羽；邏輯無法辨明的奇異，如《百年孤寂》美女瑞米迪娥光頭飛天／《美傷》美女倫嘉妮斯與飛天苦情女伊楊；配戴貞操帶與禁錮咒的阿拉曼達或守貞待夫寵幸的馬雅黛維／《紅樓夢》裡未嫁而死的黛玉等皆是。

綜觀《百年孤寂》／《精靈之屋》／《美傷》／《紅樓夢》／《羽蛇》等皆具有母神信仰發展遞進間，各職能分派與原型的呈顯，隨角色性格不一而定，並且彼此交相錯雜堆疊，難以劃分。所以魔幻現實那些「仙風道骨本天生」的神格女子群像，其生命變換的點滴，或許亦是原始母神信仰流傳後世遺跡、人們集體潛意識裡，渴望回歸母體的反映。畢竟在神話學大師神話學大師喬瑟夫・坎伯《千面英雄》裡，英雄冒險之旅的追尋，「與女神相會」往往是不可或缺的情節／情結。

最後，因為魔幻現實這般繁複燦爛的結構寓意，使得此類小說相較下，在影視改編上往往顯得艱難，不過俄國導演柏提・古杜納佐諾夫於中亞取景拍攝的《誰來為我摘月亮》（*Luna Pappa*）（1999），倒是讓人眼睛一亮。以撒馬爾罕附近小鎮，貝克摩拉族裔三代為背景影像，描述了年輕女孩被劇團演員誘姦，用腹中胎兒的穿透眼光，開展尋父冒險的奇想，淋漓盡致的詮釋魔幻現實所有的美與難，亦可對照參看。

 【跳針重播的無限輪迴Ⅰ】

承上，魔幻現實陰陽泯滅、「過去現在未來」彼此交相錯淆混

亂，且同存同地同時的不可思議，若另以心理學的角度觀看，某種程度上亦可視為「跳針重播無限循環」的弔詭呈顯。古人曾言：「從前種種，譬如昨日死；以後種種，譬如今日生。」不過，人生所謂的時間進程，真的都是這樣的嗎？還是根本不是我們想的那樣？

於是接續而下，便是彷彿「時空穿越、彼此壓疊且恆動不滅」的「跳針重播與無限輪迴」，此節以戴夫‧艾格斯（Dave Eggers）《梭哈人生》（*A Hologram for the King*）、大衛‧米契爾（David Mitchell）《骨時鐘》（*The Bone Clocks*）與拉維‧提德哈（Lavie Tidhar）《狂暴年代》（*The Violent Century*）為示範。

一、事與願俱違，鴻圖壯志無所展的憾恨展現

戴夫‧艾格斯（Dave Eggers）被譽為當代美國文壇最具天賦的天才，其《梭哈人生》（*A Hologram for the King*）標題讀來彷彿1989年，香港電影《賭神》與後續系列的意味，不過其實小說內容是《推銷員之死》（*Death of a Salesman*）與《等待果陀》（*Waiting for Godot*）的綜合體。

美國劇作家亞瑟‧米勒（Arthur Miller）以《推銷員之死》（*Death of a Salesman*）贏得1949年普立茲獎，講述推銷員老伯威利‧羅曼，臨老被遣後，家庭與人生的種種失控——失業揹債兒子不成材，最終只得自殺換取摯愛人生的重來，用保險金賠償解決人生困境，做為他「人死留金，翻轉人生拼搏想望的代價」，令人傷感，今昔雙線記憶錯雜意識流裡的燈光轉換，更遍顯有心卻無力、雄風難再起的滄桑無奈。作者作為紐約猶太中產階級的後代，歷經美國經濟大蕭條的輾轉，擅摹寫實人生中，資方毫不顧念的殘酷冷漠與家庭爆破，被視為對美國夢與資本主義的幻滅反動。

愛爾蘭詩人／小說家／評論家／劇作家山繆‧貝克特（Samuel

【人與歷史繾綣，乃如銜尾之蛇輪轉，無間輪迴】

Beckett)《等待果陀》（*Waiting for Godot*）以暱稱迪迪與果果等待果陀的過程為故事重點，獨樹一幟地以反敘述甚且反高潮轉折的內容，來呈顯人生無止盡跳針重播的絕望煩悶。因為無論果陀的到來與否，都無以扭轉人們在未知不安中，反覆跳針煎熬的創痛。劇中曾引舊約箴言篇（The Book of Proverbs）十三章十二節：『所盼望的遲延未得』（Hope deferred makes the heart sick），「陷落在蛛網中動彈不得，一種人生便秘感」的挫折（『Hard Stool』指便秘或硬板凳），人生的十字架只能自行背負，並於原地打轉不休。

承上悲劇脈絡，《梭哈人生》故事講述投資失利的中年男子艾倫阿伯，人生曾有的輝煌璀璨，轉眼間灰飛煙滅——不僅失業離婚還揹債，生活慘不可言，為了扭轉人生與籌措女兒學費，他來到了沙烏地阿拉伯，想靠關係跟電腦資訊系統的兜售，重展人生新頁。無奈天不從人願，命運的捉弄使他事事與願俱違，非戰之罪，人生破網層出不窮讓他心力交瘁只能於惡夜裡買醉，在等待國王這樣未知與無止盡的循環，被不安痛苦所澆灌，最終窒息枯萎，本想「重振雄風」的人生希望，卻陷入更難堪的悲劇重播與鬼打牆。

不幸陷落無間地獄後，頸背上的腫瘤也隨之增長，他再以自殘自虐手段，於膿瘡處割出條條血痕，以確認自己真的還存在[47]。無愛的童年，往事如煙的婚姻家庭，以及悲慘連連的現在，都透露出人為的意志努力無以抗拒命定因果的傷悲。

書評體的魔法圈47

心理學上各式自殘或藥物／酒精／毒等上癮現象，往往都是為了填補內在缺漏，試圖以被痛苦人生麻痺的五感內，尋求感覺的激烈手段（人生太苦無以知覺，只能用身體極致的痛感來驗證存在）如吉莉安‧弗琳（Gillian Flynn）處女作《利器》（*Sharp Objects*）屢屢自殘以求找回五感知覺的情節便是這樣的呈現。

假的我眼睛業障重啊：書評體的百萬種測試與生命叩問

所謂「人定勝天」的堅毅決絕，不過都是世俗間，全然失控的正能量或正向思考的囿限，「等待國王」無止盡煎熬的久長，卻僅餘幻滅。可悲的是，即便殘酷事實與真知灼見橫擺於前，人仍會選擇「假的我眼睛業障重」的視而不見，任憑自己在無止盡的絕望深淵與海市蜃樓的夢幻裡淪陷。

　　艾倫阿伯便秘人生，需要通腸瀉藥，不過中年危機無檔頭，極致荒誕預言的可悲，始自於「賭徒」投機性格的冒險——過度膨脹自己的不理智，讓他跌進無可救藥的絕望深淵，也只能說是賭徒性格自作自受的自我毀滅。

　　是故，所謂「梭哈人生」那試圖以投機冒險，孤注一擲賭上人生全部的決絕，不過是鴻圖壯志無所展的憾恨展現。於是最終人們也只能選擇耽溺白日夢的幻想妄念，單調蒼白反覆傷悲。想像電影《賭神》那樣，梳著油頭，西裝筆挺、不可一世的模樣，怕等來世投胎都還太早，人生無藥醫，不如放棄治療吧？

二、輪迴轉世，是我非我的跳針輪迴

　　村上春樹《刺殺團長》以「意念顯現」至「隱喻遷移」二部曲，完納所謂「在現實與非現實間穿梭」及「於意念和隱喻中尋訪自我」的追尋，其中曾穿插有日本古典文學上田秋成《春雨物語》〈二世之緣〉即身佛經歷的改編重詮，探問了人身皮囊與意識糾結或平行分列的各種可能。

　　人身臭皮囊之如衣隨可換的概念，實可源於諸多古老宗教的信仰，在威廉・達爾林普（William Dalrymple）《九樣人生》（*Nine Lives*）中的小說首篇〈女尼的故事〉，遵奉印度耆那教的女尼，便貫串有「軀殼如衣裳，舊破則如寄居蟹物，另覓新殼新裝，是以死，則為生」的紅塵看破，網路流傳亦曾瘋轉有參觀博物館，如栩如生的肖像畫作，彷彿使觀看之人穿越前世今生，望見酷肖己身的

【人與歷史繾綣，乃如銜尾之蛇輪轉，無間輪迴】

面容。

　　若人之生死迴旋，實乃居間人們用以標籤識明的「意識」、「靈魂」與「人類自由意志」驅力的核心使喚，經同樣面容或不同軀殼的替換與歷史輪轉，由此達到永生不朽不滅的恆常，那麼歷經代代重複轉圜，人們終局是否有所不同，抑或直接陷落，跳針重播、無間輪迴的地獄惡夢？

　　大衛・米契爾（David Mitchell）《骨時鐘》（*The Bone Clocks*）此書，便俱有此種「生命有時盡，歷史輪迴卻無窮」的意念流轉與靈魂穿梭奇想[48]。

書評體的魔法圈48

靈魂的流轉與軀殼的更迭變換，2015年鮮橙改編同名小說的《太子妃升職記》，花花公子哥張鵬被前女友們圍剿落水而穿越成古太子妃，一路升職為皇太后，不走流瀲紫《後宮・甄嬛傳》的心機爭鬥，反而直男忽地被掰彎的「男人心，女人身」，靈魂入住新軀殼卻弄錯性別的爆笑穿越；或凱瑟琳・M・瓦倫特（Catherynne M. Valente）《黑眼圈》（The Orphan's Tales）中，亦有靈魂挑選宿主進駐，卻因所屬軀殼性別特徵，使得關係產生變化的情節示現（同性師徒傳承一轉為男女肉體情慾的歡愛）。

　　榮獲2015年世界奇幻獎的《骨時鐘》，故事講述15歲的青少女荷莉，一日驚見閨密裸滾男友床，嚇得大吼大叫，大搥心肝暈地板，最後跟老母吵架後負氣離家，不料「旋轉跳躍」，她睜開眼，世界全景竟已隨之更迭改變！

　　全書以〈熱浪1984〉、〈沒藥是我的，它的苦澀香氣1991〉、〈婚禮2004〉、〈克里斯賓・赫爾希的孤獨星球2015〉、〈骨鐘師的迷宮2025〉與〈羊岬半島2043〉六個故事，串起了她1984至2043

假的我眼睛業障重啊：書評體的百萬種測試與生命叩問

年，路過行經且穿越至世界末日奇境的歲月流連，及愛爾蘭、瑞士、伊拉克、挪威、冰島與英國等，各處的地理變遷。

可這有如藤原進三《少年凡一》或魔幻現實陰陽泯滅的時間線，荷莉得以聽聞眾聲喧嘩、嘈切錯彈的「通靈」體驗，（她管這些聲響為收音機人），讓她陷落「永壽集團」骨鐘師與隱遁士，二大百年派系的爭奪艱險而人生遽變。

骨鐘師派別頗有西藏喇嘛靈魂不死不滅，得以處處輪迴轉生的意味，雖保有每世記憶，卻難料七七四十九天的幽冥徘徊後，將前往何處何人的軀殼進駐，且肉體外表隨年齡遞進，須自然終老才可再次進入輪迴。（因無法確知「來世」的隨機性，生生世世交相錯雜的混亂重複，使此派極度嚮往同類相棲的歸屬眷戀）。

隱遁士派讀來雖別有陶淵明「田園風光」色彩，卻是走邪惡大壞蛋路線，舊有肉體不堪使用，便隨機挑轉善良純淨人種，攝人魂魄作為受害魂靈的美酒，類同《西遊記》吃食唐三藏肉以保自身肉體長生的永壽。

於是，少女荷莉「通靈」體質的特異，使其軀體成為「永壽集團」口耳相傳都想借宿幾宿的肉身客棧，可她那有限壽命的可能，卻更顯露「永壽集團」歷史無限循環的荒謬，如推理作家林斯諺所評，是「有限生命與無限輪迴的強烈對比」。

不過，特別值得一提的是，觀其情節推進，都讓歷史成為一個漂亮的圓，彼此迴旋呼應，人們雖以自由意志的驅力前進，竟使自己前往人生過往不曾想過，一連串的不可思議，那麼人為的努力與命運因果的排定，究竟哪裡有跡可尋？難道生生世世屢屢重生，其實只是想回到過去，重寫歷史的不可逆？難道每個人的存在與相遇都存在意義，即便有時是多麼希冀能夠開啟平行時空，無限可能的憾恨不已[49]。

最後，骨鐘師「同一靈魂」卻在不同「肉體軀殼」中跳槽來

【人與歷史繾綣，乃如銜尾之蛇輪轉，無間輪迴】

書評體的魔法圈49

被「永壽集團」虎視眈眈「通靈少女體」，有利有弊的引領她前往軀殼替換與時光流轉的旅行，癡心情長的丈夫艾德，雖難敵對戰場的著迷，最終喪命，可卻促發她正視通靈預知力而得以寫書出輯至她與作家克里斯賓・赫爾希的相遇，弟弟傑科先是下落不明，不過原來臨走前交予迷宮線索，是始亦為終，都在等待靈魂記憶甦醒。

去，彷彿遊戲「選角代入」的設定（只是他無能選擇），去感受無數人生風光的輪迴更迭（但仍然清楚自己是誰），這種「時空跳躍推移」或「重播跳針」人生的寓意，除《骨時鐘》外，尚有凱特・亞金森（Kate Atkinson）《娥蘇拉的生生世世》（*Life After Life*）、肯恩・格林伍德（Ken Grimwood）《重播》（*Replay*）等作品[50]。

不過不管是《骨時鐘》、《重播》或《娥蘇拉的生生世世》，無論是自然終老或於人生特定時間點，無可抗拒命運的輪迴遭遇，人物其情其心，都充滿人為努力無法抗拒因果命定的無力悲戚。而屢屢跳針重播，試圖重回現場的寓意，也不過是心理學創傷後壓力症候群（PTSD）的隱喻——悔不當初想回到過去，創傷畫面的不停跳停，生命面對歷史不可逆的無力，也將再造成下一個輪迴的悲劇。是故，有限生命是否能開展無限可能，當要存疑。

書評體的魔法圈50

大衛・米契爾最為人津津樂道的寫作特點，便是縱橫歷史時空輪迴，多元文體交織生生世世似曾相識命運脈絡的迴旋結構，如《靈魂代筆》（Ghostwritten）、《雲圖》（Cloud Atlas）與《骨時鐘》（The Bone Clocks）等皆是。大衛・米契爾相關作品、肯恩・格林伍德《重播》與凱特・亞金森《娥蘇拉的生生世世》等相關介紹，詳見《小說之神》【幻想奇幻類Ⅱ】遊戲異境與異境遊戲的穿越「玩弄歷史時空技巧」類，在此不另贅述。

那麼或許2016年韓國延尚昊執導的《屍速列車》，及2017年臺灣赤燭股份有限公司開發平台遊戲《返校》與笭菁合作另出的外傳小說《返校：惡夢再續》，一說為「韓戰」或「共產主義」的「斧山行」隱喻，二則為臺灣戒嚴時期二二八白色恐怖歷史情境穿越的風聲鶴唳，皆是人們集體潛意識，對悲劇命定的再重回與無間輪迴，所謂「重回現場」的創傷壓力後症候群（PTSD），不過是生生世世，屢屢重生，試圖汲取過往教訓，以跳脫悲劇命定可能的焦慮與靈。

於是，不幸「銜尾蛇」的無限輪轉之謎，無論個人或集體，在在都在考驗人生而為人的意志力。可遺憾的是，人的一生不論長短，卻有如遊戲，從初始新生到死亡退出的設定，都是一場場的「惡夢再續」，即便肉體長生不老或擁有超能力，也可能無以倖免重蹈悲劇。

三、長生不老超能力者聯盟的無間道

狂人川普當選的年代，就該讀讀拉維・提德哈（Lavie Tidhar）《狂暴年代》（*The Violent Century*）！這本小說跟政治與戰事也頗有干係，只是沒有CD-Pro2。

拉維・提德哈《狂暴年代》講述英國試圖集結超能者以求戰爭贏得勝利，這些受到「改變」的人們進化成超級英雄／英雌，可變身的代價卻是永生不老的孤獨寂寞。然後再依諜報小說的慣例沿襲，代號「老傢伙」的掮客，賦予「變化之人」新生。於是過去種種譬如昨日死，他們的原名如《神隱少女》般地被剝奪遺忘，霧散雲消。

故事便由代號「霧」與「消」兩位男人，行腳穿梭於歐亞歷史間的各式戰事開啟，不過就像2002年劉偉強和麥兆輝執導《無間道》（*Infernal Affairs*）裡，飾演臥底警探陳永仁的港星梁朝偉，於天台上

的抱怨「說好三年，三年之後又三年，三年之後又三年，都快十年了老大」，不死永生的超能力者，為諜作間的他們比十年更為難熬，雙面應對與自我認同的錯淆混亂，終究使霧心生倦怠而叛逃。

可他心心念念，最難以割捨的——那代號「夏日」的女孩，將成為霧這位男人的阿基里斯之踝（Achilles' heel），超能力版的「戀夏N日」，關於愛與背叛，他們必須逃往哪裡，才能得到真正的救贖？又該當怎麼做，才能扭轉這種冰封凍結而顯無窮止盡的人生？佛說：「受身無間者永遠不死，壽長乃無間地獄中之大劫」，即便是超級英雄的無間道，內在也總還是難掩寂寞孤獨，並於人性恐慌中崩裂的痛苦吧[51]。

本書寫作技巧高超卓越，簡鍊文字中紛陳電影式的跳躍畫面，奇想聯翩叫人目不暇給，錯雜諜報與超能英雄的趣味，可說是超能力者聯盟的無間道——既有諜報小說探勘的人性幽微，亦有科幻改造，超級英雄的使命悲愴，縱雜一爐成為繁複叫人目眩的新世界。乍讀頗類歷史輪迴之王大衛・米契爾《骨時鐘》，永壽長生者於世界時空來回跳躍的奇情科幻，然而內裏卻等同是華語諜報小說家之王麥家《風聲》或中國一級作家海飛《麻雀》，「慘烈戰事諜對諜，不敢相信任何人」的驚惶畏怯[52]。

書評體的魔法圈51

無間地獄，據說乃是地獄萬惡叢集處，為八熱地獄最底層，業障過於深重者，如犯五無間罪者－殺父、殺母、破和合僧（破壞和合的僧伽團體，挑撥離間、製造是非破壞僧團的團結）、出佛身血（惡心毀佛）、殺阿羅漢等，死亡至投胎間便無中陰期，而是直接墮入於此。歸屬於六道地獄道的無間地獄，亦稱為金剛地獄，金剛為「恆固不破」之意，也就是雖在輪迴之中，然而業力過重，難以被超渡化解。墮入金剛地獄的人們，將擁有極長的壽命，然而永生卻是用以無期受苦，痛苦恆久不絕。

麥家素有中國丹‧布朗美譽，其諜戰系列作品，懸疑性極強，並往往於戰事密鼓中，顯露人心的幽微疲憊，其中編劇為電視劇的《暗算》和改編電影《風聲》等最廣為人所知，對掀起中國諜戰熱潮，可說是居功厥偉；嚴刑審訊相關，或可另參考馬克‧艾倫‧史密斯，現代拷問偵訊為題的《無名偵訊師》系列。

四、回到未來實乃前進過去的時間弔詭

承前無限輪迴，時間線既非直線，那麼如銜尾之蛇輪轉的不滅，回到未來實乃前進過去的時間弔詭，科學如何詮解？井上夢人封面文字彷彿是《四人的耶誕節》的小說長篇，便正預示著《耶誕節的四人》，箇中無以名之的時間迴旋。

本書分別以四人30年的四層分野（1970.1980.1990.2000），第一人稱敘述的視角轉換，拼貼為多重敘述的結構佈局。故事講述1970年，四名小屁孩呼麻捲煙，嗨翻後撞死風衣男的錯手殺人，最後惡向膽邊生，劫財奪衣，將之埋屍荒野，瓜分的兩百萬鉅款與往後每十年一次的聚會，這件祕密總是如鯁在喉，在話題中不自覺浮現，直至某次重聚，早該死去的男人驚悚回歸，過去現在未來的時間線，就此曖昧?!

井上夢人《耶誕節的四人》如斯情節與斯坦‧賈德（Jostein Gaarder）《庇里牛斯山的城堡》（*The Castle in the Pyrenees*）若合符節——年輕情侶偶然於山中出遊，誤撞了的紅衣女，成為兩人日後內疚負罪、愛情漸行漸遠與女方死亡的關鍵，30年後，「死而復生」的紅衣女，究竟藏有什麼祕密？同樣專擅以對話營造懸疑氛圍的兩位作者，在情節基構大同小異的想像裡，卻因寫作技法差異而別具風味。

斯坦・賈德喜以對話語句堆砌成，探索人本身與世界，其自我存在價值意義與緣由關係的寓言，字裡行間充滿超脫世外的哲思迴旋；井上夢人作品則慣常以「多重人稱視角的轉換」、「年代流行物件的穿插」與「對話堆疊出辯證推理氛圍」等，作為詭計謎團，注重解謎樂趣遠勝對生命哲理的反芻思考[53]。

書評體的魔法圈53

書中年代流行物事，最受矚目者乃穿插有2016年榮獲諾貝爾文學獎而沸沸揚揚的鮑伯狄倫（Bob Dylan）作品。

《庇里牛斯山的城堡》旨要摹寫愛情消亡於莫名的偶然與誤會，徒留愛恨生別離，難以聚首相會的憾恨傷悲，《耶誕節的四人》則以歷史呼應的迴旋，凸顯科學辯證上，顛撲不破真理的弔詭，猶如《回到未來》（*Back to the Future Trilogy*）系列的改變過去，修正歷史錯誤，也頗俱克里斯托弗・諾蘭執導《星際效應》多維世界，交互重疊的敘事樂趣。

 【跳針重播的無限輪迴 II】

反覆跳針重播到最後會如何？不要問很恐怖，我們將由此進入「習得性無助」（learned helplessness）！所謂「習得性無助」概念乃根據1967年美國心理學家馬丁・賽里格曼（Martin E.P. Seligman）動物實驗及相關衍生類比而來——大抵為被關於籠中的狗每逢蜂音器便遭雷擊，無能躲避出逃，多次反覆制約過後，即便眼前牢籠已啟，未施雷擊，可一聽蜂音器響，卻仍將造就狗兒強烈的驚嚇恐慌，無視眼前情境已然改換的事實（有出口無電擊），表現得

有如過往受禁錮時，只能顫抖嗚咽坐以待斃。

其實此類系列實驗的衍生類比，隨細節設計各有不同，如配以鞍具、槓桿或其他障礙物佐附使用等，不一而定，然而無論實驗外在因子如何變化，其關鍵重點卻都大同小異的指向一個共同的結論──經由重複性累加的挫折失敗與無能迴避的徒勞心累，最終都將導致內心層面上的消極致鬱，無能辨別後續情境差異可能，而使認知行為受到自我藩籬的設限，最後重蹈悲劇的循環。

那些所謂平行世界的情愛故事點點，或生或死或喜或悲或傷或痛的情節，在在都體現了生命終將因抉擇不同而有不同風景的更迭，可真實世界的全貌拆解，有時卻殘忍生硬的猶如幾堵高牆橫絕在前的極度天險，使人困於其中只能自生自滅。於是反覆跳針到最後，便將等同安部公房《沙丘之女》，失去生而為人，生命的價值意義所有，僅能如蟲如獸，困囿於無意義的生存勞動中，不被救援。

一、習得性無助的制約，造就跳針重播的無限輪迴

日本前衛文學代表作家與芥川獎得主安部公房作品，字裡行間因抽象概念橫生，且地點事件多為架空虛撰，更添閱讀上的晦澀難解。不過，若單就《沙丘之女》這部作品而言，則完全可作為「習得性無助」實驗的人物演繹呈現。

故事講述一名公務員男，假日至沙地採集昆蟲的閒散遊玩，卻不幸陷落荒漠中，恰逢神祕老翁好心援手，不料卻反走進一生難以脫卻的牢籠。

這情節雖然不似國外變態殺人魔，大隱隱於「舍」──藏身於破敗荒涼的旅社棄屋中，如《恐怖旅舍》（Hostel）或《奪魂鋸》（Saw）等，誤入叢林的小白兔兒，不管是被騙被捕獲或被捉，都將是四肢橫解、血水縱流的嚴刑逼迫與竄逃。

【人與歷史繾綣，乃如銜尾之蛇輪轉，無間輪迴】

可這被作者架空定調於日本的「恐怖旅社」，不傷人身，卻只毀其心的專攻——將人深埋於沙丘所建居所，唯有掛懸的繩梯可供使用，彷彿陝西黃土高原窯洞的無止盡沙漏，本以為不過是短暫借宿一宿的萍水相逢，卻成了永無止盡的無間惡夢。

特別值得一提的是，洞中藏有一女，謂之沙丘之女，可惜此女與中國奇想獵豔〈遊仙窟〉或〈神女賦〉等，所謂「水榭樓台並與美食佳餚及溫柔神女」的溫柔鄉類不同，此女平凡醜陋叫人作嘔，且還須日復一日舀沙汲水飲食洗漱，從事毫無意義卻佔據人生大半心力的生存勞動。

初始他亦曾屢屢試圖改換現況的突破，如沙屋建築的改良更動、機械取代人力的重複勞動，甚至自製工具以出逃，強烈的生存意志，讓他屢敗屢戰，又屢戰屢敗，最終在一次危及生命的驚恐後撒手，覬欲出逃的想望還有，卻不敢再行動。彷彿薛西佛斯（Sisyphus）推石上山，石卻終歸持續滾落的悲慟，過往公務員一成不變的官僚操作，與現今重複舀沙的單調生活，已沒有什麼不同，即便沙丘後來堂而皇之掛上繩梯可通往外，即便沙丘之女讓人難以忍受，最終也母豬賽貂蟬，無可拋卻在後。

如習得性無助的籠中狗，門已開，無電擊電流，可對象卻已無能反應的困窘，只能陷入淙淙流動的時間之沙裡，那不管吃食酣睡甚至性愛都無動於衷的麻木空洞，失去人生價值意義所有。是以小說最末，才以男人原有生活的轉動，因其多年失蹤而將之宣告死亡（其實他還在，只是在沙丘）作為隱喻指涉的內容。

因人的存在，便在於追尋創造，失去了，便不復為人。諾貝爾文學獎評審委員會主席佩爾‧韋斯特伯格（Per Wästberg）曾說，若非安部公房猝逝，他必將獲得諾貝爾文學獎的殊榮，或許是因為他同時點出「生而為人，為何存在」的想望與絕望吧。

魯迅在《中國小說史略：漢文學史綱要》中，評點《聊齋誌

假的我眼睛業障重啊：書評體的百萬種測試與生命叩問

異》最為知名的引文，是說《聊齋》「示以平常，使花妖狐魅，多是人情，和易可親，忘為異類，而又偶見鶻突（乖迕），知復非人」（206）。

這段形容講說蒲松齡筆法高妙，以致於能將「假借神魔鬼怪或花妖狐魅，用以針砭世情、發抒己見」的志怪小說傳統，發揮得淋漓盡致，角色如栩如生，實則與人無異。不過說不定這樣彷彿與人情無異的萬物有靈，某種程度來說，也是意指人與獸不相別類的等同——生而為人，相比異類，究竟有何異焉？這大抵也是存在主義最想叩問的謎團真相[54]。

書評體的魔法圈54

安部公房《沙丘之女》可與法蘭茲·卡夫卡（Franz Kafka）同為存在主義經典的《變形記》對比參照。所謂存在主義，是試圖理解人存在意義的思索－「生而為人，究竟為何而存在，人獸又有何異同？」《沙丘之女》與《變形記》同是講述人的故事，卻最終消失／死亡於蟲類般汲汲營營的生存勞動中，心理學上萬千實驗，或以狗，或以鼠，或以猴，人親自參與所驗（這裡說的是成為殘酷不人道實驗的對象）鮮矣，然則動物認知行為實驗之果，實際卻與人無異，甚至得而預先洞見診療之，也讓人覺得頗覺諷刺荒謬。

且若根據心理學創傷後壓力症候群（PTSD）推導人行為模式的因果，其實亦不難發現，無止盡輪迴的惡夢，都始自於被害者不自覺「被害轉加害」的驅力啟動，使人深陷其中，難以逃脫。

是故以下以真梨幸子《復仇女神的布局》、約翰·道格拉斯（John Douglas）與製片馬克·歐爾薛克（Mark Olshaker）及新聞記者史蒂芬·辛格勒（Stephen Singular）分別合著的《破案神探》（*Mindhunter*）套書、唐墨《清藏住持時代推理：當和尚買了髮

【人與歷史繾綣，乃如銜尾之蛇輪轉，無間輪迴】

簪》與內藤了《獵奇犯罪搜查班》系列等，作為「被害轉加害無間輪迴」的各式詮解[55]。

二、被害轉加害的無間地獄

首先，被害轉加害的無間地獄，可由真梨幸子《復仇女神的布局》為領航先鋒。此書乃致鬱系女王、擅摩人間女子黑暗情態的真梨幸子，引述神話典故上，復仇女神阿緹蜜絲（Artemis）的寓意為題，並列「女衒」之序、兩部殺人血腥曲與最後機心的後序，完成了一部結構齊整，猶如銜尾蛇始至終，終卻復始的殺人橫行，其中的迴旋深意，令人怵目驚心[56]。

故事劇情以採訪者名賀尻龍彥，受託訪談系列女優紀錄以出版始，乍讀以為意在呈顯AV女優業界的血淚斑斑史，可「並玉」、「極上」、「下玉」與「上玉」等女優種類的編排分類，卻隨著訪談的行進，依序死去，逐步揭露暗地裡的神祕──人的生命，隱隱然藏有不為人知、請君入甕的機心，讀來讓人不寒而慄。

假的我眼睛業障重啊：書評體的百萬種測試與生命叩問

本書所引復仇女神阿緹蜜絲（Artemis）之名，於希臘神話中的原型
當是月神與狩獵女神，並不等同於真正復仇女神的三者綜合體——
厄里倪厄斯（Erinyes）；但推想，根據真梨幸子書中「守護貞潔」
與「被害轉加害」的殘忍迴旋，三大處女神之一，並嚴懲酷刑施於
擅入領域者的阿緹蜜絲（Artemis）似乎更顯合適，此處稍加更動亦
可理解，此一疑義，其他書評，如好民文化行動協會理事長郭瀚陽
品評〈【復仇女神的佈局／真梨幸子】－誰負我，我負誰〉一文中
亦有點明。

　　此類心理驚悚推理，人性黑暗層層推演的的布局，往往亦是
殘酷現實、步步驚心的人生陷阱，交相輝映。溯源闇黑推理，寫作
布局或題材元素相關，本就是基於人性暗影那層層包覆的機心，真
梨幸子《復仇女神的布局》，便可說是淋漓盡致詮釋「被害轉加
害」、心理層層翻轉（三次或以上）的完美示例。

三、被害轉加害的有跡可尋

　　若常人居於跳針重播，無限輪迴的無間地獄一段時日，或許己
身未能察覺這樣機械反覆的悲劇行進，然而所謂的旁觀者清，箇中
邏輯，實乃有跡可尋的清晰，被害轉加害的路徑軌跡，便不能不提
《破案神探》（*Mindhunter*）系列套書，以人如何成就重大犯罪步
履的縱結來與側寫彼此互逆[57]。

　　本系列套書乃由美國頂尖罪犯人格側寫專家、美國聯邦調查
局長約翰・道格拉斯（John Douglas）、知名製片馬克・歐爾薛克
（Mark Olshaker）與新聞記者史蒂芬・辛格勒（Stephen Singular）
分別合著作品。內容講述FBI首位犯罪剖繪專家約翰・道格拉斯，
由其邁步犯罪剖繪用以稽查防制追兇的種種人生曲折，推進至個人
生涯領域，對連續殺人魔、大屠殺、無差別殺人或網路陌生犯案等

【人與歷史繾綣，乃如銜尾之蛇輪轉，無間輪迴】

《破案神探》系列套書共分四部－首部曲《FBI首位犯罪剖繪專家緝兇檔案》、二部曲《犯罪是天生邪惡還是後天塑造？FBI探員側寫連續殺人魔》、三部曲《大屠殺、無差別殺人與連續殺人犯，FBI探員剖繪犯罪動機》與四部曲《我們為何對陌生人卸下心房？FBI剖析第一起網路連續殺人案》。簡中演繹，亦是本書倡議心理學乃人行為模式的集體統計，可以此推衍相互逆行，而知歷史乃個人集體的鏡映，悲劇代代傳遞的悲傷無力。

人性犯罪真諦的徹悟與付諸執行，而能即早辨別生活日常的潛伏殺機與肉眼未可得見的犯罪共通特性。

　　過往用心理分析來推演並側寫罪犯相關資訊的犯罪剖繪，被視為無用無稽，然而與時俱進的緝兇偵察與辦案經驗的累積，及犯罪剖繪小組的成立，使此一學門於各式犯案，特別是重大連續殺人案系列，屢創佳績。尤其用「犯罪手法」（行兇者犯罪所為，具精益求精與學習的流動空間，會改變）與「簽名特徵」（行兇者為滿足自己而必須做的事，恆定不變）（253）二者為區隔分析，或許隨機槍殺與砍殺會被判定差異，然而若同基於種族仇恨傾向隨機殺人則是一致，而使諸多懸案露出曙光。

　　然而值得注意的是，綜觀其辦案研究，如浮圖塔裡眾多犯罪的浮光掠影，他卻語重心長的總結，所謂的犯罪，其原生家庭，或說安全基地支持功能的重要性如何舉重若輕，因為罪犯多是後天形成遠勝先天造就；不過雖是如此，人不管其年歲經歷，總須為自己的行為情緒負責，而非單一任意的歸咎歸因，可是，「除了金錢、警力與監獄外，最需要的是愛，這不是過度簡化問題，它正是問題的核心。」（377）

四、被害轉加害的變形其一，佛魔善惡同體，生死起滅同點

被害轉加害的一大特徵擷取，便是「佛魔善惡同體，生死起滅同點」相互辯證的真諦，中山七里《哈梅爾吹笛人的誘拐》便可為一例。

本書故事以俊俏魅力卻無能解謎女人心的犬養刑警與熱血正義俠女明日香的聯手進擊，突破由《格林童話》〈哈梅爾吹笛人〉為引的綁架疑雲，實乃直指製藥公司、厚勞省與醫師三者，大力推行仍具副作用子宮頸疫苗的利益共同體陰謀。

大抵類似臺版車禍重癱珣珣媽開啟部落格集氣引發關注的經營，因施行疫苗副反應，青春豆蔻少女群卻罹患記憶障礙或身體不良於行的功能失調受害，肇因於這樣啞巴吃黃連、有口難言的委屈，「藥害救濟」由此引來推進派、反對派與中立派三方論戰與勢力派別女兒群的綁票連續，只留下「哈梅爾吹笛人」明信片作為象徵，未討贖金而是社會正義與醫療救贖的可能。

矛盾的是，始自好心善意開發的疫苗，其添加的免疫賦活劑，雖有增強細胞免疫之功，卻也摻入了造就病變的DNA，而引發免疫機能紊亂；而所謂官商勾結，利益薰心與良心的掩蓋，是因面對須得24小時職守，人命關天高風險，時不時則被病患控告賠償與訴訟連綿的婦產科，為鞏固日漸稀少的人手救援，不得不以推行疫苗以爭取健保點數平衡的權宜之計。

最末這一切幕後籌劃的推理，彷彿希臘神話英雄忒修斯（Theseus）故事，若想突破克里特島牛頭人身怪米諾陶爾（Minotaur）的噬血迷宮，那滴水不漏無攻可破的險難重重，外來英雄最終也須得所有事件的始作俑者，瞞天騙地欺海神的國王，其女公主亞莉亞德妮（Ariadne）的線軸，方能脫出迷宮。

值得注意的是，作者自言此書打破自身不將政治意見寫進書

【人與歷史繾綣，乃如銜尾之蛇輪轉，無間輪迴】

裡的限制，同是有女初長成的同理心，只期待眾人理解，尚有人深受苦楚的社會關懷意識——「若要說作家能做些什麼的話，我想應該就是將事實傳達給更多人知道吧。」同為文字創作者，往往總有「只能嘴只能厭世與翻白眼」之譏，但或許經由文字，經由作品，即便渺小無力，或許我們真的可以傳達些什麼，改變什麼吧。

五、被害轉加害的變形其二，沒魔就沒佛的死亡筆記本

被害轉加害的另一釋意，或可也說是沒魔便沒佛，或佛魔本就一體通貫的善惡同容且共通，如丹尼爾·柯爾（Daniel Cole）《布娃娃殺手》（*Ragdoll*）。

本書甫出版即蟬聯文學暢銷排行榜，亮眼成績有目共睹，故事以極具駭異的六名被害死者屍身的特有部分，縫縫補補串結成猶如未經電擊賦予生命的科學怪人（Frankenstein）組成，及16世紀米開朗基羅（Michelangelo）名畫《創造亞當》（*Creation of Adam*）手指指向，連結上帝（或惡魔？）的懵懂，拉開觸目驚心謎團的序幕[58]。

故事開展環繞以執著大是大非正義，卻脾氣火爆，私生活常曖昧不清的威廉·佛克斯警探打轉迂迴。這綽號「沃夫」（Wolf）的

書評體的魔法圈58

《科學怪人》（又譯弗蘭肯斯坦）是西方科幻小說之母瑪麗·雪萊（Mary Shelley）1818年創作作品，故事講述瘋狂科學家意欲打造完美生物體的存在，由墳場挖出的屍塊組構成人，並以電擊賦予生命，事後卻懊悔不迭，以相互的追殺逃亡終結；《創造亞當》是16世紀米開朗基羅創作於西斯廷禮拜堂（Sistine Chapel）天頂畫《創世紀》第四幅，內容摹繪《聖經·創世紀》上帝造人，由上帝之指傳遞生命魂靈之火予亞當，左臂則環繞夏娃（或說聖母瑪麗亞與不特定女性天使）的情境，約莫於1508-1512年的文藝復興期所繪。

大狼哥，其光鮮亮麗的主播前妻，與同睡一屋（非樓梯間與車上）還備有彼此盥洗用品但真的什麼也沒發生的精神出軌女同事，及受害保護計畫絕世正妹等的多角情愛糾葛，使得重重殺機的懸疑裡，更顯活色生香，搔癢難耐。

寫作佈局前後呼應，分別以法庭的對戰對決是否能真正取得公平正義的質疑，或當以私刑為先的躊躇猶豫，別有深意的對比正義女神的蒙眼無力。

一具屍體卻藏有六名被害，後續又有殺人預告清單的風雨欲來，恐怖的是，這樣不可思議的「預告被害」，卻是精準狠快，毫無漏網，彷彿死神陰魂不散的糾纏，提早做下死亡筆記的名單，而我們的大狼哥威廉警探就在此一名單的最後一位上。

這般人為命運的奇特交纏，猶如希臘悲劇的神諭公開，英雄由此落入「生死覆滅命定內，人力無力可回天」的迴旋無奈，縱使人為如何努力遏止掙扎，也不過是螳臂擋車的徒勞悲傷。更令人遺憾的是，《浮士德》遊戲的破關，與魔鬼交換條件的代價，便是被害轉加害，靈魂的崩壞，緝兇追查真相的正義凜然，一轉為沾滿血腥的雙手雙頰。

《布娃娃殺手》書末以「浮士德」靈魂代價的交換，作為佛魔的替換──緝兇偵察「追捕」的首要便是「以己為魔」的心理揣度；《破案神探》書面文案則標示說「在抓到兇手前，他讓自己先化身為那頭野獸」，兩者同以彷彿同理心（stand in others shoes）（站在別人立場為其著想）於特定情境的一種「誤用」，由此知曉行兇者的作案動機手法與相關種種，完納追兇過程。

不過有趣的是，傳言佛陀為人身，菩提樹下打坐求道的最後映證前，魔王擔憂惶恐以魔女色誘，十方武器與各式毒蛇猛獸強攻，經此心魔，佛陀方知捨棄妄想執著，則人人可成佛。那麼「我不入地獄，誰入地獄」，且「沒魔就沒佛」的通道證悟，難道也可說，

【人與歷史繾綣，乃如銜尾之蛇輪轉，無間輪迴】

佛魔本就一體通貫的善惡同容且共通，差別只在人意志選擇為善抑或為惡的意念之中嗎[59]？

┃ **書評體的魔法圈59** ┃

後記訪談針對「劇情緊湊曲折離奇」的提問，作者卻回應開始寫作時「只有一個充滿陰謀的開場與令人意想不到的結局，然後就讓故事情節開始發展」，不必事先規劃，寫作靈感卻源泉不窮，聽來令人艷羨，不過話雖如此，所謂神來之筆的結構佈局，在自然而然潛意識冰山的上下層面，或許也有什麼共通特性的有跡可尋吧？

六、被害轉加害的邏輯內裏，如何應用至寫作詭計的套用

在此補充說明，命中註定的死亡筆記本，詭計究竟如何設計？

推理小說有種種懸疑驚心，常出現眾人未知兇手，卻是「螳螂捕蟬，黃雀在後」的被追捕感，然而特別值得一提的是，此中更有與日本知名漫畫《死亡筆記本》（*Death Note*）若合符節的死亡情境預言實現，彷彿希臘悲劇神諭的命定。不過此類「萬般皆是命，半點不由人」，甚且精準套用死亡現場相關（時間地點方式）的殺人詭計，究竟如何可能？其實丹尼爾・柯爾《布娃娃殺手》與百年經典，謀殺天后阿嘉莎・克莉絲蒂（Agatha Clarissa）《一個都不留》（*And Then There Were None*）皆是一脈貫通。

《一個都不留》相逢即是有緣的陌生人群眾，受邀至名聞遐邇的戰士島作客，然而神祕歐文先生的署箋，卻是「正義為名，施行私刑」的結構，各懷鬼胎與不堪過往的眾人，將在純真善美的童謠與精緻瓷偶的隱喻中，一絲不苟的完納正義女神的詛咒，一個都不留。《布娃娃殺手》則以一張清單預告六名被害的惶恐，精準狠快的死亡預知記事，讓查緝追兇的警探自身也深陷其中。

兩者同以「完美死亡記事的預知」與「兇手或解破謎團關鍵者混入被害其中」（亦即被害加害分不清的朦朧），名單一一消去卻仍無法鎖定真兇的惶恐直至最末。前者以信件自白，後者則前後呼應的沒魔就沒佛。

另外《一個都不留》（10人）與《東方快車謀殺案》（12人）等同，眾所聚集的偶然與巧合，萍水相逢的機運邂逅，原來幕後實乃有什麼佈局在籌謀。不過前者是兇手隱身其中的變色龍，後者則是互為不在場證明的集體同謀串供。是以，或許我們可以說，經典與現代小說的暢銷，自有什麼公式可融貫套用。

此類相關甚且還可參考臺灣作家唐墨《清藏住持時代推理：當和尚買了髮簪》。

本書故事以〈洗手巾之歌〉、〈二林金錶案〉、〈蕃婆假燒金〉與〈和尚藏髮簪〉四個短篇組構而成，立基臺灣本土《林投姐》、《瘋女十八年》、《呂祖廟燒金》與《周成過臺灣》等，寫實虛構兼併翻案，成就新一代的歷史本格推理。

情節推演則以1934年，府城退休前法醫的松本寺住持清藏律師與「喊玲瓏」賣什細郎秀仁小哥的一搭一唱為偵探組合，前者辦案行事嚴明，然而過程中總不脫鼓動後者做些雞鳴狗盜之事（以石砸窗，立門造謠等）以混入命案現場推理的戲謔，行腳流連則主攻府城庶民階層蔓延至北，鉅細靡遺活生生活色的描寫，堪稱當時當地市井階層日常尋景的浮士繪。

首先，號稱改編日治時期運河奇案的〈洗手巾之歌〉，以貌似深情男女殉情的鴛鴦情深，為府城運河的開鑿動工的周年紀念，平添幾絲哀婉淒切。然而本作為傳情達意用的客家山歌〈洗手巾之歌〉，最終卻如阿嘉莎・克莉絲蒂《一個都不留》與丹尼爾・柯爾《布娃娃殺手》，或安東尼・歐尼爾《月之暗面》的詭計，女子東食西宿，周旋二男（難）間的「幸福男，不難」，一轉為歌謠定

【人與歷史繾綣，乃如銜尾之蛇輪轉，無間輪迴】

死，預告殺人的死亡記事，表面可歌可泣的亮麗愛情，藏著的卻是謀財害命的人性惡意。

另外，後三者不管其故事本質或推理情節發展，基本脈絡亦都兼具有阿嘉莎・克莉絲蒂《東方快車謀殺案》（*Murder on the Orient Express*）那種「群體合謀或串供」的變形套用。此部經典講述臨時補票上車的大鬍子偵探白羅，搭上伊斯坦堡開往歐洲的辛普倫快，不料卻因緣際會捲入兇殺案中——

富商雷契特陳屍包廂，茫茫大雪中造就的密室牢籠，唯有含受票員在內，12位旅客的供詞方得解開真相。可屍體上多重致命而不一的傷口、遺落在地而繡著字的精緻手帕與煙斗填塞內容，都直指一個罪大惡極，綁票勒贖幼童撕票慣犯的天理不容，然而親送罪人上絞刑架的代價，便是執行正義，復仇者聯盟沾滿鮮血的雙手。

詭計設計縱結有「密室殺人」、「別相信任何人」、「演技萬歲」與「遺落物的故佈疑陣」等，但簡言之便是「三人成虎」的從容。「三人成虎」，則「虎」亦栩栩如生，證言的流轉，反是個人不在場證明的串供，從貫井德郎《愚行錄》的真兇環繞其中，至阿嘉莎・克莉絲蒂等，皆可知推理之國，並無可懈怠時候，只要有心，人人皆可為真兇！且這樣世界暢銷的佈局結構，於臺灣推理亦有所同。

〈二林金錶案〉改編日治時期的二林奇案，話說身負錢財出外經商的古意人石阿房，失蹤多日，被生意伙伴盧少爺尋回家來，可既不在被美軍擊沉的高千穗丸號上，卻也不在美人如玉的家中。溯源歸本至事件關鍵的二林小鎮，鄉間田野的寧靜，就在一陣敲門聲後被打破，可諷刺的是，該注意的非來者何人，而是居者為誰，孰假孰真的扮演？（一人主謀群體串供）

〈蕃婆假燒金〉立基清末呂祖廟燒金背景，也頗肖李昂《殺夫》「女子殺夫」的脈絡動機。油頭滑面的囂張屠夫劉信昌失蹤，

金錢所購國色天香卻失婚又無謀生能力的山地頭目之女瑪蘭，家暴惡行的暗夜哭聲，竟通往呂祖廟去！而洗刷潔淨的包肉荷葉與鄰家耳語，即將串聯成彼此心知肚明的殺人之謎（合謀殺人又群體串供）。

〈和尚藏髮簪〉挪移清末周成過臺灣的重要主角人物，增編為清藏律師調查甫登曹洞宗說法禪師的道會禪師吊死鐘樓，與受託北上討債的賣什細郎秀仁小哥至周家繞轉的見聞，愛恨迷離的周家三人行內，卻譜出案外案的復仇情節。（兇手另有其人，解謎推理至涉案相關人皆佯不知以求圓滿）

七、迴旋反覆的無窮輪轉，實乃巴夫洛夫制約的套用

最末，在讀過被害轉加害諸多後，心理學上，除卻習得性無助（learned helplessness）造就悲劇反覆輪轉，其中機製作用，尚有巴夫洛夫制約的套用，如內藤了榮獲第21屆日本恐怖小說大獎的暢銷系列——《ON 獵奇犯罪搜查班・藤堂比奈子》、《CUT 獵奇犯罪搜查班・藤堂比奈子》與《AID獵奇犯罪搜查班・藤堂比奈子》。

本套書首部獨樹一幟地以過目不忘喜歡七味粉的菜鳥女警，配上熱血學長東海哥、酷愛屍體被稱做死神的女法醫，與個性大剌剌外貌彷彿《多啦ㄟ夢》大雄的大雄醫師，聯袂破獲殺人謎團，2016年改編為日劇播出。後續二部則分別以跟蹤騷擾與連續自殺的網路幕後作為全新型態警察小說的故事著重。

不過特別值得一提的是，首書那乍見以為是連續殺人犯案的離奇慘案大集合，調查後各案的受害者卻是過往情節重大的犯罪者，而加害者慣用殘虐他人的形式，卻彷彿遭遇金庸《天龍八部》慕容復「以彼之道還諸彼身」的奇術。

詭計謎團糾結於不知是「天理昭彰報應不爽」的現世報，抑或是解離症多重人格的自殘自害，使冤魂冤情得以昭雪於世，但即便

【人與歷史繾綣，乃如銜尾之蛇輪轉，無間輪迴】

他有「24個比利」，也無法扭轉人體自我防衛的機制運轉，遑論自捅自性侵的諸多恐怖橋段，難度指數實在破萬[60]。

書評體的魔法圈60

解離乃指歷經重大創傷過後，自我可能增生另一人格，作為逃避無所遁逃的殘酷現實，以求哄騙欺瞞自己不在其境的驚嚇惶恐，彷彿從外遠觀自己的超脫，便可將原我視為他人而對己身痛苦「假的我眼睛業障重」的視而不見。在小說的展現形式便是離魂，如唐陳玄佑〈離魂記〉或卡洛琳・潔絲庫克（Carolyn Jess-Cooke）《瑪歌的守護天使》（*The Guardian Angel's Journal*）（《開膛手的邀請》（*The Mind Thief*）同作者）或艾莉絲・希柏德（Alice Sebold）《蘇西的世界》（*The Lovely Bones*）。詳見《小說之神》【長篇 I】多重人格的交疊幻影：失憶與解離或【關係類】人心空洞的迴音：修補療癒、寂寞疏離、絕望與黑暗關係。

　　不過原來一切不是冤魂索命或人格解離類，而是以「巴夫洛夫」實驗進行犯案制約。此實驗命名源自於俄國生理學家&心理醫師伊凡・彼得羅維奇・巴夫洛夫，大抵是以「鈴響後餵食狗」的規律來造就制約，後續鈴響即便未見食物，狗兒卻仍會口水奔流的引發進食衝動，由此歸結出人心理意識與行為反射間的關聯，可將其視為習得性無助的反相，既是如此，受同樣因子與條件所感，便可設定連續犯案與兇殺殘虐的可能，彷彿人體安裝了定時機關的炸彈，隨時引爆（反向逆想的話，只要知道哪些是導致犯罪的因子，便可即早預防，以免去後續各項社會成本）[61]。

　　另外補充，這些小說，不管是不是推理往往因為內容過於天理不容的「殘暴血腥與色情」、「教壞囝仔的犯罪行為偏差誤導」而大受抨擊，甚至連創作者都有可能受有「私生活不知如何」的不當

利用心理制約造就犯案詭計者，尚有暢銷漫畫清水玲子《最高機密》，其中第四卷與第五卷以創傷後壓力症候群（PTSD）的受害轉加害，與巴夫洛夫，制約導致相同元素則走至極端的設計，同有熱愛屍體的死神女法醫（三好醫師）等，皆是一脈貫通。

聯想、觀感或評斷。不過小說本該就有關注社會現實意義的傳統，過度的保護或拘禁，很有可能讓人們在理想的幻夢中，成為無助又束手就擒的待宰羊群。可較遺憾的是，社會或整體世界的盲點，在於自以為是地，認為將社會各層各面的「污垢」從人前藏起，「假的我眼睛業障重啊」的視而不見，世界便可一片璀璨光明，卻無法理解，對真實的錯解，反會引領人生以悲劇終結。

在此無意引發宗教論戰或進行貶抑，不過如自1979年伊斯蘭革命後，以《可蘭經》教義詮解宣揚所衍生出對女性的各項保（束）護（縛）——「不得暴露身體、外出需配戴頭巾罩飾，單獨外遊與陌生男子交談皆為禁忌，被強暴甚至被冠以不潔與姦淫之名處刑或榮譽殺人」、號稱民主自由的美國，2017年川普下的墮胎禁令等，都可理解，所謂的好心善意卻被權威片面詮解的庇護禁制，往往成為羔羊陷落牢籠的起始，因為他們並不懂得如何分辨真正的危險，也無力抗拒。

可未知黑暗怎能見光，未懂人心險惡，又豈知保護自己的結界邊防？

神愛世人，人卻有著七宗罪的矛盾弔詭，人一體所示現的種種不完美與負面情緒陰影，究竟該如何化解？天黑我們選擇閉眼，害怕一人獨自面對，然而透澈生命的哲學，卻是通透孤獨，入夜擁抱自己的寬厚溫柔，正如13世紀但丁《神曲》，地獄煉獄與天堂所在的追尋，始終都是為了拼湊自我失落的魂靈，即便走在無間地獄，

【人與歷史繾綣，乃如銜尾之蛇輪轉，無間輪迴】

即便內心瘡瘡瘢瘢如蜂巢隙穴，風動而鳴，但我們也要學會一念瞬間，承接住下墜的自己的生命勇氣。

生命業力無窮綿延，正如英國詩人狄倫・湯瑪斯（Dylan Thomas）〈祂的生日之詩〉（Poem on His Birthday）所述，「黑暗是一條道路，而光明是一處所在。過去從未是，未來也不會是的天堂，才是永恆的真實」，面對真實才能如實長出療癒的力與果。

是故，人所追尋，不應當僅是理想美好的幻夢而已，若如此輕易地便將黑暗的可能性全數摒除，以為眼不見為淨，即可瞞天過海甚至自欺欺人的催眠說服，下場也只會更慘不忍睹。

可遺憾的是，世俗總簡易地將某些「不潔污穢」，如犯罪、謀殺與性教育等劃分結界，確實年齡與心智成熟相對有資訊接收的規章保護，但卻忽略了，若強制將那些視為「需保護或較幼弱」者，置於一種全然無知愚昧的危險，其另行安排的美意藍圖，往往成為另一個無法逃脫的生命崩毀，如莘莘學子於教育中為分數激戰的反烏托邦校園、罩於黑紗頭巾下的伊斯蘭教女子，總是面臨被禁制然後受控的慘烈。

生存之道，在於人應當學會勇敢面對真實與危險，方知危急關頭如何脫身應對。另外，這些書也映證了，所謂的命定因果，文明前的巫術世界，神話示以悲劇，文明過後，則是人為設計的心機或心理學上的反覆循環──「現實叢林的種種與創傷後壓力症候群（PTSD）不自覺的操控」，悲劇不論自由意志與否，往往我們也參涉其中。

最後，除了上述應用創傷以前後呼應的寫作模式套用，臺灣心理驚悚作家哲儀，結合臺灣布袋戲的《人偶輓歌》，突出於心理創傷布局外，更另闢心理催眠潛意識，對比文化人類學「交感相生而彼此關聯」的原始思維概念，完成「人偶為蠱，傷之則人禍」，是為模擬巫術與心理驚悚交相出界的傑作，亦可參照並看[62]。

哲儀《人偶輓歌》故事接續於「報告『排長』」系列的〈血紅色的情書〉之後，負傷住院卻仍不安於份的國軍排長凌業勝，遙相並行著軍中榮獲「金馬獎」得主的馬祖新兵「志翔」，彷彿2013年洪仲丘遭遇霸凌的心理崎嶇，最後則以「模擬巫術」人與人偶交相對應的恐怖，牽連出一系列遭遇不幸的老人，搭配酷肖長相人偶散落一旁的懸疑命案，並間雜錯落有現代家庭疏離痛苦的細膩摹寫。作為「心理系名探凌業勝系列」首冊，結合有臺灣歷史追溯、傳統戲偶製作刻畫及軍中教條壓抑的形容，如栩如生，特具臺灣風采；又佐以西方治療的催眠指示與深層意識操弄，人的生命與戲偶，被控制而無以自如，互為表裡。文風陰鬱可怖，既有西方心理驚悚風采，亦使人思及日本的道尾秀介或朱川湊人文字。「模擬巫術」乃原始思維邏輯裡，利用性質特徵的類同性，造就交互感應影響以達目的的巫術，大抵可分為「同類生死」與「同類相療」兩種。前者利用具有類同特徵的二者，交相感應以至於「同生共死」，後來則延續成為禮教社會裡的巫蠱害人術，如中國漢武帝誤殺戾太子的巫蠱之禍，便起因江充誣陷太子宮中，藏有詛咒武帝的木頭人偶，《人偶輓歌》亦屬此類；後者則是原始的巫術醫學想法，人之匱乏則以他者（動物）性質類同補（貧血吃豬血，肝不好吃豬肝），以達「同類相療」目的。

【人與歷史繾綣，乃如銜尾之蛇輪轉，無間輪迴】

【天大地大，何處是我家？
人對存在孤獨的釋意與自我追尋】

　　存在主義心理治療大師歐文・亞隆（Irvin D. Yalom），曾對孤獨做出詮解，大致可分為（1）與自己隔離的「內心孤獨」（Intra-psychic isolation），（2）社會文化各面向與親密關係的「人際孤獨」（Interpersonal Isolation），（3）比自身與外界間隔更深層，自我與世界隔離的「存在孤獨」（Existential Isolation），他更於《存在心理治療》（*Existential Psychotherapy*）中評論小說家，「不論其人格與各種小說中的角色如何不同，終究是高度坦露自我的人」（53），不過在此，其實小說創作亦可延伸蔓延為各類作品，畢竟字之所以成文，大凡乃「物不平則鳴」也，且多有自然險境與人性崎嶇交相輝映的並進，其中談論，或國或家或個體單人，輾轉流連於歷史自然與文化社會，卻都萬物不改其宗的指向，人存在的孤獨與內蘊，及生而為人的價值意義。

　　這便不得不提及，在日本與英國托爾金、美國勒瑰恩並列齊名的上橋菜穗子，其耗時三年，榮獲2015年本屋大賞首獎作品的《鹿王》，故事以「與飛鹿／黑狼／犬群同奔的男人」的情節推進，叩問了生命議題諸多，一者是為死而生的生命意義（光葉之卵、鹿王與主角群），二者為人獸（或屍）有別的差異，在於意志抉擇的自由非僅有驅力，三者則為自我陰暗力量整合的共生共榮，幾可貫串此章文本所有，是以在此便以《鹿王》為領航先鋒作為釋意。

【人本孤獨 I】生而為人，為死而生？

　　本書故事分別講述「喪妻失子加入敢死隊成為首領的獨角凡恩」VS.「領先由動物開發血清疫苗療法卻牴觸傳統政教體系思維而被稱作『魔神之子』的天才醫術師赫薩爾」，雙線並進奇幻與醫療的不可思議世界，那身攜疫病，引發如狂犬病潮的不祥黑物，貫串起東乎瑠帝國、阿卡法世系、火馬之民，甚至遠至靈王坐鎮的由米達之森諸地，集團群體交相算計或殖民統治間的衝突不諧，推理尋兇的冒險行進裡，「不知為神之意旨抑或人禍衍生」的覆滅生息祕密，更與殺機如影隨形。

　　不過，中心題旨概念「鹿王」本身的存在，非關性別職銜，而是飛鹿群體遭遇攻擊時，挺身而出以己為餌作拖延戰術的犧牲品，此般守護族群、為死而生的生命意義，與作為前後貫串呼應、產卵後隨即死去的「光葉之卵」作用一致，皆是為了群體較高機率的生存延續，是以尊奉之，並非才能優劣的品評競技[63]。

書評體的魔法圈63

作者曾於後記自述，是參考《細菌進化》對裸腮類「綠葉海蛞蝓」的形容，才創設出產卵後隨即死去的光葉，是故「光葉之卵」的誕生，便同時具備了死與生。

　　可轉念一想，此中死生存滅的轉圜，這樣命中註定的死生，或許竟是種悲涼無謂的存在而已？且書中摹繪，神祕疫病的流行，使眾生生命圖像，籠罩在死亡陰影裡無以退散，但戰士凡恩卻由死中活，且幼女悠娜起於屍堆中，讓人深感，生命之始始於死，而死亡

【天大地大，何處是我家？人對存在孤獨的釋意與自我追尋】

之終終於生，生生死死，死死生生，究竟該如何看待？

此情此景，類同歐文‧亞隆《存在心理治療》內容所說，人生就下來便存有對死亡的恐懼絕望，換句話說，生命之初，便是為了拮抗死亡的焦慮而存在，所以活著，某種程度上，便可算是「逃避（死亡）可恥但有用」吧。且心理學亦已驗證，歷經瀕死，反而更能珍惜生，如此方知生與死乃一體兩面，是故以倖存者與回歸者上下兩冊貫串成書的《鹿王》，實則等同銜尾蛇般迴旋反覆的生命之書。

其二，人之所以別於獸（或屍）在於意志抉擇的自由而非僅有驅力的啟動，不過在討論人之所以別於獸（或屍）之前，要先思考兩個問題——（1）生而為人，究竟是為何而存在？（2）人之所以別於獸（或屍），究竟源於何種差異？

獨角凡恩與幼女悠娜，歷死逃生後，各自發展出不同的神奇力量——與獸連結，或辨識出涵蓋特殊治癒療效的地衣類。前者的摹寫尤為生動，遭遇獸類，凡恩哥竟感受到己身之內，為人為獸的部分交相拉扯，彷彿雙重人格（一人一獸格）的角力對峙。究竟人獸之分，可由何判定？這便要由意志來區分（責任）。

心理學上，人有時會受不當的自責內疚所擾，是故為解決此一困惑紛擾，往往便會由責任與意志的區塊來分割釐清。如心理學家法珀便定義過兩種意志，一為「歸屬潛意識，行動中沒有自覺經驗，往往事後才推斷出，類似內在一種隱蔽的驅動力量，比較沒有明確目標，行使這樣的意志時有時渾然無所覺；二者則是於事件當下即可辨識出自覺的存在、形貌與份量，目標清楚，甚至接近功利性」。舉例來說，人可使自己進食或上床躺下（意志2），卻無法使自己有食慾或睡著（意志1）[64]。

關乎犯罪刑度的爭議，便在於心理學上剖析，那些「精神官能症患者的病灶，是在壓抑過多情感後，最後放棄行使意志的自由，

詳見《存在心理治療》頁388與頁418，心理學家研究統整，內疚有三種：真正為過錯而感罪惡的真實性內疚，二則是神經質的內疚，過度反應以此滿足自己很壞、潛意識自我攻擊與受罰的願望，第三則是存在的內疚，對於應所為而不為者，如無法實現自己潛能走上人生正軌時，將本能反應的感到內疚。

只剩驅力，人卻不是驅動者」，這樣的狀態便等同行屍。在中國作家楊建東《我在精神病院當醫生》〈偽裝者〉一節當中，也曾說明精神正常的犯罪者往往以精神疾患作為試圖脫罪的藉口。

韓國延尚昊執導電影《屍速列車》（*Train To Busan*），被不明病菌所染的生命，終歸只受（噬肉）「驅力」所支使，卻失去了人抉擇意志的自由，而成就為一種人行屍走肉的存在，便是如此。獨角凡恩在內在衝突時，正是驅力（獸撕咬的渴望），與人的意志（我還是個人類）並存的曖昧時分。是故，人獸（或屍）之分，便在於是否擁有意志抉擇的自由，而非僅有驅力的驅動。

三則是敵我間共生共榮：國家多族兼容並蓄與自我陰暗力量的整合，《鹿王》一書採納了生物醫療上的諸多概念，亦結合過往令人聞之色變的狂犬病徵，延伸相關至動物血清疫苗製作與注射，作為人體防禦屏障的免疫功能，如淋巴系統或白血球運作等，倒敘推理間與人類敵我戰事的紛陳交相呼應，隱喻巧妙，哲思無窮。書中儘管有兵戎角力崢嶸，卻非全然黑白對立，主角群像溫和執著，各有追尋執著，無關善惡對錯，僅是立場視野不同，甚至敵我間有時也存在著溫情脈脈。

綜觀全書，多國眾族因歷史錯裂，在同一國土領略殖民與被支配的躊躇困惑，即便中有硝煙算計，卻亦有溫情和睦，難以硬性切割（臺灣歷史亦是如此）。書末結局畫面，凡恩這位「與飛鹿／

狼／黑犬同奔的男人」，融合入並操縱著本為敵方兵器的晉瑪之犬（狂犬病徵散布源），消失林中。從生物學上，被隱喻為森林的人體，後續接受入侵病菌體與己身共生共榮的寬厚，衍生出大為國家種族的殖民融合，小至個人自我陰暗力量的整合，成為一種錯雜深厚，含納兼蓄的包容與生命體悟。

不過《鹿王》無有性別之分，而是指向不管是分裂集團勢力所面臨的殖民分歧與磨合、人自我陰暗力量整合，都需要承認並接受他者（即便不討喜）的存在。

自我陰暗力量的整合，補充說明要由日本民間故事《瓜子姬與天邪鬼》講起，那非人世現實所出的異類「瓜子姬」，天真純美卻於待嫁前，被天邪鬼誘騙、附身殺害然後取代，爾後事發敗露，才倉皇從屍體遺骸胸口，化鳥之形昇天逃竄。

天邪鬼的存在，或說附身，其實便是人自我真實面貌的暗影，如負面的種種思緒情感等，一般人都想消滅的「不當存在」。《瓜子姬》故事中少女內裏被天邪鬼進駐的變形，正是此種恐懼的隱喻。不過試想，人本戴罪而出伊甸，女媧搏土濺泥而成人，要人純美無暇，怎麼可能？唯有體察出自我情緒的各種面貌，進行陰影整合，自我方得完整圓滿，而個體也可由此推展至群體的國。

人生並非全然失控的正能量或正向思考，有時生命的切片，往往紛陳難以想像卻極度真實的自我面貌，如嫉妒、憤怒與疏離等各種被定義詮解的罪惡不當。這個社會比較可怕的，是從不允許人們失敗挫折，或表露無助悲傷，反而總愛以全然失控的正向思考，驅使人們猶如一台台的失速列車，在他們跌跌撞撞的人生隧道裡撞山，然後在不知不覺間，成了一種「僅餘驅力而毫無人類意志」，等同《屍速列車》中上演的那樣，只被（噬肉）「驅力」所支使，行屍走肉的存在。

不過，這些被視為天邪鬼般需被壓制禁閉的種種，其實卻是

歸屬人們自身次人格的「陰暗力量」，不當一味的否認拒斥，若能擅加處理，更可造就自我生命的真實圓滿。因情緒乃中性，並無善惡，學習與其共處，便有機會將之轉化為能量。

另外，《瓜子姬》情節架構其實頗類《桃太郎》——非人所生，由瓜從桃，再經無子夫婦收養，成人冒險然後與妖魔搏鬥。但前者是待嫁於家，因不顧叮囑而遭誘騙殺害；後者則是眾人集氣與伙伴團結裡，成功抵達前往鬼島除害。

兩相比較下，顯露出社會價值加諸的性別想像差異，對個體於成長間隙中，面臨的種種擔憂疑懼或期待，各自衍生出不同相應的作為，《瓜子姬》更突顯出作為「女性」，為了符合「該當符合」的價值觀，人生所受的囿限拘謹。那種面對現實一切，茫然無頭緒的障蔽無知，只為有朝一日的出嫁，就算出嫁也將必須是家庭事業兼顧的光鮮亮麗，往往便是壓垮女性角色的重大稻草。

可是女子各面向，或許正如鄧惠文醫師心理叢書著作之一的標題，「不夠好也可以：女人的趣味」。所以認識黑暗力量，將之轉化，更是舉足輕重。

結束《鹿王》全書精義，以下將由此開列絕地重生，荒野末境人性迷離探求人存在孤獨的釋意。

【人本孤獨II】神棄之地，人如螻蟻

位列環太平洋火山帶，菲律賓海板塊與歐亞板塊的臺灣海島，向來是地震活躍的區域，自然險境考驗人性並不稀奇，每每於震災的救死扶傷間，多重人稱視野總構成一幅人性鉅細靡遺的浮士繪——真誠、犧牲與奉獻，及不軌、貪婪與抹黑，過程經歷彷彿埃克多・托巴（Héctor Tobar）所描繪，2010年智利礦難事件的《33：地底700公尺，關鍵69天，震撼全世界的智利礦工重生奇蹟》

（*Deep Down Dark*）。

然而此種「苛刻自然作力，配合曲曲繞繞人性」的小說類型，或說「荒野末境，實乃人性迷離」的並進，卻非《33》所特有，更百家爭鳴有歷史存在認證的群鬥、末日氛圍下的神棄嘶吼、家庭關係毀崩，及文明對比原始自然那化外之地的顯露。

一、歷史真實事件改編，群體利益對上自我個體的孤寂

此類以麥克・龐可（Michael Punke）《神鬼獵人》（*The Revenant*）、拿塔尼爾・菲畢里克（Nathaniel Philbrick）《白鯨傳奇：怒海之心》（*In the Heart of the Sea*）與埃克多・托巴（Héctor Tobar）《33》（*Deep Down Dark*）三書為代表[65]。

書評體的魔法圈65

此類文本延伸亦有「殺人魔怪誕模式」或「娛樂趣味包裝的青少年反烏托邦寓言」。前者如傑克・凱塚（Jack Ketchum）《淡季》（*Off Season*），情節大抵是群體至一陌生境地欲狂歡冒險卻樂極生悲落入殺人狂領域的逃殺結局。後者如高見廣春《大逃殺》與蘇珊・柯林斯（Suzanne Collins）《飢餓遊戲》三部曲（*The Hunger Games Trilogy*）等，詳見《小說之神》【青少年女類Ⅱ】反烏托邦與逃殺小說中的團體霸凌。

此三書皆根據真實史料撰寫而成，分別是「1823年秋，修・葛萊斯替洛磯山皮草公司探勘時被灰熊攻擊，卻遭同僚棄置等死，最後奮力求生，踏上復仇血路」、「1820年，南塔克特島的艾塞克斯號，出航後遭鯨擊沉，迫使倖存船員乘小艇漂流，最後不得不互食人肉以保命」，及「2010年智利礦工受困地底的69天求生景況」。

因作者群背景大抵為歷史相關研究學者、史料家與普立茲獎獲獎記者，在紮實文獻史料的蒐集映證及當事人親身採訪的經歷，使此三書皆具有很高的可信度與真實性，雖然文筆略顯樸拙直述，卻反而使「絕境求生，人性醜惡紛顯」的畫面如栩如生，彷彿身歷其境地鮮明無比。

　　首先，麥克・龐可《神鬼獵人》紛陳1823年洛磯山皮草公司獵人於探勘冒險時將面對的種種挑戰——神出鬼沒印地安人勢力、虎視眈眈荒地野獸，與非常人所能忍的嚴苛地理氣候，在在考驗著這些將生命孤注一擲於險地的賞金獵人們，可是比這些險境求生更讓人恐懼的，是群體內隱而不顯，「大難來時各自飛」的勢利人性。

　　由「回眸一笑百帥生」的李奧納多，巧飾荒野第一高手修・葛萊斯，意外遭遇母熊攻擊後命懸一線，為免拖累進度，領隊不得不以利誘之，支使二人殿後行照料之事。然而意想不到的是，獐頭鼠目的豬隊友，其一竟想隨意拋置，爾後則以謊言搪塞了事，另一人雖一路心慈善軟好生照料，最終也難敵求生本能的驅使而倉逃。修・葛萊斯於是只得於意識迷離中，抱持殘軀傷體，顢頇爬行過危機四伏且尚未劃定的蠻荒野地，用強韌的生命意志克服重重險境，最後達到復仇的願力／怨力[66]。

書評體的魔法圈66

酷肖《神鬼獵人》的勇者無懼，亦可參考西村壽行《追捕：涉過憤怒的河》，本書故事以東京地檢署備受矚目的菁英檢察官杜丘，盡忠職守查訪辦案，卻陷落惡行世界，精心佈局被控強盜強姦的地獄，試圖洗刷冤屈尋求證據平反的逃亡，卻反更落入殺人滅口的罪證確鑿。雪舞紛飛的荒山野林至金碧輝煌的都城境內，追捕與被獵的大逃殺裡，既有《神鬼獵人》人與自然（熊和天地間）的生命搏鬥，英雄冒險的人生波折，亦顯有丹尼爾・柯爾《布娃娃殺手》「被害轉加害」的換位思考，及執掌正義大纛的質疑困惑。

149

【天大地大，何處是我家？人對存在孤獨的釋意與自我追尋】

其次，作為赫曼・梅爾維爾（Herman Melville）《白鯨記》（*Moby-Dick*）創作原型的《白鯨傳奇：怒海之心》，詳實記載被南塔克特島人視作幸運之船的「艾塞克斯號」，如何在揚帆啟航後不幸地接二連三，遭遇暴風雨與巨鯨攻擊而使全體船員陷入危機[67]。從捕鯨製油、觀測航海術到荒島求生等細密如繪的種種情節轉進，迂迴曲折地暗示「非是人為努力無以抗拒命定的因果」，而是「人為種種便是命定因果」的難過。每一次可能扭轉的關鍵，皆因船長人為的權掌與判斷力不彰，致使多數船員直線步入死亡黑地，最終食物殆盡時，還須得相互吃食，甚至抓鬮抽籤定生死。

書評體的魔法圈67

船難遇劫於海上漂流或至荒島求生，所經歷的種種飢餓、恐懼與絕望的作品甚多，不過同為艱險暴烈的海上行旅，楊・馬泰爾（Yann Martel）《少年Pi的奇幻漂流》（*Life of Pi*），少年Pi奇幻想像的海上漂流，與老虎生死相博鬥爭，旨在呈顯宗教生命的哲理追尋；1980年青春肉體橫陳電影《藍色珊瑚礁》（*The Blue Lagoon*），荒島末境的自然奇景，男女彼此探索肉體情慾的互依，頗有愛河中情侶「目中無人」或回返人類初始，亞當夏娃偷食禁果的文明涵意；岩井俊二《華萊士人魚》則於似真非真的科學演繹中，並行科學與人魚傳說，以生物特點作為男女愛情的隱喻（情人間的吞噬暴虐）。

食人一段口吻尤為冷然無情，不建議讀者餐前服用，因為由「切斷頭丟入海中、剝出五臟六腑、吸骨髓」，至「即便吃了也無法提供脂肪，不過是一些不中用的營養補給品罷了」與「迫不及待的扯出腸子生吃，食盡結果瀕臨瘋狂而死」的冷漠無情，更是對絕境人性變化機心的質疑。

不過，《白鯨》「『食人』的絕境人性」，較為刻意強調

的是，權力執掌間，「在其位需謀其政」的重要性（如船長與大副），及文明自然兩者絕不能跨越的界線，氛圍基調與之較為相近者，莫過於丹尼爾・笛福（Daniel Defoe）《魯濱遜漂流記》（*Robinson Crusoe*）。但後者權力流轉與階級概念的著力更甚——從俘虜、野人到成為以總督自居的荒島統治者，或將救助土人收為奴用、平息船隻叛變等的過程等皆可見端倪。不過到勞勃・辛密克斯（Robert Zemeckis）執導，有現代版《魯濱遜漂流記》之稱的《浩劫重生》（*Cast Away*），非船難而是墜機事故才浪跡荒島的不幸，鉅細靡遺所呈顯者，則已非群體權力網的變化，而是被海水包圍，不知該何去何從的茫然，是專屬於個人的孤獨、哀傷與絕望。

最後，那與臺灣震災情狀遙相呼應的埃克多・托巴的《33》，則是記者耗時三年，遍訪礦工與其親屬、搜救人員、官員，再結合未曝光的地底日誌而成，講述智利聘僱環境惡劣的礦工們，熱血男兒們一夕間被地動山河的崩塌所掩埋，33人（上帝的數字）藏於避難所間，靠工業用槽水與存糧，歷時69天終於得到探鑽隊救援而重現天日的奇蹟。

相對困於暗不見天日礦坑「天牢」的熱血男兒，礦坑外圍娘子軍也不遑多讓，本來可能因為救援單位放棄與封鎖消息，使她們心愛的男子真正地被活埋，她們卻於此時多方奔走，自行組織礦工家後救援會，環繞在出事的礦坑旁，最終換得世人關注、探勘救援與闔家團圓。這種因營建公司（雇主）對礦場工作安全未能落實保障，為求營利肆意探鑿、罔顧人命造就的職災，讀來與2016年，傳聞是南台震災建商於建物偷工減料導致災難的過程頗有所些相類。

綜結《神鬼獵人》、《白鯨》與《33》三書，主角分別陷落於荒野末境／無盡海域／崩塌礦場避難所內，雖然同樣是於危機四伏的絕境中顯露真實人性，也存在開放性被救援的可能，然而前二者獲救較具有立即性，《33》是其中唯一受限於礦坑救生道的建立，

而往後遲延時間者。前二者幾乎都在關注受困主角的遭遇情狀與心理變化，對於在家鄉癡等後援的家屬等少有著墨，多是病死或簡易幾筆交代，重在逆境的發生與突破。《33》則是時間序列性的並行，在內礦工受困者求生禱告，對比在外家眷群的憂心奔走。初期他們全數存活之事實已被偵知，能與外界互動，只是為建救生隧道而耽擱時日，導致無法立即獲救的他們，人性變化時程更加悠遠。甚至可另區分為受困期、待援期與重生期。

從未知生死於是生死與共的兄弟情誼、虔誠的宗教信仰，在得知有救只是受困後便失去信仰，滿腦子規劃未來生活利益如何均分（拍電影怎麼分，要共同擬定合約禁止單人獨家），補給品越多後更顯挑剔（想吃牛排），官員慈善家、電影製片團隊或要錢家眷紛紛以此為角力場，重生後步步驚心的曝光期更常被世人看法所左右（類同布丁三姊弟先被救援後被踢爆再圍剿，人生如洗三溫暖的冷熱起伏）。

於是在飢餓、克難與封閉帶來的絕望恐懼外，還充滿勢利、貪婪與偽善，彼此戒備設防，呈顯從受災者為中心，大幅網絡開展的「藍色蜘蛛網」。這種因意外困守特定空間，無能脫逃的複雜人性變化，就非安迪・威爾（Andy Weir）《火星任務》（*The Martian*）與休豪伊（Hugh Howey）《羊毛記三部曲》（*Wool Trilogy*），由火星／碉堡的英雄／英雌，從孤獨宅宅中努力逃出生天，滿是奮鬥激勵的人性光明面可比了。

這種彷彿置身神棄之地的末日場景，使得身心被層層困守的主角由此衍生出諸多自我生命質疑、人性詭辯與宗教狂熱的深信不疑。除上述歷史真實事件改編，群眾個體利益交相衝突的矛盾，尚有以末日科幻為皮，人性錯雜為骨的設計。

二、神棄之地——末日絕境、宗教質疑與人屍差異的螺旋之謎（倖存者的PTSD）

「神棄之地」標題取自2011年唐納・雷・波拉克（Donald Ray Pollock）長篇《神棄之地》（*The Devil All The Time*）。此書講述1945年二戰至1960年代，俄亥俄州與西維吉尼亞小鎮裡，悲慘的底層群像——「因妻子病重是故瘋狂血祭求神蹟降臨的退伍軍人」、「熱衷佈道的畸形兄弟」、「在公路行旅挑選獵物殺戮的變態鴛鴦小情侶」以及「本性良善正直卻被迫以暴制暴的小鮮肉」。面對絕望直往下墮的地獄人生，主角即便拚命向上帝禱告苦求，甚至走上變態極端以尋求救贖，卻始終未曾得到上帝回應，反而墮入惡魔訕笑的絕望深淵與血腥暴力泥沼。

這種彷彿被命運之手置入「神棄之地」的困窘，結合末日科幻氛圍與嘈嘈切切複雜人性的低語，便是麥可・費里斯・史密斯（Michael Farris Smith）《暴雨荒河》（*Rivers*）、理察・麥特森（Richard Matheson）《我是傳奇》（*I am Legend*）、韓國延尚昊執導《屍速列車》（*Train To Busan*）、松久淳&田中涉《咬屍》與史蒂芬・金（Stephe King）電影《迷霧驚魂》（*The Mist*）的寓意——往往以近乎末日氛圍下的神棄之地，去摹繪人性於此掙扎中的變化細膩，尤以人的哀傷、寂寞與悲苦為甚。

在喬迪・尤布雷卡特（Jordi Llobregat）《解剖師的祕密》中，曾以19世紀巴塞隆納萬國博覽會的開幕倒數，多重人稱視野的書中書追尋，迎來「人屍」之間究竟有何不同的生命叩問，人與行屍走肉，究竟有何異同？或許可由以下得到不同思索[68]。

《暴雨荒河》以美國被颶風肆虐過後被棄置的殘敗家園為景，政府對此頒佈強制撤離令並重劃疆界，新界以下成了各自為王、盜寇頻傳的化外蠻荒之地，尚居於此者，若非迫不得已，體弱家窮或

【天大地大，何處是我家？人對存在孤獨的釋意與自我追尋】

本書既有伊藤計劃&圓城塔合著《屍者的帝國》，科學鑽研以泯除生者／屍者鴻溝的渴求，亦有「人類唯有運用智慧，方能永生不死」的執著，使人橫跨道德禁忌防線無法言說。最後督察警隊墮入地下水道追捕暗影處，也頗有韓國延尚昊執導《屍速列車》的人性畢露，且書中巴塞隆納殺機四伏的暗影內，縱雜父子親情與帽兜怪客形跡，書中書追尋的解謎，暗藏家族愛恨悲劇秘密，甚至人名線索等（達尼／達尼；胡安／胡立安），在在彷彿都在向卡洛斯・魯依斯・薩豐（Carlos Ruiz Zafon）《風之影》（*The Shadow of the Wind*）致敬。

被社會遺棄，便是別有居心，對大鈔藏寶的覬覦。文明法治已然不復得見的末日荒地，僅餘為求生存的不擇手段與心機，遍顯人性的貪婪、邪惡、利己趨向與暴力。但主角寇恩哥，居留在此的原因卻與他人有異，在這無法無天、盜賊橫行的混亂失序，人人只求自保與利益，他卻是為了回憶——懷胎孕妻喪生意外，他於悲傷裡陷溺，日復一日重建家屋、家屋卻永不可成的無間地獄[69]。

寇恩陷溺過往的跳針循環，直至偶然好心援手卻被搶劫擊昏，醒來家屋所有全都淪落他人之手的地裂天崩，才摧毀他那本來無堅不摧的自我封閉循環，禍不單行而是福禍相倚依的命運機心，從滂沱大雨中追索劫掠者的行旅，讓他重新正視現實，重啟新生之門。途中遭遇了以宗教之名，俘虜女子為奴為孕，並殘殺男子的惡劣神棍，最後並行參與其內部因女人死於難產引發的革命，可前往新界的暴雨裡，人性的旅途仍然崎嶇，愛恨嗔痴無止盡，笑臉背後藏著的貪婪背叛，都隨著這樣的末日荒河緩慢地往前流去。

理察・麥特森《我是傳奇》、韓國延尚昊執導電影《屍速列車》（*Train To Busan*）與松久淳&田中涉《咬屍》，則是分別有志一同的講述，因為「病毒群聚感染人類或飲下毒水，於是『行屍走

反覆溺於過去不可逆的創傷情境不可自拔，實是創傷後壓力症候群（PTSD）—當事者因遭遇重大創傷經歷，如虐待／暴力／霸凌／性侵／被遺棄背叛／自然傷害（地震海嘯）／發生或目睹意外事件等逆境，而使心理狀態失調，導致失憶／解離／麻木／情感疏離／失眠／惡夢／性格遽變等認知混淆，並對特定可能引發創傷回憶的相關事物極度敏感，造就情緒易怒、過度驚嚇或下意識逃避等特點。即便外在事物物換星移，當事者仍處於自己創建的愁城之內，不由自主執著於「創傷情境」與當時未解的遺憾，人生由此無能向前推進，跳針似地反覆當下情景並構思早已無濟於事的各種方式，外人其實很難介入那樣的自我封閉，除非受到比創傷更強烈的外力撞擊。如《暴雨荒河》便是因寇恩未及替妻兒建構理想家園的遺憾最終導致反覆陷溺創傷，僅餘狗與母馬為伴的寂寞悲涼。

肉』為亂人間，情愛人性界線曖昧」的故事，唯有背景氛圍造就行屍的設定略有差異，卻同於箇中感受生而為人的孤閉封絕與寂寞傷悲。

《我是傳奇》與《屍速列車》同以遭遇不明病毒或病菌群所染的生命，使得人行為屍，社會潰堤，僅餘（嗜血吃食人肉）的「驅力」所支使，毫無自主生命、渾渾噩噩的行屍走肉與空殼（徒具軀殼的虛體），顯現探求人自由意志的寶貴與徒留驅力不由自主的傷悲。《咬屍》則以多年前，造就人集體昏睡長眠的「新水化現象」為人類社會生存方式的分水嶺，本為生命不可或缺的水，一朝改換卻是全體覆滅的根源，於是國難當前，人們或潛逃海外或留在原地束手待斃，不然就是須以「被害轉加害」的咬人屍為藥引方可解決[70]。

不過，《我是傳奇》以彷彿「天地一沙鷗」的唯一存活，日復一日例行建構防堵公事，以對峙「吸血鬼們」天黑後的攻防戰鬥，

若論屍屍有幾種？列宇翔《驚世尋謎：屍人檔案》博學雜識各屍類－喪屍、殭屍、吸血鬼、還魂屍、湘西趕屍、海地驅屍與印尼送屍等，各地風俗嬗變與製作進程相關，言簡意賅，蒐羅豐富，可為參考。另外，喪屍情節如惡靈古堡系列（*Resident Evil*）等亦有所見，不過綜觀種種寂寞孤寂滋味，彷彿與受創者的內心若合符節－深為過往情境所負罪，親密友人／愛人的背叛時刻如鯁在喉，畫面不停重播的自我封閉小圈，所有人皆被禁閉於外圍。逝者已矣，但倖存者的後續亦是問題叢生。

《屍速列車》則以偶然搭上失速／屍速人性列車的父女，與夥伴邂逅，殺出一條血路來走。《咬屍》則以一名失去名字、愛人與母親的行屍搜捕員，九死一生的九天八夜，追捕並運送「咬人屍」婉轉曲折的一切冒險，成就人與屍間，究竟有何差別的懸念。

三書間，無論是日日夜夜類同安部公房《沙丘之女》操持無意義生存勞動的無間輪迴，或者理解人性有如月之暗面，既有輝光亦有陰影的徘徊，再至被生命之源所噬的集體昏睡，與咬人屍橫行於野的命懸一線等，孤身上路的寂寞冒險，佐以死亡的空無與末世的崩毀，還有人屍間，隱隱約約因情死為愛生，卻終究無法跨越的絕戀，人之生死明滅，諸多關聯，想傳達的寓言／預言，或許是眾人皆睡我獨醒，非是人類集體社會的夢魘，而是人本就生就孤獨痛苦，無以自處的寂寞傷悲。

另外，特別值得一提的是，《暴雨荒河》與《我是傳奇》，同以末世科幻氛圍，男主角困守特定空間，反覆例行的枯燥日常，並行串聯喪妻思妻回憶，耽溺過往的跳針情狀，去抵抗外在一直試圖突破的強大外力（荒野暴徒／活死人）。不過前者較像是如實如繪的事件描寫，後者則以「活死人」隱喻反目成仇與背叛的人性偏

逆，強烈摹繪出一種於意外後的絕境裡，專屬於「倖存者」的恐慌寂寞與孤獨，這在史蒂芬‧金（Stephen King）電影《迷霧驚魂》（*The Mist*）亦有如此悵惘的痛切。

《迷霧驚魂》講述軍方科學家實驗誤啟異次元時空，導致外星物種跨越至小鎮，恰逢暴風雨肆虐的鎮民前往超市補給，由此對峙未知迷霧與霧中怪物。伴隨外頭怪物的為惡作亂，人類內心的魔魘之物亦一同起舞，相生相起不滅，舞出一曲人心怪物，彼此算計殘殺，甚且為求消災祛禍而興的宗教獻祭緣起[71]。遺憾的是，歷經崎嶇出逃的男女，最終於迷霧重重的絕望裡，決議由主角持槍一一殺去，可當主角步出車外欲與怪物一決生死時，霧竟散去，原來化學裝甲步兵已經控制住了情勢，可人力人命的錯誤決定，卻難以再挽回。

書評體的魔法圈71

《我是傳奇》作者連恐怖大師史蒂芬‧金皆盛讚，曾表示「影響他寫作最深，且啟發他成為作家者，便屬理察‧麥特森」，儼然穩坐「教父」龍頭寶座。一般咸認史蒂芬‧金2006年《手機》（*Cell*）便是向理察‧麥特森的致敬作，但《手機》一書旨在促發人們對現代科技的省思，但若論在艱險困境，如《暴雨荒河》般，於補給、遇難與宗教狂熱間被壓擠得動彈不得的情狀，早在他1980年同名中篇小說改編電影的《迷霧驚魂》便早現端倪。

關鍵時刻符合邏輯的思考與情操，不但沒有直通美好結局，反而直闖悲劇的叢林（在他們腳上寫個慘字）。結局令人驚愕，倖存者的心境轉折，也盡顯對人性的諷刺質疑（非死於怪物，是人），甚或也帶點機運的嘲弄意味，讓人不禁想，人的命運究竟是人為所定還是因果命定？生而為人，究竟當如何前進，命運的脈絡怎麼無

【天大地大，何處是我家？人對存在孤獨的釋意與自我追尋】

跡可尋？

另外，造就人「屍」差異的要因，除卻人的自由意志驅力與倖存者的PTSD，還有同理心的存在與判定，這樣的話，就非得讀讀菲利普・狄克（Philip K. Dick）「同情共感，你最珍貴」的《銀翼殺手》（*Do Androids Dream of Electric Sheep?*）不可了。

菲利普・狄克《銀翼殺手》時空舞台設立於2021年，以賞金殺手狄卡德的一日追捕行動為主線，講述肇因於人類自相殘殺最終自食惡果的相互征戰，使得輻射落塵從天而降造就人類末日景象的悲涼。於是倖存者莫不逃離地球，至外太空處定居行腳，移居火星者並擁有幾可亂真的仿生人為奴為婢，供人差遣使用（浣碧4ni），因階級排列裡，仿生最賤，故須多行鄙事的作賤，迫使仿生人群眾紛紛出逃以求美麗新世界，一轉而成地球賞金獵人追殺仿生人的「除役」來源。

無所逃者則定居地球，在天地一片蒼茫的輻射落塵裡，因自身安危的不安擾動不已。寂寞星球上，唯有擁有真切生物與聽從友善巴斯特的廣播，成為情緒撫慰的唯一渴求；再不然求其次，只有調節情緒的共感箱，強迫轉換心緒以符合人生圓滿的要求，或遁入其中，感受如影隨形先知摩瑟的踽踽獨行，反覆上坡宛若神話薛西弗斯推石上山，石卻終將滾落的絕望徒勞與創痛[72]。

賞金獵人狄卡德與其妻，正過著這樣「行屍走肉」的無感生活，亟欲尋求解脫，而其工作內容用以辨識「人與仿生」箇中差

書評體的魔法圈72

科學已實證，動物的存在陪伴對人的創傷有療癒功用，如改編真人實事年幼受害遭擄八年多，囚禁作為姓奴用的《3096天：囚室少女娜塔莎・坎普許》（*3096 Days*）作者，據聞後續療癒生活，便以飼養寵物作為療癒相伴。

異，乃由特殊設計的「共感測驗」來做區別。可諷刺的是，獵殺過程的其中蜿蜒，他發現「人也有同理障礙而仿生亦能『同情共感』感受愛」，那麼人與仿生那尊者與不被視而為人之分，根本存在著缺陷，由此使他於矛盾弔詭中徘徊流連最終狂癲。

本書出版，雖是距今久遠的1968年，然而卻猶如行經時空迴廊，未卜先知的前瞻，讀來叫人頗感生命的無奈悵惘，劇情轉圜，更隱喻指涉有現當代，對情緒各種面貌的不瞭解與漠然，並往往為求因應文化社會所框，須得「人前歡笑人後悲涼」的自行壓抑轉換，衍生出更多無能解決的自我厭惡感與痛苦卻非得無感的無力感。

可恐怖的是，人既無法再靠著麻痺自處，亦無能再對環境現況視若無睹，那麼「假的我眼睛業障重啊」，卻仍會一舉挑破，生而為人，不過是配戴面具行走的怪物，自欺欺人而無法相信任何人。因為友善巴斯特廣播所言，先知摩瑟的謊言，及愛人真假軀殼的無所分辨，而使他理解自始至終，他所存在的世界，僅是虛假仿造的巨大謊言，沒有一絲真實的意味。所信仰者即所攻訐，所攻訐者正是其所信仰，人類的神話與歷史，原來不過是世紀謊言引領的集體崩滅。

那麼生而為人，究竟為何而存在？由菲利普・狄克至雷利史考特、諾蘭兄弟、J. J.亞伯拉罕、押井守、華卓斯基姊妹的一脈象承，再至林奕含以死求真的「同情共感」，皆直指前世今生，人類輪迴的共業──人之所以珍貴，在於擁有自由意志與情緒感官的呈顯。

然而後續人「屍」之分與各式仿生人種鬥爭越演越烈，神棄之地更由地球移轉至外太空，如安東尼・歐尼爾（Anthony O'Neill）《月之暗面》（*The Dark Side*）的「帶我上月球」，更是精彩聯翩[73]。

除卻人屍之分，諸多小說亦愛用仿生人種或其變形，作為「區別人類與否的標的」與「彰顯良心內疚的同理」，對人之所以殊異差別的質疑，更常見於喪屍片，如韓國電影《屍速列車》，特殊題材故事則有伊藤計劃與圓城塔合著《屍者的帝國》（屍者／生者），以探尋「靈魂」（靈素、意識）的存在真相，去質疑屍者與生者的差別；伊格言《噬夢人》（生化人／人類）自我追尋的英雄旅程裡，尋親解謎的冒險中，怔悟「人性」的始源，或可也來自記憶的添加操弄；皮爾斯・布朗《紅色覺醒》三部曲（色階人種）與貴志祐介《來自新世界》（超能者／化鼠（沒有咒力的人類）），則以色階人種及種族區隔反思差別待遇（人性可能因種族偏見而有差別待遇，如臺灣最美的風情是人，卻因國族歷史背景導致低落自卑心，處處總以歐美日為高，其他為劣）。松久淳&田中渉《咬屍》、理察・麥特森《我是傳奇》與以撒・馬里昂《體溫》裡，孤身上路的寂寞冒險、佐以死亡的空無與末世的崩毀，是人屍間，隱隱約約因情死為愛生，卻終究無法跨越的絕戀。

英語內有一單詞，謂之lunatic（adj.），意指精神錯亂、瘋狂的或愚蠢的，用之為名詞則借指為瘋子，實乃根源於本有典故的寓意衍生——因為月亮的陰晴圓缺，能影響地球各地的潮汐與生物體內建週期的神祕，是故古人由此相信，月亮具有讓人瘋狂、失去理智的無上魔力。西方狼人變身於月圓時分的穿鑿附會，便是立基於此，也因這樣的緣故，英語內，多數與瘋狂相關的字詞根源，大多跟月亮脫離不了干係。

安東尼・歐尼爾《月之暗面》正是以月與瘋狂這樣的巧妙關聯示意，開啟敘事。且若說國際間有所謂的世界小說競技，根據此書終極上乘的知識炫技與生花妙筆，它無疑將是年度第一的世界冠軍[74]。

本書終極上乘的知識炫技，哲思涵韻無窮，引用《聖經》相關種種嘲諷自不待言，更鎔鑄有大量典故，大致縱結有（1）13世紀但丁《神曲》煉獄冒險，（2）1900年李曼‧法蘭克‧鮑姆（Lyman Frank Baum）《綠野仙蹤》（*The Wonderful Wizard of Oz*）奧茲國（Land of Oz）傳說，（3）希臘神話英雄忒修斯（Theseus）闖蕩克里特島，牛頭人身怪米諾陶爾（Minotaur）噬血迷宮的突破，國王與國王之女相互掣肘，英雄須得公主亞莉亞德妮（Ariadne）線軸方能出脫，與其相關的代達羅斯（Daedalus）插翅而逃的巧手，（4）2008年義大利導演馬提歐‧加洛尼（Matteo Garrone），改編新聞記者羅貝托‧薩維亞諾（Robert Saviano）《娥摩拉：罪惡之城》（*Gomorra*），上帝創世紀初即討伐罪惡之城娥摩拉的存在，然而罪惡卻是與時俱進的永不止息，另外其中探勘火星與月球艱難行進的細節描摹（如重力狀態與表面崎嶇），也頗有安迪‧威爾《火星任務》、休豪伊《羊毛記三部曲》與皮爾斯‧布朗《紅色覺醒》三部曲等，宇宙科學縱結人性思索命題的炫技。最後，生化人與人之區隔，深入人性特質的討論，則有菲利普‧狄克《銀翼殺手》與伊格言《噬夢人》等，生化人與真人如何分辨敵我陰謀的內容。

　　實際上，此書詭計佈局也可說是等同丹尼爾‧柯爾《布娃娃殺手》與阿嘉莎‧克莉絲蒂《一個都不留》，命中註定死亡筆記本的變形，三者皆是死亡預告清單的完美執行，只不過箇中分別有名單／童謠／布拉斯守則的轉換變異。

　　精確來講，《月之暗面》甚至可算是【平行時空‧無限可能】篇中，平行世界推理的絕妙佈局，亦即劇情發展順序為ABCD，卻是AB「過去系列謀殺的發生」（一名外表俊俏如詹姆士‧龐德（James Bond），卻是毫無同理心，慘無人道大開殺戒的生化人），與CD「現在查案探訪解謎」的並行（一名浴火重生的熱血警督尤斯特斯追蹤於後），兩者交相穿梭，對比串聯謎團線索。

【天大地大，何處是我家？人對存在孤獨的釋意與自我追尋】

故事講述在地球藍星上，人類對於那些為非作歹且窮兇惡極無以制裁的匪徒，為了兩全對生命價值的尊重（不當執行死刑的鄉愿），與生而為人當為己身行為造就負責的刑責懲罰（咎由自取），便眼不見為淨地，將這些十惡不赦者，統一流放至月球這無法治可管、生存條件極為苛刻的化外之地上，打算由此任憑其自生自滅，尚且不會髒了自己的手[75]。

可遺憾的是，物競天擇的自然，使得月球終究成了犯罪者偷渡潛逃與聚居的溫床，化身繼上帝創世紀後的原罪之城蛾摩拉[76]。許多惡人夢想於此翻轉人生，再現曙光，卻忘了此處地理位置正背對地球的藍光，位於月之暗面，名曰「煉獄」。

在許多部落型態的傳統社會或少數民族當中，常有巫蠱害人之法，亦即操縱毒蟲，以其咒害他人，算是黑巫術的一種。而巫蠱的來源造就，則是將不同種類的多隻毒蟲（百毒）置於罐瓦等密閉容器中，使其相互爭競鬥奪，最終存活者便為蠱。後世詞義沿革，則

假的我眼睛業障重啊：書評體的百萬種測試與生命叩問

2008年義大利導演馬提歐‧加洛尼（Matteo Garrone），改編新聞記者羅貝托‧薩維亞諾（Robert Saviano）《娥摩拉：罪惡之城》（Gomorra），原著小說作為調查報導的文學鉅作，入虎穴方得虎子的得知歐洲頭號黑幫卡摩拉的組織犯罪種種，訴諸詳摹且出版，竟使作者人身安全陷入須得有警方保衛的嚴重，可見其力道萬鈞的切中。電影則以五段交互穿梭的幫派血腥記事，凸顯犯罪城市的真實縮影。勢力立基拿坡里，自成「體系」企業化經營的國際犯罪組織卡摩拉，行事兇殘無人道，甚至遠甚惡名昭彰的西西里黑手黨或西班牙埃塔組織與愛爾蘭共和軍等，震撼歐洲各地，並嘿無聲息地滲透於人民日常生活。

轉為狡猾或蠱惑人心之意。

　　煉獄之王，億萬富翁布拉斯即為此最佳代表，風雲橫掃的獨裁專斷，等同於希特勒或毛澤東的帝王神威，開章的「布拉斯守則節錄」，便完全等同於「毛語錄」（小紅書）與《我的奮鬥》概念，人人得以上口。不過俗語有云，飼老鼠咬布袋，所有無堅不摧的城牆，始終崩落於內部的瓦解內鬥，煉獄也不例外。

　　表象和睦，相互敬愛的獨裁者布拉斯與其女兒QT，相濡以沫的溫情脈脈，檯面底下卻是冰與火之歌──一觸即發的權力爭鬥與陰謀暗火，彷彿中山七里《替身總理》或1998年講述法國路易十四的《鐵面人》（The Man in the Iron Mask），易容雙胞的心機陷阱與不時出來搗亂混淆的「人民之鎚」，都使所有解謎線索，陷入五里雲霧，難以捉摸。自詡救世主的自戀自傲，如火如荼準備探勘火星的各項籌謀，卻導致因果自相回報的苦果，難辨始終，更讓人思索，孰真孰假或許不重要，社會菁英的獨霸，也可能是反社會人格，異常糖衣的包裹，正常與異常間的界線，光與影的曖昧，原來如此輕易便可跨越而過。

【天大地大，何處是我家？人對存在孤獨的釋意與自我追尋】

是以無怪乎此書開篇，便引用了馬克吐溫（Mark Twain）名言：「每個人都是月亮，都有未曾展露的暗面」，再對照至書末，「暗面／遠端月面，煉獄／聖殿，原罪城／救贖城，布拉斯／布拉克，QT／可人，尤斯特斯／正義」（365）的對照，由此可知，人世萬物自是一體兩面，等同大母神原型的善惡同容，而佛與魔本是同道，並肩著走。

【人本孤獨Ⅲ】
最優雅的謀殺在家裡，以最溫柔的方式進行

驚悚片大師希區考克（Alfred Hitchcock）曾說，「最優雅的謀殺一般發生在家裡，比如在舒適的餐桌上，以最溫柔的方式進行。」那樣的苦，那樣的痛，更如溫水煮青蛙，叫人麻痺無以知覺更難逃脫。

上述所謂絕地重生的荒野末境突破，多為利益衝突矛盾或個人悲劇的命運脈絡，導致後續人封閉自絕的孤獨寂寞，但若論人類生存本能的驅動，作為年幼的孩童，他們將會盡最大可能，確保父母會持續性且穩定不間斷的撫養自己，如或不然，則將有生存焦慮引發的地裂天崩，遑論反小為大、被虐被囚或輾轉流離被拋丟的創痛。

換言之，此文類最大特點，即是以父職／母職的失能缺席，使得稚童須反小為大，承擔成年重責或面臨禁錮、性侵與暴力等創傷遭遇，身心內外於是類同1847年艾蜜莉・勃朗特（Emily Brontë）《咆哮山莊》（*Wuthering Heights*），文明教養與原始自然相互徘徊，游移不定兼且相互逃竄的咆哮狂亂，如克萊兒・傅勒（Claire Fuller）《那些無止盡的日子》（*Our Endless Numbered Days*）與艾蜜莉・梅鐸（Emily Murdoch）《最後一個祕密》（*If You Find Me*）等。

首先，克萊兒・傅勒《那些無止盡的日子》講述一名俱有「末日生存狂」的廢渣父親（整日嚷嚷末日即將來到須盡早準備），某日突然攜帶八歲稚女離家出走，至一遺世獨立的小木屋「胡特」去生活。可「大地一片白茫茫真乾淨」的毀滅世界裡，僅有父女倆相依為命。女兒聽信父親所謂「世上他們是『唯一僅存』倖存者」的說法，可在她逐漸習慣無止盡採狩的無聊生活後，獵人青年「魯本」的出現卻打破了這一傾斜的平衡，並使她認知的世界陷入困惑不已的錯亂漩渦[77]。

書評體的魔法圈77

依萊莎・瓦思（Eliza Wass）《畫星星的女孩》（*The Cresswell Plot*）亦是以「末日生存狂父親的種種殘暴與操控來推進劇情，不過都是對現實『逃避可恥卻有用』的遁逃」做為故事述說。

後來成為女兒愛人的青年，與她共同抵抗瀕近瘋狂且欲殺人的父親，可絕境末日的竄逃，回歸文明過後，魯本卻彷彿楊・馬泰爾（Yann Martel）《少年Pi的奇幻漂流》（*Life of Pi*）中的老虎兒，消失無蹤（少女獲救時魯本失蹤／少年上岸時老虎失蹤），那被削耳與懷有身孕的女兒，言之鑿鑿的真相，原來一切都不過是，面對父親亂倫殘暴，無能為力造就的「解離」遁逃，讀完令人痛心疾首。

心理學上「解離症」歸屬創傷後心理壓力症候群（PTSD）之一，本是調適心理巨大壓力／創傷的本能機制，會以失去記憶、感覺或對自身周遭環境連結產生破裂的方式呈現。本能性反覆重複特定記憶的啟動，本是為了因應遭遇創傷的衝擊過後，用以減輕事件力道（熟悉了就不害怕）。不過PTSD患者此一功能卻失序，致使

【天大地大，何處是我家？人對存在孤獨的釋意與自我追尋】

「創傷情境畫面」屢屢跳針重播，且栩栩如生如當下事件重演的清晰明痛，使得當事者無止盡陷溺過往創傷的無間地獄，無可前進，甚而發生解離的「人格意識」離體[78]。

這種「超脫本體於別處遠觀自己」概念，大抵等同於一般玄幻故事或不可思議「離魂」與「平行時空開啟」的「異世」敘事，因為若能「超脫離魂，並以『客觀』角度省視自己」，則可無視現實發生「親身本體」的種種暴力。

不過「假的我眼睛業障重」的視若無睹、逃避可恥卻無用的疏離麻痺不停持續，便可能導致「意識上的混亂與失憶」（因為當事人已無法明晰真實與虛幻的差異），這亦可解釋為何諸多奇幻／奇遇文學或離魂小說等，總以生命遭遇創傷困境為始，然後偶遇邂逅（解離至）與現實大不相同的異想世界入口，歷經冒險過後，達到英雄英雌的自我成長與療癒。如J.K羅琳（J. K. Rowling）《哈利波特》（*Harry Potter*）（父母雙亡與領養親人苛待的創傷→魔法世界）與宮崎駿《神隱少女》（驟然轉校對新生活的不安→神靈世界）等，由此開啟他者他世的不可思議，皆是完美示例。

艾蜜莉・梅鐸《最後一個祕密》則講述14歲獨立姊姊凱莉與6歲失語小妹珍娜莎，自有記憶以來，便是母親與姊妹三人餐風露宿

居於森林深處的露營車上，終日過著食不飽餐的困頓生活。儘管母親將一切不幸歸結於父親暴力必須逃離，可實際的真相卻是母親酗酒、吸毒與性濫交的迷離。

長姐凱莉於是只得將所有責任一肩扛起，可反覆鬧失蹤的母親最終下落不明，於是森林姊妹只好被充滿距離感的父親領回，不過隨父入住新家後，還有風雲人物繼妹的存在需面對，從野人少女回歸文明，路程顯然崎嶇且充滿荊棘，但最可怕的是，心智發育遲緩的妹妹，其沉默失聲裡的「無聲告白」，更藏有最驚悚的祕密。

《那些無止盡的日子》與《最後一個祕密》同以彷彿遺世獨立的「末日情境」與慘烈求生的「林中女孩」為矚目要點，書末才一舉揭破駭人聽聞的真相祕密。各自呈顯了為人父母，父職／母職的家庭功能未能正當展現，使得時值討要需求愛與懷抱的稚童，反轉為小大人或遭遇不幸的悲劇。不過前者以過去事件的回憶體，和現在進行的發生日常作交叉敘述（過去為主，現在為輔），後者則是以回歸文明後的現在式，佐以片段回憶緩慢倒敘來做情節推進。

二書中的「林中女孩」，皆於教養文明與野性自然間的生存夾縫裡不安擺盪，拚命於野外求生的同時，更時時飽受己身「歸去來兮當歸何處」的自我追尋與困惑驚心，且被視為母神領域，配備善惡同容質性或生死起滅同點的自然奇境，更是所有暴烈創傷（亂倫、強暴與謊言）的緣起與發生地。

此種基調非1999年歡樂動畫電影迪士尼《泰山》（*Tarzan*），「族群認同與融入衝突」（黑猩猩與人類）的要旨核心可比，相反的，這類彷彿置身末日情境的「絕地逃生過程」，囊括的不僅是人性暗黑特質的顯現，家庭關係的崩毀驚心更是一切恐怖的根源，這反而與1847年艾蜜莉·勃朗特（Emily Brontë）的《咆哮山莊》（*Wuthering Heights*），女主角凱薩琳糾結於希斯克里夫（自然野性）與埃德加·林頓（教養文明）的矛盾糾結，可家庭關係最終成

為一切陰暗不幸開端的意味若合符節。

此節所及，常藏有反幼為長「小大人」悲歌的意味，在約翰・弗瑞爾與琳達・弗瑞爾（John C. Friel &Linda D. Friel）《小大人症候群》（*Adult Children*）中的詮解──當成人父母未能善盡照料之責時，常由最長之子女替代「父母角色」照顧幼弟妹，然而未解的遺憾將成為人生的未爆彈，這種彷彿被揠苗助長的「小大人」，因內心需求一直未能得到滿足，並持續因害怕被遺棄而被迫付出，終將在成長過後，呈現失落、空虛不安，甚至導致需以各式成癮與依賴來填補空虛的狀態。

即便有幸進入親密關係網絡，可能也只能重複他們在猝然結束又短暫的童年裡，所習得的情緒勒索、受虐或不正常依附的情感模式，也無能正常回應前來需索的孩子，最後悲劇代代重演，一代傳過一代。「小大人悲歌」尚可與2004年，是枝裕和執導《無人知曉的夏日清晨》（*Nobody Knows*）與V. C.安德魯絲（V. C. Andrews）《閣樓裡的小花》（*Flowers in the Attic*）系列對照參看。

《無人知曉的夏日清晨》講述一群同母異父的孩子群，母親在與人同居後便將之全數拋棄，克難困頓裡只有居間最長的明，肩負起「一家大小」照料責任，僅僅靠著超市過期食品與公園水源，期期艾艾知其不可，遮人眼目的活下去。可孩子們無依無靠相互偎依，最終還是走向悲劇，而他們賴以維生、躲藏的公寓，也一轉為父母神話幻滅與屍體惡臭的無間地獄。日復一日等待母親的希冀，終究如夢幻泡影，由幼妹之死的衝擊，劃下對未來茫然，不知何去何從的句點。

《閣樓裡的小花》劇情堪比「世間情」的繁瑣廣袤，因父親車禍驟逝而崩毀的美滿家庭，無謀生能力的母親只好將四名稚子攜回娘家求援。雖然素未謀面的的外祖父母乃豪甲一方的富族，但肇因當年父母結合實是亂倫私奔（同父異母姐弟）的不義，故身當「惡

魔之子」的他們，既是禁忌亦是不祥，更遑論其存在的意義。於是他們只能長年屈居豪宅一隅，在荒廢閣樓的禁閉裡，不見天日，然後慢慢凋零。

長子長女於此一禁閉小房裡，惶惶然終日，擔憂懼怕苟虐祖母的各項圈禁條例，還要如複製娃娃般地照料雙胞手足一切瑣細，成為「父母」的代替。最為詭異的是，母親誓言旦旦「待祖父病重而死，承繼遺產後將給予他們幸福」的承諾，似乎遙不可及。於是如籠中鼠／閣樓花一樣被病態餵養的他們，最終在母親一次次的失蹤、誓言失效與幼弟死亡下，探查出令人不可置信的殘忍真相。此系列便由此開展幾代悲劇重複循環惡夢，是始亦終的銜尾蛇轉，複製悲劇輪迴無窮[79]。

書評體的魔法圈79

母親監禁親生兒女的劇情，尚有小川洋子《琥珀眨眼的瞬間》，可一併對照參看，在此不另贅述。

《無人知曉的夏日清晨》與《閣樓裡的小花》二者情節雷同處皆是面臨「無父」（失蹤或死亡）與「偶然母」（屢屢毀信搞失蹤的母親）的窘境，迫使年幼長子長女必須承擔起成人父母的責任來照顧幼弟妹。然而日夜懷抱希望與執著母親信誓旦旦保證幸福承諾的後果，卻僅有殘酷破滅的終局等在前頭。

不過其實前者乃是根據1988年，東京都西巢鴨兒童遭棄事件真實改編，後者則是於華麗哥德恐怖風，另添家族複雜愛恨史與近親亂倫的重口味大亂鬥，凸顯出成長於失能家庭，被囿限於天地一隅的慘烈辛酸，尤其後者的二代亂倫更像是心理學上的「代間傳遞」，

【天大地大，何處是我家？人對存在孤獨的釋意與自我追尋】

想避免的事端卻恐怖地像被詛咒一樣一代傳過一代，重蹈覆轍。

另外值得一提的是，將家族勢利算計人性鉅細靡遺呈顯，並於頁尾造就恐怖翻轉真相的《閣樓裡的小花》，作者功力簡直已屆祖師奶奶的地步，無怪乎向來著重女性闇黑特質摹繪的「闇黑女王」吉莉安・弗琳（Gillian Flynn），也深為其著迷不已──原來她的少女時代便是伴隨著這樣「天后級」的小說，難怪成長過後能處處下筆有如神，完美地結合推理小說與家庭關係的崩毀，這也造就後續推理小說風起雲湧式湧現諸多推理結合家庭關係的旋風，其對細膩人性的剖析婉轉、人心浮動變化的癥結與過程被烘托描繪的栩栩如生，更是一絕。這種將推理解謎關鍵鎖匙交付予親密關係網的背叛或家庭成長敘事的隱雷手法，在結合末日情境與家庭崩毀劇後，更成為上述令人痛心而震撼的文類。

不過，上述不管是林中版／公寓版／閣樓版等，雖然重點皆在於強調「父母職能缺失狀態，稚童反小為大的小大人悲歌」，然而值得琢磨的是，父母二者所帶給孩子的觀感卻全數不同。且不說父親幾乎是一種「作用不大」（失蹤、死亡或影響力普普的存在），後代幾乎是不曾對父親帶有過強烈的憤怒或失望情緒（《那些無止盡的日子》與《最後一個祕密》例外）。

但對於作為唯一依賴來源、也是眾孩童心念所繫的母親，卻總往往先是無條件信賴，過程轉為期待落空的憤怒失望，最後則是以一種揭露她們「無法盡職義務」、「自私自我中心」與「毀信勢利」等闇黑特質的形象存在。令人不禁反思，這究竟是一種對女性闇黑特質的深入，還是社會偏見觀感裡，總將所有重責全數歸諸母親的隱藏式指責？畢竟歷史上的母親神話，本就是造就諸多女性受困遭壓的恐怖根源，那麼試問，缺席的父親又在哪兒呢[80]？

最後，若論筆力，鉅細靡遺與利益糾葛的人性掙扎，以《閣樓裡的小花》為最，末日情節與林中生活的艱難困苦則以《那些無

假的我眼睛業障重啊：書評體的百萬種測試與生命叩問

這也類同蘇珊・佛沃與唐娜・費瑟《母愛創傷》一書爭議，缺席父親的失能失序，演變為母女兩者的弱弱相殘威逼，但以愛為名的傷害，卻是枷鎖套在家庭存留者身上的悲哀，卻少有人理解哪些人不在（爸爸去哪兒？），有些聲音無法被傳遞出來，關於父親缺席、母愛創傷與厭女等請詳見【口述記憶不可相信，女子兒童話語權Ⅱ】。

止盡的日子》勝出，《最後一個祕密》或許是作者處女作的緣故，技法略顯生澀，且摻入野人回歸校園的生活場景處，彷彿一舉改換為青少年愛戀小說，而使傷痛程度略減，但樂觀來想，或許筆力淺白，亦可當做貼近青少年讀者的一大利器吧。

另外，這樣的人間煉獄，尚有安・范恩（Anne Fine）《禁錮男孩》（*Blood Family*）與中脇初枝《你是好孩子》與號稱媲美V.C.安德魯絲《閣樓裡的小花》系列，傑佛瑞・尤金尼德斯（Jeffrey Eugenides）的《少女死亡日記》（*The Virgin Suicides*）。

《禁錮男孩》摹繪從小被家暴父親囚禁於家的男孩，和被毆打至神智失常的母親，在被社福機構救出後，男孩於社工與寄養家庭的幫助下成長，然而因基因血緣而與父親具備同等面貌的男孩，深怕自己最終也將成為如父親那般殘虐暴力者，混雜著對母親無能救助他的恨意，由此再開展新生的每一路程皆顯艱難無比。《你是好孩子》則以親子虐待關係為題，以彼此關聯、幾位主要人物視角經歷的轉換，迴旋呼應中紛顯親子關係中可能存有的各式虐待與傷害，主題嚴肅，文字卻是淡雅簡潔，於若有似無中體察受創稚童心境與成長過後悲劇再度重演的哀傷，亦可一觀。

《少女死亡日記》貫穿以朝生暮死的蜉蝣與鄰居男孩「照片說故事」的拼湊記憶，旁觀視角講述里斯本家美麗五千金相繼殞命的悲劇。文字犀利諷刺，直指有如史蒂芬・金（Stephen King）《魔

【天大地大，何處是我家？人對存在孤獨的釋意與自我追尋】

女嘉莉》（*Carrie*），怪異母親強行壓制青春與性，而使不安躁動的心與好奇轉為難以言喻的壓力，在體內爆破衝擊。

從13歲少女西西莉雅自殺始，里斯本大宅彷彿被詛咒或抓交替似的連番悲劇，頗類魔幻現實神格女子（不食人間煙火仙女）存在，暗喻家庭裡，懦弱父親任憑強勢母親欺凌——關禁閉、絕社交，罰裝扮，無以接近真實世界的封閉，於是她們只能選擇自盡。告別人間後，徒留一地青春躁動與愛戀痕跡，默默被雨水洗去。終究活著的人，比死去的鬼，還要怵目驚心。

另外，家的毀崩與愛的變異，不僅或殘或虐或傷或監或禁的與自然並進，更有樓起樓傾至樓平的分崩離析，如辛西亞·狄普莉絲·史威尼（Cynthia D'Aprix Sweeney）《安樂窩》（*The Nest*）與珍奈特·沃爾斯（Jeannette Walls）《玻璃城堡》（*The Glass Castle: A Memoir*）等。

《安樂窩》彷彿劉梓潔《父後七日》與強納森·崔普爾（Jonathan Tropper）《如果那一天》（*This is Where I Leave You*）（電影《愛在頭七天》原著小說）重大事件開啟家庭關係重繫的佈局，講述老普拉姆生前為四個兒女準備的家族基金，約定俗成定名「安樂窩」，偶然間利滾利，資產可能近乎破億。

然而計畫總是趕不上變化，因為本家子女各有各的困境——浪蕩風流敗家子（里歐）、周轉不靈轉黑市交易（傑克）、遇寫作瓶頸且又過氣（碧翠絲）與完美主義是以被經濟壓得喘不過氣（美樂蒂），更驚人的是，即便眾人盼望引頸如涸水之魚，可美樂蒂四十歲生日的執行前夕，迎來的卻是老大里歐荒唐的殘局，以致於資金與夢想頓時煙滅殆盡[81]。

於是「安樂窩」的得與失，無意識間重啟崩解的家庭關係，將眾家成長的酸甜苦辣記憶與生命無以順遂的各式遭遇，點點滴滴如羅網，織就入裏，文字流利婉轉，句句扣人心脾，呈顯家的重量，

劉梓潔《父後七日》與強納森・崔普爾《如果那一天》詳見《小說之神》【關係類】人心空洞的迴音：修補療癒、寂寞疏離、絕望與黑暗關係。另外，楊富閔富有臺灣特殊腔調的親切敘事《花甲男孩》，全書彷彿九樣人生的短篇結集，號稱21世紀庶民百姓的悲喜劇，實乃直指失落家庭，家庭失能悲傷常景，亦可參照對看。

那不可承受之輕。

珍奈特・沃爾斯（Jeannette Walls）《玻璃城堡》（*The Glass Castle: A Memoir*）實乃改編作者珍奈特的童年過往，可點題為「那些年，我們一家六口的遊民生活」，故事講述嘴砲王父窮兇酗酒，佐附藝術人格母不食人間煙火，一搭一唱不事生產，終日只會嘴些似是而非的夢幻泡沫，而使全家猶如游牧民族般地，總在落跑中度過。

父親總粉紅泡泡的，陶醉在淘金礦與科學工程的美夢，全心規劃幸福美好的玻璃城堡，然而日常生活卻淨是殘酷驚恐——反覆將年幼的旱鴨女兒丟入熱燙溫泉說是要讓她學會游泳，夜半翻牆入動物園，讓飢狼野豹舔舐手指頭，是為感受野生世界自然的溫柔，成年甚至以女兒為引，作為賭局的陷落。

母親亦不遑多讓的恣情放縱，己身躲於被窩，大啃巧克力的甜食控，然而坐擁百萬財富卻讓兒女三餐在垃圾堆中求溫飽，即便熱食也是發霉惡豆或過期罐頭，使得珍奈特被迫小大人翻轉地來照料成年孩童與幾個姊妹弟兄，三歲便須自立獨活煮食而慘被火燒灼，面對這樣異於常人的貧困羞窘，卻都遭美化為不可思議冒險的感動（你的感動是我的苦痛？）

家庭關係實是個人人際關係，特別是未來與伴侶間互動的複印，人總跌跌撞撞無以逃脫，無能從容，可喜的是，從拖車屋、沙

【天大地大，何處是我家？人對存在孤獨的釋意與自我追尋】

漢陋房、美輪美奐豪宅、日租公寓到山頂危樓的錯落，珍奈特沙礫遍佈的創痛，那樣「假的我眼睛業障重」的迷離悠遊，隱藏的，是最貼心也最相信父親的女兒，驚覺雙親無能實現的承諾，碎了一地的心與試圖擺脫代間悲劇的努力，再美的夢終究會醒，而她不僅找到自己生命的出口與寫作，也解除了她們兩代家族悲劇循環的錯落與詛咒[82]。

可是，除卻有心無力或無心也無意的忽略、差別待遇與種種虐行，有時家庭悲劇的不幸與細膩，都不過是偶然與巧合，造就的傷痕遍歷，如黎安・莫瑞亞蒂（Liane Moriarty）特具都市女子情感書寫風味的《丈夫的祕密》（*The Husband's Secret*）。

黎安・莫瑞亞蒂《丈夫的祕密》取諸「潘朵拉盒中藏著祕密」與「不能窺探的好奇」寓意，結合都市女子群心緒的細膩，分別以舌粲蓮花的犀利人妻／人母西西莉雅翻出翩翩丈夫的私密遺信、面臨丈夫與親暱表妹情感出軌的人妻／人母泰絲，與女兒被殺真相石沉大海，是以捨不得孫兒將與兒媳離去的悲傷婆婆瑞秋，共同推進正妹珍妮當年被殺之謎。然而弔詭的是，最後方知，所謂的愛與罪，正義與復仇，都不過是命運偶然與巧合的相逢與錯過[83]。

本書既有辛西亞・狄普莉絲・史威尼《安樂窩》家庭關係的歷歷如繪，甚至更近於譚恩美（Amy Tan）《喜福會》（*The Joy Luck*

Club）女子關係為主力的崩毀及重新鍵結，限量「祕密在眼前」的開展式書盒設計，使作品整體更添推理迷魅，而封底所註「凡人皆有過，唯神能寬恕」，也直指關於愛的真諦，無論是親情／友情／愛情，皆是圓而缺，缺而圓的死生交滅，絕非完美[84]。

書評體的魔法圈83

此書呈顯了人生悲劇，或許非蓄意而是偶然與巧合，命運的捉弄－肇因於「馬凡氏症候群」（Marfan Syndrome），即「結締組織基因FBN1異常」，使得「肢體異常高駣纖細，具有心血管併發症，症狀大抵為疲倦、呼吸急促、心跳加速、循環不良手腳冰冷」（393）的主角陷入猝死而非他殺的錯解，誠品集團創辦人吳清友先生辭世亦是為此，R.I.P.，延伸可閱讀《報導者》楊惠君〈【認識馬凡氏症2-1】從此，他無法在夜裡安睡〉。

書評體的魔法圈84

推理小說文類有幾種女性形象摹繪特別突出，於無個性僵硬花瓶類外，另闢蹊徑，大略有（1）關注女性暗黑特質，常以童年不幸或過往經歷推進劇情，並常兼有時代扉頁堆積的細膩，如吉莉安‧弗琳系列的趣味。（2）歇斯底里創傷後症候群（PTSD）的反覆失憶，S.J.華森系列為最，然而重複堆疊情節，卻容易流於枯燥無味的崩毀。（3）「代間傳遞」悲劇代代相傳的承繼，相似體（如母女或姊妹）為主的對峙與摧毀，如真梨幸子系列。（4）細膩家庭關係甚至飽含都會女子心緒者，如黎安‧莫瑞亞蒂系列。

【天大地大，何處是我家？人對存在孤獨的釋意與自我追尋】

【人本孤獨Ⅳ】
  書寫自然，是生命的刻印與家國原型的追尋

　　走過個體人之所以為人且別於「屍」，乃在於自由意志與同理
心的使用，然而在家在國在人皆身不由己的苦衷，或許與人類集體
潛意識的心魔及別類行屍的夢遊，亦有所同。書寫自然，可能不僅
僅是文明與自然的相互折衝，潮起潮落而已，更是生命的刻印與家
國原型的追尋，最後甚至可直抵「生命的出路在於人與自然間的勝
負」，亦即懷抱「人定勝天」的信念孜孜矻矻，試圖與自然命運相
拼搏的衝鋒，在此以柳原漢雅（Hanya Yanagihara）《林中祕族》
（*The People in the Trees*）為例領航解說。

一、集體潛意識心魔與別類行屍夢遊的寓意

　　《林中祕族》為書中書，結構佈局以「編者隆納德・庫波德
拉醫生之序與後記，及為諾頓・佩利納醫生所編纂的回憶錄」為佈
局，改編1976年，諾貝爾醫學獎得主卡爾頓・蓋杜謝克（Carleton
Gajdusek）生平事蹟，將主角諾貝爾獎得主諾頓・佩利納醫生跌宕
起伏一生作觀照，貫串其涉入神祕部落、發現長生不老祕密與夢
遊者的冒險，見證並造就了此一部落興盛衰頹而最終覆滅的慘烈經
歷，由中點出自然文明的錯落，驅動人行走的鎖鑰，乃是人的各式
慾望與執著，其沉穩從容的行文、詩意盎然的文字，使讀者於滿佈
科學、人類學與神話交錯縱橫的遐想裡，心顫不已[85]

　　根據《林中祕族》設定，位於密克羅尼西亞地區某座島嶼上的
烏伊伏國，藏著長生不老祕密，成因乃肇源於當地滿六十歲時所舉
辦的神祕儀式──「瓦卡伊納」：滿60歲者的高壽者，將可食取俱
有神話象徵意義的「歐帕伊伏艾克海龜」，以「食龜」作為向神祈

求長生的儀式，但弔詭的是，神在回應予肉體長生的同時，卻也將伴隨著失智與心神退化，以致於即便肉體青春不老，卻也只能成為森林間無意識遊走、行屍走肉般地「摩歐夸歐」存在——外表似人非人、幾分類猿，永遠地遭生者放逐於遙遠林間，言語能力與過往記憶逐步消褪，總是混淆不清，唯一僅剩的只有覓食的身體本能驅使他們的日常活動，被主角發現後將之命名為「夢遊者」[86]。

書評體的魔法圈85

卡爾頓・蓋杜謝克因在巴布亞紐幾內亞密林中，研究出導致當地土著氏族福魯族流行的庫魯病成因，獲頒1976年諾貝爾醫學獎。爾後他從巴布亞紐幾內亞領養了近50個以上的孩童攜回照料，卻因養子控告性侵入獄，假釋後前往歐洲，一生未再回美國。

書評體的魔法圈86

諾頓・佩利納醫生研究歸結此一儀式的科學要素，乃因「歐帕伊伏艾克龜其肉俱有抑制端粒酶，進而限制細胞分化次數而達延緩老化的作用」而將之命名為「瑟莉妮症候群」（瑟莉妮是希臘神話中永生不死的青春女神）。從秦始皇遣徐福至海外求仙等，以長生誘惑驅動人性百態與慾望的文本亦多，近年除《林中祕族》外，尚有山田宗樹以科幻為景的《百年法》，以長生不老術HAVI造就永駐青春的百年法去呈顯僵化遲滯老化社會帶來的各式弊端與剝削。將長生不老設置於基因上的修補抑制者，則有貴志祐介《來自新世界》，委員會長朝比奈富子女士因她那「修補DNA」的能力才得以長生。另外，至小島而驚現長生祕密者，也有安・萊絲（Anne Rice）《甜美狩獵》（*The Wolf Gift*），將超能力「人狼」的起源，設定為無神信仰的國王被放逐神祕島上，無意間於部族內獲取超能而永生的生命，全書亦於情慾的探索裡，分辨野性自然與文明道德的分界線。

【天大地大，何處是我家？人對存在孤獨的釋意與自我追尋】

這種徘徊遊蕩於林間的類猿者，總歸來說也可算是種旁門別類，只受驅力驅動的「行屍走肉」，更與總藏匿於林間山上，喜好誘引的「魔神仔」形象有幾分類同，不過不同的是，魔神仔實際具體的形象，雖亦相類於森林野間遊蕩的紅眼類猿狀，卻是喜好蠱惑誘拐迷失者的顛倒因果，此種由人成精化魔的被誘與外貌狀摹，大抵亦是2010年泰國電影《波米叔叔的前世今生》的情節顯露，更有被主體文化，因畏怖恐懼以致於被驅離至荒野深林，自然文明潮起潮落、相互的種種折衝[87]。

書評體的魔法圈87

波米叔叔將死之際的彌留，遭猴靈誘拐出走的兒子竟失蹤而返，欲伴隨父親走完人生最後，但其黑影紅眼的恐怖樣貌，及其「受鬼猴所引，與其交合，雖見尋人火光卻不願現身」的種種形容，正與魔神仔「惑人」（擄人模式）、「黑體紅眼」（外觀）與「居於山中（的自然精怪）」（住所）等極為類同。

溯源臺灣魔神仔脈絡，可參照李家愷較為系統化整理的《臺灣魔神仔傳說的考察》，針對「魔神仔」事件的情境模式、通用語彙與民眾態度等做考察統整，並佐以精神異常、魂魄觀，甚至拓寬至中國五通神或日本神隱現象做比較類同，使頗具臺灣特色的魔神仔詮釋領域，不僅僅囿限於臺灣一角，更可能推及至文化中的共通。

爾後林美容、李家愷《魔神仔的人類學想像》立基於此，除陳列多元文獻資料，更佐證口頭訪查等鄉野田調等為「魔神仔」的各類特色（外觀、出沒地點、擄人模式，受蠱狀態表現等）來做清楚的註解詮釋，最後更別俱心裁地綜結人類學「『集體潛意識』的現象，來聯想「所謂『魔神仔』的存在本質，可能便是自然的精怪化

身，或文明推移變化下自然與文明消漲關係的隱喻」[88]。

延續這樣人類學視野對魔神仔的詮解，那麼魔神仔非限於臺灣，其實亦可被視為人類「遠古集體潛意識」裡，「文明自然相互折衝」的象徵隱喻，是共存於人心中的嚮慕、懷想、敬畏與恐怖等的信仰存在，所謂世界共通的猿型／原型，即是心魔。

不管是小野不由美《十二國記》，失去劍鞘的水禺刀，屢屢浮現蒼猿形象，經常性的在慶國女王陽子的成王路上干擾，使其飽受誘惑、動搖、疑懼與不安困惑之痛，等同明吳承恩《西遊記》「心猿」悟空協同三藏取經所面臨的九九八十一劫難，亦是神魔小說隱喻「修心」寓言，「假的我眼睛業障重」的心魔突破，或托爾金（J. R. R. Tolkien）《魔戒》（*The Lord of The Rings*）「咕嚕」，生而為人卻成魔，實乃因為不敵魔戒的誘惑，最終精神裂變煩擾不休導致自我毀崩。

分屬日中英泰四國，存於荒涼山間林地的蠱惑原型／猿型，代表誘與被誘間，內心震盪的「魔神」，不僅僅指向中國五通、日本神隱、臺灣魔神仔的地域現象，或可更拓寬至世界各國想像，文明自然集體潛意識的神祕宇宙。那麼我們或可說，人之所以成魔，皆

【天大地大，何處是我家？人對存在孤獨的釋意與自我追尋】

源於人性脆弱的心魔，無能抵抗誘惑，是以荒野末境的各類傳說創作，才有真實歷史群體與個人的利益爭鬥、家庭關係的毀崩與自然文明的潮起潮落，而這一切，在在都指向文明自然，人屍不同的種種與叫人畏怖的心魔。

二、書寫自然，即是生命的刻印與自我追尋

既然荒野末境，人性崎嶇層出不窮，人行其中，須得戰戰兢兢，如履薄冰，抗拒心魔誘惑，那麼或許我們亦可說，書寫自然，有時便是生命的刻印與自我追尋之旅，如劉崇鳳《我願成為山的侍者》，傑夫・凡德米爾（Jeff Vandermeer）《遺落南境》三部曲（*Southern Reach Trilogy*）以及麥克・克萊頓（Michael Crichton）《侏羅紀公園》（*Jurassic Park*）二部曲。

首先，劉崇鳳《我願成為山的侍者》以六章約莫二十一小節的篇幅，述說作者與山結緣的生命行腳及風景，從校園至職場，年歲更換，卻始終對登山難以忘懷。或許肇因於作者對山的虔誠、謙卑與澄淨，她筆下的山林，真實如繪，登山行經雖是生死迂迴，創痛遍歷，可那尋尋覓覓的冒險追尋，卻滿是眾神群靈的絮語溫馨。一時讀來竟彷彿有種抵達托爾金（J. R. R. Tolkien）《魔戒》（*The Lord of the Rings*）或詹姆斯・卡麥隆（James Cameron）《阿凡達》（*Avatar*），原始充滿的神祕。

那摹寫人面臨萬物自然，薄霧、高山與聖靈充滿的生活，不僅凸顯了對生命孤獨恐懼的無常體悟，其中〈高海拔人的小星球〉，詩意輾轉的奇想，更讓人聯想至吳明益《複眼人》或安東尼・聖修伯里《小王子》（*The Little Prince*）。筆力剛勁古拙，卻自然流露出一股清新神聖的靈韻，叫人心神震顫，悠然神往。

尋山訪山敬山，她歷經隨從而至引導，才明白，原來自己對登山喜好追尋的種種因果緣起，艱難崎嶇，都承接著家的原型與人的

內心。是故，山在哪裡，心也就在哪裡。唯有崇敬，唯有謙卑，才能如實傳遞山林的美麗，滌淨自我內在那顆騷動不安的心。書寫自然，也是生命的刻印。

由此接續者，則是傑夫‧凡德米爾由「滅絕－權威－接納」合組的《遺落南境三部曲》，此套書文字意境優美，奇想聯翩，讀來叫人動魄驚魂，彷彿是美國生態浩劫版的《1Q84》，特別是在莫名所以的神祕世界入侵現實、人稱觀點的轉換並列推進劇情，以及，真人實體對比異世出產的複製分身，孰重孰輕孰真孰假的交叉錯落，推理懸疑中，滿佈原始自然，那世間萬物嘈切錯鳴的低喃靜謐。

《遺落南境I滅絕》（*Annihilation*），講述政府派員前進迷霧般的神祕世界X禁區，多支探險隊在這幽深又充滿謎團的百慕達內，陷落於各自的生命奇航──或說是純淨美麗的荒野奇觀、或集體自殺／自相殘殺，彷彿要以此作為生命對此地的犧牲獻祭或致敬，即便平安歸來，也將成了失卻靈魂，空餘肉體軀殼的渾噩，最終以癌症作結，湮滅其人在世的最後行蹤。

故事開頭以順序標誌為第十二的探險隊，懷抱著對前支探險員丈夫的懷想悼念，隨從心理學家、人類學家與語言學家出發的女生物學家，任務行進裡，卻驚覺心理學家層層疊疊催眠暗示，使得生死一瞬的神祕異境，更添團隊成員間，難以互信的種種殺機。

肇因於探勘高塔隧道內，排列成行的「生動」文字，意外被活體菌類芽胞所染的生物學家，猶如華裔美籍作家姜峯楠精緻短篇〈妳一生的預言〉──「因研究外星人種語言卻反使自身生命獲得不可思議改變」的設定，生物學家的自體生命，也被另行詮解改變，由此免疫心理學家催眠，甚至還能無端知悉，幽深混沌裡，非人世活物的心跳呼吸。

伴隨著被逐步起出的丈夫手稿，關於人世，關於她與他或其他的所有生命意義與情感畫面，都將有如洋蔥瓣片，螺旋式地被層層

剝開，此間行文特為幽深美妙，讀來頗有娥蘇拉‧勒瑰恩（Ursula K. Le Guin）《地海古墓》（*The Tombs of Atua*），女子於闇黑混沌的古墓迷宮（高塔隧道），獨有一人行走，暗自摸索大地生命祕密的顫然，那種未知生命出路，唯有一人孤身長存黑暗之中的徬徨不安，以及「不到黃泉不得相見」的心碎神傷（後者）叫人怦然。

《遺落南境Ⅱ：權威》（*Authority*）則以身當浪漫風華藝術男與機密部門女之子的男指揮官為第三人稱「他」作主敘述，血液因子遺傳等承繼有其父其母神祕不羈的指揮官，出任務卻是下半身管不住，以致於肇事生禍惹桃花被逼下台，被蔑視為一代不如一代的媽寶青年指揮官，最後卻是行經後門，靠母空降為南境新主任。

如此悲戚而非自願性，年輕不諳事，無熱忱又無年資的狼狽空降，自然無能駕馭長年處於膽戰心驚攸關國土安全的南境部門，言語裡冷槍暗箭不說，即便表面恭服卻仍處事自專的權力架空，使得調查工作困難重重又備受掣肘。面對滿坑滿谷狀若廢紙的文件密碼、抽屜裡的長生植物、老鼠屍與老舊手機，毫無頭緒的苦悶窘境裡，他也只能無奈地藉由跑步往返，或餵食愛貓「臘腸」（並鏟屎？）以求撫慰。

唯一能好好進行對話者，只有生物學家那具彷彿失去靈魂意識的行屍走肉幽靈體，與指揮官行事用度不得自由與人生總無能為力的悲哀受控頗有一同，由此他動了真情，決意在這世界末日的中心呼喊愛情，隨她而去。在動盪混沌成就的傾城之戀中，他再度起身離開，逃亡，就像他每次闖下大禍後採取的行動一樣。

《遺落南境Ⅲ：接納》（*Acceptance*）則一改前二書女生物學家第一人稱的告白敘述、空降為南境新主任的男指揮官第三人稱旁觀視野，變換成男指揮官、前主任記憶童年畫面、生物學家實體日記稿，所有人稱敘事交相錯落的複眼體，彷彿眾聲喧嘩似的勾勒出一幕幕「世外桃源」的遺落南境。

此套書寫作氛圍筆法類同村上春樹《1Q84》多重人稱敘事的拼圖推理，然而前者以部曲略分，卻非後者青豆天吾牛河三人等長分述，篇幅長度齊整統一的迥異。

南境的擴張勢不可擋，神祕文字與謎樣魔力，經由這在地圖上無所標誌的高塔與迷魅之門，及從黃泉國度往返人間的幽靈，逐步併吞人類的世界，眾人於生死擺渡間交相依偎，徬徨困惑著生命該何去何從。

本套書核心意旨雖亦等同心理學「自我意識」與「自由意志」的交相辯詰及其存在，甚至更為複雜，不過卻更適用於文化人類學的經典概念，如弗雷澤（Frazer J. G.）《金枝》（*The Golden Bough*）〈靈魂的危險〉一章，便曾詳論過「靈魂即是體內小我」的看法。換言之，就原始思維而論，人之所以活著並行動，往往是因為體內寄居有「小人」，此一小人便為人「靈魂」的示意形象或「自我意識」的象徵。

是故人受「小人／靈魂／自我意識」所驅動，進行各種活動。睡眠或死亡，則分別代表靈魂的暫時或永恆離體。所以原始思維中，若是要防堵死亡，便需防範靈魂離體，以確保生命存在。萬一發生不測，靈魂離體，解救辦法便是讓它回來，原始人為達此一目的，往往會採用的預防措施，便是某些代代相傳，固守為形式的禁忌規戒，而這諸多種種，最終不過是要確保靈魂確實停駐體內，或離去後使之返回。

不管是村上春樹《1Q84》「Little People」空氣蛹製造出來的複製體，或《遺落南境三部曲》倖存回返的分身「幽靈鳥」，在在都指向人自我內在生命的追尋迴旋——生而為人，究竟是可行使自由意志者（小人寄居的實體），抑或是如韓國延尚昊執導電影《屍速列車》（*Train To Busan*），被不明病菌所染的生命，只受（噬肉）「驅力」支使，毫無自主生命、渾渾噩噩的行屍走肉，空殼

【天大地大，何處是我家？人對存在孤獨的釋意與自我追尋】

（徒具軀殼的虛體）。

　　知名心理師胡展誥曾於《別讓負面情緒綁架你》提及，人之所以與行屍走肉有所差異，乃在於人擁有意識上的「自由意志」與「真切情緒」，然而不幸的是，在華人權威文化裡，不論是自由意志或真實情緒，往往遭舊規因襲或大旗幟倫理所壓抑，而深深地沉入身心的井底，無由反抗甚至哀鳴。然而大凡物不平則鳴，壓抑過度最後只會得病或悲劇GG[89]。是故，這座沒有標示在地圖上的高塔，那樣的迷魅之門，實則便是人們探究心靈自我所抵達的幽深隧道。

　　細數世界暢銷小說及其衍生相關，外部文明／人種／世界等逐步蠶食鯨吞，造就原始種族覆滅崩毀的情節，所在多有，往往可能是叢林逃殺間，人性如何於美好自然與科技文明的破壞間擺盪鬥爭與悲劇，如2009年，詹姆斯・卡麥隆（James Cameron）撰寫劇本並

書評體的魔法圈89

本書鎔鑄真實案例，以30個覺察與8項練習，從投射、移情與壓抑等心理詞語，引領人們理解負面情緒，解放身心，筆者認為可用此書再進「情緒＝氣味＝真名」的萬象同理─德國小說徐四金《香水》摹繪了空有靈敏鼻，身上卻毫無氣味的男主人翁葛奴乙，虛無籠罩下的陰影，使其最後非得殺人製香方得確知自身存在，這實是無所感知自己、內心崩毀走上歧途的隱喻，當人無能覺知自己情緒或遭強大的痛苦所麻痺，自然也難對他人產生同理，往常奇幻文學或魔法世界設定，總愛以「真名」的浮現（賑早見琥珀主與荻野千尋）作為不可思議改變的關鍵，那是因為，非關善惡好壞，只要標示其名，或說察覺己身「面具人格」下隱隱作現的真名實姓，識之引之，則人的身心與外在世界當由此湧現無窮法力。不過人最終還是要懂得處理情緒與面對問題，否則未解的遺憾終究會成為人生的未爆彈，畢竟人所以複製悲劇，便在於趨近安全感的熟悉，與試圖扭轉的努力。

假的我眼睛業障重啊：書評體的百萬種測試與生命叩問

執導的《阿凡達》（*Avatar*）（阿凡達也是意識（科學）或靈魂（原始思維）進駐軀殼的探討），或改編1976年，諾貝爾醫學獎得主卡爾頓・蓋杜謝克（Carleton Gajdusek）生平事蹟的《林中祕族》等。

然而特別值得一提的是，傑夫・凡德米爾《遺落南境三部曲》文字如此幽靜美好，更顯現出人錯雜於生死之間，過程屢屢回頭觀視自我內裏中，那充滿憂鬱不安，震顫徬徨的五感知覺，叫人心醉神迷。

此時也只能借引香港作家深雪成名作《月夜遺留了死心不息的眼睛》為題，想像在那貓頭鷹嗚嗚嚎叫的夜裡，生者如何與逝者同在，夜半高空的靜默裡，徒留死心不息的眼睛，屈身探看，將文化人類學與原始世界美感，鎔鑄得如此怦然。

三、生命的出路在於人與自然間的勝負

書寫自然，既是生命的刻印與自我追尋，那麼，生命的出路會否便在於人與自然間的勝負？麥克・克萊頓《侏羅紀公園》二部曲或許可給讀者更多不一樣的體悟。

有「科幻驚悚小說之父」美稱的麥克・克萊頓，才華洋溢且身分多重，身兼作家、導演與製作人的背後，更是醫學博士的知識涵容，是以一生多部創作，往往質量俱佳地贏得獎項並翻拍大銀幕，其中尤以自身急診室經歷為藍本的影集《急診室的春天》，與1993年經史蒂芬・史匹柏（Steven Spielberg）執導，超級叫座而衍生多部系列電影的《侏羅紀公園》二部曲最為著名。

立基於紮實詳盡生科知識背景的結構，是故小說兼具寫實與虛構，圖文並茂並涵納有世界問題的共通——如基因氣候、科技工程、動物行為模式，及人類的野心勃勃，使得字裡行間，頗有人與自然，自然與科幻間，關係困難重重，彼此衝撞且纏繞不休的質疑困惑[90]。

【天大地大，何處是我家？人對存在孤獨的釋意與自我追尋】

暢銷小說確實取材真實生活－《侏羅紀公園》野心者與科學研究，誤以為基因重現卻對單一性別有所操控即可世界大同，卻不知生物體自有其繁殖系統，若與臺灣新聞對照，即是釣客捕獲大型石斑，眾人嘖嘖稱奇引來老饕，事後方知石斑「未成年為母，成長到一定程度則變性為公」，為動保與繁殖故，當放生以求延續生物種。

《侏羅紀公園》首部曲講述好野總裁、億萬富翁哈蒙德，覆以國際基因公司研究空殼的背後，遮遮掩掩只為在中美洲努布拉島，完成再現「侏羅紀」作為主題公園的美夢。然而試營運前的邀約參訪，以為一切皆在運籌帷幄中的絕代樂園，卻一發不可收拾的四下崩解。

續集《侏羅紀公園2：失落的世界》（*The Lost World: Jurassic Park*）則沿用前作生物科學研究者、一對稚嫩青少年女（小屁孩）的勇闖冒險，與汲汲營營只為私利的反派衝突，成為故事情節推進的模組——講述國際基因公司，過往失控而覆滅的種種，如今卻是在傳說當年作為B場地孕育為功的索納島重起爐灶，於是劫後生還與新興人馬，便在此相逢，與本該滅絕，史前時代的恐龍，競相混戰。

兩者皆是人力對自然命定的違抗，然而命運人為卻終將如鎖鍊，彼此消長然後復還，在此暫以首部所提及的分形與混沌理論的分析（271-272）作為詮解二書的精義。

小說敘事裡，用了曼德博的「分形」，這本是應用於自然界實物場景的幾何學原理，如山或雲，與一般學校教授的正方形、立方體或球面體的阿基米德學說相異。曼德博縱結分析觀察數據後，認定物體即便不同等級，本質上卻是幾乎近等同的原理。如遠眺山峰起伏，便可理解，峰巒由大至小，甚且岩石的微型，都與大山具備

相同的基本分形，由此成為一種觀看事物的方式。

　　若以此對應至人，便是個人群體皆擁有某種同等性質的生命基底（DNA），而萬事萬物看似隨機，實則內裡則藏有固定恆常的規律（SOP）；且分形那樣極小與極大的「一體平等」，某種程度上，說不定亦可用以詮解佛家經典的「芥子納須彌」──芥子之所以能納須彌，會不會也源自於「須彌納芥子」，那樣異體卻同形的「分形」？

　　小說中「侏羅紀公園」的誕生，始自於一種生命規律再現的企圖心，這樣由小至大的分形，使得人們由此認定，宇宙萬物的生命複印，應當是種「有跡可循」的線性，可供重蹈複製於真實世界，重新顯影；然而遺憾的是，侏羅紀公園「之所以終將毀滅而不可回頭」，除卻分形，還需另外顧慮到隨機定律上的混沌原理。

　　意即雖然分形呈現那樣「有跡可循」的規律線性，但這也意味著宇宙終將存有一種造就循環，大母神原型那樣銜尾蛇形的規律──萬事萬物，復始還復終，生生死死起滅同的道理，歷史即是個人群體「一生預言」的累進。所以，生命也必然有毫無預兆、驟然風暴的出現，以崩毀迎接新生，再至覆滅。

　　那樣猝不及防的崩解，或許讓人感覺不可思議且弔詭，畢竟人們是經由千秋百代科學實據的積累，才歸納出彷彿線性的生命剖析。可實際上，隨機混沌帶來的覆滅，卻才使世界真正符合終極宇宙的天道運行。因此，我們可以說，線性或許是種觀察生命的方式，可有時無以預測、等同破壞的不可逆，才是真正內在運行的規律，並引發種種後續。

　　這種人生事件遭遇並非單純按部就班的魚貫行進，而是另具有其變因，將因意外或人為的行為反應造就差異（平行宇宙的概念亦是由此演進），便是提出，天道自有其常，而人力微渺，天命的追尋或許人的意志也有參與，然而生命裡，人與自然間的彼此角力，

某種程度上，大致也頗肖林奕含專訪所提、儒家經典的誤用——那說不定不過是「知其不可為而為之」的矛盾質疑，於是最後往往，生命的出路便在於人與自然間的勝負。

【假的，我眼睛業障重啊
——推理大觀園之人心即怪物的前世因緣】

某知名上師海波浪伯，開導信徒的一番金玉良言：「假的！我眼睛業障重啊」可說是存有大智慧，人們當可由希臘神話、心理學更進世界推理的蔓延，其中蜿蜒與前世因緣，而使「面具、人心、怪物」與「自欺欺人，不肯相信任何人」成就詭計關鍵，且無論如何都不脫人獸合一、彼此互換身分的角色扮演。

 【假的眼睛業障重Ⅰ】人獸互轉的前世因緣業障

話說從前從前，名聞遐邇的希臘悲劇伊底帕斯（Oedipus）情節十分玄妙，故事講述英雄伊底帕斯終其一生遭神諭預告將「弒父娶母」所貫，於是先被棄於原生母國境外，輾轉流連，復因神諭回返受人面獅身獸斯芬克斯（Sphinx）所擾的底比斯城，不料悲劇成真，英雄由此落入「生死覆滅命定內，人力無法可回天」的恐怖迴旋。

眾所周知，科學文明前，人類以神話做詮解，科學文明後，人類識得心理學，如伊底帕斯情結，以此作為生命種種不可思議的詮解，然而弔詭的是，即便縱橫剖析歷史點線面也無以得知因果先後的連結，人與獸甚至產生曖昧！傳說這獸慣常攔住過往路人加以訊問：「何種動物以四腿行走於晨，二腿於午時，傍晚則為三腿式？」無能解答者將成碎片，被撕裂吞食於斯芬克斯的爪下腹內[91]。

斯芬克斯據傳最先始於古埃及神話，形象為雄性有翅怪獸，共有「人面獅身」（Androsphinx）、「羊頭獅身」（Criosphinx）與「鷹頭獅身」（Hieracosphinx）」三種，後續形象變異，則隨地區與年代輾轉，有所不同，在希臘神話中，則多顯現為一頭雌性邪惡獸，將使人心生畏怖與被撕裂吞食的致命後果，大抵與後世西方基督教義裡，人類起源的潘朵拉類同，作為「神的懲罰」或「天譴」意旨（底比斯城人民不夠虔誠／普羅米修斯（Prometheus）偷火予人）來到世間，後世雕刻建築多用以高貴的皇家墓葬或神靈色彩濃厚的宗教廟宇類。

　　可最叫人驚愕的是，獸之謎底為人（人之嬰幼至成年老弱），人解之則成獸（破關除獸等同完成弒父娶母之果），斯芬克斯羞愧自盡，伊底帕斯成就英雄卻天降災禍，人獸合一的情節發展背後，究竟隱喻了什麼？這便要從「神話－心理－推理」、「人心即怪物與怪物們的迷宮」，其「前世因緣業障」講起——

　　希臘神話英雄忒修斯（Theseus）相關故事裡，有座特異的怪物迷宮，居間以嗜吃人肉而經年享祀大量童男童女或戰俘人犯的牛頭人身怪米諾陶爾（Minotaur）最叫人聞風喪膽。不過不幸自有其緣與業，起因於克里特島國王某次，對承諾獻祭予海神的犧牲存有私心（傾城傾國小公牛），亟欲藏為己用而觸怒神威，使王后失心瘋而與此獸交，產下米諾陶爾[92]。

　　熟知希臘神話者可知，通篇精義在於神的任性等同人性，而人性不管是無知狂傲與自大，即便心地善良長得美麗，在神力捉弄下，也往往造就不可回頭的悲劇陷溺。且觀國王默許王后，命代達羅斯（Daedalus）巧手造母牛以誘相姦，後續欽定他建造繁複迷宮城並進貢犧牲餵食「孽子」，這般滴水不漏的無攻可破，外來英雄最終卻仍由國王之女，公主亞莉亞德妮（Ariadne）作為內應，循

神話學／人類學發展定義或將此詮解為最早出現的索魂牛頭，因見之者則死，或喻指遠古「人獸同體」、「神婚」儀禮，女祭司與神祇交媾的模擬（國王與覡），或是古老殺人祭神之俗隨歷史文明遞進而消失蹤影。

線脫出迷宮[93]。

　　所謂命定的神意與人力，實乃唇齒相偎依，是以「人心即怪物，怪物即人心」的變形，尤以「面具、人心、怪物，別相信任何人」為關鍵要點。是以，綜觀世界推理大觀園，不啻便是座「無臉之城」與「怪物們的迷宮」，和「前世因緣業障」的希臘神話悲劇雷同，越想逃脫反越落入命運牢籠的恐怖驚悚。不過，沒有神力的世界，則由心理學創傷後症候群（PTSD），不由自主反覆跳針的陷溺惡夢、被害轉加害的機制輪轉，用以取代詮釋生命悲劇裡的命定重播[94]。

　　《無臉之城》立基臺灣社會寫實刑案，以多重人稱視角，五線各自表述卻暗藏環環相扣機關，彷彿成人版《神隱少女》，講述臺北這發光的神界內，諸多流離失所，不得其門而入的無臉群眾，失去父母庇佑又忘卻原名，只得孤身面臨挑戰，甚或乘坐上不知開往何方的特快車，在寂寞裡永保沉默。此書文筆細膩，遍顯人性百

為愛眾叛親離的公主（女版工具人），事後被忒修斯棄於荒島自生自滅，卻反因緣際會被酒神所救，成為其妻（抑或是情傷爛醉的隱喻）；英雄忒修斯的逃跑也衍生代達羅斯父子，蠟翅出逃後話，不過忒修斯勝利而歸卻因太過得意忘形，忘卻與父親黑帆轉白帆的約定，其父絕望自殺，已身也是晚年淒涼，晚節不保。

【假的，我眼睛業障重啊──推理大觀園之人心即怪物的前世因緣】

此處雙關筆者長篇推理《無臉之城》與小說家何敬堯，同以臺北盆城為背景的《怪物們的迷宮》。絕地天通或夏娃亞當被驅逐於伊甸外之後，天人之分，神人不擾，神力作用越顯朦朧，然深植人類基因叢中的悲劇命定因果，卻仍如惡魔化身誘惑，於搖擺的人心中蛇行竄動，使人行差踏錯，一步錯，步步錯。神話心理學互轉互用最為常見有二：薛西佛斯（Sisyphus）雖狡詐機智，卻膽大包天試圖欺瞞死神，又向河神舉報宙斯擄其女的情報以交換利益，「好死不死」在先，得罪大老闆宙斯在後，於是被處以「推石上山，石卻終將滾落」，有若萬劫不復的無間地獄之刑，等同後世心理學創傷後壓力症候群（PTSD），迴旋反覆卻終究徒勞的悲戚。普羅米修斯的悲劇，乃在於奧林帕斯大老闆宙斯嚴禁人類用火，他卻因惻隱之心盜火予之，違逆上意於是被處以拘鎖於高加索山峭壁的極刑，肝臟日日被鷹啄食而後復長，痛苦無比，後因英雄海克力斯冒險行旅殺鷹，又毒箭誤傷的半人馬恩師凱隆難忍煎熬毒性，願放棄永生交換普羅米修斯才皆大歡喜。

變張狂，摩繪臺北都會男女心理曲折處尤為精彩，並不時傳來邊緣地界那些被摒除在外的嘶聲哭喊。難得的是運用心理學「被害轉加害」與「犯罪行惡」的因果推演來成就人性詭計，使現實彷彿可藉由閱讀，理解悲劇而跳脫悲慘。

　　《怪物們的迷宮》則是「人心與怪物糾纏」的臺灣現代都市奇譚，春夏秋冬四章的犯罪跌宕與女酒保觥籌交錯的調酒光彩，遍顯惡意與犯罪的人性黑暗，充滿對親密關係恐懼的質疑，與人心怪物即為魔的恐慌──〈夢魘犬〉被害轉加害，受騙而使生活陷入悲慘的子代，對正義公道的執著卻終究難逃己身的惡念誘惑。〈惡鬼〉是家庭悲劇代間傳遞的重演，想扭轉過往童年的破碎畫面，卻反將所愛之人越推越遠。〈山魔的微笑〉則是命運捉弄，想死的死不了，要活的卻活得要死不活的詭譎因果，〈拇指珊瑚〉則是愛你愛

到殺死你的吞吃入腹，天長地久便是完全擁有。

推理創作中紛陳「家庭失能悲歌」、「受虐轉加害」與「親密關係爆破」的惶恐創痛，卻無能自主逃脫，實乃直指人們不管現實虛構，遇險難創傷時候，便往往選擇自欺欺人或不肯相信任何人，無能正視己身內心怪獸，便終遭難掩被己身豢養之獸吞沒（心理學內在小孩哭吼）的因果，彷彿類比海波浪伯所說：「假的！我眼睛業障重啊！」禪聲唸誦隨即解脫的從容，不料卻反陷入更多層層繁複的牢籠。

所謂「面具人心怪物，自欺欺人又不相信任何人」，神力消退進入心理學，則當從知名諮商師蘇絢慧老師《你過的，是誰的人生》與約翰・弗瑞爾與琳達・弗瑞爾（John C. Friel &Linda D. Friel）《小大人症候群》（*Adult Children*）回溯淵源[95]。

《你過的，是誰的人生》五章分述受創人際關係苦痛的因果解說，條例剖析模糊的人我界線，人因畏懼被拒絕排除，或依賴上癮，對失去無法承受，將飛蛾撲火，討好只為關係存在的保留。後續極度的不安惶恐，終將衍擴為符合社會既定價值形容的角色扮演而失去自我，等同配戴面具，陷入他者人格的牢籠而無能成就真正的自我或表彰己身情緒感受。

書評體的魔法圈95

知名心理諮商師蘇絢慧老師系列作，結合己身獨特經驗的生命創痛，無論是對悲傷失落、情緒感受、自尊建構、親密關係協同與安寧善終，皆飽含敏銳同理，縝密細膩的邏輯建構與思維引導。文字淺顯易懂，生死坦然的哲思脈絡，更有應對人間萬般糾葛的慈悲寬容。特別值得一提的是鼓勵人們能體察自我情緒的各種面貌，進行陰影整合方得圓滿的觀點，取代華人文化社會傳統，全然失控的正能量思考大纛，更顯突破窠臼，也使人易於接納不完美的自我並得到解脫。

【假的，我眼睛業障重啊——推理大觀園之人心即怪物的前世因緣】

正如書中開篇引用的犯罪經典名言錄，魁北克的小說／短篇故事／散文作家安德列・柏瑟姆（Andre Berthiaume）說：「我們都戴著面具生活，時間久了，面具就成為了我們生活的一部分」。（We all wear masks. And the time comes when we cannot remove them without removing our skins.）

自我認同的混淆錯亂、情緒壓抑的不停忍受，與難以辨識他人好心惡意與自身情感需求的認知意識，都將成為生命歷程，人際關係上的種種跌跌創痛，最後再倒因為果，陷入悲劇循環的跳針驚悚，而更加深恐懼親密關係的建構，這便是「面具人心怪物，自欺欺人又不敢相信任何人」完整的進程因果。

推理創作中，多有主角醒來倒在血泊中，親密愛人卻手握兇刀，或主角醒來手握兇刀，親密愛人倒在血泊中（兇刀亦可代之以機關算計），正顯露了推理所描摹，實是對親密關係的恐懼，對己對他者皆同。

所謂「面具、人心、怪物」，更直指人於命運脈絡的逼迫，如何戴上層層面具偽裝防禦，導致失卻自己也讓他人視野朦朧，最後成為伴侶關係相處間的種種爆破，並常以「創傷壓力症候群（PTSD）導致失憶」、「角色扮演及自我身分認同的錯亂混淆」來進行懸念布置的詭計，如香港作家陳浩基第二屆島田莊司推理小說獎首獎作品《遺忘・刑警》，或是美國被尊奉為冷硬派傑出犯罪小說家的羅斯・麥唐諾（Ross Macdonald）《入戲》（The Galton Case）等皆有。

《小大人症候群》則源於外在環境不周全，剝奪了孩子應有照顧，出於怕被遺棄的畏懼，而必得使自己顯得有價值。幼童由此超齡，反去肩負成人世界裡的責任情緒。是以小大人們往往習得掩飾己身內心、不敢正視自己情感所需，往往有過度責任感、控制慾望與自我罪咎的畸形照料者，無能感受無法獲得，更於不停付出裡，

飽受面具人格與真實自我的對峙煎熬。

　　長久置之不理，則內在的分崩離析將引發小大人們對特定人事物的上癮，如酒精、毒品、藥物或性關係等，以麻痺壓抑自己。然而此些外在因子的依附依存與上癮，實則無能真正解決內在小孩，或說心頭咆哮野獸的渴求，只有縱慾軀殼，行屍走肉的淪落。然後幼時毒誓旦旦要改換命運的小大人們，己身更反在崩毀中無能回應孩子的前來需索，重蹈覆轍，這也多見於乖孩子的悲劇之中[96]。

> **書評體的魔法圈96**
>
> 約翰‧弗瑞爾與琳達‧弗瑞爾《小大人症候群》定義等同「揠苗助長」，農夫（父母）對草苗（孩童）的家庭失能（揠苗助長）急不可耐不給草正常生長，被瞬間抽高的草苗，無由接受根源營養，很快將會死亡。畏懼失去關係而產生討好，工具化的結果就是失去自我而至認同的錯亂崩塌，即便好好的活著長大，關係中也往往習以為常地反覆被使用，因為家庭關係本就是個人未來人際模式的複印。另外，乖孩子的養成悲劇與脈絡，可詳見本書書末時事精選裡，〈飛蛾撲火－乖巧順從者的生命悲劇〉。

 ## 【假的眼睛業障重II】無臉男女的假面告白

　　承上，雖然心理學大師榮格，以表徵個人外在特質展露的「人格面具說」概念，來詮解述說因應複雜環境變化的存有、適用於各項人際關係的互動，甚至是接納己身多元特質的寬容，可「假作真時真亦假，無為有處有還無」的真假交錯，最終也將使人陷入面具重重的錯亂迷障與空虛上癮的種種人生毀崩。

　　借引知名諮商師蘇絢慧老師著作《你過的，是誰的人生》標題為問──「你過得是誰的人生」，你真的知道嗎？抑或仍是一種

「假的我眼睛業障重」？

　　遊走於這座無臉之城的男女，莫非不過只是配戴面具走跳的行屍走肉？

　　這便可由林斯諺《假面殺機》、東野圭吾《假面飯店》與《假面飯店：前夜》系列，珍・漢芙・克瑞茲（Jean Hanff Korelitz）《假裝》（*You Should Have Known*）與潔西卡・諾爾（Jessica Knoll）《最幸運的女孩》（*Luckiest Girl Alive*）等開始講起。

一、配戴面具遊走人心荒漠的無臉男女

　　臺灣資深推理創作者林斯諺作品集裡，其中標榜以「面具、性愛與謊言」的《假面殺機》，講述一名喜好哲理，卻對愛情諸多質疑的文藝青年艾洛弟，於臺北地圖的道路行經，偶然間誤入怪奇面具的製售店，進而加入配戴性愛神祇面具以縱慾狂歡的性愛會社。此中由特殊紙牌決定砲友的隨機，彷彿愛情火花出現的難以預測，使得艾洛無預警地墜入愛河，然而伴隨神祕佳人的步履蹤跡，卻非戀愛動人的甜蜜，反而是鬼影幢幢「歌劇魅影」的犯罪疑雲，以及「人醜大腸菌」的毀滅驚心[97]。

　　日本推理天王東野圭吾《假面飯店》與《假面飯店：前夜》系列，前者由獲報有連續重大命案而至飯店偽裝調查的警界小鮮肉，與飯店客服櫃臺霸氣一姐，聯袂出擊而爆出愛情火花的故事；後者則寫於兩者相識前，各自人生經歷與工作道路所見所聞。面具的配戴直指旅館／酒店「來飯店的客人都戴著面具，一種稱之為客人的

書評體的魔法圈97

世界推理小說人物塑造潛規則可說是「人帥益生菌，人醜大腸菌」（男），「人正闇黑系，人醜乎你死」（女）。

面具，無論如何都不可將之拆卸」，以及職場分工倫理裡「飯店內工作者也都配戴著面具」的「上下交相賊」作為書寫核心[98]。

對比前述者的男人領域，女人亦有這樣的壓抑。

珍・漢芙・克瑞茲《假裝》背景設置於繁華輝煌的曼哈頓上東區（等同臺北信義區精華路段），講述人生勝利組的心理諮商師葛

書評體的魔法圈98

酒店相關描摹的人性面具不可分離，尚可參考謝碩元《暗夜裡的白日夢：酒店男公關與我們的異視界》與吳婷婷《麗晶酒店首部曲：生存與背叛》及菅原和也《下地獄吧》等，三書分別以實際往赴「鑽石仕女俱樂部」擔任酒店男公關約莫一個半月的體悟、真實改編司機送貨迷戀酒家女，致使妻子下海沉淪，及SM酒店小姐阿滿悲慘世界的寫實紀聞。他們往往因空虛陷溺酒精或各式成癮來麻痺自己，最終卻越陷越深，無以自拔。

蕾絲，驕傲恣肆地於將出版個人體悟式，真知灼見的兩性指南《妳早該知道》前，不意卻驚覺自己身當兒童腫瘤科權威的醫生丈夫，不過是個由謊言包覆的陌生人，人生慘劇由此連環爆。從來一帆風順且無往不利的她，驟然由高空墜地，並因緣際會捲入一樁懸疑重重的謀殺案例裡，一無所有。多部曲的篇章結構，分述女諮商師「事發前後」的種種經歷與人生諷刺，尤以摩繪都市曼哈頓的燈火輝煌，更顯細緻詳盡，彷彿親歷其境。完全符合匿名面具與謊言，不可告人祕密的所有要因。

此作實可與S. J. 華森（S.J. Watson）《別相信任何人》（*Before I Go to Sleep*）與《雙面陷阱》（*Second Life*）並列參看，因為三書皆為「女子自我中心敘事」的懸疑推理（旁若無人只有她個人的小

【假的，我眼睛業障重啊──推理大觀園之人心即怪物的前世因緣】

宇宙在運行），且同點出「對親密關係人的多疑恐懼與不可信」及「配戴面具行走的空洞人形」（不管己身或他人）。

不過前者以鉅細靡遺的都市摹寫取勝，金碧輝煌的建築，倒映人虛無、冷漠與無情的空曠內裏。後二者則對心理變化的懸疑拿捏得宜，並由高強的佈局設計帶來強烈的動魄驚心，是能帶給讀者愉悅的心理驚悚推理。於是假裝誰是誰，又可信任誰，都是人們心底對信任與親密尺度拿捏的困惑迷離，在那些華麗又無臉的城市，帶著面具行走的人們，彼此落入雙面或多面的陷阱裡，也只得痛心疾呼，再也別相信任何人[99]。但他人既不可信，那麼己身的口述記憶又如何？

書評體的魔法圈99

女子過度自我中心的敘事，尚可參考中國熱銷IP小說，fresh果果《仙俠奇緣之花千骨》改編電視劇《花千骨》與瀟湘冬兒《11處特工皇妃》改編電視劇的《楚喬傳》等。

潔西卡・諾爾《最幸運的女孩》其實是一則倖存者的難堪故事，可卻被眾人標誌以「最幸運女孩」的獨活橫加攻訐，鑑於死者為大與對事實真相的錯解誤詮，使得女孩真實人生種種，落入「被竊取故事」的輪廓，不可言說，最終只得選擇撕裂人生存有的強硬暴力，奪回自身的話語權並用自己的名字來述說。

正如兒童心理學大師愛麗絲・米勒（Alice Miller）幸福童年三部曲之一《身體不說謊》精義——記憶或可被變造抹消，可事件發生經歷的傷害驚懼卻不曾遠離，並深入身體的內裏，有若刻印，而使「身體不說謊，並將一切真實銘記在心」的苦痛，使得無以處置的內在爆破，須得以自我毀滅找到出口。

本書開章類同蘿倫‧薇絲柏格（Lauren Weisberger）《穿著PRADA的惡魔》（*The Devil Wears Prada*）與珍‧漢芙‧克瑞茲（Jean Hanff Korelitz）《假裝》（*You Should Have Known*）的佈局，開啟五光十色都市女子前進光鮮亮麗的自我追尋。

故事講述紐約火紅女性雜誌編輯的歐妮‧法納利，言語幽默犀利坐領高薪，身材又是注重節食的纖細，搭配琳瑯滿目的名牌華衣，加上即將要與眾人眼中「一卡在手任你刷」的乘龍快婿進入婚姻，這般閃閃發亮，身為人生超級勝利組的光輝炫麗，可曾經的改名換姓與離鄉背井，卻藏有不可告人、也不為人所相信的痛苦祕密，被竊取的故事，真的能有重見天日的可能嗎？

從保守封閉天主教轉進名校的成績評比，強勢母軟弱父的各種控制或缺席，使得無所措手足的青少年期女兒，在試圖博取同儕認同的用力，卻遭遇排擠霸凌甚且集體誘姦強暴的暴力，過去現在的雙線並述，對照書中鉅細靡遺的炫富鍍金，在在也不過都在呈顯人的勢利、人的惡意與人心痛苦無以復加的貧瘠。

更可悲的是，這貴族學校布萊德利版的哥倫拜事件（校園掃射悲劇），卻因與會暴力者即為此一悲劇死亡或重傷名單的巧合「報應」，使得過往被霸凌強暴的倖存之女，成為「幸運之女」，須得符合詭異變形的「轉型正義」──放下仇恨，與前邁進，並且不得再提及，即便說出人們也不願相信，只能「最好別想起」。

直到過往事件追溯回憶，並以攝帶公諸於世，受害與加害的「實情」──對方親口承認犯下那樣無可寬宥的「強暴」罪行，才得以抒解女孩內心長期痛苦的積鬱（這等同情緒被標示正名即可寬解內心壓力），不須再克制強硬壓抑的憤怒悲傷與自我罪咎的漩渦，使得空虛必以各式上癮（在此書為暴食）達到內心暫時的鎮靜與和平[100]。

潔西卡‧諾爾《最幸運的女孩》表露痛苦希冀他人理解的真

在《女人迷》主編Audrey Ko整理，2017年4月10號發表的〈加害者與受害者能和解嗎？TED 沈痛告白：他強暴我的那7200秒〉一文叩問，加害與被害在特殊條件許可下的進行，將對雙方責任釐清與內疚罪責有所助益。不過必須注意的是，加害與被害的和解會面，有時並不如意，甚且是自我中心，再次殘暴橫行的瘡疤疊進。

實，卻總被視為精神躁鬱、無理取鬧的言行舉止，如此不被理解也無法正名的心境，讓人思及臺灣早逝才女作家林奕含，亦是籌備婚禮附近寫下《房思琪的初戀樂園》，並痛心自述「健康的人把精神病『當髒話』，而真正生病的人，把樑上的繩子打上美麗繩結……可以輕易說出該去看精神科的人，是無知到殘暴，更是無心到無情」，是故，她們才需要以人生自我毀滅的力道，奪回女子兒童的話語權與人生真諦，可謂悲傷至極。

不過，「假的我眼睛業障重」的顛峰頂級，最後可能不分男女，而是個瞞天過海、表象虛假造就錯亂的世界奇景，這或可以香港作家（現居加拿大）文善，那彷彿「你的名字之假面殺機版」的《你想殺死老闆嗎？（我們做了）》為範例。

本書乃作者繼《逆向誘拐》（第三屆「島田莊司推理小說獎」首獎作品）與《店長，我有戀愛煩惱》後，最新懸疑力作。故事場景橫跨倫敦至美國，由年輕世代生活困境，嵌入911事件為引，講述事件「遺孤」佘栢桐，演藝生涯窮苦落魄，有朝一日，卻邂逅父母生前照料有加，如今飛黃騰達成為總裁的下屬楊安顏。

彷彿男版「麻雀變鳳凰」，將變身為「金融菁英」的冒險，竟是通往過去舊情依依的愛戀與不可思議的死亡纏綿！那金碧輝煌、象徵夢想成就get的巴拿金融辦公室，光與影的美好互動，卻是「一將功成萬骨枯」的運籌帷幄與埋屍地點，諷刺的是，命運之

神終將眷顧，以此之道還諸彼身，只是不知兇手，屍體亦不見。

　　老闆被殺、大樓停電、逃生閉鎖，使得依約前來然後接二連三死去的員工與企業貴賓，就在這「暴風雨山莊的孤島密室」，戰戰兢兢推理以求生機，活生活現詮解勞資雙方的對立與殺意橫行。此時方知，你的名字的假面扮演，洋蔥般層層剝落的臉面，從世界被視為恆定的所有運轉，本身就是場驚心動魄的詐騙。

　　特別值得一提的是，《殺死老闆》雖取材於社會寫實題材，卻別出心裁的跳脫過往「寫實如繪大椽之筆，墜入人間地獄濃重傷悲心境流離」窠臼，重於泰山，卻輕於鴻毛的巧手翻雲，改以娛樂性濃的暴風雨山莊孤島殺人的本格推理做逗趣呈現。

　　那些「人力將被人工智能取代的危機」、「貧困世代的流離悲戚」，及「黑心老闆鑽營分化，合理剝削勞工的生活風景」，取代「角色扮演造就自身身分混淆混亂」（向內），而是「假面告白殺機」顯現（向外）詭計，襯以金融合資專業與逐夢化為夢幻泡影的唏噓，四兩撥千斤的串聯成謎，叫人讀的目不轉睛，大呼過癮。

　　這也映證時事所謂的勞基法修法爭議，希冀法條人性完美無瑕皆太過不切實際，原有法條確實存在無法適用各行各業各（功德）人的空洞僵硬，人性切面也自是存在黑暗鑽營；是以修法本是勢在必行，然而政府這特具把關功能的公權力單位，還是必須要有詳細妥善的配套措施，方得成行，否則救生筏艇數量不齊卻急於揚帆的鐵達尼，賭上的將是所有勞工的性命。

二、男人女人自我中心小宇宙——工具人的自作自受（獸）與好傻好天真的赴湯蹈火

　　若無法相信任何人，對己身情緒感受也看不清，那麼最終便會落入男女自我中心的小宇宙，依賴想像過活而非現實的實際運作，往往落入工具人自作自受（獸）與好傻好天真赴湯蹈火的苦果，這

【假的，我眼睛業障重啊——推理大觀園之人心即怪物的前世因緣】

可先用蝙蝠俠與井上夢人《橡皮靈魂》等為例解說。

蝙蝠俠陰鬱的日常生活，配戴著面具不能曝光，鎮日活在孤獨的暗影裡，既無父也無母，僅有忠心耿耿老管家的照料與滿坑滿谷取之不盡的財富，儼然背負「拯救世界」崇高使命的英雄，其「打擊犯罪，行正義不欲人知」的光明形象，實乃幼年深怕被拋棄迫使自己非得有價值用處的倒反，使得成年過後藏著小大人內在小孩未加癒合傷口的渴望，無法正視自己情緒感受與各項需求，便等同配戴面具的怪物。

另外，縱結有1939年DC漫畫《蝙蝠俠》（*Batman*）（陰鬱人型），2004年卡斯頓・勒胡（Gaston Louis）《歌劇魅影》（*The Phantom of the Opera*）（野獸對美女的癡心絕望）與乾胡桃《愛的成人式》（顛覆性結尾）三者特色的《橡皮靈魂》，海鳥與魚相愛的意外，或《史瑞克》（*Shrek*）番外篇的真愛，「愛情無全順」的極度弔詭，實則藏有男女各自成長，人格缺陷的驚心傷害[101]。

此書以多重人稱視野，彷彿多人面對警方供述的自我告白，由出版社與經紀公司人員，貌美如花模特與億萬富翁魯蛇宅及其管家，系列證詞串起了傾國傾城小模繪理，類同柯南與毛利叔的偵探推理──「凡在其左右都死於非命」、「天煞孤星」的不幸命運。對上好野卻因自身《鐘樓怪人》醜陋面貌成為家族禁忌（那個不能說出名字的人），及鴻海首富等級父母將其離棄的心理陰影，青年鈴木誠僅有萬貫家財、忠心耿耿老管家與環繞音效的披頭四與之度日，偶然邂逅小模繪理，不料「一刻永留存」的愛慕激盪，卻導致後續殺人系列，到底美女與野獸的童話將成真，還是「狂粉殺偶像」的失衡[102]？

心理學上，人伴侶與人際關係模式，往往源自家庭關係的複印，為愛人做盡一切不求回報的飛蛾撲火，工具人的自作自受（獸），可能都來自過往原生家庭，有心或無意，虐待剝削的苦

兩性戀愛中所謂的「美女與野獸」，居中弔詭，乃在於女人未察自己「我能改造這男人的優越感」或「我就值得這樣的人的自卑感」，與「醜的男人少人搶的安全感」；男人「自作自『獸』」則往往出於「放手一搏的投機感」、「自閉純愛，想像的一廂情願感」與「創建為愛蹈火的價值觀」以認證自己存在。心理學上，前者母性過於強大，對處於卑下的男性有強烈的保護慾與拯救情懷；後者則是男性氣概過於氾濫，對楚楚可憐的弱者有強烈佔有慾與使命感，兩者皆是不健康的戀愛。然而感情有時無能以理智釐清的原因，便在於一個願打，一個願挨，怕就怕想當暖男卻淪為馱獸與工具人的嗚呼哀哉。「愛情無全順」乃雙關2013年賴俊羽執導，陳柏霖、陳意涵主演，《愛情無全順》，拙蠢邋遢魯肥宅配上絕美女孩的故事。

本書各篇以披頭四樂團經典名曲貫串，類同中山七里音樂推理系列，以此作為劇情行進點綴，更佐以歌詞篇章，內容交相呼應的隱喻，成就顛覆性結尾詭計。乍讀彷彿是美日瘋狂粉絲擊殺偶像的真實（美國22歲新星女歌手遭槍殺死去與日本無名小模被多刀重傷），不料震撼靈魂的披頭四經典名曲，卻是怪物謎底的揭示。若同場加映面具人心怪物，別相信任何人，與戀愛關係工具人的絕佳代表－蒙面歌王摘星怪《吻你吻得太逼真》「吻得太逼真而把虛情假意當作最真心的親吻」，世界推理名家主題曲，就是這一首。

痛，非是指責冒昧或歸咎，而是釐清己身行為模式與恐懼原型的因果，因為人是追求熟悉感的動物，即便傷害亦同，這亦是心理學家庭代間傳遞的研究內容。

　　承上，男人意欲成就暖男卻是工具人的自作自受（獸），在女版則往往是好傻好天真的赴湯蹈火，且往往關乎女人自我認同

的崩落，箇中翹楚則以S. J.華森（S.J. Watson）《別相信任何人》（*Before I Go to Sleep*）與鏡像姊妹作《雙面陷阱》（*Second Life*）及珀拉·霍金斯（Paula Hawkins）《列車上的女孩》（*The Girl on the Train*）為代表。

前二書分別以無能儲放記憶，權威所向的精神科醫師與貌似忠良的丈夫／情人並進交錯，造就女子每日「日復一日」的記憶與事實真相追索，最終才理解被最愛的人背叛最痛。後者則是作為家庭萬能功用的女子茱莉亞，妹死而於創痛中追索真兇，卻得出了周圍環繞（殷勤小鮮肉、情深醫生夫與妹妹密友）皆各有隱藏地配戴面具行走的結果。同以女子生活的虛實交錯，滿載對自我身分認同的混亂驚恐，由此引發殺機四伏的懸疑驚悚，無力抗拒的窒悶彷彿是頭籠中獸，陷入「假的我眼睛業障重」，心理否認機制，眼見不肯為憑，自我欺騙，然後也不肯相信任人的牢籠[103]。

珀拉·霍金斯《列車上的女孩》則以列車行進間的轟隆，小三、正宮、前妻對上左右逢源之男的電光石火，三言二拍警世喻言可比藍色蜘蛛網！讓人想起臺劇《犀利人妻》裡有句台詞說：「在愛情裡，不被愛的，才是第三者」，可平行時空愛情早就讓人左右為難，遑論愛情世界裡，三人以上的嘈切錯彈[104]！

三者同以病態人格枯燥日常的反覆錯落（失婚酗酒／失憶疑心／心理創傷各式成癮），肇因貪戀情愛的歡愉種下平淡轉折的爆破（雙劈或三「劈」引火自焚），逆轉真相。雖題旨各異，彷彿風馬牛不相及，然觀其中心脈絡、筆法、主角設定與元素使用等，皆有所沿襲。劇情起伏大抵為直線到底，尾端則變化為尖峰震盪的心電圖示意。唯一殊異，乃《列車上的女孩》更添列車移動敘事，直線並排的雷同格局屋邸作為混淆詭計，然而若論筆力迂迴，私心仍以以S. J.華森為勝[105]。

經由拆解，可庖丁解牛般地體悟，此類以病態人格情境作為

假的我眼睛業障重啊：書評體的百萬種測試與生命叩問

主體書寫，尤以「酗酒成癮或失憶的疑神疑鬼」織就日常的反覆崩頹，平淡中不意間埋藏關鍵要點，至最後一頁方知作者玩弄「不可信任敘述者」的告白，且溯源起點的引爆導火線，往往來自於愛的不忠所牽連，簡直可改編明馮夢龍編《警世通言》〈杜十娘怒沉百寶箱〉的點評為結——

書評體的魔法圈103

「假的！我眼睛業障重啊！」是人們對權威命令的直覺服從，藉由權威存在，由此達到自我否認機制運轉，與焦慮撫慰作用。但否認對創傷並無實質幫助，面對現實方可得到救贖。若以推理小說來說，失憶恐慌甚且精神病諸多，絕路死胡同的竄逃，除卻趨向親密關係人求救外，往往邁步醫生為救命繩索，箇中因緣便在於醫生向來被視為權威者（照顧者）的象徵。如吉莉安・弗琳（Gillian Flynn）處女作《利器》（*Sharp Objects*），講述飽受母親「代理性孟喬森氏症候群」（Munchausen Syndrome）的可憐女兒，總被餵毒裝病以博取他人注意關心。此女痛苦之際，便習慣拿刀自殘刻字以試圖感受自己（自殘是因試圖逃離受虐情境帶來的恐怖外力，意欲忘卻痛苦並感受自己而以此作為發洩途徑），但溯源其母的「代間傳遞」，亦是源於其童年受主要照顧者的傷害、忽略或差別待遇，致使成年過後，需藉由與醫生（權威者）及醫療程序的互動，滿足內心潛在對父母的渴求，群眾對權威的需求，不管病與不病，皆自有心理需要的索求，不可不慎！

書評體的魔法圈104

本書結構類同湊佳苗慣用筆法，以各角色第一人稱我告白敘事，紛陳瑞秋（前妻）、梅根（小三）與安娜（正宮）三者日記體，以事件時間序列鋪排混進，失婚崩潰的酗酒前妻為主體，其餘則微型篇幅作為關鍵揭發詭計。

【假的，我眼睛業障重啊——推理大觀園之人心即怪物的前世因緣】

不過值得注意的是，此種書寫肇因前頭大篇幅的枯燥敘事，欲經營此類的作者素質需具有「不厭其煩」的「耐心定力」。畢竟對讀者而言，未揭曉真相前皆覺懸疑趣味，然而對於「全知全能」、已對設計詭計了然於胸而毫無揭謎樂趣的作者，如何鎮日反覆書寫主角如斯的枯燥無味，對作者亦算是一項考驗。

後人評論此事，以為劈腿男愛美色，花心無制，固非良士；前妻不識渣男，以酒度日，碌碌蠢才，無足道者。獨謂眾女子千古女俠，豈不能覓一佳侶，共跨秦樓之鳳，乃錯認渣男。明珠美玉，投于盲人，以致恩變為仇，萬種恩情，化為流水，深可惜也！有詩歎云：「不會風流莫妄談，單單情字費人參。若將情字能參透，喚作風流也不慚」。

真可說是三言二拍之小三不可有，多多益善則被螺絲起子鑽！作為渣男與苦情女的必看經典，無怪乎《色·戒》王佳芝語重心長推薦：「色戒色戒，不可不慎！」。

另外，這種無以儲存長期記憶，僅有短期記憶存有或意識的混亂斷片成就詭計關鍵者，尚有克里斯托弗·諾蘭（Christopher Nolan）所執導、改編胞弟強納森·諾蘭（Jonathan Nolan）短篇小說《死亡象徵》的《記憶拼圖》（*Memento*），無以儲藏記憶的生命直達恐怖，與西尾維新《掟上今日子的備忘錄》入睡則記憶重置的美少女偵探，及中山七里《哈梅爾吹笛人的誘拐》記憶障礙所以被綁的肉票等皆是，不另贅述。

三、網路匿名的正義霸凌與身分臉孔的辨識失能

前述論及諸多因配戴面具所以無以辨識己身與他人的困窘，不過在真實世界裡，最為常見的「無臉」偽裝，乃源於網路匿名及後

續造就身分臉孔的辨識失能種種。這可以陳浩基《網內人》、姜峯楠《妳一生的預言》〈看不見的美〉與既晴《感應》〈臉孔辨識失能症〉等為例解說。

陳浩基《網內人》故事講述姐代母職、刻苦勤儉的圖書館員阿怡姐，幼妹小雯的自殺使其平靜生活土崩瓦解，抽絲剝繭輾轉間，她找上了綽號阿涅，隱喻有復仇涅墨西斯（Nemesis）寓意的繭居駭客，作為偵辦兇案的曙光。那肇因於偶然發生的捷運性騷與不雅照，小雯被肉搜霸凌以致跳樓，然而層層檢索的結果，竟盤根錯節的揭露，人性惡意四處蔓延的幕後，叫人悲痛。

與世無涉卻比誰更洞澈的尖端駭客，無孔不入的侵入，導出「兇手便在受害其近身周邊」的因果推演，可聯手被害家屬的復仇血路，終點卻非大快人心的手刃敵首，而是心有不忍的糾結，原來世間萬理，不過是張貪嗔癡怨、愛恨情仇賁張的蛛網，人若蚊蠅昆蟲，落於其中則無望，人生在世，唯有明哲保身的淡漠，方可立於不敗，在外觀望。

本書乃陳浩基承繼《13‧67》後又一鉅作，由「固有人物與特殊中心旨趣呈顯內裏的環環相扣，並特具歷史遞嬗或『時代氛圍』大幅變化的錯落」，一轉為「時代單一脈絡切片，主要人物心理的曲折蜿蜒，帶動事件的層層推演與萬般糾結」。那些存於家族遺憾、代間傳遞悲劇與主角飲食（譚劍《人形軟體》裡的來記雲吞麵店）居所（供屋）的生活內裏，則畫龍點睛，悄悄言喻香港城灣的潮起潮落。雖以科技新媒體的彼此攻防戰作為詭計，然而駭客奇技、莫名所以的網路資訊與新興媒體，看似冰冷無情實則飽含溫情，引領讀者闖入人性最不能說的祕密與惡意[106]。

約翰福音八章7節中曾曰：「你們中間誰是沒有罪的，誰就可以先拿石頭打她！」從古至今，正義之名如此悠遠，然而會不會是在場的眾人，皆是有罪的人性內裏？

【假的，我眼睛業障重啊──推理大觀園之人心即怪物的前世因緣】

《13‧67》以2013年至1967年的香港為背景，六個篇章「逆時回溯倒敘」，每則約莫十年做中心轉換的中短篇，串起警探關振鐸傳奇辦案一生的倒逆回顧，更與香港社會脈動的轉捩點若合符節，成為城市隨時代變化的縮影。單篇著重特定時代氣圍的設立，與精緻無懈可擊的本格謎團。作者匠心而使「微觀各章為本格推理，宏觀全景卻屬寫實社會推理範疇」成為可能。結尾揭露之人名敘事，環環相扣銜接回首章，迴旋反覆的人生場景與辦案，更增添不勝欷噓的呼應感。無論整體或獨立，文字精熟巧妙，謎團佈局無懈可擊，本格與寫實推理的風采裡，更搭配有時代更迭裡，繁複人生的層次變化，詳見《小說之神》。

《網中人》阿怡一家由父親意外身亡又遭剝削，只得母女兼差討生活，最終過勞罹癌或放棄升學以求妹妹希望將來，卻仍被自殺打破，自始至終，悲劇中者仍在悲劇中求活，雖然書末以英國搖滾樂團「滾石」（The Rolling Stones）歌詞作了希望總結：「你不會永遠得到你想要的，但如果你去嘗試，你可能會發現，你會得到你需要的」，然而現實中，女人總是難為，甚且往往在悲劇裡徘徊。

居間行文紛陳指涉「女人難為的照護責任傳遞」、「各式霸凌的冷暴力如何造就悲劇」，及「被害加害與旁觀」是如何的一體成形難以切割，並交相流轉，是故世間情事唯有難以區分公平正義的唏噓。

法國著名人類學家克洛德‧列維－李維史陀（Claude Levi-Strauss）於《結構人類學》中曾提及：「在巫術意識濃厚的部落裡，『一個人如果知道自己是巫術加害的對象，那麼根據他那個部落人最神聖的傳統，他便相信自己在劫難逃，他的親友對此也深信不疑，此後社會公眾開始迴避他…在任何場合與行動，社會公眾都會把這位不幸的受害者當成死者，而他本人也不再希冀能逃避已被

視為他不可抗拒的命運』」（1-20）；結果不言而喻，「體格健全難以抵擋人社會性的瓦解」，巫術的受害者不久就會在極度的恐懼和困頓中死去。那時的巫術即如今權勢的使用，人的社會進程，由天道意志濃厚的巫盛時代，緩步由巫到禮，最後轉至釋禮歸仁，人的意志彷彿已勝天，但恐怖暴力卻仍未間歇。

權力的蛛網既無所不在，人們自然也在劫難逃，連網路也不例外，肇因於新科技媒體的四通八達，傳衍快速，更因虛擬世界的存在降低其中人們的親身感觸真實感，卻使己身手持刀刃或沾滿鮮血而不覺，霸凌之中，不管加害被害與旁觀，有時不過是正義號召下，命運無心的輪轉盤，甚至成為一種「正義的霸凌」而不自覺。

如梅谷薰《正義的霸凌》便以七章分別講述「主管、鄰人、同事／同儕，甚而家人」的錯雜關係網，好心卻是成就惡意之行該當如何對應，其中特以序列遊戲的行進來為「序列低者將不停沉淪到底」的不幸舉例，與上層階級的優越性將持續至底層不滿至聚集足以顛覆這個序列階級而翻轉歷史的精義，去詳解社會，或說團體的階級的運行，而這由歷史介面而視，往常便是反烏托邦的起義。

另外也讓人思及，所謂的網紅、正義魔人的口誅筆伐，究竟存在有幾分真正的正義，抑或是正義的霸凌呢？會不會也如2017年8月由朱宥勳臉書轉朱家安被引戰的批評，「不打拼不得志，只靠網路名氣逃避真實世界的網紅」，畢竟紙上談兵總是說得容易，執行程度與真正實戰卻有一定程度的差距，如中華臺北與臺灣正名之議，現實競技條例與國之正名，本就難以並行。

早逝的才女作家林奕含曾說自覺自己是個廢物，或許這亦是文字寫作者的共同心聲，文字並沒有我們想像中得那麼有力，如果我們只能嘴而已，那也只能擺出厭世臉，是以，發文前，當深自熟慮，文章內容呈顯，是否具備有任何對社會有益的價值意義[107]。

這些也便是陳浩基《網內人》最為精彩的人性轉折與探究，不

【假的，我眼睛業障重啊──推理大觀園之人心即怪物的前世因緣】

在《Readmoom閱讀最前線》林奕含生前的最後訪談，或小說後記等，都曾說過「自覺是個廢物」，並認定自己小說實乃「墮落的書寫」，因為根本沒有用。身為一個寫作者，她既無心也無意，讓這樣的文本成為一種報導文學，或能去改變社會過去現在未來都一直會發生的系列。不過她的逝去，卻真正大幅度的對社會造成騷動，她的文章，相比她的自覺，更真正達到了「文以載道」，戳破現實血腥的「用」。雖然人生自有其存在價值意義，存在本身就是一種美好，毋須非要怎樣不可。但對她而言，她以自身生命，真正達到了文學藝術的臻熟高度，只是這樣的代價，實在太大了。

愧是囊括「島田莊司推理小說獎」、「書展大獎」與「誠品書店閱讀職人大賞」三大獎的登峰造極！

另外，除卻網路匿名的「無臉無身分」，尚有「臉孔辨識失能症」混淆認知。

華裔美籍作家姜峯楠《妳一生的預言》〈看不見的美〉講述人性「以貌取人」被世界詬病，於是合法通過法令使用「美感障蔽器」，遮蔽人對美的認知理解，引發「臉孔部分辨識失能」，孰料後續卻造就無以辨識美醜知覺的混亂宇宙，為求公平正義的各自表述，間雜青春少女純純的戀愛心事（交往雙方的自信與認知理解對立）成為生命最精彩的辯論，讀來頗具有反烏托邦與多重人稱敘事拼圖推理的色彩，或臺灣推理作家既晴以張鈞見探案寫成的短篇小說集《感應》〈臉孔辨識失能症〉中，無以辨識的臉孔，難以區分的不只是美醜，敵我更在隱隱然中交相錯落。

四、眼見不能為憑，因緣業障實是人一生的縮影

話說重頭，不管伊底帕斯悲劇那人獸對峙或人獸合一的模糊曖昧，往往亦存有遠古雙生不祥或神話裡的兄妹亂倫，如日本奇幻名

家夢枕獏榮獲日本第十回SF大獎與第二十一回星雲獎《吞食上弦月的獅子》，作品既是對宮澤賢治的致敬，也承繼了日本神話伊邪那岐與伊邪那美，兄妹亂倫相交而生諸神的脈絡[108]。

　　此書雙線並進，分別改編重詮日本童話詩人宮澤賢治生平經歷與詩作，尤以悼念摯愛妹妹死前討要一杯雨雪的悲傷輓歌〈永訣之朝〉，與被抨擊為「見死不救」，內疚煎熬的1994年普立茲新聞特寫攝影獎得主凱文‧卡特（Kevin Carter）《飢餓的蘇丹》（*The Starving of Sudan*）。

書評體的魔法圈108

雙生不祥的對立纏繞，或可參照法蘭西斯‧海格（Francesca Haig）《烈焰雙生》（*The Fire Sermon*）系列，此書首部以荷爾蒙澎湃的反烏托邦青少女小說為佈局結構，講述末日降臨，滅世之火燎原，人們是故於毀敗中重生，然而不知究竟是命定還是詛咒，餘燼新生換來的，竟是正反美醜，優劣對峙的雙生存活──完美阿爾法與殘缺歐米伽，彼此既愛且恨，水火不容，卻是性命相懸，難以獨活。故事用相生相滅，猶如黑白太極相互推擠的互動，殘缺者卡珊卓的視角描摹，與其兄（雙生完美者）的關係種種。權勢階級尊卑皆對峙的壓迫捆鎖，終究為涇渭分明的兩個世界，點燃戰爭的火種，而具有預知能力的卡珊卓，將在此中戰役裡，舉足輕重。其「反社會壓迫不公，荷爾蒙澎湃反烏托邦青少女小說」的公式套用，卻是雙生雙滅，愛恨敵仇的脈絡，讓人聯想到1998年《鐵面人》（*The Man in the Iron Mask*），主演法國路易十四的李奧納多‧狄卡皮歐（Leonardo DiCaprio），內外被交相逼迫的種種形容，其中關押不自由，設法逃出牢籠一段，心靈震顫處頗叫讀者動容。遺憾的是出逃過後便一轉為二男搶一女的中二花癡與澎湃荷爾蒙，使得男一個性不鮮明，毫無特色，對劇情發展顯得無足輕重，大抵是缺臂少胳膊，充當為女主角裸體取暖的供給與寂寞伴遊，然後首部曲完結就便當領送，下台一鞠躬，唯一看點只有那環繞其身的詭計陰謀，然後便是男二與女主角熱烈秋波的心痛。

【假的，我眼睛業障重啊──推理大觀園之人心即怪物的前世因緣】

小說將此改寫為親見摯愛相繼亡故的傷悲而投身戰場，不料卻反目擊更為殘忍的屠戮兇殺，難以自拔且不由自主持續攝像，最終腦傷與內疚煎熬使其誤入螺旋異世的奇幻，去尋求生命的奧義——「汝為何人？因何而存在？」

　　充滿佛家哲思色彩的寓意問答迴旋不休，也為緣也為業，是如來「如此來者」或阿伽陀「到來者」，英雄冒險的旅途，亦是人由獸的演化行進，四腳二腳至三腳的變化。「我來到蘇迷樓時，是四隻腳的阿伽陀，這就是早上的四隻腳，途中，我變成兩隻腳，就是中午的兩隻腳，後來身為雙人的我，來到蘇迷樓頂點，最後取回了業。身為雙人的我和業——這就是晚上三隻腳的意思。」（588）

　　英雄冒險旅途，卻誤闖了有如開天闢地神話，兄妹亂倫相交的混沌而備受威脅，跟隨螺旋進入的奇幻異境裡，《獅子之書》記載著蘇迷樓將因如來到來而覆滅，宛若子宮胚胎迴旋或銜尾蛇首尾相連，謎樣奧永獅子宮內，人面獅身或獅頭人身的獸與前來的英雄產生問答。可是最終問與答卻是一體，人獸由此合一，生命螺旋由此生生世世，迴旋反覆不已。生命哲思的無限動容[109]。

　　未知生，焉知死，遑論事鬼神？可人神妖鬼與魔怪，界線又是如何區分？

　　同引宮澤賢治與攝影師凱文・卡特事蹟，嵌入小說作為反思生命存在意義者，尚有青木新門《納棺夫日記》，內容乍見雖與推理不相交集，卻是諸多推理佈局密技的架設索引。

　　本書共分三章與後記，存有大量對生死觀念的感悟，前二章

書評體的魔法圈109

倉橋由美子《亞瑪諾國往還記》亦有異世幻境所有經歷宛若子宮胚胎迴旋或銜尾蛇生死同處的設計概念。

重點述說他因緣際會從事納棺工作三十年的經歷推演，第三章則結合並闡發佛家精義、光與生命的關係，字裡行間充滿生命蕭穆的莊嚴意念，而使讀者從中扭轉對生死間際與價值的判定；向來為人所不潔的納棺作為，在詩人唯美而充滿哲思的筆下，卻充滿佛家寓意的溫柔慈悲，正如宮澤賢治之妹，念念不忘的「霙」雪，生死徘徊間，滿是生者對瀕死者的無聲告白與愛戀，2008年由瀧田洋二郎執導改編為電影《送行者：禮儀師的樂章》[110]。

【假的眼睛業障重Ⅲ】怪物們的迷宮與不可思議推理

推理二字，乍聽之下首重科學邏輯，然而卻亦有不可思議詭計邏輯的設計如米澤穗信《折斷的龍骨》，以縮骨及密道營造海島型

書評體的魔法圈110

雖然詩人詼諧自嘲自己「在生存競爭中，不管做什麼都是失敗者」，然而不諱言的是，他卻從納棺夫（替死者淨身）這樣莊嚴肅穆的工作，即便面臨人生種種困頓艱難與悲傷，卻也深受佛家與光的洗禮薰陶。幼時俄軍攻陷東北，他因而失去父親，集中營內又親見年幼弟妹相繼而亡，甚至親身揹屍至簡陋火葬場，那種眼望火光將弟妹屍身湮滅之景，於其腦海中揮之不去，或許亦由此契機促發他成為納棺夫，而於日後瞧見屍體旁的蠕動肥蛆與喪家樹上熠熠發光的蜻蜓之卵，都不由淚下，發出喟嘆。歐文・亞隆《存在心理治療》講述幼時對死亡接觸若超過孩童自我保護的範疇，將成為巨大創傷的陰影，特別是年幼而重要的手足死亡更為重大，因這動搖了只有老人才會死亡的想法，而父母死亡更使幼童過早理解死亡帶給自身的衝擊，不僅失去依附的愛戀對象，更產生對己身生命全面性的恐懼。過早發現死亡，而使其理解生命無常終將銷毀，太早太多，將產生極大焦慮並無以適應（詳見頁160-166）。

【假的，我眼睛業障重啊——推理大觀園之人心即怪物的前世因緣】

密室殺人之謎、羅柏‧傑克森‧班奈特（Robert Jackson Bennett）《階梯之城》（*City of Stairs*）系列，失蹤或兇殺乃為人神歷史相互角力的割據，小島正樹《附身之家》「千里眼、預知與咒殺」三大奇蹟，也不過是人力的刻意。

然而尤為常見者，則是書中書虛實交相出界的迷離詭異，亦即「書中人物與稿件內容主角遭遇漸趨一致而難辨虛實」，如井上夢人《梅杜莎，看鏡子》、三津田信三《忌館》《蛇棺葬》《百蛇堂》與小野不由美《殘穢》，及既晴《請把門鎖好》。

一、人心即怪物——書中書虛實交相出界的迷離

這若以《哈利波特》（*Harry Potter*）系列角色來仿擬入戲，其實可解釋成，哈利波特於偶然間，拾取到「時光寶盒」裡，過往佛地魔的日記本，可恐怖的是，佛地魔日記中所寫，卻是哈利、妙麗與榮恩三人組相處的點滴，且最後佛地魔與哈利兩人越加相仿，無以分辨最後身分交相替換的取代，佛而成魔，魔而成佛，所以故事中佛地魔才對哈利說：「你不覺得我們兩人很像嗎？」這種劇情安排是有用意的。

特別有趣的是，元代才女管道昇情意綿綿的《我儂詞》「你儂我儂，忒煞情多；情多處，熱如火；把一塊泥，撚一個你，塑一個我，將咱兩個一齊打碎，用水調和；再撚一個你，再塑一個我。我泥中有你，你泥中有我；我與你生同一個衾，死同一個槨。」在此處讀來簡直可說是「別有深意」，完全命中此些作品裡，冒險者與懸案主角，如何隨著情節遞進，而於「書中書／鬼中鬼／人中人」的交互隱喻裡，直達「你中有我，我中有你，生死同衾槨」的驚嚇駭異。

如井上夢人《梅杜莎，看鏡子》取用希臘神話蛇髮女妖梅杜莎（Medusa）與英雄柏修斯（Perseus）典故，講述詭異死去的小說家藤井陽造與其下落不明的遺稿，激起小說家未來女婿開啟追索謎

團的步步驚心；可問題是，不管服食安眠藥自沉於水泥，衣物舉止甚且筆跡，都與小說家本人無異，僅餘封存於瓶的「看見梅杜莎」字樣，直指人生顛轉互換，不能說的祕密[111]。

　　或許是無心非故意，可一步錯步步錯，然而過往陷溺其中或彼此牽連者，最終誰都難逃宛若紅衣小女孩或貞子般復仇的詛咒，在真實世界裡的不幸，是一旦行差踏錯便永難回頭。於是小說家未來女婿的解謎之旅，乍讀彷彿開啟平行世界的不可思議，實乃為務必「stand in others shoes」（站在別人立場為其著想），「同理心」的隱喻提醒（角色替換與敬勿霸凌）[112]。

　　井上夢人此作極為精緻炫麗，結合有「平行世界的推理」、「希臘神話重詮的深意」與「角色替換」等的寫作奇技，層層堆積一轉為最不可思議，生生死死起於一的哲學深意，而世界運轉的邏輯，更等同人間因果彼此的鏡映。相信無論誰來評比，都將同意，這確實是井上夢人作品集裡的超優第一。

　　其二，則是日本恐怖推理大師三津田信三《忌館》、《蛇棺葬》與《百蛇堂》的同名作家三部曲。《忌館》以文學編輯「我」的第一人稱，講述自己為求創作靈感，遷移至由英國移轉來「人偶莊」凶宅的前因後果，其中關於數字七，近乎滅門的幾椿慘案輪迴，恰恰與友人評審稿件內容，相互堆疊參涉，最終虛實交相出

書評體的魔法圈111

推理二字，若光從字面上的邏輯來解釋，往往讓人意會有「科學邏輯」為重的迷思，然而綜觀世界推理，讀者便可理解，推理詭計實則為百家爭鳴地各異其趣。若論井上夢人，特別值得一提的是，他總愛在行文對話裡，不加掩飾對不可思議世界或超能力存在的質疑，然而讀者隨著這樣思路前進，卻往往驚覺最後掉進他百般迴旋的陷阱——他所架構者，即是他所質疑的混淆不清與弔詭懸疑。

【假的，我眼睛業障重啊——推理大觀園之人心即怪物的前世因緣】

井上夢人《梅杜莎，看鏡子》最後揭露的真相寓意可對比參照伊莎・西格朵蒂《被遺忘的男孩》，後書雙線並進，貫串以「被遺忘男孩」的過往今來，分別以失婚喪子兼且出軌的精神科醫師，面對歇斯底里且試圖通靈前妻的不耐，開始抽絲剝繭探查愛子的死亡真相；及失業中年男，攜妻與好友遺孀前往孤島老房，敲敲打打想改造為民宿轉換跑道卻遭遇鬼影幢幢的人心恐怖。潛伏在不可信任敘述者的意識冰山下，卻是不可告人的背叛與心傷，原來穿梭時空的悲劇與愛，不過是代代相傳的，霸凌欺侮，毫無同理心的邪惡日常，正如前書所指的一樣，北歐風情的冷冽酷寒，正是覆蓋人心之上，不得預測的嚴霜，叫人陣陣發寒。

界，難分彼此的恐慌將人吞沒[113]。

另外，以殯葬納棺作為恐怖人心推理謎團，且書封同樣擁有無窮盡輪迴「螺旋」概念的《蛇棺葬》與《百蛇堂》則相互關連流轉──《蛇棺葬》作為系列終曲《百蛇堂》中主角，偶聞故事的一環，乃以百巳姓氏的種種相關，貫串喪葬用的湯灌，直指大宅院邸裡，詭譎驚駭的家族秘事與神祕空間。

五歲在外的私生稚子，遭父攜回家族卻備受冷淡，唯有地位同等卑微不受重視的阿民婆給予溫暖，然而藏於家族宅邸之中者，恐怖實乃彼此牽連呼喚的傳統──「子嗣需禁閉於『百蛇堂』，替亡母湯灌淨身，甚且折斷死者腿骨以防作祟」。

30年前，父親替祖母送終卻告失蹤，30年後「我」替繼母延續傳統，可恐怖靈異始卻是科學邏輯終的真相，原來不過是家族爭產，彷彿韓劇《繼承者們》的心機大亂鬥，情節更肖J.K.羅琳（J. K. Rowling）《哈利波特》（Harry Potter），英雄不顧勸阻，闖入消失密室「百蛇堂」的冒險旅途，最終甦醒則有長輩眼臉（阿民婆／鄧不利多）在前晃動，並已達陣破關的感動。

三津田信三文字摹寫特點大抵類同日本幻想文學大師泉鏡花，偏重細膩感官的彰顯覺知，然而同是對怪譚人心的挖掘，前者著重現代系列，恐怖相關小說電影、怪譚時事的彼此牽連，但表現形式往往流於個人內心過度的低喃碎念，而使人深感冗長重複的厭倦；相較而言後者則耽溺於古典怪譚的改寫再詮，簡潔鮮美且有種耽溺絕美的愛戀，叫人愛之而手不釋卷。另外，日本直木賞作家櫻庭一樹《赤朽葉家的傳說》，亦有此種神秘家族（蛇）包藏不可言說秘密的氛圍。

同名系列終曲《百蛇堂》則以上述二者為底，編輯兼作家三津田信三聽聞男子講述故事整理成書稿《蛇棺葬》，然而書稿所及，同事與摯友相繼失蹤，身邊狀況頻傳，逼使他不得不找出原有故事的源頭以求解。然而恐怖的是，正如世界一切始於生死同點的螺旋，萬事萬物之始，亦是萬事萬物之終，虛實與身分終歸交相出界且錯節，直達「你中有我，我中有你，生死彷彿同衾槨」的作祟，也讓人思及小野不由美《殘穢》。

小野不由美《殘穢》本是紀實性取材改編，講述恐怖小說家蒐羅靈異材料，不料卻與資料來源、撞鬼的公寓房客，開展出一場「鬼屋尋奇」大冒險。以家為圓的租界，原是「心懷怨念死亡產生『穢』，以致於『恐怖』誕生相隨。」由妖怪研究者何敬堯所謂，此乃「地基主」前因後果的堆疊，彷彿租屋版《惡靈古堡》（Resident Evil）系列，陌生宅邸中醒轉，牆面卻有嬰兒魂靈哭聲的湧現、和服配戴腰帶掃過塌塌米的瑣碎，尚有穿越時空，不知名老人女人影像的再現，皆是因為過往「被害轉加害」、「作祟而成祟」的機制運轉。

關乎附身與殘穢作祟者，更尚有推理資深作家既晴2002年，榮

獲第四屆皇冠大眾小說獎的長篇——《請把門鎖好》，故事講述在醫院休養的文字創作者，向刑警吳劍向諮詢靈感，於是後者提供過往，受理民眾說是「捕獲『以屍為食』碩鼠」的報案，卻無意間直達密室與屍的謎團，後續輾轉與下一個受害，聯手探查，卻僅餘陰魂不散的真相，而小說家最終也難逃鬼網。

本書結合了歐美魔法溯源、恐怖心理催眠與臺灣刑事連續系列，類同安・萊絲（Anne Rice）《夜訪吸血鬼》（*Interview With The Vampire*），鮮肉記者／小說家探求鬼怪軼事作為報導素材，最後本人相關卻一同深陷「怪力亂鬼」的殘穢作祟與附身魔魘。誰也難預料，刑警吳劍向所起的消失密室背後，探索懸案的追蹤，將使人事相關，染上未知無名的恐怖作祟，只能於遠古魔法圈中，叨念「請把門鎖好」。

上述諸多，寫作奇技皆是以書中人物與所持書稿或行進報導，兩者遭遇交互堆疊再現，彷彿惡夢輪迴的呼應關聯間推理求解，卻更顯恐怖驚悚的氛圍。

其他女性特殊類，則尚有芮妮・奈特（Renée Knight）《免責聲明》（*Disclaimer*）、岱芬・德薇岡《真實遊戲》、法國電影《雙面愛人》（*The Double Lover*）與珀拉・霍金斯（Paula Hawkins）《水底的妳們》（*Into The Water*）等，可作為變形對照參看。

芮妮・奈特（Renée Knight）《免責聲明》（*Disclaimer*），以幸福人妻與鰥夫老頭的兩線交錯，寄來書稿的書中書，顯而易見與人妻過往可能的不堪有所隱射，然而書頁卻開宗明義附上，「若有雷同，純屬巧合的『免責聲明』」，乍讀彷彿平行的兩個家庭敘事，卻包藏著絕不可言說的祕密——書中書作為追索不可告人祕密憑據，實則兩相隱射類同遭遇的混亂迷離。而這種「書中書虛實交相出界的迷離」以達身分混淆的雙面陷阱，岱芬・德薇岡（Delphine de Vigan）《真實遊戲》也是其中一例。

　　《真實遊戲》故事開頭等同喬艾爾·狄克《HQ事件的真相》的佈局結構——作家暢銷走紅，卻遇上了靈感枯竭的夭壽關頭，主角為求突破，卻反陷入另一個困境／謎團的牢籠，最終人生命運猶如洋蔥層層剝落，破陣闖關到最後並以此推理冒險歷程為新書內容的成就。不過前者以師生關係的情誼開展兇殺追索，後者則以神祕女子L闖入作家岱芬的生命中，使得岱芬個人真實與創作思緒逐步的被蠶食鯨吞，彷彿小天使小惡魔內心劇場的實體衝撞，夾帶恐嚇匿名信件的揭露，都藏有原生家庭悲劇的不可說，或所謂世界經典的想像套用。

　　於是，真實世界崩落滾石，斷壁殘垣中，找不到真正的我。

　　這種宛若正主兒被替身取代替換，衍生悲劇無窮的驚心動魄，讓人思及1996年香港鬼片《怪談協會》（*Till Death Do Us Laugh*）其中，由袁詠儀與舒淇主演的《替身》（租屋怪談），房客與原有女屋主各形各色越來越像而逐步取代的恐怖，且結尾既有既晴《請把門鎖好》書末的精神錯亂與自語喃喃，最後三字「全文完」更有種撲朔迷離、佛曰不可說的會心一笑。

　　雖然推理小說中的精神錯亂，往常是男喪妻失子的冒險追索，女則往往是在此之上的跳針重播，有時後者行文往往落入崩潰重複的漩渦而叫人不忍卒讀，亟欲糾眾鬥毆，如S. J.華森系列作或卡洛琳·艾瑞克森《失蹤》等，故事行進前頭綴以大篇幅生活日常的重複累述，略顯平淡枯燥，但卻於結尾處連續翻轉，驚呼間直抵真相的不可思議。然而平心論之，其情節運筆轉折處卻仍可學習觀摩，不過《真實遊戲》文筆行雲流水且具美感的心境形容，精神錯亂卻不自溺於重播的崩毀，叫人耳目一新，極具享受。

　　除卻這種「不可言說的雙面陷阱」與「身分迷離」詭計的懸疑，有時「跨界通訊」的不可思議，更往往來自於精神疾患的心理

變異，如法國鬼才導演，佛杭蘇瓦‧歐容（François Ozon）的R級震撼片《雙面愛人》。

電影以雙胞不祥的邪惡詛咒拉開序幕，講述一名抑鬱且長期腹痛尋不出原因的年輕女子求助諮商心理，不料卻發展出與2014年韓劇《沒關係，是愛情啊》醫病關係若合符節的兩相吸引。然而，類同墨西哥傳奇女畫家芙烈達‧卡蘿（Frida Kahlo），削去長髮做男子勁帥打扮，穿梭博物館藝廊中的身影，那未解的腹痛之謎與深沉的藍色憂鬱，在在都指向「幸福童年的祕密」。

兒童心理學大師愛麗絲‧米勒（Alice Miller）幸福童年三部曲之一的《身體不說謊》精義曾解──記憶或可被變造抹消，可事件發生歷經的傷害驚懼卻不曾遠離，並深入身體的內裏，有若刻印，而使「身體不說謊，並將一切真實銘記在心」，原生家庭裡，母親嚴重忽略、不以為意的空缺疏離造就傷痕烙印，可家庭關係的互動，又等同於未來人際，特別是伴侶間的複印，而成悲劇的沿襲。

是以，對親密關係的恐懼與害怕再度被拋棄的存在質疑，讓女主角深陷歇斯底里，並試圖於伴侶（男心理醫師）的舉止言行與諸多私人物品，搜尋任何可疑與不軌的蛛絲馬跡。遺憾的是，正如歐文‧亞隆《存在心理治療》所述，「對親密關係感到衝突的人，則有無數的方法來動搖其親密關係」（379），她正是如此案例。

換言之，一個在崩毀毀棄中長成之人，未來人際更容易不自覺的陷入崩毀毀棄，因為受虐與被棄的創傷根底，早已替他們的潛意識植入「我不值得被愛」、「我不可能被愛」與「無論如何絕對會被拋棄」的警鈴，使關係不管正反，他棄被棄終究全數毀棄的驅力。且更加弔詭的是，人之所以覺得自己不被愛，問題往往出於自己無法去愛，東食西宿，各取所需的劈腿劣行，等同粉紅泡泡羅曼史的多男繞女，都不過是自我精神內在匱乏缺陷的投射期許，使自己對愛的感官知覺，產生迷離[114]。

特別有趣的是，片中詭計所引，雙胞胎生，卻僅有一人可活的天擇物競，那存於體內的囊胞贅物，實乃血緣糾結的不可分割，除了隱含有雙胞不祥的隱喻，強與弱，光與暗的對比，更有埃及貓身橫渡死生的雙面神祕[115]。

此類極致更可參考珀拉・霍金斯《水底的妳們》，書中書「書中人物與稿件內容主角遭遇漸趨一致的迷離」加乘「多重人稱敘事的拼圖推理」，尤為引人入勝。作為珀拉・霍金斯《列車上的女

孩》續作，精彩卻更勝從前，故事以小鎮風情的全景，最新一季自殺者遺屬的喃喃低語轉至眾人身影，人稱敘述的轉換間，帶入自殺聖地那彷彿「抓交替」儀禮的系列不幸。

小鎮鎮民多重人稱敘事或側寫的廣角鏡，實乃類同溫蒂・沃克（Wendy Walker）《最好別想起》（*All Is Not Forgotten*）精神科醫師使各人各物心理治療吐露祕密的佈局，最終都直指「記憶或可被抹消（失憶）或為求生存等緣由而被扭曲變造，然而事件發生造就的痛苦恐懼卻始終不曾遠離」的真相之謎。

不過，歷經多重人稱側寫轉換、對話或喃喃低語的巧拼，原來過往獵巫獻祭的不幸、偷情外遇的人妻、無憂無慮的少女，及汲欲以此題材研究成名的野心女，最終都不過是男人厭女恐懼的堆積，以之處理不甘受控的棘手女性，用作消除災禍的代罪獻祭，甚或自願為愛殉情以求保守祕密的人犧，叫人不寒而慄。

這種己身與他人遭遇漸趨一致的迷離，其實某種程度上，部分亦可算是難以區別優先順序、因果輪迴的鏡映，莫知所以然間，認知世界便分崩離析，甚且「當你凝視深淵的時候，深淵也望向你」，可是，為什麼人們會自己與他人傻傻分不清呢？

在歐文・亞隆《存在心理治療》中曾提及，心理學有個「房間內有幾人？」的遊戲，適用於治療「建立關係有困難」的人群（528）。若是成熟分化的個體，則將以自身整體的存有與他人互動（整體非部分，若戀物癖則是部分）。若房間內有甲乙兩人，甲的形體與乙的形體，不過互動中卻將有六個幽靈——甲希望乙看見的甲、乙希望甲看見的乙；乙看見的甲、甲看見的乙；甲眼中的自己、乙眼中的自己。

若視象與想像彼此衝突矛盾，甚至無法統合或辨識關係互動者，在人際關係上則易發生困難，於是此種個人視象想像，於群體間彼此錯落的差異，便常被用在一樁懸案各自表述觀察的多重人稱

拼圖推理，若以貫井德郎《愚行錄》為例，此書以彷彿是對一樁兇殺血案的報導文學體，間雜真兇「令人討厭的松子的一生」血淚告白與案外案後續，居間推理並講述一對符合社會價值期待的人生勝利組菁英與其膝下一對鍍金兒女為何會遭遇兇殺的各式原因。

然而恐怖的是，那六章六人八卦般接受訪談的叨叨絮語，讓人理解即便符合社會價值觀的光鮮亮麗，也難掩其中的惡毒人心與勢利，特別是從小培育且難以扭解的勢力，奠基未來外部內裏分野的團體霸凌；被害成加害的積累不幸，很多亦源自於家族內最無可抵禦的入侵，還有看似老實卻狼子野心的狠毒郎心。

於是人歷時數十載的成長歷經，不過社會萬象中的一隅，被化繁為簡，成為家族背景、分數外表能力、企業擇取與豪門婚姻的各項評比，人們因而深受社會標的制約，時時刻刻秣馬厲兵汲汲營營，卻忘卻了生而為人的價值要義，可悲的是，坦然自在拋卻一切戒心的閒言碎語，最終也成了反噬自己的兵器。

作為2006年第135屆直木獎入圍作品，貫井德郎《愚行錄》最讓人印象深刻者，莫過於「當你凝視深淵的時候，深淵也望向你」的心驚（犯罪之中，豈有純然旁觀的存在）且無關善惡好壞或價值判定，眾聲喧嘩嘈嘈切切的低語裡，顯露出人追逐一切的所有用心，本身就是種愚行。

那麼生而為人，究竟為何而存在？生死短暫的間隙裡，又有什麼理想可尋？

二、人心即怪物──並蒂雙胞，「變臉」的雙面陷阱

承上，不可思議推理詭計，書中書虛實交相出界的迷離，人心化怪物與招惹「殘穢」，導致身分背景差異卻交相混淆的雙面陷阱，實乃暢銷必備範例，更別提以下此些，並蒂雙胞的「變臉」更顯流行了，如宮部美幸《荒神》。

【假的，我眼睛業障重啊──推理大觀園之人心即怪物的前世因緣】

日本國民天后，縱雜各類的推理女神宮部美幸，其《荒神》講述江戶時期的元祿時代，藩土集團交相割據且彼此對立，然而就在雙方火線一觸即發時，不意山中忽有不明怪獸，猶如《哈利波特》巨蛇出場四處橫掃，將人類「鐵吃入腹」，唯一死穴卻是後知後覺地怕動物。夢枕獏《吞食上弦月的獅子》內文曾曰：「汝為何人，從何而來？」人心惡念化怪物，可怪物由人心所化者，究竟為何形？居間又有何前世因緣可循[116]？

　　直至文末方知，這黑白太極混沌、人獸合一與兄妹雙生的亂倫（永津野重臣曾谷彈正與其妹朱音），原是藩土境內，先祖機關與人心怨念所變形——人心化怪物，是以人心怪物如影隨形，相互交替，也彷彿遠古人面獅身獸斯芬克斯所在場景的重新演繹，抑或江戶時代政治鬥爭版的《駭人怪物》[117]。

　　然而《荒神》乃是取用男女雙胞，善惡一體兩面的繁衍（或可追溯至遠古神話兄妹亂倫典故），一般而言，則是推理人物塑

┃書評體的魔法圈116┃

《荒神》號稱集結宮部最擅元素——怪獸×時代×冒險×解謎，取材雙胞懷抱不幸詛咒的降生傳說，交織以時代小說筆法，成為人物命運亮點，其中善惡黑白如太極，既惡且美，怪物於茲一體呈現。最末評之「人類貪嗔痴所化怪物，僅能以『愛與智慧』化解」，類同周星馳《西遊：降魔篇》，青年玄奘以《兒歌三百首》試圖喚醒妖魔內心的真善美，降妖除魔，世界各地招式似乎亦無不同。

┃書評體的魔法圈117┃

此指韓國電影奉俊昊執導《駭人怪物》，講述韓國漢江有不明怪物出現，於此開展捕食人類的大逃殺。

造潛規則「人正闇黑系」，佐以同性雙胞雙面進行混淆的「變臉換面」，如臺灣推理超級新星張渝歌《詭辯》或日本「峰迴路轉帝王」中山七里《嘲笑的淑女》。

張渝歌《詭辯》結構均等，魔幻情慾寓言分三線與因果業報四章，猶如向法醫楊日松致敬的老法醫荊鐵松破案實錄、舞女心事誰人知的晨星私密日記，與榮獲文學大獎，實乃兇殺命案那滿是性愛殺戮與人格異常的恐怖推理。

中山七里《嘲笑的淑女》則五章五人視野分述，乍讀情節各異，實際卻環環相扣叫人不寒而慄，傾國傾城女美智留，出場移轉了飽受霸凌表姊妹肉包女恭子的焦慮，隨後又捐出骨髓，那樣楚楚可憐、母親出走又被落魄父親用以洩慾，進而被害轉加害，彷彿變形版東野圭吾《白夜行》，沾惹她等同遭遇「殘穢」，直入地獄去[118]。

兩者皆以「人正闇黑系」佐以「雙胞雙面身分混淆的變臉換面」，最終才理解，無以給付真心的惡魔，就是至親背叛冷不防的捅刀[119]。

三、人心即怪物——世代資源的爭奪，造就倫理崩毀的防線

話說前反年改團體領袖李來希的一句：「跟郭台銘比我們是窮人啊」，各界震驚，對比《禮記》〈禮運大同篇〉所謂「老有所終，壯有所用，幼有所長，鰥、寡、孤、獨、廢疾者皆有所養，男有分，女有歸」的夢想，人之所以突破倫理的囿限，人獸無差別，從歷史的長河看來，也不過是因為世代資源的爭奪，造就倫理崩毀的防線，人心由此化怪物，在此資源激烈差距的世代，尤甚。不過這樣不堪的情景，早在《楢山節考》與過往棄老傳說便早已獲得明證。

《楢山節考》分別經1958年木下惠介與1983年今村昌平執導，改編深澤七郎小說，因貫串自作「楢山節」曲而定名。故事講述阿玲婆一心求死只為家人溫飽，因身體過於強健還故意以石擊牙以顯

書評體的魔法圈118

此書歸屬中山七里「精神心理變異的人性犯罪」，亦是最常見「人正闇黑系的『惡女生成』」型，一開始她們或許也是好人，只是「被害轉加害」，身不由己的走向地獄去。

書評體的魔法圈119

雙胞雙面身份混淆的變臉換面，延伸相關，另詳見【平行世界女性類比追尋】篇。

老，然而兒子辰平心有不忍，遲遲不願發，最終迫於無奈的旅程，滿是不捨。沉默無聲的上山行腳，母溫情包紮子傷，子遞母以飯糰；大地一片蒼茫的飛雪，掩蓋住阿玲婆莊嚴赴死的從容，對照鄰人老父抗拒死亡而被五花大綁上山，掙扎中驚起禿鷹群，落雪與禿鷹齊飛的畫面，叫人震撼落淚。

　　此內容改編依據日本古代信州寨村的棄老傳說（世界各地亦有棄老或捨姥山習俗傳沿），窮鄉僻壤的艱苦，發展出「老人至七十，則由家人背至深山野嶺等死，以求家庭食糧的供需平衡」，女嬰珍貴可換賣錢，男嬰無暇無能餵養棄置道旁，竊取食物因涉及生存則為不可饒恕之死罪（活埋填平）。過往面對窮困無知，發展出自然殘酷法則，使得親情孝道與自身存活，兩難兩全皆不得，人只能為食與性而存。可死既是為了生，生又是為了死，死死生生，朝生暮死，人亦如蜉蝣，短暫一生。

　　曹操《短歌行》「人生幾何，譬如朝露，去日苦多」，又夢枕獏《吞食上弦月的獅子》「汝為何人，從何而來，又是為何而存在？」生命奧義於是迴旋不休，彼此問答，猶疑矛盾，亦如原始版葉真中顯《失控的照護》。無論是為求生存與慾望的人獸交或逆倫

的弒親獸行，人獸之分早已曖昧，不甚分明，人獸形影交相疊映，當遭遇勞資糾紛、世代資源分配與家庭失能等問題，有時人心獸行，更遠比怪物為甚，可如今文明國界，逐步崩毀的世代結局，又有什麼可支撐[120]？

不過《楢山節考》是捨老成就青幼年的犧牲壯烈，若是另面逆轉青年世代被剝削的倚老賣老，則有藤田孝典《貧困世代》。本書作為《下流老人》續作，五章分述貧困世代悲劇造就緣由與國家神話破滅的諸多困窘——資本經濟的泡沫與貧窮，使得年輕世代從幼至長，被悲慘剝削的一路貫串，成年後亦無法獨立負擔生活各項，最終淪為上有老，下無小，間雜自身難以養活的三明治夾層枷鎖。

書末則提出須根本性的由社會結構鬆動與福利政策改革，免去國家引領人民集體覆滅的弔詭，否則對青年世代的殘忍剝削，將成為長江後浪推前浪之後浪無處可轉圜的生物斷絕，因為此些貧困世代困窘即為下流老人的預備[121]。不過無論誰勝誰敗，資源爭奪不分老幼造就爭鬥，此一特色亦被各類文本應用。

如山田宗樹《怪物》以未來科幻人類進化過程，現身有體內器官增生突變、具超能力族群的「天賦者」，測定通過即被區分優待（酷肖平日優等生即恩擢超拔的禮遇），不料差別待遇與對超能力者的恐懼，卻捲起了平常人對天賦者的壓倒性霸凌與極端對立，人心恐怖，當面臨資源分配與家庭崩解等，甚且比怪物為甚。那樣的

╭─ 書評體的魔法圈120

弒父娶母伊底帕斯悲劇或捨姥舊規，推測可能是反映原始群聚，為求生存之古俗，然而臺灣世代資源的爭奪戰，在世代資源分配不均，少子化嚴重的老年社會，亦越演越烈，並即將迎來長照尊嚴與安寧善終醫療的浪尖。葉真中顯社會關懷之作的《失控的照護》，便是以此為題開展矛盾，《失控的照護》相關討論詳見《小說之神》。

【假的，我眼睛業障重啊——推理大觀園之人心即怪物的前世因緣】

若論老年世代的嘴砲或自視甚高，或許平心而論，不過是他們居間邁步老化至死亡，不安全感本能衍生出的性格變化，承平時代若如《禮記‧禮運》所講：「老有所終，壯有所用，幼有所長，矜寡孤獨，廢疾者，皆有所養」的昇平歌唱，或許不必為世代資源爭奪而激烈爭鋒，但也有太超過的貪婪無窮，心理學上常講，抵禦外侮，免除創傷情境的再造，最好辦法便是自立自強，脫離現場的剛強而另新生力量，可遺憾的是，若由始至終便被壓榨剝削，其間錯雜，飽受絕望徒勞所擾的青年群眾，很可能沒有機會逃脫。

「機關算盡總無情，畫皮畫骨難畫心」，更讓人想起馬可斯‧塞基《異能時代》[122]。

馬可斯‧塞基（Marcus Sakey）《異能時代》（*Brilliance*）號稱結合犯罪推理、科幻驚悚與反烏托邦世界奇觀的首選創作，高潮迭起與層層翻轉的劇情，推測大抵是根據美國911恐怖攻擊，所謂公理正義與殺戮血腥的自省天平作為立意核心。

《怪物》乃作者繼《令人討厭的松子的一生》（女人如何因頑固執著陷入悲劇）與《百年法》（未來科幻隱喻社會崩壞）後，又一社會痛切之作，可說是日本青春版馬可斯‧塞基《異能時代》，或貴志祐介《來自新世界》世界觀前傳。此番天才與常人的差異張力，亦可見於姜峯楠《妳一生的預言》〈智慧的界線〉，此篇等同漫畫《蜘蛛人》（*Spider-Man*）「意外事故後獲得不可思議超能力」的奇想脈絡，受傷用藥後竟有不可思議的智能，世界彷彿就在其掌握之中，可在逃避政府研究與其他智能者的對立間，他會發現，命運早已註定悲劇，起點便是終點。這跟後續探究極致天才與一般人對比差異衍生生命崎嶇極短篇〈人類科學的演化〉宗旨也大致類同。

全書以反烏托邦式的寓言體講述1980年代，猶如神的國度一樣的美國領土，開始如雨後春筍般地誕育出，不知該說是恩賜還是詛咒的異能者，肇因於如此不符常態的天賦異能，衍發造就平凡世界的天翻地覆，美國政府部門的「分析應變部」由此因應而生，旨在蒐羅散落各地的異能種子，於幼苗初期，便將之隔離管控，以達到「思想改造」並「據為府用」的種種目的。

　　故事便以職掌「正義」大纛，應變部裡的一哥尼克・庫柏追緝異能者的點滴開始說起，相較於公事公辦的冷漠追擊與操縱人心，私底下失婚育有二子並同為異能者一員的尼克，其實是個心地柔軟的溫暖父親。

　　一次大規模且死傷慘重的恐怖攻擊，與幼女異能天賦測試的迫在眉睫，逼使他痛下決心，決定捨身取義以換取妻兒一生的安樂和平，然而螳螂捕蟬卻是黃雀在後，所謂的陰謀算計與不懷好意，最終卻是害人害己，毒蠍之尾反害己。這才理解，沒魔就沒佛，公理正義的背後，是有什麼在操控。男女戀愛角力的機關算計裡，更有世界和平對峙恐怖主義的合理存疑，彷彿傾城之戀的刻骨銘心。

　　綜觀馬可斯・塞基《異能時代》全書，雖是以追緝犯罪的佈局始，然而卻涵容有基於國家目的延伸出的恐怖主義、社會安全議題與操弄人心便於管理的團體霸凌等諸多面向提出質疑，不啻可說是最具寫實諷刺意義的反烏托邦寓言，更可另外看作日本貴志祐介《來自新世界》成人版。

　　事實上，貴志祐介《來自新世界》以千年後的日本，歷經具咒力的超能者與無咒力平庸者的相互征戰，最終獲勝的超能力者於廢墟中建立由「八丁標注連繩圈起結界以護佑人類安全」的新世界，伴隨著夕陽時分揚起的德弗札克《歸途》音樂，那些不可思議生物群體的覷見流連，彷彿也跟著歷史與生命的真相，埋入黑夜。

　　相較下，前者根基美國現實國家安全脈絡對應種族熔爐、恐

怖主義與執法者的內外征戰及煎熬，後者則偏向青少年女冒險成長的戀愛奇想，皆是平庸與天賦異能者的相互征戰（只是獲勝方不同），然而兩者卻同等的於未來科幻的反烏托邦裡，發出對善惡人性落入權鬥利益圈套的呼聲迴響。讓人不禁聯想勵志型作家Peter Su 所言：「如果可以簡單，誰想要複雜」，可遺憾的是，生命種種，往往百轉千迴，更遑論人性內裡，叫人動魄驚心的繁複黑暗，於是理想國無法一蹴可幾，美麗新世界不過是自由幻夢，由此便進入《異能時代II：美麗新世界》（*A Better World*）。

基本上，反烏托邦小說的劇情往往始於「不平則鳴」，於是英雄起身革命，卻總驚見幕後的魔手實乃正道權力相互傾軋的角力。再者則是推翻後，預期煥然一新卻仍荊棘滿佈的美麗新世界，理想國竟不是非黑即白的良好運作，反而是衝突不斷的彼此交攻，於是最後只能在無奈間交相擺盪，以求在現實與理想當中相互折衷。蘇珊‧柯林斯《飢餓遊戲》三部曲最符合此項「傳統」，然而馬可斯‧塞基《異能時代》系列也不遑多讓。

續集裡，應變部的異能者尼克哥，雖然重執了正義的大旗，甚至成了美國總統麾下「禮（持）賢（槍）下（威）士（逼）」招攬而來的門下食客（政治顧問）。然而眾人皆知，地位越高，責任越大，挑戰於是接踵而來，更遑論過往「扳倒惡人」的程序，無法求全之好而相對提高「新興勢力」的得權與獲利。

「達爾文之子」暗地裡狀似恐攻的言行舉止，迫使國安組織相應祭出戒嚴封鎖的強制武力，於是彷彿世界末日來臨的恐怖荒境，不僅激出人民對政府的不信任與恐懼，更推進「新興勢力」的逐步正名與團結向心力，簡直可比流瀲紫《後宮‧甄嬛傳》那樣動魄驚心的權勢上位與心機角力（扳倒誰卻造就了誰）。遺憾的是，作為理想國被實現的美麗異世，與尼克哥個人親密關係的糾結一樣，盤根錯節並且隨時在變。

假的我眼睛業障重啊：書評體的百萬種測試與生命叩問

人們為了美好世界而奮鬥激勵，卻反將自己往沒有出口的死巷中推進。孰真孰假，孰生孰死，正義為名，卻究竟要帶領人們往哪裡去？反烏托邦小說暗藏政治諷刺的寓意，是以情節的推進亦往往類同實事的困境，就臺灣而言，我們由那慷慨激昂的理想血氣，抵達到實際推行處處遭受掣肘的崎嶇，畢竟百足之蟲，死而不僵，如今新政府，自然也需有穩定政權的思慮，可面對臺灣的百廢待舉，早已不容有太多時間緩緩推進或因應。

即便1991年曾獲諾貝爾和平獎翁山蘇姬，也有犧牲少數權益與歧視以便政權平穩的抨擊。是故，我們甚且可以說，所謂的理想國，或美麗新世界，不僅是無法一蹴可幾的幻夢，更是遙不可及，而且過程裡，可能也不過是最迫不得已，損傷最少的折衷而已。

四、人心即怪物──博學雜識的巧手炫技

臺灣博學雜識行動百科王、知名小說評論家與推理創作者舟動，靈術師偵探系列首卷《慧能的柴刀》，大量鎔鑄有日本鬼才京極夏彥風，由臺灣民俗靈魅「收驚、卡到陰與撞邪」，搭配中國古典陰陽五行、醫藥藥理與萬物宇宙自然界各式知識的炫學奇技，一轉為臺灣版「無頭作祟之物」，成就「換頭不換屍，死了都要愛」的奇想推理。雙胞變臉已不稀奇，殺人分屍換頭變性才是最新流行，毛最多的難搞男，對上安娜貝爾或大法師，稚嫩女孩來台客串，箇中因緣原是《紅樓夢》金嬌玉貴寶玉不得多吃之理。文中之「鬼」乃人歷經的『過去』出產，是以所有的附身魔魘，都來自過往人心的貪嗔痴怨，人心即怪物的前世因緣。

其續集《跛鶴的羽翼》，承繼首卷《慧能的柴刀》「人心怪物」為題，講述不按牌理出牌的曠世奇才、靈術師宋劍軒，如何聯手助理小妹親哥──刑警大隊小隊長林昊義，雙線並進「夫死妻昏迷的燒炭自殺鴛侶」與「圖書館縱火兼恐嚇勒索」之謎，浴火鳳

凰再重生。

由「家暴」開展社會議題，卻貫串集體潛意識的榮格心理、創傷後壓力症候群（PTSD）、代間傳遞（Intergenerational Transmission），古典玄妙之門的陰陽五行、魂魄迷離與山海經各家典籍，還有臺灣現行家防官與刑警制度點滴與怪物乃人心變異的隱喻，巧妙而不著痕跡地鎔鑄各類知識於一爐，叫人瞠目結舌又大呼過癮！

所謂「代間傳遞」，實乃類同一種行為的「銘印」，銘印（或稱印記／印跡／印隨／印痕）歸屬行為生物學概念，源自類似小雞跟母雞，由情感與生存尋覓「安全感」的生物本能，促發幼崽跟隨第一眼所見，隨之學習各式而植入潛意識，使得後天造就卻彷彿是先天習得且極為相似的行為驅動組。

「代間傳遞」則特指人童年受虐、情感養成空白或遭受不當對待，如家暴／虐待／酗酒／性侵等，而使即便成年為父為母，仍不自覺重蹈悲劇，就算覺察而意圖翻轉，但缺乏經驗與過度僵化的結果，卻反更讓後代子系落入同樣的悲劇循環，家族便有如遭遇詛咒般地代代相傳更無以扭轉[123]。

兩者同樣兼具有1953年，英國精神分析工作者約翰・鮑比（John Bowlby）依附理論（Attachment Theory）的真諦——簡言之便是初生嬰兒將根據照料者（多數為母親）與其互動的模式產生不同依附類型，並複印至嬰兒未來成年路途，人格之養成與人際關係互動模式的潛意識。

書評體的魔法圈123

宮部美幸《荒神》不幸悲劇肇因祖傳禍延後代，《慧能的柴刀》則是受害積累怨氣無以為報，牽連家族全入地獄，此中犯罪行進的因果推演，往往是直線進行。

假的我眼睛業障重啊：書評體的百萬種測試與生命叩問

不管是歐美史蒂芬‧金（Stephen King）《魔女嘉莉》（*Carrie*）、日本真梨幸子《殺人鬼藤子的衝動》或美國華裔作家伍綺詩《無聲告白》（*Everything I Never Told You*），由邊緣家庭的不當人格養成至人際關係的笨拙被霸凌，或教育個人特質的「因材施教」，在在皆顯此種的家庭族系，悲劇循環的再現與承繼，《跛鶴的羽翼》亦是，孩子本能追尋母親認同的驅力，反使其落入無能意識母親作為實是傷害的恐怖情境。

不過特別值得一提的是，上述諸多心理多具科學實據根基，然而若「悲劇」或說天命無可扭轉，只能代代相傳，難道過去不幸就直接「不要問，很恐怖」於是便「放棄治療」嗎？那生而為人，究竟為何而存在，為何要努力，如果一切早已註定？

綜觀臺灣歷史與經濟轉型背景，由專注物質富裕的給予至物質與情感並育，母職獨力至雙親各司其職，那承繼斷裂空白唯有物質填補者，該當如何轉型哺育於其身擔父母之齡？是以《跛鶴的羽翼》讀至最末，也是那悲劇後系力圖突破框架的努力與逆境掙扎，最讓人揪心[124]。

其實博學雜識，不管是入小說各類文體或推理，皆屬不易，箇中原因乃在於小說特重娛樂性，過多的典籍或引用堆積，若施力不當，便很可能「失之毫釐，差以千里」地流於炫學流水帳與磚頭書目的難以卒讀，而使讀者被排拒，然而舟動靈術師偵探系列之二

書評體的魔法圈124

我曾以此向知名心理諮商師蘇絢慧老師請益，她的回答特別振奮人心，或許改變是小，但我們卻得珍惜，因為相較「無知無覺」，懂得覺察並行改進，已實屬不易，關係種種經營亦非一蹴可幾，不必對自己太過嚴厲，人只懂得警惕與修正，由心而轉，便可見人行為模式的新興與差異。

【假的，我眼睛業障重啊──推理大觀園之人心即怪物的前世因緣】

《跛鶴的羽翼》，不僅各國知識百科與臺灣風土民情縱結一爐地不落痕跡，各個人物更是幽默逗趣的栩栩如生，尤其是後設嵌入的作者之名與臺灣記者連線口吃，而使博學雜識跳脫炫學僵硬，反而有種百家爭鳴，只為社會議題的貫通有趣，情節緊湊有力，讓人愛不釋手，無怪乎甫一出版便榮登類型文學第一名。

五、人心即怪物──英雄冒險的風光旅情，是自我昇華的蛻變與迴轉愛與家的原型

神話學大師喬瑟夫・坎伯（Joseph Campbell）曾於其《千面英雄》（*The Hero with a Thousand Faces*）裡，歸結出英雄冒險的SOP，亦即是經由召喚、試煉，最後回歸生活（家）的「啟程」、「啟蒙」與「回歸」，由哲學心靈的面向，說明英雄冒險轉化的心路歷程。是以，雖人心即怪物，但也不全是純然為惡為獸的單調橫行，更有善惡同容雙胞，及英雄冒險，自我成長的昇華變化，並娛樂性較濃的偏重歷史與旅情風光，如小島正樹《附身之家》、沙棠《沙瑪基的惡靈》與提子墨《水眼》等。

（一）英雄冒險的風光旅情，怪物的隱現實乃人心的呈顯

小島正樹《附身之家》分別以警視廳鑑識搜查與素人偵探二人組，雙線並進日本東北謎樣不亡村落26年前的神隱事故與東京殺人之謎，故事講述流有「附身」血液因子的糸瀨家族，代代相傳執行有「千里眼、預知與咒殺」三大奇蹟之術，引來了探究雙親死亡之謎的鮮肉偵探海老原，攜手恩師小千金與愛美管理官鴻上，於八岐岩屋的洞窟絕景裡，解開糸瀨染矢兩家冰與火之歌的權力爭鬥，而顯露過往遺落的關鍵線索，便是「螳螂捕蟬，黃雀在後」，隱隱作惡的人心墮落。

沙棠《沙瑪基的惡靈》以位列臺灣屏東縣西南一隅的小琉球，

明媚風景卻發生殺人的不可思議。由臺灣本島「生死換帖」的絕代雙嬌——挺拔帥氣唐聿哥與豪邁不羈武擎弟，打情罵俏的你追我跑，可比《福爾摩斯》（*Sherlock Holmes*）基情四射的愛苗火花，加上琉球陽光男警與小白狗的插科打諢，黑鮪魚竄奔氣味的濕鹹海風裡，吹起17世紀荷蘭人與小琉球原住民交相屠戮而冤死的魂靈漣漪，珊瑚礁的地質崎嶇，鬼影幢幢的白燈塔行與烏鬼洞穴，引領讀者於地質探勘、科學研究與土地徵收的交相縱橫，體現人性貪婪險惡的浮世繪——傳說中的怪物，實則便是官商勾結，造就人命的彼此牽連[125]。

提子墨《水眼》則縱結16世紀美洲大陸原住民「天之人」與「歐戈波戈」傳說，及1859年加拿大歐肯納根湖「九號礦場」童工癲狂失蹤案為背景，推演出2019年，歐肯納根湖「狂風岬」上，彷彿裝置藝術作品的連環殺人系列——「液態透鏡浮屍案」、「定日鏡懸屍案」與「化石骨骸噬人案」之謎。古董密文、洞穴壁畫、水怪與外星人的超科技體驗嘈切錯彈，織就此系列由「英雄啟程冒險實則為尋親感人脈絡」，躍至大（是）團（姦）圓（情）的畸戀崎嶇；而偵探嗅聞人性犯罪的靈敏，更推敲出怪物的隱現實乃人心的呈顯[126]。

（二）自我昇華的蛻變滌淨，迴轉愛與家的原型

另外，冒險風光旅途人心即怪物，本質上便是種「人獸合一」或「人獸不分」的隱喻，無論是由希臘神話的人面獅身獸斯芬克斯，或日本夢枕獏《吞食上弦月的獅子》等皆是，在〈周處除三害〉的故事裡，周處（人）就是個與「獸」並列其驅的禍害，最後洗心革面才得以成人。是以，人心怪物的某種展現，實則亦是種由惡向善，自我的昇華與蛻變，並往往與家的原型脫不了關係。

於是，人心怪物的演進，再也非囿限於四下作惡，非得英雄

破關打怪的脈絡顯現，而是對自己內在「闇黑物質」的昇華滌淨。是以，所謂「英雄尋親與身世真相挖掘的冒險旅途」，在有若真實世界樣貌的欺騙、謊言與陷阱的步步驚心，也才會出現智慧的引領——神祕導師或預言吉凶禍福者，由中漸次了悟生命的幸福與價值意義。所以，希臘神話與推理大觀園的「前世因緣業障」，英雄冒險旅途裡，有時真正面臨的怪物，是他自己[127]。

1.迷宮怪物，實乃意識的自我吞噬

費德利可・阿薩特（Federico Axat）《自殺互助會》講述事業有成卻罹患絕症（腦瘤）的中年男泰德哥，決意舉槍自戕前，卻遭神祕

如提子墨《火鳥宮行動》「人＝獸」禍害便是指惡霸臉少女心的小尾流氓。

組織派遣員林區弟急促的敲門聲所止，並同意以自殺互助的方式，殺人然後被殺，以免除摯愛對親人自殺的自我咎責及傷害。然而弔詭的是，任務執行成功後，他卻驚見牛頭不對馬嘴，出現紕漏的諸多細節，難道，神祕組織的出現，竟不是救贖而是場精心算計的陷害？

常言道，世事如棋，人心難測，可天才棋士那步步計算的邏輯裡，會不會也有意識無法抵達的化外之地？原來，早在一切之前，瘋狂與理智的世界，本就是一片混沌，唯有「眾人獨醉我獨醒」的負鼠傲立其中，穿梭擾動。

本書結構以四部曲，兩個悲劇的循環，作為爾後謎團的拆解推敲，主重心推移則是想死男泰德至治療師蘿拉兩兩拆半，詭計設計巧妙貫聯創傷壓力後症候群（PTSD）的跳針陷溺與「書中書」主角『經歷』取用小說手稿的虛實相構作混淆，層層推進劇情與謎底，叫人大呼過癮，不愧是心理驚悚類的燒腦神作。

創傷壓力後症候群（PTSD）是人歷經有重大創傷經驗，而使人生如樂團原子邦妮〈被你遺忘的森林〉，囿限在原有的創傷情境，跳針跳不停的停留在過去，反覆陷溺，成為一個外力無法介入的封閉循環，不停重演「舊事」[128]。

費德利可・阿薩特《自殺互助會》便是以這樣封閉世界，層層推演記憶與夢境，成就虛實相間的詭辯，字句流暢簡潔，栩栩如現日常的傷悲與崩毀，讀來頗肖乾綠郎《完美的蛇頸龍之日》或克里斯多夫・諾蘭（Christopher Nolan）執導的《全面啟動》（*Inception*），記憶夢境交相疊現的美。

【假的，我眼睛業障重啊──推理大觀園之人心即怪物的前世因緣】

創傷壓力後症候群（PTSD）乃是遭遇重大創傷經驗如虐待／暴力／霸凌／性侵／被遺棄背叛／自然傷害（地震海嘯）發生或目睹意外事件等創傷，而使心理狀態變異，導致失憶／解離／麻木／情感疏離／失眠／惡夢／性格遽變等認知混淆，並對特定可能會引發創傷回憶的相關事物極度敏感而造就情緒易怒、過度驚嚇或下意識逃避等特點。

　　人心繁複，迷宮與怪物，原不是神話裡牛頭人身怪米諾陶爾（Minotaur）的殘忍嗜血，怪物的實體原型，實乃歷經生命荊棘，瘡瘡瘢瘢的脆弱人心。是以英雄主角的闖蕩冒險，預告的是意識的自我吞噬，於冰山的上下層面，慢慢地將自己撕成碎片。

　　至於人的自我昇華與家的原型，則以第4屆噶瑪蘭・島田莊司推理小說獎決選作品——雷鈞《黃》、提子墨《熱層之密室》與薛西斯《H.A.》及其相關做解說示例。

2.眼盲心不盲的人心推理，直指愛與家的真諦

　　首先，假的我眼睛業障重的混淆詭計，是肉眼所見不能為憑的詭異，不過後續亦有「眼盲心不盲，亂世家國下，盲探人心推理直指愛與家的真諦」設計，此類代表有中國作家雷鈞《黃》與日本下村敦史《黑暗中芬芳的謊言》，另延伸有林斯諺《床鬼》〈看不見的密室〉等。

　　《黃》故事講述一對受德國百萬富翁收養，未具血緣關係的兄妹，卻是自由與拘禁的差別待遇。原是擔憂視盲兄長馮維本將遭受危險之故，此時遠在百里之外的中國村落，一則被剜去雙眼男孩的新聞，激起了馮維本查找真相的決心。

　　然而被宣告破案，以男孩姑母痛下毒手並畏罪投井的結案，真

相卻越顯撲朔迷離，且抵訪的村落自有一股詭譎氛圍，隨身攜帶的書稿也藏著祕密。看不見的過去未來現在，又有什麼在前方等待？本書別出心裁地以不可信任敘述者的奇情詭計及盲人視角，建構出所有層層疊疊的謊言真相，都要歸諸於不吝惜的愛與家的原型，而英雄也由此冒險歷練，成就自我昇華的蛻變，題旨與詭計環環相扣，尤為一絕。

下村敦史榮獲第60回江戶川亂步賞的作品《黑暗中芬芳的謊言》，講述主角人生過半卻遭逢劇變瞎眼，如何因身體的失能與長年照護，失去所有摯愛與家人。孤身挺立於黑暗中的他，亟需一顆腎臟的移植以換取重繫家庭倫理與愛的可能。可已身狀況不合，他迫不得已將目標轉移至向身為「遺華日僑」的親哥，不過遺憾與弔詭的是，個性本來溫吞善良，失散多年方得回歸的兄長，不僅個性一轉為暴戾激進，甚且連基本檢測也不願配合，態度決絕啟人疑竇，加上接續而來，內容用意不明的信件與記憶的混亂斷片，都讓生命事件陷入迷惘曖昧[129]。

可那遭國家主體與人性利益背棄而瘡瘡瘢瘢的心，幾度翻轉，卻總結成一種眼盲而心不盲，亂世家國下，盲探溫暖的人心推理——原來黑暗中重重包裹而不可言說的謊言祕密，最終都源自於最真切的愛與家庭意義，極具令人動容的溫暖小品，又兼具家國意義與自我認同的分崩離析[130]。

另外，臺灣推理作家林斯諺改寫歷年得獎或國際雜誌刊佈舊作的短篇集結《床鬼》其中短篇〈看不見的密室〉，則以日常偶遇邂逅的行經，聽聞異國朋友相處間，相互捉弄的逗趣，讀來頗具雷鈞《黃》與下村敦史《黑暗中芬芳的謊言》眼盲心不盲，亂世家國下，盲探人心推理的異國風情。不過迥異的是，前者著重生活小品的奇景，後者則是家國肅穆身分認同的衝擊，不過觀其背景氛圍、異國民情與眼盲設計等，皆是大同小異。

【假的，我眼睛業障重啊——推理大觀園之人心即怪物的前世因緣】

本書詭計首先為「身份認同的混淆」又可一分為三成「國家主體身份認同的認定」、「雙胞雙面的機心」以及「不可信任敘述者的自我懷疑」；二者則是記憶真實的交相浸淫，年老失明，失當用藥與年代久遠記憶，造就時序與事件的各種不明。三者則是極具匠心新意地，以此一盲探為主的人心推理為題，同與《黃》對盲人日常的生活點滴鉅細靡遺，甚且頗有2013年香港杜琪峰執導《盲探》（*Blind Detective*），於黑暗中尋找光明的韻致。

其中貫串二戰時期「遺華日僑」生命的不幸與悲戚，那種對國家懷抱滿腔熱血義氣，甘願赴湯蹈火甚且捐軀的相信，最後卻被捨棄，漠視不理的集體悲劇與漫不經心，在都讓人聯想起亞歷塞維奇筆下的動魄驚心，或個人言行操守備受爭議，然而作品卻滿佈國家腐敗官僚諷刺批評，百田尚樹那《永遠的零》。書中中國日本國家身份主體始終難以得到確立的悲戚，對照臺灣，或許也是那歷史分嶺，造就多元族群，界線的混淆不清。

3.英雄冒險的行進，來自於思親尋親的生命憂鬱

在J.K羅琳（J. K. Rowling）《哈利波特》（*Harry Potter*）系列裡，《阿茲卡班的逃犯》（*Harry Potter and The Prisoner of Az-kaban*）曾有一幕述說哈利波特於林中湖邊遇險攝魂怪時，卻有一頭發光的鹿拯救他於水火，他一直堅信此乃其父的化身，而後才方知，那是未來自己穿越至過去的顯影，雖然真相之謎讓人失望痛心，不過，思親尋親的生命憂鬱與懸疑，往往成為促發、轉化，甚至滲入英雄冒險行進點滴的邏輯，如加拿大華裔作家提子墨系列著作與薛西斯《H.A.》相關作品演繹等，皆是。

提子墨《火鳥宮行動》受宋明杰導演《黑吉米》與管仁健〈美軍遺落在臺灣的混血殺手〉所啟，以遭遇生命逆境的主角群──癌末老婦、小尾流氓、飛炫小說家、過氣女星與中年失業主管等，偶然間人生互會，卻反為彼此開啟生命新頁。

　　難得的是以橫跨半世紀，臺美駐軍與情人間的離騷哀愁，對臺美混血棄兒的悲憫，及有若《海角七號》思子尋親的鳳凰號，串起臺灣溫暖的陣陣風土人情。所謂的「火鳥宮行動」，彷彿鄧不利多的鳳凰眼淚，療癒時代悲劇裡，刻骨銘心的愛戀與諸多挫折而浴火重生。

　　《熱層之密室》則可算是史上殺人密室海拔最高的設置──由遠在地球之外，大氣層中「熱層」微重力狀態密室裡的一具「浮屍」開始講述故事。八年前後，舊事再度重演的悲劇，卻遭路過行經、充當太空遊客的花美男藥師阿哈努，攝下怵目驚心的屍體畫面。首椿受害親屬魚雁往返的信件電郵、曾被叨叨述說的外星之謎與奇形字彙，都終將成就神話學上，尋父／尋子思親開展英雄冒險的蜿蜒旅程。

　　另外，其與繪師Josef Lee的合作圖文小說《幸福到站叫醒我》，故事講述如7-11全天無休的齊卜頓探長，如何於耳順之年，痛失癌妻與子疏離後，孤身啟程過往未成，幸福路上的旅行。從南太平洋終年開滿白色木蓮花小島，大隱隱於市且莊周夢蝶，周遊列國風光，順勢破解人性奇巧的溫馨，縱結了作者過往系列作的特點──推理、旅遊與思親尋親的生命憂鬱。

　　等同神話學大師喬瑟夫・坎伯《千面英雄》英雄冒險的啟程試煉，都始自於思親尋親的遺憾未解，甚而是原生家庭裡對母親的不捨憐惜，及對缺席父親的悲傷憤怒卻仍期待言歸於好的矛盾糾結。

　　歷經千帆皆不是的傷悲，所謂幸福之地的追尋，終如保羅・科爾賀（Paulo Coelho）《牧羊少年的奇幻之旅》（*The Alchemist:*

【假的，我眼睛業障重啊──推理大觀園之人心即怪物的前世因緣】

A Fable About Following Your Dream）——源於對金字塔的嚮往踏上尋夢之旅的少年，尋尋覓覓，驀然回首，寶物卻在少年起先夢到金字塔的那座廢棄教堂裡，幸福就在你我身邊，不須外求。易經有云：「美有堪，堪有美，始有終，終有始」（堪於此乃「預見」之意），講述人追求真善美，凡事必始終一貫，或許在本書可另詮為，人所追求的真善美，始終一貫吧。

薛西斯《H.A.》故事則講述求取擬真快感與人工智慧的線上遊戲「H.A.」，問世前卻因製作初衷、內部權力爭鬥與遊戲安全疑慮，紛擾不休的總製作人李師莊與前來擔任聯合製作的遊戲設計朱成璧，於是決意以「H.A.」，作為付費機制與個人生涯飯碗的賭局。然而分別扮演「兇手」、「受害者」與「偵探」的遊戲組合，必須面臨要在「無法殺人的PvE領域」，除去「偵探組」成員的挑戰，反之「偵探組」則須自衛以求保全並破解詭計。可無法造就任何傷害的「PvE領域」與「偵探組」的重重防禦，無法殺人的殺人，究竟如何可能？密室就在遊戲裡。

本是偵探對兇手，貓抓老鼠的遊戲，不料卻一轉為惺惺相惜的愛情競技，火花處處，堪稱本格解謎版的《魔像與精靈》（*The Golem and the Jinni*）與《夜行馬戲團》（*The Night Circus*）。但本格的書寫很難，一則科學邏輯的佈局需精心設計，二則才能難以專擅，即便機關精巧，有時卻難掩人物蒼白淺薄，或為詭計而設計，而慘使形象落入前後不一的窘迫，現今開創經典屹立不搖者，則當屬陳浩基《13‧67》。

2013年至1967年，六個篇章逆時回溯倒敘香港點滴，「微觀各章為本格推理，宏觀全景卻屬寫實社會推理範疇」，精巧呼應的迴旋反覆與人生欷噓，軋實通透地填補了本格寫作可能出現的缺漏縫隙。

但《13‧67》由開頭引述香港警察誓詞，至各篇中心思想，

假的我眼睛業障重啊：書評體的百萬種測試與生命叩問

充滿對警察工作現況及官僚貪腐潛規則等的諷刺，雖不限定「個人英雄式獨大、他人皆廢渣」的偵察辦案，而重視緬懷警察那「正義、無私、忠誠，以保護市民為第一優先」的情操，卻屬凜然陽剛之氣。

薛西斯作品《H.A.》邏輯縝密卻屬纖美細膩，剛中有柔，柔中帶剛的英氣，擅摹女子興趣與職場心境，並特別如實地貼近，讓人想到喜愛顛覆「家國背景為大」與「愛戀心境日常為小」輕重的張愛玲，過往陽剛氣味濃厚的推理，則由薛西斯逆轉開創專屬女性的鮮美細膩與智計兼具。

本書縱結2000年史蒂芬・史匹柏（Steven Spielberg）執導《A.I.人工智慧》（Artificial Intelligence）、寵物先生《虛擬街頭漂流記》與陳浩基&寵物先生合著《S.T.E.P.》等對「科技於人性種種預測與變化」主題的一脈象承，提出所謂的人工智慧是否真能擁有人類知覺五感的情緒反應，並與真人所擁交相傳遞的質疑困惑，罩於輕小說綺麗風格的氛圍裡，卻渾然天成織著著遊戲產業職場爭鬥的對戰驚心，彷彿萬花筒似的繁複炫目。特別值得一提的是，故事結局那被設計為艾法隆人物原型的詩莊，其實便是被召喚啟程的英雄，經過諸多啟蒙試煉，最終理解，遊戲的設計初衷，便是回歸生活，回到「家」──「Homeland of Avalon」（艾法隆的家鄉）[131]。

是以上述諸多，無論情節架構如何變化，都萬物不改其宗地，指向神話學大師喬瑟夫・坎伯神話精義──英雄冒險的旅途，都在於身世探訪的溯源裡，去拼湊「自我認同」的完整昇華，及家的原型追溯追尋。且不管虛構實際，都喜以冒險的旅情風光或歷史段落做為人心怪物的呈現。

神話英雄或許往往肇因童年或過往創痛，啟程百轉千撓冒險而達自我昇華淬鍊，可對照心理學，即是由此「練習以愛重新陪自己

【假的，我眼睛業障重啊──推理大觀園之人心即怪物的前世因緣】

以「人工智慧」主題作為人類科技與情感發展的質疑困惑，亦是暢銷作品常見母題，差異則端看各家如何因應。如史蒂芬・史匹柏（Steven Spielberg）執導《A.I.人工智慧》（Artificial Intelligence），以被用作取代絕症親生子的機器人大衛，肇因於親生子奇蹟復甦而被拋棄，長眠於海的時光凍結，藏著與母親兩相依偎的心願。另外，榮獲第1屆島田莊司推理小說首獎寵物先生《虛擬街頭漂流記》則延續《惡靈古堡》（Resident Evil），工程師以愛女形象作為投射的設計，在西門町的假想與現實裡，織就了內疚父親對「愛女」的懷想與本能保護，叫人動容，承繼前人諸多優秀要領的《H.A.》，更於文字與詭計謎團設計中另開創意。彷彿線上遊戲版《杜拉拉升職記》爾虞我詐的機關算計始，側寫人物飽滿鮮明，一洗本格推理總被詬病，「重詭計謎團卻流於人物淺薄之譏」。三件不可能的密室謀殺，卻於輕小說奇幻的異想世界裡，奇想聯翩，但毫無輕小說文體過度重視角色個人魅力與氛圍卻使劇情顯得瑣碎牽強的積弊。詭計謎團的佈局，則以虛擬實境與現實日常的交相錯落，推敲間，有《虛擬街頭漂流記》「傳送門」（哆啦A夢任意門概念）縮減殺人犯案地緣時間的推理趣味，破解關鍵更等同《S.T.E.P.》「程式撰寫bug」、「同步資訊覆蓋漏洞」及沙盒平行時空（系統模擬平台）的混淆操弄。輕小說奇幻氛圍則大有克莉絲汀・卡修（Kristin Cashore）《殺人恩典》系列（Graceling Realm Series）之風，詭計陰謀卻又更顯靈透，多元混搭，集都市女子情感、奇幻、科幻與本格推理於一體，和諧融貫，文字優美流暢卻毫不黏膩，難得的才氣之作。《H.A.》與《虛擬街頭漂流記》虛擬現實交相推衍的平行宇宙交錯，亦可歸屬於平行世界推理。

長大」，清創撫慰內在小孩那頭內心咆哮的獸與設下界線隘口，理解真我，而能過自己想要的人生境界。

　　像這樣溫潤人心的色彩風貌，療癒內在怪物於無形，為英雄的冒險與世界散發出光彩來，彷彿宮部美幸《扮鬼臉》，乍讀宛若鬼怪的推理時代短篇，卻是溫暖人心風貌的呈顯，集推理、歷史、

時代與鬼怪小說的趣味，才啟蒙了何敬堯寫出承載歷史人物鄉愁的《幻之港》，更至人性試煉的現代都市奇譚《怪物們的迷宮》。

生命的螺旋或銜尾蛇，即是世界推理大觀園，英雄者聯盟的冒險迂迴。

於是「假的我眼睛業障重的前世因緣」，從希臘神話悲劇轉進心理學與推理文學專區，最終回歸原點，生生不息迴旋不休，在無臉無心的怪物迷宮中，等待讀者。

 【假的眼睛業障重Ⅳ】
世界暢銷小說家的失憶梗與佈局詭計

如何玩弄最高等級的失憶梗設計，造就犯罪懸疑的動魄驚心，向來是暢銷小說家們極度關注的議題，尤以「科學實證的失憶」逆向推理，達到「翻花繩般層層逆轉」，甚至無限循環挑戰的戰慄，箇中翹楚，則以丹·布朗（Dan Brown）《地獄》（*Inferno*）、溫蒂·沃克（Wendy Walker）《最好別想起》（*All Is Not Forgotten*）、瑟巴斯提昂·費策克（Sebastian Fitzek）《包裹》與麻耶雄嵩《有翼之闇：麥卡托鮎最後的事件》為世界頂級作品。

丹·布朗《地獄》乃為作者筆下，美國哈佛大學符號學教授羅柏·蘭登哥，知識炫技解謎系的第四集，延展於《達文西密碼》（*The Da Vinci Code*）、《天使與魔鬼》（*Angels & Demons*）與《失落的符號》（*The Lost Symbol*）後續，功力更上層樓。故事講述羅柏哥失憶後，於義大利醫院醒轉，懵懂的混沌中，遭多方人馬追殺狙擊的獵捕行動，但天未絕人之路，生死一瞬卻有美女醫師陪同，開展愛的天涯浪蹤。混淆錯雜的惡夢，與細細縫於大衣口袋中的神祕物件，將投影出英雄冒險，前往地獄的入口。13世紀但丁《神曲》裡的地獄再現，唯一求生的線索，卻只有轉身向後，覷看

闇影中，配戴著死亡面具的惡魔[132]。

　　整體謎團倒敘、失憶梗與博學雜識並進，約莫百回佈局（104回＋尾聲），每回幾千字，不作贅述贅語，卻無一冷場地緊湊懸疑，由失去記憶的混淆夢境，轉至被各方人馬追殺的大逃亡，再來命在旦夕卻總驚險逃過的解謎倒敘（約莫三個以上），然後最終抵達被捕驚心卻反化險為夷的驚疑，揭露因誤會與立場差異造就翻轉四次以上，各方人馬情勢逆轉，才邁步了無遺憾的真相大白。世界暢銷小說家佈局功力果然非同凡響，一開卷便愛不釋手。

　　溫蒂・沃克《最好別想起》則可謂歐美心理諮商與懸疑犯罪版的房思琪，講述年輕女孩珍妮，於夜間樹林後，慘遭蒙面歹徒襲擊性侵，正如時事熱切呼籲「不要有下一個房思琪」與天下父母心，案發過後受害家屬隨即選擇「科學方法的失憶」，與「身體傷口（含處女膜）的重建修理」，以期免去未來回想受害記憶，創傷後壓力症候群（PTSD）復健長路的艱辛。

　　遺憾的是，記憶或可被抹消（失憶）或為求生存等緣由而扭曲變造（幸福童年的祕密或斯德哥爾摩症候群（Stockholm syndrome）），但事件發生造就的痛苦恐懼卻不曾遠離，正如兒童心理學大師愛麗絲・米勒（Alice Miller）幸福童年三部曲所提及，

書評體的魔法圈132

丹・布朗此一博雜學識系列，亦等同臺灣知識炫技推理，舟動的靈術師偵探系列，不過羅柏・蘭登哥彷彿每辦新案就曖昧新歡…為人教授，卻是花心羅柏（蘿蔔）哥，這樣可乎？噢，而且毫不意外的，一貫總他一人獨角解謎，女主角又要呆愣沒有演技發揮的餘地了（前曖昧對象——奧黛莉朵杜（Audrey Tautou）角落絞手帕表示哀傷）。玩弄耶穌基督後裔的感情，無怪乎他會下地獄（惹熊惹虎不通惹到恰查某）。

假的我眼睛業障重啊：書評體的百萬種測試與生命叩問

「身體絕不說謊，並將所有真實銘記在心」，如刻印，越是否認，越是抗拒去釐清，真實反倒如鬼魂一樣糾纏不去，四處游移。那樣突如其來的忘卻記憶，真相連帶失去，於是乎無可辨別的敵人蹤影，彷彿《哈利波特》（*Harry Potter*）催狂魔，無形無體，無可施力，更讓人深覺心神俱裂，膽戰心驚。

　　全書以精神科醫師艾倫‧佛瑞斯特執業所需，於景美小鎮對克拉瑪一家、戰士尚恩與惡名昭彰監獄工作執行的相關點滴講起，開啟一連串命運轉輪竟不知由何而起的邪惡人性與犯罪驚心[133]。各人各物心理治療場景，猶如布萊德‧彼特（Bradley Pitt）與安潔莉娜‧裘莉（Angelina Jolie）主演的《史密斯任務》（*Mr. & Mrs. Smith*）裡，槍砲隆隆、交相攻擊的史密斯夫妻——內容言語雖封閉對立卻彼此交相聯繫，而使「認知行為治療」的諮商密室，貫聯成多重人物自我剖述與醫師內心自白的拼圖推理。

　　內容新穎極具創意，既具備有「科學實據的失憶詭計」、「天下父母心（含家庭失能）的憂愁焦慮」、「性平教育與人身安全匱乏」、「人軀體與自由意志行使權力的被威逼，誰也難以阻擋犯罪發生的可能性」，最後更是對「服從權威及權威本身正當性的質疑」，因為人們從未敢抬頭正視——人的本質，正如神之創立，搏土成泥，渾身不淨且充滿慾。

　　另外特別值得一提的是，躋身世界暢銷小說之列，尤以失憶

書評體的魔法圈133

尋訪記憶點滴反倒另啟新案的寫作軸心，頗肖2000年克里斯托弗‧諾蘭（Christopher Nolan）所執導、改編胞弟強納森‧諾蘭（Jonathan Nolan）短篇小說《死亡象徵》（*Memento Mori*）的《記憶拼圖》（*Memento*）——失憶男子追索殺妻兇手，卻反牽扯出另宗案外案的謀殺推理。

【假的，我眼睛業障重啊——推理大觀園之人心即怪物的前世因緣】

梗與翻轉為名的瑟巴斯提昂・費策克，其「一謎團始，然後三翻轉終」的寫作佈局更常讓人樂道津津。

《包裹》以具有偏執妄念的精神科醫師艾瑪崩潰姐，於醫學會議揭露業界不可說的祕密後，卻在下榻飯店遭受強暴並昏迷，然而鑑於過往童年「看不見朋友的『陰陽眼』」與為達目出口的謊言，佐以飯店並未入住的確鑿證據，及未符連環強暴殺人狂「理髮師」一貫犯罪的連鎖，因而被懷疑精神錯亂與滿口謊言的空虛。後續自困愁城，大門不出二門不邁的閨怨生活，無意中代收了鄰居的包裹，不料卻開啟了狗遭毒、閨蜜翻臉與丈夫遠去轉眼成空的種種悲劇，幕後，不知有誰正在操控。莫非，上述諸多，皆是不可相信的敘述牢籠，將她於真實世界中一舉陷落？

真實與虛構交相出界的不可信任敘述者引發理髮師行兇的謎團，間雜失憶藥物使用的錯落，最後抵達「協助治療的虛擬實境」，實乃「反客為主的請君入甕」與「最愛的人傷我最深」的一謎團始，三翻轉終的推理奇境。

上述三書雖翻轉結構佈局與立意用心別有殊異，然而科學實證的失憶詭計，大抵同取用於治療創傷後壓力症候群（PTSD）的減敏，或藥物對記憶的擾動侵襲。

本來創傷後壓力症候群（PTSD）的啟動機制在於「減敏」，恐懼某事某物或突然遭受某種生命創痛的反應不及，將藉由一種類似反覆或漸次靠近的方式，以期達到減敏反應卻失利，而使受害被侵瞬間，猶如樂團原子邦妮〈被你遺忘的森林〉，囿限在原有的創傷情境，跳針跳不停的留在過去，最終被世界所遺忘拋棄。

雖然失憶亦是創傷後壓力症候群（PTSD）的後遺症之一，但此情形往往是身心當下，無法承受如斯巨大衝擊，身體於是自主做出反應，可《地獄》與《最好別想起》的失憶，則同樣取材於一種，為免去或治療創傷後壓力症候群的「阻斷記憶」，《包裹》則

為醫療用的麻醉劑，生活日常皆有科學實據的根基。

《地獄》述說因人經歷重大創傷後續，可能永久損及長期記憶並有創傷後壓力症候群，是故設計有「苯二氮平類化合物」（Benzodiazepines，BZD）作為藥物詭計，使記憶恢復至事發前，而對創傷情境不復記憶。因新記憶形成時，事件會被儲存於短期記憶區約莫48小時，才轉移至長期記憶區，此藥則先阻擋此一運送過程，使短期記憶瞬間被更新，而使記憶由短至長被儲存前，先被刪除乾淨[134]。

《最好別想起》肇因人體實驗與戰爭原因，使得研究發現高劑量嗎啡有助於減緩甚且抑制創傷後壓力症候群，因其「俱有阻斷去甲基腎上腺素，降低對事件的情緒反應」（25），於是科學家同理此一「『干擾』記憶儲存過程化學物質」以阻斷記憶方式，由短至長，發明了抑制必要蛋白質分泌而可阻擋神經元突觸活動的「班紮陀」作使用。《包裹》則取用嗎啡和伽瑪羥丁酸（GHB），一種「液態的麻醉劑，若劑量過重，人會失去意識與防衛能力，記憶力也會遭受損害，是故媒體稱之為最惡名昭彰的強暴藥丸」（172），以此作為失憶詭計的立基。

書評體的魔法圈134

苯二氮平類實際是種具鎮靜功能的安眠藥，可改善入睡困難，卻也有影響記憶與認知行為的副作用，概念等同在Word檔打字，可突遭意外，以致於文字不及存檔前便被刪除，然而繕打的內容確實曾經存在過。另有兩種毒素或可做兇殺推理之用，（1）走水路：取於林立青《做工的人》，靜脈注射毒品代稱，人體不久即會死亡（155）；（2）Vx神經毒劑二甲基亞碸（DMSO），北韓已故領袖金正日長子，亦即現任領袖金正恩的同父異母兄金正男，機場遇刺所用藥物即為此，詳見黃軒〈重返醫療現場：Vx神經毒劑日常生活會碰到嗎？從金正男中毒說起〉。

【假的，我眼睛業障重啊──推理大觀園之人心即怪物的前世因緣】

關於題意，前二書更衍生生而為人，卻甚感悲戚的質疑，尤以性侵為例，無論是苯二氮平類或班紮陀作用，雖性侵受害後記憶一舉抹消，也免除了事後創傷壓力後症候群的治療，然而失去記憶卻不代表沒有發生過那樣的曾經，更遑論後書那樣知覺自己無能行使自由意志，而僅能眼睜睜任憑軀體被欺凌，且明明是犯罪者的無良與人獸無距，卻是由被害及其家屬承受所有傷害後續，更覺世界毫無公道正義[135]。

另外，心理學大師佛洛伊德慣常以過去，且是不可相信敘述者的口述與記憶，來推斷如今經歷行為的SOP，雖可作為片段人生因果的詮解，卻無能解釋最為初始的肇因，其發生的機運，《最好別想起》中的戰士尚恩便可說是對此一觀點完美的質疑。人因前赴戰場而有創傷壓力後症候群（如夢枕貘《吞食上弦月的獅子》），尚恩卻是為壓抑焦慮而赴戰場，最後才累加「對於解救同袍生命無能為力」的椎心。

那種莫名所以，找不出原因便自主感發心緒或引領行為前進的懸疑，於藤原進三《少年凡一》裡，則以年輕少年的通靈群體，個人煩惱思緒卻直指集體潛意識與前世今生輪轉記憶的並進，試圖釐清事件行為最先發生的契機，也可說是串結人的理性與感性，人類歷史由原始步文明的演進。

不同於前者的題旨深意，世界暢銷推理的翻轉極致則是無限循環的挑戰，不僅打破推理「無上偵探乃為神」的「神的遊戲」，更

書評體的魔法圈135

若誤用失憶作用藥物而忘卻記憶，既無能踩在受害者的位置進行犯罪攻訐（夏夕夏景？），也無以預知忘卻悲劇或記憶混淆迷離，將引發怎樣的危險，東野圭吾《平行世界的愛情》或《最好別想起》都是絕佳的示例。

假的我眼睛業障重啊：書評體的百萬種測試與生命叩問

顛覆思考面向，造就其中「信仰邏輯」的分崩離析，甚且讀者的想像推理亦能參與，完成「作者已死」想像虛構邏輯的雙向挑戰，如麻耶雄嵩《有翼之闇：麥卡托鮎最後的事件》，可謂叫人吃驚。

此書以有若歐風古堡所有的恐怖懸疑始，委託書與恐嚇信的並進，邀來了私家偵探木更津悠也，然而就在他與助手抵達金鏡家所在的蒼鴉城內，死神卻開始揮舞他的鐮刀。具有金鏡家族的血脈接續凋零、身首異處，無頭屍、密室、模仿殺人與死而復生的死者作亂，甚至連名偵探麥卡托鮎也無能倖免，由木更津／麥卡托／木更津／香月實朝所各自推演的謎底，究竟孰者為真為假？抑或是讀者有更好的解答？

推理佈局為製造驚喜連連（連成騙？）的驚嚇周延，往往至少須具備三層逆轉，但此書作為作者21歲就一鳴驚人的出道作，又受有島田莊司、綾辻行人、法月綸太郎等知名作家的齊聲讚嘆，不僅突破窠臼的四層翻轉，甚且造就偵探死亡，書末還附有向讀者下挑戰的無限循環，可說是世界暢銷推理的翻轉之王。

【假的，我眼睛業障重啊──推理大觀園之人心即怪物的前世因緣】

【平行時空‧無限可能】

　　2010年泰國名導阿比查邦‧韋拉斯塔古（Apichatpong Weeras-ethakul）《波米叔叔的前世今生》（*Uncle Boonmee Who Can Recall His Past Lives*）電影最末，曾以誦念生死的泰僧，突出定格畫面後的動靜分野，彷彿村上春樹《1Q84》用「兩個月亮」劃定虛實的平行宇宙，叫人遐想聯翩。不論是物理上的量子力學（薛丁格的貓）抑或是奇想類傳說，在在都言明了人生無常的變幻莫測，生命存在各種可能。不過，若提及平行時空，無限可能，就須得先提到美國詩人羅伯特‧佛羅斯特（Robert Frost）1916年的名詩〈未走之路〉（The Road Not Taken）。

> 金色的樹林中有兩條路岔路，可惜我不能沿著兩條路行走；
> 我久久的站在那分岔的地方，極目眺望其中一條路的盡頭；
> 直到它轉彎，消失在樹林深處。
> 然後我毅然踏上了另一條路，這條路也許更值得我嚮往，
> 因為它荒草叢生，人跡罕至；
> 不過說到其冷清與荒涼，兩條路幾乎是一模一樣。
> 那天早晨兩條路都鋪滿落葉，落葉上都沒有被踩踏的痕跡。
> 唉，我把第一條路留給未來！
> 但我知道人世間阡陌縱橫，我不知未來能否再回到那裡。
> 我將會一邊嘆息一邊敘說，在某個地方，在很久很久以後；
> 曾有兩條小路在樹林中分手，我選了一條人跡稀少的行走，
> 結果後來的一切都截然不同[136]。

此詩出處選取版本為羅伯特·佛羅斯特（Robert Frost）《到風雨中來做我的愛人：佛羅斯特詩集》〈未走之路〉（The Road Not Taken），臺北：格林文化，2016，頁200-203。

詩中題旨要義一針見血的點明，「人的生命情狀，終究會因選擇不同而差異」，不管是基於命定的無可抗拒，還是自由意志決定的人力。

在我們長大成人之後，就會知道這世間的情愛與運轉，總不可能圓滿無憾，將會有喜有悲有傷有痛還有背叛，端看後續該怎麼活下來；即便不慍不火不痛不癢和煦如光，很有可能也不過是溫水煮青蛙的假象，人的一生，如夢幻泡影，既是一種美，也是傷。所以才會有平行世界情愛故事，啟動平行時空以解決過往的遺憾。

【平行世界情·愛故事的結構佈局與特點】
A-B與C-D並行

所謂平行時空的結構佈局與共通特性，乃在於慣用時間軸的敘述詭計造就跳躍懸疑，往常總以A-B-C-D為劇情遞進順序，但敘事手法卻是現在（C-D）與過去（A-B）並行推理，今昔兩者相互推衍呼應，以現在案發時序的動魄驚心啟動解謎，B與C為重大轉折衝擊，最終而使B與D追尋中同抵真相之唏噓。寫作順序，或說劇情原線發展進行，須先寫就AB過去事件因果始末，方知現行謎題推演CD的詭計佈局如何設計，統整預想完ABCD的順序內容後，拆解分入平行佈局而成。

```
現在 C────────────D 謎題推衍詭計
過去 A────────────B 事件因果始末
```

平行時空的愛情故事，則有「青春幻想的戀愛甜膩」、「現實柴米油鹽的殘酷血腥」與「多種選擇多重可能以化解內心憾恨」三大主題，或寫實或想像，或科幻、或神祕、或療癒或奇想等，各擅其場，各異其趣，於是愛情友情親情間的錯雜角力，便完納平行時空情愛故事的心理學意義。

【平行世界愛情故事 I 】青春幻想的戀愛甜膩

平行世界的愛情故事，青春幻想的戀愛甜膩，重點要義在於「你是風兒我是沙♡」天涯走相隨的戀愛小劇場，關鍵詞語則為「小魯青年於電車上與女神相遇」，多以校園純戀為舞台背景，最終卻是平行世界觸手不可及的揪心，如東野圭吾《平行世界的愛情故事》、七月隆文《明天，我要和昨天的妳約會》與新海誠《你的名字》等，後續才有奇幻世界的不切實際與不可思議，如鄭大胤執導、宋在貞編劇的《W：兩個世界》與廷銀闕《擁抱太陽的月亮》。

一、青春校園純戀，小魯青年電車邂逅女神的浪漫

日本推理天王東野圭吾《平行世界的愛情故事》，述說一個工程師宅宅崇史小弟，愛上麻吉女友麻由子妹（麻油菜籽），結果單戀卡慘死，發生幻覺的悲戚故事。可回溯事件之初，同搭同節同時同班車，卻是遙相遠望錯過的痛，實因二者所乘者，乃對向平行的山手線與京濱東北線的列車。

民國情聖詩人徐志摩〈偶然〉一詩所言道「你記得也好，最好

假的我眼睛業障重啊：書評體的百萬種測試與生命叩問

你忘掉，在這互會時交互的光亮」，恰如其份的便為此書下了絕佳註腳。

這偶然互會的光亮，卻造就崇史與麻由子，命運捉弄下的心碎神傷，人說「身無彩鳳雙飛翼，心有靈犀一點通」，然而前往靠近追尋，各自來到對方習慣的列車上，不料卻反離對方越來越遠，只能徒呼負負，悲嘆「愛情愛情，你的名字是錯過」。後來再見，伊人卻已有所屬，那人正是自己朝夕相處的玩伴智彥。

席慕容〈送別〉說「我不是立意要錯過」，可「世間種種最後終必成空」，看來小說家與詩人對世間情事的洞察關照，其睿智程度可說是不相上下的切中。

傳言天若有情天亦老，那麼平行世界的愛情能夠可能，便見此招。

（失憶）C————————D　　　虛構 她愛我
A————————B （失憶）真實 她愛他

本書發生事件時間軸實際為A-B-C-D，但分別以虛（C-D）實（A-B）二線交錯而成愛情泡沫，作為「她愛我」與「她愛他」美好幻夢或心碎神傷的平行對照，讀來真實與幻象傻傻分不清，可經由拆解即知，A-B為事件發展始末，至B點失憶，C-D則是由接續B失憶開始日後發展的一切疑點。但作者匠心使ABCD混淆並進，平行世界的愛情由此達到可能。

七月隆文《明天，我要和昨天的妳約會》這樣拗口難念的設定，其實極具創意新奇地，完美結合東野圭吾《平行世界的愛情故事》「交會瞬間即平行」，與乾胡桃《愛的成人式》「顛覆性結尾與敘述性詭計」，及「為情死為愛生，相遇無法相守，被虐程度破表」的特點[137]。

《愛的成人式》以1987年日本靜岡縣與東京間，「鈴木」先生戀愛的進行與變化做敘事主軸，懷舊同時瀰漫純愛走向悲劇的氛圍。內文結構「side A」與「side B」呼應的關鍵詞「成人式」則分別為「性的初夜與啟蒙」及「體認到沒有絕對的永恆，才算真正的長大成人」，「為情死為愛生，相遇無法相守」，驚嚇程度百分百。

小魯阿宅電車邂逅女神，奮不顧身衝上前，竟成就一段奇緣！唯獨女神總時不時的有些黯然神傷與通靈少女的神祕預知感啟人疑竇。於是這同以第一人稱「我」作為青春校園（甚或延續職場）的純純戀愛，日常一般的情事摹寫，僅有二三人存在，故事發展也略顯無聊呆板，卻因取巧精緻的敘述佈局，達到顛覆逆轉，餘韻不絕的新奇花樣而直上暢銷排行榜[138]。

橫掃台日票房的動畫片——新海誠《你的名字》，亦有同工異曲之妙，東京俊少年瀧與深山系守美少女三葉，睡夢之際竟互換靈魂，彷彿夢境，個人經歷則於清醒時分便倏然無蹤。逼不得已兩人只好彼此記錄提醒，彌補進駐對方體內的空白。

瀧與三葉這樣「你中有我，我中有你」的你儂我儂，互動中開

無論（1）《平行世界的愛情故事》劇情順序ABCD卻AB與CD雙線並進，（2）《愛的成人式》最後一頁倒數第二行，發現作者以「情人間的馴養與復刻」來傾覆讀者所有想像，（3）《明天，我要和昨天的妳約會》逆向平行世界存在的可能等，閱讀當中，實際上很難預知作者的匠心獨運，或許用時代流行物件作為分辨標記的《愛的成人式》最易辨別，不過若非專擅那個年代物事的查考，這種詭計也只有天知道。

始察覺對方心意，並攜手共同解救了，迪亞馬特彗星，1200年一次造訪地球，導致系守一夕覆滅的悲劇。可相見時難別亦難，蠟炬成灰淚不乾，對彼此的心動愛戀卻被封存於心，不復記憶。多年後，方才在那世界的轉角，遇見你，遇見我，遇見愛，完成平行世界的愛情。

本片詭計建立於略顯奇幻風的神社巫女傳說上，傳聞宮水代代巫女都自有似夢恍惚間，穿梭時空甚至變身他人的體驗，而參拜古老宮水神社「御神體」的傳統，隱藏有「可連結人與時間的土地神『產靈』」的神奇，可經巫女所編結繩與啜飲巫女作為半身獻祭的口嚼酒，達到連結之效。

各自進入對方軀體的對照體驗，時空交錯穿梭有三年前後記憶的混淆錯亂，最終由共同目的的追尋（東京／系守與解救系守），互會的光亮最終於「轉角遇到愛」。

二、甜死人不償命的純戀推理

此以鄭大胤執導、宋在貞編劇的《W：兩個世界》與廷銀闕《擁抱太陽的月亮》為黃金範例，主攻平行世界的愛情，卻是純戀的甜膩，混雜倒敘推理的兇殺懸疑。

前者為2016年7月韓國MBC播映的水木連續劇，故事講述現實世界的菜鳥醫師吳妍珠，肇因知名漫畫家父親吳成務神之手的漫畫作品之故，因緣際會橫跨現實與虛幻，邂逅父親畫筆下，奇幻異世界的絕代天菜姜哲歐巴，可伴隨粉紅泡泡甜蜜愛戀而來的，卻是無止盡的驚悚冒險與大逃殺，不僅虛幻人物危險，現實世界的吳妍珠

父女倆也都難以倖免[139]。

　　後者作為韓國朝鮮時代背景的歷史架空愛情小說，不免俗的套用王權爭奪戰中，王與巫女的禁忌愛戀來扣人心弦。故事講述純真的少年少女——朝鮮王世子李暄與重臣之女煙雨，青梅竹馬兩小無猜，不料就在煙雨即將進宮加冕為世子妃的前夕，卻遭逢變故而香消玉殞。時光流轉，成年的王與神祕的巫女，最不可聯繫的關係卻從箇中瞧見當年懸案的端倪，最終真相與愛情並進，成為圓滿的大結局[140]。

┤書評體的魔法圈139├

現實與虛幻交相錯雜，既隱喻有金星火星男女相戀如平行軌道疊合的瞬息萬變與兩個世界交相浸染的磨合擦撞，謀殺推理間尋求真相解答的動魄驚心，亦頗具吉莉安・弗琳（Gillian Flynn）《控制》（*Gone Girl*）風采，不同的是，前者以夢幻不實，偶像劇的浮誇愛戀，取代後者婚姻行進裡，柴米油鹽心機對峙的感情變奏曲。

┤書評體的魔法圈140├

此套書的平行世界愛情，相比其他書籍系列偏重特定時期，事件發展的連貫，取而代之的是由童年初戀的延續，歷經「菱花鏡破，破鏡再重圓，驀然回首還是伊」的悲戚；無論派系如何心機權鬥，即便改頭換面時空穿梭，愛仍是至死不渝。（菱花鏡是古代女子梳妝之物，菱花鏡破在此指夫妻情斷）。

　　兩者基調大致相同，雖是濃情化不開的純愛互動，卻藏有暗夜黑影竄動，滿是殺機的驚慌惶恐；不過其甜膩愛戀對比兇殺推理的

比重，後者卻是大篇幅斜傾於愛情的失重，並套用「平行世界愛情故事」的老梗脈絡——自老祖宗，明代湯顯祖《牡丹亭》〈遊園驚夢〉即有，那「為情死，為愛生」，或「相遇相知無法相守的錯身而過」及「牛郎織女遠望不得相見」的離散落寞，配上華語歌后那英沙啞嗓音所唱的經典名曲「辛酸的浪漫」，可說是再適合不過了。

不過，兩者雖同採男女視角平行並列，但前者現實與奇幻異世界的接軌穿梭，採每集倒敘，先果後因的結構，兇殺謎團間再間雜甜死人不償命的戀愛生活，慢慢回溯，觀劇過程動魄驚心，叫人欲罷不能。後者相較下劇情張力便顯得遜色拖沓，唯一貫穿的兇殺主謎僅有巫女幼時死去的祕密與派系權鬥的驚懼，雖然其古典宮廷氛圍營造讓人覺得沉浸，卻有種戀愛過度黏膩，結構略顯輕薄無力又失衡的弊病[141]。

———————— 青春分隔線，以下是大人的世界 ————————

 ## 【平行世界愛情故事 II】現實柴米油鹽的殘酷血腥

平行世界的愛情故事，在走過青春幻想的戀愛甜膩後，終究會幻滅，成為現實柴米油鹽的殘酷血腥。畢竟，愛情非童話，大人世界柴米油鹽殺伐決斷的各項攪和，將使天真爛漫的美好妄想，一朝轉為蒙灰染塵，彼此對峙搏鬥的競技迷宮。

這樣「來啊來互相傷害」的愛情變奏，則以吉莉安・弗琳（Gillian Flynn）《控制》（*Gone Girl*）、奧斯丁・萊特（Austin Wright）《夜行動物》（*Tony And Susan*）與蘿倫・葛洛芙（Lauren Groff）《完美婚姻》（*Fates and Furies*）為代表解說，並佐附莎里・拉佩納（Shari Lapena）《隔壁那對夫妻》（*The Couple Next Door*）詮解婚姻難題的各種爆破。

廷銀闕可說是韓國暢銷保證的金牌寫手，深諳讀者胃口，其《成均館羅曼史》、《奎章閣之戀》與《擁抱太陽的月亮》等套書大抵有幾點共通：（1）宮廷派系爭鬥古風，只為烘托男女主角的深情墨守，（2）眾星拱月烘托，女主角獨佔所有鰲頭，且鮮肉處處有，別人無法活（專攻少女或主婦取向者尤甚），（3）為情死，為愛生，無論置之死地後生／死而復生／改名換姓換身份／忘憂失憶錯中錯等，都是為了這良緣鳳締、情成眷屬的最終。有如月老籤詩「命中註定在一起」的解惑：「夫婦有意倆相求，情意未通兩地愁，萬事逢春成大吉，婚姻鳳世不須媒」。此類書籍合理範疇往往讓女主角純情溫厚，專情守一到最後，不過市面上，為迎合讀者嚐鮮胃口，多見曖昧氛圍浮誇爛漫，即便劇情顯現環境所迫或言不由衷，仍是一個換一個，雙劈或多劈居多，讀來頗有種白目花痴的厭憎感。反烏托邦青少年女小說的多部曲結構尤多首部男一現身，二部則由男二取代（男一失蹤），三部便是曖昧對象大團圓之東食西宿，男角一舉成為曖昧對象替換的呆板無聊，毫無個性一出場曖昧工具人，然後被殺掉，然後就沒有然後了，於是傷心欲絕女主角身邊人接連換過來安慰輔佐，全劇終。明顯戀愛偏重的技法，卻是暢銷流行必備，且切中青少年女自我發展尚不全的「自我中心」與「渴盼無憂愛戀嚮往」的心坎（無攻訐或批評之意，只是對此年齡層心態的一種事實形容）。令人憂慮的是，社會教育對兩性相處諱之莫深的封閉保守，這種習以為常間，無意灌輸的過度美好與不成熟，往往可能造就他們後來於現實摸索中，更具力道的幻滅崩毀與陣痛。不過小說本是虛構，閱讀此類書籍者，往往以之作為逃避現實爆破的出口，說不定也不必嚴肅太過。

一、生活日常的四伏殺機，實乃情人間的報復與控制

吉莉安・弗琳《控制》故事講述結婚紀念日失蹤的愛妻，深怕為丈夫所害的惶恐驚懼與現場各類跡證所指，出軌缺錢又有爆乳小三的花心丈夫一朝成為眾矢之的，然而水落石出的真相，卻比眾人

想像的更加不堪。

　　乍讀彷彿是兩性交往到婚姻經營各面向的細膩書寫，可題旨卻更切要的指涉女性特質內裏，與生俱有的「惡」與「美」──鎂光燈下的燦爛無暇，原是人格面具下，「控制狂」、「殺人犯」與「神經病」的綜合體，而步步驚心的生命陷阱，不可回頭去，都始自於情人間報復背叛的恐怖心機，叫人膽寒。

現在 女孩失蹤 C─────D 良緣團圓（密蘇里州陽光男孩敘事）
過去 情人邂逅 A─────B 女孩失蹤（紐約富家千金女日記）

　　此書寫作佈局較為繁雜富變化，除卻以男孩「失去」、「遇見」與「追回」女孩或迴返的戀愛三部曲做分隔線，更類同《你的名字》，城市鄉村男女戀愛，平行世界對比展述記憶畫面，各自的日記體紛陳了「紐約富家千金女對戰密蘇里州陽光男孩」的諜對諜心機──（1）男孩時間軸於事發始，女孩時間軸則以過去（2005年）始，（2）女孩時間軸則以事發始，男孩接續前事發七日後始，（3）事發之後四十日與歸來後的種種，最終串結為「平行世界」各自表述的「動人愛戀」（顯然尼克不這樣想），由年少的青澀甜美，轉進成熟世故，婚姻走味又外遇出軌的關係崩毀。

　　兩性心理專家約翰・葛瑞（John Gray）於其《男人來自火星，女人來自金星》（*Men Are from Mars, Women Are from Venus*）系列，曾把男女間互動的隔閡兩難，詮解為金星火星的不相屬連，於是來自星星的你，也可能如彗星撞地球，引發覆滅，問世間情為何物，直叫人生死相許，或許也是如此可歌可泣。那麼平行世界的愛情，就非僅是「距離產生美感」的暗喻，反而更像丹・布朗（Dan Brown）《地獄》（*Inferno*）書中的不言而喻──「惹熊惹虎，不通惹到恰查某」，對美麗惡女，實乃不過男人「厭女」，膽

261

寒驚懼權力天平斜傾的典型反應。

二、書中書並行舊情至今，昔日愛戀溫情卻走向失序的痛心隱喻

　　奧斯丁·萊特《夜行動物》故事講說有25年不相往來的前夫，卻突然寄來了他的創作作品《夜行動物》，前妻蘇珊翻閱書稿的過程裡，一邊懷想咀嚼從當年至今，因流於慾望而使人生情感關係在暴力蒼白中消解的後果前因——與前夫青梅竹馬卻選擇不忠背叛，結果換來現世報，新婚即遭第二春出軌疏離的變心，一邊並行稿內書中書追尋的情節推進，軟弱教授與妻女自助的公路旅行，卻遭遇惡徒的不幸，主角眼見妻女被擄至林間姦殺棄屍卻無能為力的痛楚心境，兩者不知有何隱喻。

　　直到最末她才瞭解，書中用以影射者，非是同名同姓女，而是那步步驚心敘事裡，主角人格缺失的不堪暗影，因為當下未及反應或無能做出抗拒，實際也是自由意志的選擇決定，往後不管是懊悔頹喪自責空虛，責任亦需一肩扛起。這亦是歐文·亞隆（Irvin D. Yalom）《存在心理治療》（*Existential Psychotherapy*）所指，佛洛伊德「以過去的建構作為人生解釋系統」卻忽略人意志參涉其中當肩負責任的缺漏弊病。

　　由此推進，背叛或犯罪的源起，或可緣起命定的不幸，可人的懦弱與隨波逐流，更往往才是成就悲劇的關鍵核心。是以，被了然戳破並攻訐影射的人物情節，恰恰提醒了她，愛情猶如夜行動物，如虎如豹，雖曾有激情甜蜜的時刻，卻同時也存在不忠背叛的驚顫恐怖，一切未可料，只能隨著記憶翻飛，霧散雲消。

現行書稿 C————D 軟弱教授與其妻女的不幸（書中書隱喻）
過去關係 A————B 蘇珊情感關係的回溯遞進

本書詩意鏗鏘，文字美不勝收，後來由時尚金童湯姆‧福特（Thomas Carlyle Ford）掌鏡改編同名電影，畫面唯美動人心緒，無怪乎榮獲2016威尼斯影展評審團大獎，還強勢問鼎奧斯卡，可惜無論作品畫面如何精緻美好，也難掩劇情推進所指「昔日愛戀溫情卻走向失序的痛心」，而得「繼《控制》後，最殘酷寫實枕邊夢魘」之評[142]。

> **書評體的魔法圈142**
>
> 男女情感間的對峙角力，自人類的起源或宗教聖典始，便是亙古不滅的生命母題，後世不管是霸道總裁俏秘書的激情羅曼史──E. L.詹姆絲（E. L. James）《格雷的五十道陰影三部曲》（*Fifty Shades of Grey Trilogy*），鄉村陽光男對戰都市心機女，戀愛婚姻走至崩毀外遇的諜對諜機心－吉莉安‧弗琳（Gillian Flynn）《控制》（*Gone Girl*），布萊德‧彼特（Bradley Pitt）與安潔莉娜‧裘莉（Angelina Jolie）主演、動作片示意的《史密斯任務》（*Mr. & Mrs. Smith*）等皆有可循。分別來自金星火星的男女，往日舊情再回味，哲思處處卻徒留命定幾番錯身造就驚愕悲戚者，又另有斯坦‧賈德（Jostein Gaarder）《庇里牛斯山的城堡》（*The Castle in the Pyrenees*）。結論也只能說，愛情愛情，你的名字是錯過，不過是個俱賞味期限的即時品，「難以天長地久，只能珍惜瞬間擁有」。

三、完美婚姻，完美情人不存在的幻滅質疑

　　蘿倫‧葛洛芙《完美婚姻》承繼首部小說《坦柏頓暗影》（*The Monsters of Templeton*）不可告人家族秘辛串結歷史、兇殺與鬼影幢幢的百年孤寂，一轉為金星火星，男女世界的平行，且完美與幻滅並進。乍聽以為是吉莉安‧弗琳《控制》的諜對諜驚心，卻各異其趣，故事講述墜入愛河且鶼鰈情深的小夫妻，洛托與瑪蒂德，雙宿雙飛的迷離，卻彷彿天與地的對比。

前者頓失父親與強勢母親的無情，使得進入青春期的他不僅躁動憂鬱，更難以適應而被團體霸凌排擠，只能悲傷寂寞的將內在所有衝擊，全都化為「我達達的馬蹄是個錯誤，我不是個歸人只是過客」的高級種馬處處留情，直至大學畢業，那樣冷漠高傲、難以相親的女神瑪蒂德奇蹟降臨。

可婚後，即便他俊俏魅力有演技，卻始終試鏡輾轉，沒沒無聞，最終才由女神的金手指幻化為輝煌劇作家的鍍金，日常點滴更無她不可的陷溺。可在燈紅酒綠的一次聚會，他才明瞭了不可知的真相方是真理，然後在幻滅中殞落成星。

對比之下，瑪蒂德的人生實情，實非丈夫所想的無垢純情，而是帶有該隱後裔的印記，原生家庭偶發意外事件的歸因，她因此被迫輾轉流離，以身為器的血淚相和，邁步婚姻的瀝血嘔心，卻終究敵不過，人生就而來，環境逼人的原罪荊棘。

本書寫作佈局類同《控制》，採用先男後女的時間詭計錯落，並顯主角成長年代敘事風情，更有都市鄉村協奏曲與親密關係的人性暗影細膩，不同的是，《控制》部曲間穿梭合併，《完美婚姻》則是先男後女分列二部曲，於情節描摹中疊映，兩部對比，不僅是人生縮影的繪卷明晰，更著重於對「完美情人不存在」的幻滅質疑。但都可算是平行世界愛情故事的結構變形。

男女視角的迷離，揭露出視象、想像與真相三點間的莫大間距而顯驚心，成功男人的背後，必有一位偉大女性，可女性的所思所想所情所感，「被竊取的故事」又有誰人知？不過先男後女，家族情感的纏密，原來都給人不可抹滅的印記，也印證了心理學上「家族關係的互動模組，將成為人未來人際，特別是伴侶關係複印」的悲劇，代代傳遞[143]。

另外，《完美婚姻》以希臘悲劇與莎士比亞劇作貫穿全書，與夏皮羅（B. A. Shapiro）《密室裡的竇加》（*The Art Forger*）若合

符節，伴侶間的攜手行進，特別是藝術性的領域，無以切割的權力慾望，想像與真相的對峙分野，都帶入了完美婚姻浮冰底層，不可告人的祕密，而究竟人生是悲劇還是喜劇，可能也不過來自視角觀點的差異。

是故，鄧惠文醫師才寫出《愛情非童話》這樣奇特的床邊小語，因為最親密的人，不過是完美陌生人，而世上最完美的婚姻，則是平行世界的愛情，不相交集[144]。

書評體的魔法圈143

本書題旨雖是對完美婚姻的幻滅質疑，卻少有日常相處的口角紛爭，比重反更落在婚姻生活的性愛與藝術狂亂的極致，雖摹寫細膩，不知怎麼，卻有種空中樓閣，難以著力的隔靴搔癢感。

書評體的魔法圈144

肇因華人教育嚴重相輕個人自我成長各項脈絡所需，全然偏重成績外貌等外在價值去向來決定，使人對關係經營，特別是親密關係間的躊躇猶豫，往往可能因不熟悉及代間悲劇創傷症候群陷入泥淖。若可歸本溯源明瞭早該知道的真理，心態較不會大受打擊，言行舉止亦有可循。蓋瑞‧巧門（Gary Chapman）《愛之語》（*The Five Love Languages*）《咦？不是你去刷馬桶嗎》（*Things I wish I'd known before we got married*）言簡意賅的精闢，適用寂寞沙洲冷，單身狗兒的淒清，即將或已經結為連理的比翼鳥雙飛翼，都可藉此理解親密關係磨合的技巧真諦。那麼或許除非無以回頭，完全毀滅型的歧異外遇，世上可能沒有壞婚姻，只有不肯經營與攜手成長的夫妻。

〔平行時空‧無限可能〕

四、完美婚姻包裹的毒性糖衣——是剛強更是軟弱

知名律師呂秋遠於其臉書解惑婚姻的內容曾提過，「結婚跟選舉一樣，只有當選那一天開心而已」，結婚後，「將有無數的關卡要過，許多的魔王要推」，由始至終都需要演技撐持的婚姻，會有虛偽，也有真誠，才能跟對方好好過生活[145]。莎里·拉佩納《隔壁那對夫妻》或可說便是這樣淋漓盡致展露，虛偽與真誠交相肉搏的世間情劇。

本書由生活日常的八卦耳語開啟失蹤推理，故事講述家庭優渥，從小被寄予厚望的天之驕女安，彷彿所有粉紅泡泡偶像劇的劇情發展，愛上了刻苦自立的有為青年馬可哥，然而婚姻行進曲的浪漫花瓣還未灑完，有女萬事足的小夫妻倆，卻面臨了丈夫難以啟齒的財務危機，與囿限完美母親神話、罹患產後憂鬱的妻子[146]。

更糟糕的是，凡事倚仗「難以討好控制狂」母與「囂張跋扈反社會人格」繼父的媽寶人妻，原生家庭勢力無孔不入，對丈夫馬可造就排擠。可家庭關係本就是未來人際，特別是與伴侶關係的複

▌書評體的魔法圈145 ▐

詳見2017年12月7日，呂律師臉書發文
（https://goo.gl/YDGKVv）。

▌書評體的魔法圈146 ▐

據說作者本人曾專職律師與英文老師，後續才轉往全職寫作，與日本作家湊佳苗同，筆觸優美細膩，特別擅長以日常生活的八卦耳語，開啟人性轉折的怵目驚心，尤為一絕，喜好此類者絕不容錯過。

假的我眼睛業障重啊：書評體的百萬種測試與生命叩問

印，婚姻危機（不管是不是外遇）更呈顯了夫妻相處的問題與間隙，未解的遺憾往往都是未來的未爆彈。

於是突如其來的「失嬰」，讓這對患難夫妻難以啟齒的財務危機與總被排擠的低落自尊心VS.創傷後壓力症候群（PTSD）的解離，短暫失憶神智不清，還有藏身幕後獰笑的原生家庭勢力，全都浮上檯面，這才發現，攜手步入禮堂的甜蜜糖衣，撕開包裝卻各是血淋淋，殘酷不可說的祕密，不遑多讓電影《史密斯任務》（*Mr. & Mrs. Smith*）全副武裝且荷槍實彈的槍林彈雨。

讓人想起鄧惠文醫師於《婚內失戀》一書曾轉引西蒙波娃所說：「婚姻被施的詛咒是：兩個人太常以弱點結合在一起，而不是強項，兩個人都在要求，而不能樂在給予。」（219）《隔壁那對夫妻》便是如此於萬般考驗中試圖延續愛與突破崎嶇，不過光有愛是不行的，因為完美婚姻包裹的毒性糖衣──是剛強更是軟弱，誰也難逃脫，走到最後，方知生活原來滿佈荊棘，遑論婚姻，即便表面是那樣的光鮮亮麗[147]。

> **┌書評體的魔法圈147**
>
> 為人父母確實肩負要職，然而鑑於社會框架對父母天職完美神話的過度渲染，平日不加援手事不關己的旁觀冷漠卻凡事置喙或執掌社會大纛旗幟撻伐的苛屬，也往往造就其近乎窒息的自我牢籠罪咎，後果更適得其反。如此書便開章於隔壁夫妻（性感美艷辛西亞與藏有怪異癖好的寡言葛倫）邀約，禁帶幼兒的狂歡派對，開啟一連串不知是失蹤綁架，或禍起蕭牆的精心佈局。

五、愛情愛情，你的名字是錯過

臺灣作家九把刀《那些年，我們一起追的女孩》名震江湖人人知，殊不知，美國也有這樣扣人心弦的故事──那便是，喬艾爾・

狄克（Joël Dicker）《巴爾的摩事件的真相》，可說是美國版《那些年，我們一起追的女孩》。

結構佈局心機王喬艾爾・狄克《巴爾的摩事件的真相》是《HQ事件的真相》真相系列續集。當年《HQ事件的真相》以極致的書中書懸案，套用小說作家出書前後過程，加上後記謝辭成就一本書，且書指涉小說本身、調查過程（小說中出書內容），文學巨擘、毀容藝術家與少女的不倫情愛（奠定巨擘地位與毀容藝術家的真正之作），以出書的階段遞進，佐附作家心路歷程與出版人員的插科打諢鋪排成書。

《巴爾的摩事件的真相》雖仍以作家心路歷程搭配鄰舍間插科打諢（此時他已紅，還有一隻狗），但不同前作「教授VS.未成年女孩」&「酒館女兒VS.警察」重口味式渴欲雙宿雙飛卻折翼的悲劇，續集主打青春校園，純純的動人敘事，初萌愛情的悸動，卻在家族中流砥柱的人生起落下，蒙上灰塵。彷彿清・孔尚任《桃花扇》〈餘韻〉所唱，「眼看他起高樓，眼看他宴賓客，眼看他樓塌了」，輝煌轉悲涼的痛楚裡，為青春愛戀的理想奔騰，劃上句點[148]。

作為百足之蟲，龐大家族新生代一員，主角與其他血緣迥異的年輕人，匯聚成「勾德曼」幫，概念等同於那個年代的F4。（F1）富有浪漫氣息的創作才子馬庫斯小哥，（F2）略顯亞斯柏格症自閉鑽研智識，人際相處有困難的木訥者希勒，（F3）媲美

> **書評體的魔法圈148**
>
> 清・孔尚任《桃花扇》〈餘韻〉「俺曾見金陵玉殿鶯啼曉，秦淮水榭花開早；誰知道容易冰消。眼看他起高樓，眼看他宴賓客，眼看他樓塌了。這青苔碧瓦，俺曾睡風流覺，將五十年興亡看飽。那烏衣巷不姓王，莫愁湖鬼夜哭，鳳凰臺棲梟鳥。殘山夢最真，舊境丟難掉，不信這輿圖稿。諳一套哀江南，放悲聲，唱到老」。

假的我眼睛業障重啊：書評體的百萬種測試與生命叩問

足球新星貝克漢二世的伍迪小鮮肉，與（F4）患囊狀纖維腫的史考特（亞歷山姐弟）。以上「勾德曼」幫偶像團體組合，除第四位外，其他三者都追著身材曼妙、歌聲婉轉的極度天菜（非衫菜）亞歷山姐。

可那些年「勾德曼」幫，友誼愛情親情隨日茲長的同時，卻歷經各種偶然與巧合的誤會種種（偶像劇4ni）導致人心的溫暖包容與愛，最終卻被孤老、寂寞與嫉恨所啃食殆盡。曾經「少年不識愁滋味，愛上層樓」，「而今識得愁滋味，欲說還休」[149]，曾想見的夢想不曾實現，想要愛的人已不在身邊，為了想挽回做出努力，卻將對方與事態越推越遠，最終，那些年的「勾德曼」幫與家分崩離析，各自於黯淡中走向人生終局。那些年，一起追的女孩，又究竟情歸何處？問世間情為何物，直叫人生死相許，不料人的緣分卻如星月，陰晴圓缺，緣起復緣滅，最終只得黃泉路上，結伴同行，叫人不勝欷噓。

書評體的魔法圈149

語出辛棄疾〈醜奴兒——書博山道中壁〉「少年不識愁滋味，愛上層樓。 愛上層樓，為賦新詞強說愁。而今識盡愁滋味，欲說還休。欲說還休，卻道天涼好個秋。」

小說結構以「首——過程——末」三部分為骨架，作為懸念的首章，卻是末章的一部分，以達迴旋呼應之效。過程則縱雜有年代物事特徵的幾部曲一一述說，使讀者得以與主角同理，一同成長，共度歡笑與淚。文中寫實關注校園與教育，面對社會眼光圍剿的種種難題——師生戀、校園霸凌與團體開合、自閉者交際困難、行政師生及家長各自為政的立場碰撞，那些年，叫人又哭又笑的青春敘

【平行時空・無限可能】

事，不只愛情，更有許多成長中的創痛悲涼與人生悲劇無以回頭的悵惘，文字真摯，讀來令人動容淚下。

另外，佐附喬艾爾‧狄克《HQ事件的真相》與《巴爾的摩事件的真相》書中書＆時間軸混淆敘事的結構拆解如下，擅用書中書與時間軸混淆敘事結構，你也可以是結構佈局心機王，這便是「平行時空愛情故事：愛情愛情，你的名字是錯過」的寫作詭計典範[150]。

書評體的魔法圈150

倒敘回原點的時間錯淆，尚可參考瑟巴斯提昂‧費策克《集眼者》等相關，詳見《小說之神》。

★《HQ事件的真相》結構拆解	★《巴爾的摩事件的真相》結構拆解
失蹤日（1975/8/30）	前言（2004/10/24）悲劇發生前一個月
前言（2008/10月：失蹤後33年）	（1）失落的青春（1989-1997）
（1）作家病（出書前八個月）	（2）失落的兄弟情（1998-2001）
整體倒敘穿插（1975與1998-2002）	（3）勾德曼家（1960-1989）
（2）作家的療癒（寫書）	（4）悲劇降臨（2002-2004）
整體倒敘穿插1975年	（5）巴爾地摩事件的真相（2004-2012）
（3）作家的天堂（出書）	後記（2012/11/22感恩節）
整體倒敘終，回到原點，HQ事件真相	謝辭
後記（2009年10月，出書後一年）	

假的我眼睛業障重啊：書評體的百萬種測試與生命叩問

六、男女權力天平的斜傾，女人的美不是罪，也不甘心只做那花園裡的蝴蝶

平行世界「愛情」，某種程度來說，很有可能也不過是男女權力天平的斜傾與誘騙，甚至誘姦，雖說女人的美不是罪，我們也不甘心只做那花園裡的蝴蝶，然而不幸的是，世界各地保守窠臼遍野，禁閉無知太過，往往更引來悲劇連篇，林奕含《房思琪的初戀樂園》與朵特‧哈契森（Dot Hutchison）《蝴蝶花園》（*Butterfly Garden*）即是這樣的血和著淚，冤屈難伸、痛苦難言的六月飛大雪[151]。

書評體的魔法圈151

此處可對照《小說之神》【關係類】人心空洞的迴音：修補療癒、寂寞疏離、絕望與黑暗關係，詮解娜塔莎‧坎普許（Natascha Kampusch）《3096天：囚室少女娜塔莎‧坎普許》（*3096 Days*）、符傲思（John Fowles）《蝴蝶春夢》（*The Collector*），潔西‧杜加（Jaycee Dugard）《被偷走的人生》（*A Stolen Life: A Memoir*）等的囚與虐。

林奕含那彷彿張派傳人的細膩工筆，寫實如繪地呈顯「女孩愛上誘姦犯」的悲傷創結，讓人不禁一掬同情之淚，然而小說本質雖為虛構，卻往往承載了現實殘酷種種，是以《房思琪的初戀樂園》「樂園、失樂園與復樂園」三部集結，虛實相間的構顯，恰是人間真實無比的地獄人間。

已婚有女的補教名師李國華，名聲地位人人稱羨，身分赫顯，然而卻以這般喬裝偽善的嘴臉，毫不手軟的對未知世事女孩施以誘姦。於是補教人生那升學權力相構的鬥險，儼然成了名師個人私慾

[平行時空‧無限可能]

的後宮系列，年輕女孩魚貫列列，則成了社會性禁忌保守的敬獻。天真爛漫一朝淪落，可雪上加霜的是，教育家庭的保守落後，佐之以社會旁人事不關己的鄙賤罪咎，使其身心陷落矛盾參差的詭辯，無可遁脫，最終只得在憂傷無助的創傷循環裡，成為闇黑之地永久的禁臠[152]。

> **書評體的魔法圈152**
>
> 《初戀樂園》始便開宗明義的詮解——這個社會如何對著兒童女人的話語權與行為輕賤，才造就不公與權力天平的傾斜，使得後續即便受害深切，也只得孤獨擁抱黑夜長眠的崩毀。全文亦顯露了（1）升學主義漠視內心全能發展的空洞，（2）華人權威文化順從的危險，（3）雙重標準新聞倫理，（4）性平教育與身體界線，（5）毫無話語權與自尊自主的兒童女人，（6）加害與被害的犯罪條例，（7）陪伴憂鬱者等諸多社會議題的涵容。

除上書所言的「真人實事改編」，還有朵特・哈契森《蝴蝶花園》那受害歷歷如顯的恐怖犯罪——此書雙線分述FBI探員偵訊倖存者與尤其口中得知的受害經歷陳述，赫然揭露一樁駭人聽聞的社會案件。那在現實裡，有頭有臉的權貴，私底下卻是父子狼狽為奸，綁架強暴16歲左右的年輕女孩，於其青春美貌期限截止前，恣意取樂或謀殺保存於玻璃櫃的冷血。

現在 FBI探員訊問事件緣由 C————D 案情推演至真相大白
過去 受囚少女當時事發經過 A————B 遭擄受困逃脫與案發點滴

女孩們被野生捕獲，刺上標記，日日夜夜飽受慘無人道的美色老饕垂涎，強暴性侵然後性虐，她們衣食無虞、斑斕如蝶，卻始終

假的我眼睛業障重啊：書評體的百萬種測試與生命叩問

求助無門，慘遭社會遺棄忽略，寶貴的身體於是如容器如通道，只能供人恣意玩弄。

暗夜哭聲裡的「嬌喘微微」，卻是陰險變態個人私慾的彰顯，生死邊緣幾度徘徊，然後真正化作轉瞬即逝的蝶——進入永生不死、展示緬懷的玻璃櫃。遺憾的是，在這被世界遺忘的邊緣，悲傷卻始終無法完結，新鮮「蝴蝶」的供貨仍源源不絕，使得這被私慾投射的祕密花園，宛若古代皇帝後宮系列的再現[153]。

書評體的魔法圈153

對照《初戀樂園》，林奕含於《Readmoom閱讀最前線》專訪裡自言，自己曾是個重度的張迷，詳見〈【逐字稿】「這是關於《房思琪的初戀樂園》這部作品，我想對讀者說的事情。」〉，張愛玲於《色·戒》裡詮解「女人的心直通陰道」，但現實最恐怖的，莫過於女人給了心，對方卻僅將之視為陰道之一的殘虐掠奪。

然而與皇權後宮不同的是，她們在瀕死的恐懼之前，只能學會彼此團結，因為無論是懷孕重病或任何傷殘，都只意味著將提前以死進駐永生，好成全狼心那「不在乎天長地久，只在乎曾經擁有」的屠戮與佔有。她們唯一存活的設定功用，便是女人身體，性方面的使用，長年於此，她們於是學會無情無感，還有各種情緒的隱藏，可那始作俑者的殘害者，面對那有如年度盛事的死亡，卻是痛哭流涕的悲痛傷感，使人愕然。

直到善良怯懦的小兒子意外闖入，家庭爭寵的戰火，才掀起了社會欲蓋彌彰，試圖視而不見的鄉愿風浪，這些長年處於他人恐怖慾望與想像投射中的人，被救出後，也還須面對如洋蔥般層層剝落，卻是誰也不可託付信任的恐慌。因為現實星球的轉動，本就根

基於冷漠殘酷之軸。

　　兩者題旨雖異，卻都點出真實社會的歌舞昇平，可能也不過是人們集體的粉飾太平，而個人所謂的功成名就，也可能存有敗絮其中的恐怖慾謀，更殘忍的，是那一直被視而不見、聽而不聞且被強行湮滅剝奪的兒童女子話語權[154]。

書評體的魔法圈154

對於喜歡閱讀文學與創作的人而言，總會相信文字，相信文字有力量，虔誠的彷彿是種信仰，如宗教一樣，教誨撫慰，甚至慈悲，並可推想藉由理解悲劇，而擺脫悲劇，因為我們所學「文以載道」，因為「思無邪」，文字對創作者而言，幾乎可等同是種高潔而美麗的存在。或許這樣的認定太過狹隘，使得我們竟管窺蠡測，片面地認定這個世界有可能純潔無暇，或以為即便受盡苦難，正義也必得受到伸張，惡人將被制裁。可殊不知，在最真實的殘酷面前，世界只剩下骯髒，與永不可能得到救贖的絕望，徒留人性的狡詐，徒留信仰文學卻被辜負的人陷入混亂。眾人曾將林奕含的瘋狂定調為「讀太多文學」，卻忘記了社會層層的虛假鍵結，才是人性真正的癥結。視而不見，遺忘忽略的鄉愿，未伸援手，甚至落井下石罪咎或善意好心卻行為方式惡劣的誤用，才是最極度的痛，人類自恃高等生物的優勢，不過是那裝聾作啞的冷漠。

　　科學文明前，人類以神話做詮解，科學文明後，人類識得心理學（如伊底帕斯情結），以此為生命種種不可思議或困惑，寫下註解。然而若真實殘酷，無論理性感性，皆無可立足，給予生命的回饋只有無解，那麼，生而為人，究竟為何而存在？

　　難道這世間，幸與不幸的鴻溝終究無法跨越？又，人的生命是由何造就？在另一個平行時空裡，有沒有關於人的生命因抉擇而帶來不同，以彌補憾恨的苦果[155]？

假的我眼睛業障重啊：書評體的百萬種測試與生命叩問

小說類確有平行宇宙概念的示象描摹，實則意指命運或抉擇造就差異的結果，林奕含丈夫也曾說，希望能在「多重宇宙中，透過時光旅行到平行世界再見面」，而林奕含生前耿耿於懷者，也是那素未謀面的鄉愁——本可以歡笑無憂的平行宇宙，遺憾的是卻被犯罪硬生生折斷爆破，而使此生痛苦憂愁，然後殞落。

六、自我中心愛情的迷離

鄧惠文醫師曾於〈大人的愛情第三講：你相信這個世界上有真愛嗎？〉中解說過，那些無止盡追逐或深愛跟自己毫無互動或不加回應的人們，往往可能是心理對自己存有自卑，輕視自己也無法信任愛的悲劇，哈蘭·科本（Harlan Coben）《別找到我》（*Six Years*）便是一例。

哈蘭·科本《別找到我》故事講述年輕有為的鮮肉教授，癡心狂戀神祕女，可惜愛情中，意外多過人為破壞，後來眼睜睜看著愛人跟人走，活生生上演《新郎不是我》（*Made of Honour*），可更叫人疑惑的是，女方走前甚且萬分慎重的告誡當斷去所有聯絡。不過海枯石爛，人的壽命有時終，六年後，當年奪人所愛的新郎倌進了棺材，暗自竊喜的鮮肉教授，內心又燃起愛火，冀望趁虛而入撫慰素衣黑裙的寡婦傷痛，不料心心念念意圖再續前緣仍是徒勞無功——特殊專機抵達後的現場淨是素不相識的群眾，且過往所有經歷的共同，皆被關係人矢口否認，宛若作夢。

難道過往所思所愛皆是幻想？而抽絲剝繭的你追我跑，更讓鮮肉教授性命堪憂，最終命懸一線的危急，真相才水落石出——原來這一切的一切，都有著誰在幕後，虎視眈眈且操縱[156]。且心頭忐忑的惶恐，都縱結出，不管現實虛構，參與其中的人可能都發了瘋，而發瘋的人，他們瘋狂的契機往往是為了愛，不過滿盈愛意的眼

神秘組織梗極常見，如日本漫畫家青山剛昌《名偵探柯南》、馬可斯‧塞基（Marcus Sakey）《異能時代》（*Brilliance*）或丹‧布朗（Dan Brown）《地獄》（*Inferno*）等暢銷國際作品等皆以神秘組織作為背景脈絡。

中，看見的究竟是誰或只有自己都難說。兩性心理學常強調愛人之前要先愛自己，但有一種平行時空卻是貌似愛人其實箇中只有愛自己的弔詭。

正如鄧醫師解說，此類人因內心存在黑洞，無法進入真正的親密感，所以只能無止盡追逐幻象，表面看來貌似對情感認真看待，可實際上，無止盡單方付出的追逐，不過是用以證明自己真正存在；自行創建對方需要我的需求，卻不等同雙方交流的回應對方需求，大抵也有部分「想維繫住關係的討好」或「得不到」就是最好的想像參涉其中。

綜觀全書，眼尖的讀者可發現，箇中男女真實互動鮮少，僅有你追我跑的自我中心迷惑佔據居多，是以，過往被文學作品美化，那些「一往情深的單戀」，有時實乃是「一廂情願的恐怖愛戀」，如林斯諺《床鬼》裡，跟蹤愛戀最後毀滅的短篇〈床鬼〉，或鄉民瘋傳〈被他看上真的是倒八輩子的楣〉（https://goo.gl/rZHLEJ），甚而世新追求不成轉騷擾砍殺案件的伏筆溯源，很有可能都暗藏了想像幻滅後的同歸於盡或即便成功也是未來恐怖情人的尾大不掉——無法愛人，或錯解誤詮愛的真諦，都是因為無法愛自己，存在自我想像投射的幻象，依賴不平衡的付出最終也只能證明愛的空虛[157]。

走過青春幻想的甜膩與現實柴米油鹽的殘酷血腥（平行對立與

一廂情願的追尋愛戀也讓人聯想到約翰·葛林（John Green）《紙上城市》（*Paper Towns*），個性內向的男孩昆汀，一直單戀隔壁的萬人迷瑪歌，但平行世界的愛情，卻遲遲沒有機會成行，某晚輕敲窗邊的驚喜，乖乖牌男孩昆汀於是攪和進他所不熟悉的狂歡冒險行徑。但隔日瑪歌卻行蹤成謎，察覺不對勁的昆汀，協同好友一同踏上尋找瑪歌的旅程，最後卻發現，紙上城市所建構的，竟是真實與虛幻錯雜的人生，曖昧難以區分。

別離），愛情故事之所以平行，某種程度上，可說皆是立基於認知意識（靈魂）上的差異，所謂認知意識（靈魂）的神奇，便在於可「一念天堂，一念地獄」的轉圜，轉念瞬間則萬物瞬息萬變，無處不可及。

不過，這種近乎神祕學編排的命中註定與錯身而過的痛心，雖可理性以心理分析領域詮解為兩性交往「兩個世界」磨合擦撞的隱喻，但或許，亦可結合量子力學的科學根據，成為科幻宇宙的不可思議，且其多重宇宙及其分化相關種種，有時更切中「人的生命將因選擇而不同」的奧義。

 ## 【平行世界愛情故事Ⅲ】人生複本以解內心憾恨

一、科幻宇宙的不可思議

科學文明前，人類以神話做詮解，科學文明後，人類識得心理學（如伊底帕斯情結），以此作為生命中種種的不可思議與困惑，寫下詮解。是故，除卻肉眼不可得見的命運捉弄，或許也還存在有科學依據得而創設或抵達的平行宇宙——如布萊克·克勞奇（Blake Crouch）《人生複本》（*Dark Matter*）或克蘿蒂亞·格雷

（Claudia）《泡沫宇宙》（*A Thousand Pieces of You*）。

《人生複本》號稱「2017年科幻驚悚小說界燒腦神作」，講述一個愛家十全好男人，人生一夕間天崩地毀，來到了同人卻是「事業為重，家庭為輕」的其他宇宙，生命因事業愛情輕重的抉擇有所不同。

可恐怖的是，在他試圖重調人生的命運軌道時，每分每秒不同變因造就的各式變異，都將開啟他存在多重宇宙的人生複本。雖然具有共同的目標與守候（家人），但是千千萬萬個我，卻始終只有一個我得以存活，能夠回到正常生活。

《泡沫宇宙》故事講述天才科學家夫婦發明了可穿透各平行時空神器「焰雛」，一方便告死亡失蹤，相關資料亦被毀，其藝術氣質濃厚的小女兒，便由此「被迫」開展一女繞二男，平行宇宙的尋兇冒險與戀愛泡沫。相比前者「男人真命苦」之事業家庭孰輕孰重的困惑，後者基本上可說是荷爾蒙澎湃法，自傲自尊自我中心的女孩戀愛小宇宙，且花痴白目還想要東食西宿的躊躇。

兩書同以極具科學說服力的實證觀念種種，創設出猶如獲取神力或某種不可思議命運才抵達的神祕國度與平行宇宙，「你泥中有我，我泥中有你」的情深意濃，完納靈魂過渡軀體，多重宇宙中，同人不同軀體的意識穿梭，而孰真孰假，孰輕孰重的意亂情迷與生命困惑，在在都指向人的意志意識如何被驅使或被使用。

多重宇宙的你，多重宇宙的我，「菱花鏡破再重圓」那樣不可思議的奇蹟顯現，實則直指科學宇宙「人生一旦抉擇過後便難回頭」的真理共通，是故多重宇宙不僅意味著人生自會找到出口，也強調人生在世，並不需要過度執著，以下亦然。

二、陰陽相隔總無情，終日泣涕零如雨

克莉絲汀・哈梅爾（Kristin Harmel）《命中注定遇見你》

假的我眼睛業障重啊：書評體的百萬種測試與生命叩問

（*The Life Intended*）故事講述身當音樂治療師的寡婦凱特，自12年前丈夫派崔克車禍驟逝後，便陷入沮喪傷悲，雖然後來又接受了看似百分百男孩丹恩的求婚鑽戒，心中卻始終疑慮不安。值此關鍵，夢中的生活畫面卻彷彿陰陽穿梭的發生曖昧——丈夫尚且活著並與理當誕育的孩子笑鬧其中，造成她真實與虛幻兩個世界的錯亂混淆[158]。

> **書評體的魔法圈158**
>
> 本書雙線並進（逝去丈夫與完美男人雙主線，並列人生完全不可能小鮮肉）的多重結構，更接近於羅莉·奈爾森·史皮曼（Lori Nelson Spielman）《生命清單》（*The Life List*），都會女子人生歷練的哀與愁，如何從崩毀中尋覓生命出口的脈絡，或卡莉雅·芮德（Calia Read）創傷壓力後症候群（PTSD）引發失憶解離混亂的《是誰在說謊》（*Unravel*），此二書解說請詳見《小說之神》。

　　為了尋回人生正軌的星球運轉軸線，她開始前往夢中有如預示神諭的種種，因緣際會下參與了手語教師安德魯，寄養家庭裡失聰孩子的治療過程，想不到由此她的人生展開新頁，開啟人生更多可能的實現。本書雖亦套用平行世界愛情「為情死，為愛生」、「相遇相知不能相守」，及「眾星拱月的烘托」（女角獨佔所有風采鰲頭與鮮肉），卻不同於過往粉紅泡泡羅曼史的浪（花）漫（痴），反而偏重提醒人生不必太過執著，將有其他抉擇與可能的存在。

　　畢竟人的緣分有如星月，陰晴圓缺，緣起復緣滅，此事古難全，弔詭的是，人們總將過去未解的緣，定調為「平行世界的愛情故事」或名之曰「愛情愛情，你的名字是錯過」來註腳悲莫悲兮生別離的曾經，可人既無法活在過去，也無能永存於回憶之中。不管是民國情聖詩人徐志摩〈偶然〉所提「你記得也好，最好你忘掉，

在這交會時互放的光亮」，或席慕容〈一棵開花的樹〉，如何求佛五百年，只為你我一刻相逢，可路過行經的枝葉顫抖，最終卻只抖落了一地的相思落寞。

人們或許覺得這是美，並耽溺其中，但其實這必是錯，貪戀人事過往錯中錯，猶如《易經》卜卦三十七，風火家人，巽上離下，卦辭示以「鏡裏觀花」──「鏡中花開，見之可愛卻無以為採」的虛空，可愛是真，愛必是實，方得動容。

無盡回顧過往，實乃逃避死亡焦慮本能的啟動，試圖忘卻並迴避現正發生的現在與即將發生的未來，反使最恐懼死亡的人，永存於死亡之河，永恆地凍結於過往的惡夢，不能醒來。綜觀人類歷史脈絡，實乃運轉不休的命運輪轉，嘿無聲息，交相錯落，便將人細細碎碎地碾壓而過。是以，人一生情愛，終將無以回頭。

唯一例外，則是驀然回首，那人卻在燈火闌珊處的深情守候，如伊格言情詩集《你是穿入我瞳孔的光》的溫馨旖旎，人們總對己身愛情的燈塔看守者尋尋覓覓，殊不知，在巨大無垠的黑暗裡，亮起燈的愛情，是一直溫柔守候的人，非虛而實的真心，小王子寫給玫瑰的堅定情書，便是「光年之外，有人在等你」。

西方哲人柏拉圖曾說，人有如星星的碎片，將傾盡一生去追尋另一半，以求完整，是故，或許這些平行世界的愛情，那些生命悲劇，無止盡的浪漫哀愁或無奈創痛，都是要提醒我們──人這一生，人與人相遇，人與人結合，或許人為的努力始終無法抗拒因果的命定，但仍將造就歷史那生命之圓的漩渦，起始有終皆一同。

可能是在這裡，或在那裡，兩個平行世界的宇宙相通，是要教會人們擺脫過度執著，或許相知相惜最後仍舊無法相守，可最美的事情，便在於存在裡，曾與誰相遇或與誰相逢的曾經。記得也好，忘掉也罷，至少還曾擁有那互會時交互的光亮，在彼此的生命裡輝煌，由此適時的來點播一首，五月天〈為愛而生〉（Born to love）。

三、平行時空無限可能的憾恨化解

平行世界既代表了想像與實際的對立分野，或生命抉擇另一種可能的終局結尾，那麼或許平行世界的冒險行進，有時便意味著平行時空無限可能的憾恨化解，畢竟，人生實難，豈可盡如人意的順遂無礙？平行世界的想像，有時便是用來彌補這樣的遺憾。是以，人以意識穿越異世，都只為引領自我心靈，達到生命缺憾得以圓滿的不可思議，如日本國民天後宮部美幸《逝去的王國之城》便是此類範例。

本書故事講述提早通過推甄，卻對人生萬事萬物無感的國三生尾垣真小弟，偶然間拾取到一張歐洲古堡的寫生，不料卻開啟他通往另一個平行世界的通道，為了持續換取這神祕異世的入門憑證，他找來了美術少女城田珠美，於是畫筆下的世界與真實世界的界線，開始曖昧。

少年少女一次次進入畫中虛幻叢林再回歸現實的代價，總是身體能量被壓榨與衰竭的悽慘，不過對照現實世界叢林的校園霸凌與排擠惡意，人們旁觀的冷血無情與平庸日常的邪惡人性，虛實兩界的內裏其實並無差異，甚至兩兩呼應。

不過作為溫潤人心作品作者的宮部美幸，仍舊為這樣的殘酷保留希望伏筆，平行世界少年少女的冒險行進，推理解謎或可成為一線生機的溫情——困守畫中古堡的八歲女童，當年失蹤，或說是被藏於神袖當中的「神隱」，箇中不可告人的祕密亦是生命迴旋反覆之謎[159]。

最後，綜觀此類平行世界故事的設定，如布萊克・克勞奇《人生複本》或克蘿蒂亞・格雷《泡沫宇宙》至宮部美幸《逝去的王國之城》等作品，主旨核心總在於對世界顛倒置換的不可思議與不可抗拒命運的怵目驚心作為震撼深省，但因其敘事行文與情感表達，

〔平行時空・無限可能〕

此書讀來酷肖少年奇幻版的《W：兩個世界》，但前者著重少年少女自我內在的追尋與成長遭遇困惑的相關議題（如校園排擠與家庭失能等），後者則以推理懸疑的四伏殺機，合併偶像劇般的戀愛甜膩。另外，古堡森林等被遺棄的意象畫面，或可參照新興音樂團體原子邦妮〈被你遺忘的森林〉一曲，本是講述失戀過後，彷彿遭愛人與全世界遺棄的哀傷沉浸，但用於此書的詮解精義，則可說是被殘酷冷漠所重傷的魂靈，囿限於受創當時，只能於暗夜森林反覆無聲哭泣的悲戚。

往往立基於平易近人生活日常的重複排比，有時容易讓讀者感到無味貧乏且深感無力，寫作此類型時須得謹慎注意多加繁複的情節設計方好。

四、生命鬼打牆的跳針困境，亟欲尋求突破

　　山迪亞哥‧帕哈雷斯《螺旋之謎》兩線交錯，分別以苦情小編大衛哥&毒蟲法蘭弟的困頓人生始，因緣際會的機會命運、對謎樣神書《螺旋之謎》的喜好追尋，竟使兩人於迂迴錯綜的冒險裡，覷見改變人生的光。

　　首先，熱衷為作家上刀山下火海，只為催生曠世鉅作的保姆小編，因低薪長工時且出差多，嬌妻獨守空閨寂寞冷，婚姻自然亮起了紅燈，可此時彷彿上天垂憐般地，他得到了一個扭轉命運的機會——狂銷熱賣媲美《魔戒》的《螺旋之謎》，臨近版權銷售與上市排程的緊迫，可歷年總依約寄出的書稿，至今卻遲遲不來。特殊快遞服務與佐附神祕戶頭帳號的包裹，唯一可查找的線索，卻僅有檢驗出異於常人的六指指印，與貝雷達戈斯，這座刻在庇里牛斯山岩石的村莊。

大衛的金牌任務再簡單不過，基於保密原則，他只要哄騙嬌妻去一個鳥不生蛋的地方，以度假之名，行尋人之實，揪出那幕後藏鏡的「六指文魔」，想方設法讓對方吐出書稿即可。可驚人的是，一個個鎖定目標並汰除後的崩潰裡，他終於明白，這渺無人煙的鄉下裡，滿坑滿谷的，都是六隻指頭的人。

螺旋交叉的另一線，是人生行至中途，卻因毒品中輟走上歧路的法蘭弟，他那渴求毒品撫慰的慾望，使他別無選擇的只能與罪惡骯髒為伍，為維持短暫的興奮快感，他渾渾噩噩又一事無成，了無新意地只能在成癮與空幻的循環裡反覆，可某日讀到《螺旋之謎》的偶然，卻照進了他戒斷重生的榮光，乍見平行不相干係的人們，卻彼此串結互動，成就人物情感相互交織的生命螺旋。

《螺旋之謎》最叫人感動的是對生命的譯解與追尋——人總先出現了對生命的渴望目標（六指文魔在哪裡？），然後踏步向前，可即便反覆的受到挫折阻難，歷經生命的各種迴旋艱阻，絕望沮喪，甚至不自覺得想要放棄，可最終卻是「尋尋覓覓，那人（物）卻在燈火闌珊處」與「柳暗花明又一村」的驚喜。

另線法蘭的人生崎嶇，乍看彷彿與主線毫無關聯，實則卻是互為表裡的呼應螺旋——「兩者同是顯現生命一種鬼打牆的跳針困境，亟欲尋求突破」。染毒的動機之先，往往便是人內在空虛，所以渴求成癮，可最終卻是因成癮反覆陷落更為空虛迷幻、無以著地的悲劇循環，這也是一種反覆歷經失敗的形式。

心理學上，有種「習得性無助」理論的系列實驗，大致是根據1967年美國心理學家馬丁·賽里格曼（Martin E.P. Seligman）動物實驗的衍生類比——被關於籠中的狗每逢蜂音器便遭雷擊，無能躲避出逃，多次反覆制約過後，即便眼前牢籠已啟，未施以雷擊，可一聽蜂音器響，卻仍將造就狗兒強烈的驚嚇恐慌，無視眼前情境已然改換的事實（有出口無電擊），牠卻表現得有如過往受禁錮時，

只能顫抖嗚咽著坐以待斃（或許這也可視為巴夫洛夫，狗被鈴聲制約，思及美食流口水的反相示例）。

此類類同者實驗，較廣為人知者，當還有老鼠迷宮實驗與跳蚤玻璃罩二者最為有名，前者仍是沿用電擊，將老鼠置於迷宮中進行警告與誘導（老鼠版《移動迷宮》？）藉此影響老鼠的行動方向與逃生本能；後者則以彈跳力超高的跳蚤（金牌國手跳蚤兒），置於固定高度的玻璃罩下一段時間，即便後來移除玻璃罩幕，跳蚤的彈跳力卻已適應原玻璃罩水平，需經以強烈外力（如酒精燈燒烤等）為求生方能恢復原有彈跳高度。

這種因反覆性累加的挫折失敗，雖屢屢意圖突破困境，卻總落入無望循環的悲劇性徒勞，在神話上的展現是薛西佛斯（Sisyphus）推石上山，可石卻終歸持續滾落的悲劇，使人心生絕望沮喪，最終消極地對自我能力與價值等產生各項否定，最終結束於自我藩籬的設限，劃地自限就如枚再跳不高的跳蚤兒。（但這因多次遭遇險阻，經由學習而來的無助，並不等同自己心態影響而自我設限人之行為的弗洛姆效應）。

人創傷過後，就如同籠中被電擊的狗兒一樣，即便滄海桑田，人事已非，卻仍不由自主地於腦海反覆跳針創傷畫面，進而囿限於過往困境，那也是因為人不僅會重複快樂的事，也會重複痛苦，一則根基於覺得事態環境已然不同，認為自己已有可改換世界的能力，所以不自覺地選擇靠近，以進行「修改歷史相同錯誤」的可能；二則是習慣痛苦的來臨，重複性的去感受實乃是一種熟悉的確認保溫，因人本是本能尋求安全感的動物，而熟悉的人事物，往往便是人獲取安全感的首選，即便那是上了尖刺，對自己百般不利的創傷利刃。

要跳脫既定的框架／限定／制約等，極其困難，不管是因外力環境多次刺激或內在本有追尋渴望所設下的標的，使得心理狀態不

假的我眼睛業障重啊：書評體的百萬種測試與生命叩問

復從前（絕望沮喪失去信心）或導致習得性的無助（劃地自限），而陷落於一種恐怖失敗的悲劇循環，等同籠中狗／玻璃罩跳蚤／迷宮老鼠一樣被制約，可後續無以逃脫的緣故，極大可能是因未能正視「生命可有其他可能，且『滄海桑田，人事已變』（籠已開，無電擊）」的事實。

可《螺旋之謎》又哭又笑的人生，教會我們，生命其實可有不一樣的可能與抉擇，正如美國詩人羅伯特・佛羅斯特（Robert Frost）1916年的名詩〈未走之路〉（The Road Not Taken）所述，選取的跟未選取的，在人生中自有其意義，有可能那並不就是終局，或許對未擇者帶著遺憾不甘，可生命最終會有其他出口，人生道路，也將由選擇差異而有所不同，即便面對死亡，也是。

書寫生命創痛、選擇與艱難的小說或許多如繁星，可最終都將理解死亡往往非終結，必得經由愛而得延續，生命課題有時顯得過於厚重憂鬱，難掩沈重窒息，可《螺旋之謎》卻在一種哭笑不得的詼諧裡，樂觀中不失希望，豁達又灑脫地臨摹生命抉擇的萬般面貌。在貝雷達戈斯這座遺世獨立，刻於庇里牛斯山岩上的小村落，人將其名刻於樹上，樹與人隨生隨長，最後作為承載死亡的棺木，以愛灌溉，以死包覆，哲思無窮的涵韻，彷彿斯坦・賈德《庇里牛斯山的城堡》，生死陰陽兩相隔，獨留愛人此心悠悠的悵然[160]。

書評體的魔法圈160

斯坦・賈德以《蘇菲的的世界》與《紙牌的秘密》等經典聞名，專擅以對話語句，堆砌成探索人本身與世界，存在緣由關係與自我價值的寓言深意，字裡行間充滿哲學思路與超脫世外的迴旋觀照。《庇里牛斯山的城堡》講說一對熱戀男女山中出遊，誤撞紅衣女卻成日後兩人愛情消滅與女方死亡關鍵，愛與死關係究竟要如何解破？

【平行時空・無限可能】

人生逆境都幾許，難道皆可因書而得救贖？嘉布莉·麗文（Gabrielle Zevin）《A. J.的書店人生》（*The Storied Life of A. J. Fikry*），鰥夫大叔由此獲新生，而西班牙同經紀人與書中書模式的小說行旅，卡洛斯·魯依斯·薩豐《風之影》（*The Shadow of the Wind*）與《螺旋之謎》則當仁不讓，對書的熱愛追尋，啟程英雄懸疑冒險的生命奇境，由中領略人生變化的各項樂趣。

不過《風之影》由十歲少年於遺忘書之墓發現《風之影》，書中書的追索，撥開彷彿賈西亞·馬奎斯《百年孤寂》的家族愛恨情仇，如栩如生的巴塞隆納魅影，充滿少年奇想與歷史悲劇的互會。《螺旋之謎》的年紀則更為推進，到迷失人生的中輟生與職場悍將，面對更為複雜難解的生命課題，卻有更多不同的抉擇面向，文筆優美流暢，生死哲思盎然，生生死死，死死生生，生命奧義，螺旋之謎。好看到令人痛哭。

五、平行世界幕後所指涉的心理學意義

縱橫平行世界大觀園，在此以韓劇《信號》（signal）解釋其心理學意義並作結。

韓劇《信號》是韓國有線電視台tvn2016年主打的16集科幻推理，劇情講述人生各自帶有遺憾的三人組——專擅心理分析的罪犯側寫師朴海英（青春洋溢小鮮肉）、長期懸案專案組車秀賢刑警（清秀轉幹練警界之花）與剛正不阿失蹤15年的熱血刑警李材韓，肇因於命運安排下所拾獲的舊型對講機，穿越時空聯手破案。

劇情推演脈絡遵循平行世界推理，ABCD劇情順序，敘事手法卻AB與CD並行模式，兼雜15年時空差距年代物事詭計，錯落古今懸案線索緝兇，不僅顯現了人們對真理正義的執著，更探討了情理法變化裡，無能輕易判定的人性人心。初時不過是因人生各自帶有遺憾（哥哥蒙冤自殺死的痛／暗戀前輩的失蹤之謎／初戀身死與對

真理正義的探尋）才驅動他們踏步曲折離奇的解謎江湖，然而「過去可以改變，還有未來也可以改變」其實更可進入心理學的演繹。

佛洛伊德心理學主要以「過去的建構作為人生解釋系統」，亦即當事人現行行為心智觀念乃是積累先前事件的結果，這雖可應用於創傷形塑或因果詮解症狀癥結，然而，若凡事皆被過去所操弄，人的改變從何而來，難道人的意志不能參涉其中？

理解過去，是為了替現今的恐懼釐清因果原型，並免去無意識重蹈覆轍的悲劇，如家庭裡的代間傳遞，明白自己人生的道路崎嶇，不意指人生從此就「早已被毀，失去希望」。實際上，人若在往前邁步時遭遇困難，實是過去童年或創傷的闇影作祟，舉步維艱的躊躇，乃受限過去思維，但若想改變，一切都來得及，這也是韓劇《信號》劇中，不停強調「過去可以改變，還有未來也可以改變」的信念執著。

人一旦覺察，世界便已不同，人從初生對於完美世界、完美母親的想像，總導致與現實不符的平行宇宙出現，然而無論如何選擇，人總要相信，那已經是當下最能行的最好選擇，若真心有不甘，則可付出代價地積累經驗不重蹈覆轍。免去自我過度完美的苛責，接受人生本就有遺憾才不會終身遺憾，且還是要懂得處理情緒面對問題才能夠臻於成熟，否則未解的遺憾終將會成為人生的未爆彈，畢竟人之所以複製悲劇，除肇因於尋求熟悉的安全感本能，還有就是要引導人面對過往未解的結。

是故，從另一方面來說，所謂的推理從來不僅只有謀殺與屍體而已，平行世界結合推理，更具有人想要往前推進，面對自身恐懼原型與改變自己生命的積極意義，這便是平行世界以推理與心理學來詮解的精義。

【平行時空‧無限可能】

【平行世界女性類比追尋】消失的女孩妳在哪裡

不同於「平行世界愛情故事」男女相互追逐的戀愛嬉戲，「平行世界女性類比故事」則為女女間的相互追尋，此類多以消失／昏迷／失蹤／死亡的女孩或女人開啟懸疑，接續則應用如張渝歌《詭辯》與中山七里《嘲笑的淑女》血緣姻親與否的姊妹或閨密，容貌遭遇等的酷肖，進行身分混淆的錯置替換與呼應迷離，使得女孩們的命運如螺旋之謎，相互糾結難以撇清，約莫有二類，一則為姐姐妹妹站起來，過去現在交錯遞進的1111，二則為女人心事的今昔對比，實是想在破裂中尋回自己。

 ## 【平行世界女性類比追尋 I 】姊姊妹妹今昔遞進1111

事件爆發 C──────────D 現在案情推演
童年點滴 A──────────B 過去案發順序

本類寫作佈局結構象形為1111，分別以姊妹／閨密的過去現來交錯遞進，是「平行世界敘事」與「並蒂雙胞，身分混淆」的加乘變形，如羅伯・杜格尼（Robert Dugoni）《妹妹的墳墓》（*My Sister's Grave*）、蘿拉・李普曼（Laura Lippman）《貝塞尼家的姊妹》（*What the Dead Know*）與邁可・洛勃森（Michael Robotham）《請找到我》（*Say You're Sorry*）等皆是。

羅伯・杜格尼《妹妹的墳墓》講述一對感情融洽的姊妹花，先後落入色慾薰心殺人魔之手的不幸故事。同為射擊高手且容貌酷肖的姊妹花，競技場上一決高下後，卻是天人永隔的結果──因應賽程後長姐小心肝的求婚計畫，妹妹識相先行開溜，孰知長姐一夜春

宵，醒來過後妹妹卻永生不回的失蹤。

後續長姐陷入傷心自責漩渦，一生為此內疚無心他事而使家破夫走，甚至由教師轉考警員，誓言還原悲劇真相，皇天不負苦心人，她與遠歸回鄉的青梅竹馬聯手，法庭辯詰來回裡，找出了當年被定罪者的證據漏洞，預想可由此捕獲真兇的結果，卻反使自己與摯愛親友陷入黑洞。

原來當年獨行上路的幼妹，被錯姐為妹、沒魚蝦也好的殺人魔所野生捕獲，殘忍的將其姦殺滅口又將所有證據上下其手，法律無以定罪，唯有其囂張獰笑的迴盪空中，被害相關與正義執法無奈只好串成聯盟自救，自行加工證據以求挽救人命的公平正義。

痛徹心扉多少年，緣由卻是始於愛並終於愛；探訪真相卻反使真兇逍遙法外，己身摯愛卻反深受其害，讓人不禁困惑，人生因果法理的順序先後，究竟如何來組構？並另省法律的程序正義，是否能真正代表事實真相並主持正義，抑或僅是公平正義之名，卻是「實枉實縱」的悲哀。最後重返那關鍵轉捩的射擊場，舊事回溯亦是重啟未來，人生由此跳脫創傷的跳針重播，大步向前走向愛與溫暖。

蘿拉・李普曼《貝塞尼家的姊妹》故事講述彷彿富家子弟車禍肇逃的概念，一名堅不吐露真實身分的神祕女子，拿翹托高的吞吐間，只簡略告知自己乃是當年所懸「貝塞尼家姊妹」之一[161]。

書評體的魔法圈161

蘿拉・李普曼（Laura Lippman）1997年出道後，以「黛絲探案」系列橫掃愛倫坡、安東尼、夏姆斯、阿嘉莎等推理大獎，結合《巴爾的摩太陽報》12年記者的資歷歷練，筆下名字寫的巴爾的摩風情如繪，絲絲入扣，本書榮獲2007年鵝毛筆獎「偵探、懸疑、驚悚類」大獎與2007史全德評審獎「年度最佳小說」大獎。

【平行時空・無限可能】

肇因幼年父母婚姻的崩毀——趁機偷歡母與心煩意亂父，使得偶然與巧合間，雙偕前往購物中心的姊妹一去不回，父母由此內疚自責，痛心一輩子。當年慘案獨活的小女兒回歸，將揭露心理學「家中破網迫使成員出逃，卻反落入狼爪的不幸悲劇串」，亦是以「錯姐為妹」詭計開展家庭傷悲的犯罪[162]。

▏書評體的魔法圈162 ▏

原生家庭失序常對內部成員造就強烈推力，急於另組家庭以安頓自我的渴求，將使其無暇辨別好壞或因過度信任陌生人，倉皇私逃間，有可能躍入另一個致命的牢籠，悲劇由此再重演。

　　兩書同以犯罪被害相關，倖存獨活的自責內疚漩渦，一同捲起了「真假千金」，姊妹錯置代換的混淆詭計，佐附「警探以法醫學證據」追索陳年舊案，卻連帶挖鑿出，通往家庭崩壞暗處的唏噓。特別值得一提的是，後者增添法庭上的種種辯詰往返，以此質詢「法律程序正義定調的正義」與「犯罪者必當再犯」的真理是否可行。

　　除卻血緣姻親背景，容貌遭遇彼此酷肖的親生姊妹花（無論雙生與否）來混淆，尚還有情同姊妹的閨密對象作為替換，如蜜邁可‧洛勃森《請找到我》。

　　本書故事講述擁有同齡女兒的心理學家受邀前往「消失的女孩」一案來側寫罪犯，並行受囚少女之一的日記自白，事發過程點滴與受虐現況交相遞進，雙線並行以還原如娜塔莎‧坎普許（Natascha Kampusch）《3096天：囚室少女娜塔莎‧坎普許》（*3096 Days*）少女遭擄囚禁受虐的恐怖真相（甚至其中一名受害者名便為娜塔莎），可原來尋尋覓覓驀然回首，兇手正是身邊近處，不曾想過的人。

心理學家受邀側寫推斷 C————D 現在 案情推演至真相大白
受囚少女之一日記自白 A————B 過去 遭擄受困逃脫與案發點滴

上述皆為ABCD發展時序，卻分列兩線平行，並佐以姐妹閨密於過去現在1111的遞進，營造參差錯落，迴旋呼應的懸疑。

 ## 【平行世界女性類比追尋 II】
酷肖雙女命運遞進的自我追尋

此類非關血緣姻親的姊妹閨密，女人心事今昔對比，彷彿鏡映對照、雙線遞進的酷肖，實是女角生命陷溺、上癮或崩壞後的自我重尋，以葉真中顯《絕叫》、荷莉‧賽登（Holly Seddon）《窒息過後》（*Try Not to Breathe*）、蘿莉‧洛伊（Lori Roy）《消失的夢田》（*Let Me Die in His Footsteps*）、JP德拉尼（JP Delaney）《之前的女孩》（*The Girl Before*）、麗莎‧嘉德納（Lisa Gardner）《尋找消失的女孩》（*Crash & Burn*）與露絲‧魏爾（Ruth Ware）《10號艙房的女人》（*The Woman In Cabin 10*）等為例。

葉真中顯《絕叫》故事彷彿山田宗樹《令人討厭的松子的一生》與國際知名編劇Hans Rosenfeldt當代倫敦為背景的英劇《女警瑪賽拉》（*Marcella*）合併，以失婚女警綾乃抽絲剝繭查案點滴，揭露渴愛卻終不得愛、孤獨死於貓啃淒涼的鈴木陽子的一生之謎，過去現在雙重並進平行世界推理[163]。

失婚女警綾乃抽絲剝繭 C————D 現在 案情推演至真相大白
令人討厭的陽子的一生 A————B 過去 人生蜿蜒至兇殺案發

《絕叫》故事講述非營利組織「Kind Net」代表理事被殺死

此書除雙線並進的主要佈局，更間雜錯落有些許關鍵證人的視角證詞，使得怵目驚心刑案更添疑雲，並別具匠心的以第二人稱「你」營造彷彿對話親近卻是身份置換的心機，等同人心即怪物－並蒂雙胞，「變臉」的雙面陷阱裡，張渝歌《詭辯》或中山七里《嘲笑的淑女》「你是我，我是你」身份真假，撲朔迷離的交換遊戲。

去，情婦卻下落不明，長成於重男輕女門第的鈴木陽子，從小備受母親忽略與毫不在意的差別待遇，可諷刺的是，母親心中舉足輕重的千金之子（陽子弟），聰明體弱卻車禍早死，爾後陰魂不散地化作泡沫魚影於其旁輕聲細語。

父親欠債跑路，母親冷漠無情，於是陽子輾轉流離又失婚被棄，甚至被保險業的男人花言巧語欺騙，不幸淪落為煙花之地的應召女，既被虛榮勢利所蒙蔽，又被制於吃軟飯的牛郎暴力，進退失據的她於是結合所有經歷，保險與車禍不背責前提（肇事乃源於被害者過失之例）與「名為慈善，實是『換錢』」的非營利組織「Kind Net」，聯手翻雲覆雨，最終落入萬劫不復的殺人地獄。

葉真中顯一貫以社會寫實為摹寫主題，無論是《失控的照護》「青年照護人面臨各式剝削排擠，還需承擔老年照護窘境」，或《絕叫》那鏗鏘有「斂財團體與遊民共棲、孤獨死、保險漏洞、車禍刑責規避、新世代女子生命危機」等直搗社會深層議題的遒勁，都特別的洞徹人心且彰顯人性。

那樣循序漸進社會真相的推理，更暗藏即便再怎麼曲折蜿蜒也要找回破裂自己的含蘊，不過，讀者這也才理解，猶如芥川龍之介〈蜘蛛之絲〉的不言而喻，命運的慈悲與正義，始終歸屬於神的領域，悲慘世界的哭聲，始終在暗夜行路裡，不停響起，大致亦是種「朱門酒肉臭，路有凍死骨」的平行世界推理。

荷莉‧賽登《窒息過後》故事講述酗酒失婚丟飯碗還到處找人上床，人生陷入惡性循環的文字工作者艾莉克絲，為了翻身索求新聞專題而來到昏迷的艾美床邊；年輕貌美永遠十五歲的艾美，與艾莉克絲同，生命遲滯始終無法再前進，但不同於自暴自棄的陷溺，艾美當年乃因受襲而昏迷，睡美人一樣地長眠不醒，如新興樂團原子邦妮〈被你遺忘的森林〉囿限在過去。

人生陷溺艾莉克絲 C————————————D 現在案情推演 新聞專題
受襲昏迷不醒艾美 A————————————B 過去案發順序 舊事點滴

　　同是天涯淪落人的哀戚，讓艾莉克絲決意解謎，抽絲剝繭與事件倒敘以求還原美好世界原型並逆轉過往人生的悲劇，推理解謎至底，實是要在破裂中尋回自己[164]。

書評體的魔法圈164

「推理解謎實於破裂中尋回自己」此類往常見於尋妻愛妻的男人迷離，近年因S. J.華森《別相信任何人》至珀拉‧霍金斯《列車上的女孩》等延續，專摹「失婚喪親、童年遭遇不幸或精神受創打擊」的女人心理，一時風靡成為暢銷作品失憶梗的最佳佈局，關鍵特點便是倒敘、平行與在破裂中尋求自己；2000年克里斯托弗‧諾蘭執導《記憶拼圖》取用倒敘與平行的奇技，只不過雙線並進的主角都只有自己，而最終所有針織細密的謎，都只為了保有自我世界，不可動搖的完璧，亦屬「假的，我眼睛業障重啊的自我欺騙」。雙主線「間雜他人些許碎語」佈局，亦可參考彼得‧詹姆斯（Peter James）《死者》（Dead Man's Footsteps），美國911背景裡，羅伊‧格雷斯探長，追索「消失的愛人」妻子珊蒂卻終不可及，飽受煎熬的心，對比謎樣女的逃亡來對應，兩者職場私領域壓力的交相推擠，最後層層交織為鉅額保險金的連續謀殺犯行，驚悚程度堪比葉真中顯《絕叫》的驚心。

蘿莉・洛伊《消失的夢田》曾榮獲美國推理文壇最高桂冠「愛倫坡獎」年度最佳長篇大獎，故事據作者自述，取材於1936年8月14日肯塔基州小鎮，被公開處以絞刑的性侵犯事蹟為虛構發想，分別講述1936年與1952年，兩代家族世裡，莎拉和茱娜VS.安妮與卡洛琳兩對姊妹花，黑眼瘦高與柔順動人的對比，魔法天賦奇技世襲卻是個人魅力指數風水輪轉倒逆的家族祕密[165]。

1952年安妮與卡洛琳 C————D 現在案情推演（茱娜回歸之謎）
　　1936年莎拉和茱娜 A————B 過去案發順序（戴爾死亡與約瑟
　　　　　　　　　　　　　　　　　夫性侵受絞之謎）

書評體的魔法圈165

此書的哥德懸疑風，讀來頗具米雪兒・辛克（Michelle Zink）《預言的姊妹》三部曲（Prophecy of the Sisters Trilogy），同性雙胞的血緣基因（《消失的夢田》乃姻親關係非雙胞），那不可言說卻隱隱然存在的妒忌、秘密與奇詭的魔法爭競。

★安妮－茱娜（黑眼瘦高）＆卡洛琳－莎拉（柔美亮麗）

海登郡開場「15歲半少女成年禮，夜半視井預見未來Mr. Right的沿襲，卻驚見一具屍體的懸疑」，套用概念酷肖現今都市傳說——「夜半鏡中削蘋果」得以預見未來命定伴侶的口耳相傳，或臺灣古早中秋，盛行於未婚女性的「聽香」占卜術與「椅仔姑」問事的戀愛扶乩[166]。

香氛滿懷又浪漫無以復加的薰衣草田裡，滿是粉紅泡泡與女子絞手帕數花瓣的戀愛心事，同樣組構的家族成員，代間傳遞的隱喻與混淆不清，卻暗藏惡意的人心人性崎嶇與鄰里八卦的無稽耳語與

假的我眼睛業障重啊：書評體的百萬種測試與生命叩問

霸凌造就悲劇的內裏，令人一掬感懷之淚。

JP德拉尼《之前的女孩》故事雙線並述與男友住所被闖空門後創傷及遭遇不負責任渣男拋棄並流產的艾瑪與珍，容貌遭遇皆相似的今昔對比，穿插有完美主義人格相關的測驗評比，竟挖掘出建築業界龍頭，過往深埋的死亡祕密。寫作佈局可說是此類最佳範例，且內容頗肖建築業界大師版的E. L.詹姆絲（E. L. James）《格雷的五十道陰影三部曲》（*Fifty Shades of Grey Trilogy*）（極端完美控制男&馴服女）結合夏綠蒂・勃朗特（Charlotte Brontë）《簡愛》（*Jane Eyre*）（喪妻失子莊園主與創傷女）[167]。

流產被拋棄的珍 C————————D 現在案情推演（今）
被闖空門有創傷的艾瑪 A————————B 過去案發順序（昔）

倫敦佛格特街一號，這奉行極簡主義建築大師愛德華・孟福德的完美作品，物美價廉不可思議，可200多條近乎苛求的租屋守則卻是嚴厲怪異，還需接受如影隨形的科技監控。雖可理解流瀲紫

《甄嬛傳》皇帝那「縱得莞莞，莞莞類卿，暫排苦思，亦除卻巫山非雲也」，以情人間的馴養復刻，作為愛情替身代換的心情，但漠視女方個人生命的獨特與主體性，也終將成為新戀情的破局伏筆，由此方知，人總是必須向前走，無由退後。

曾經的創傷造就的不安全感，只得寄託無所不在的掌控苛刻，使完美世界不再崩落，預期中，人都將天真愚騃，紛紛跳入構陷好的愛情遊戲，可真實人生的矛盾諷刺，便等同日本乾胡桃《愛的成人式》的迴旋佈局——早在見面伊始，甜美的愛情便是個局，請君入甕而人不知。

周旋在因一椿「工地意外」失去妻兒的建築師、四處獵豔尋求砲友的工程師索爾、癡心情長的暖男賽門，與被唬爛到的無辜警探克拉克，關鍵逆轉的證據，是性愛雜交趴那種不可流出的私密紀錄與見證永久愛情的珍珠項鍊，行至末路方知，愛情愛情，它的名字原來是控制與權力。

麗莎．嘉德納《尋找消失的女孩》故事講述大難不死的車禍倖存者妮可．法蘭克，頻頻索求不存在女兒「薇蘿」下落，可在辯證「薇蘿」為夢幻泡影或真人的搜救中，彷彿丈夫接連家暴的意外裡，卻是記憶重組的不可思議，於是走到最後才理解，真相，最好別想起。

本書仍一貫秉持「尋找消失的女孩」與「平行世界女性類比追尋的今昔對比」來推進劇情，特別值得一提的是，結合「車禍現場重建」及「腦震盪症候群」的專業，並行人稱視角與意識畫面的拼貼，作為案情的推理。

車禍始警探緝兇 C————————D 現在案情推演（今）
過往記憶回溯根源 A————————B 過去案發順序（昔）

類同卡洛琳・艾瑞克森（Caroline Eriksson）《失蹤》（*The Missing*）追尋辯證「失蹤的人兒」（父女VS.女兒）之旅，卻驚見驚覺不可得知的真相，乃是充滿厭女的父權暴戾與母權卑微的軟弱似泥，叫人傷心。這仍是女子自我被剝奪後的自我中心造就悲劇範例。不過，雖可理解女主角遭遇悲戚但其個性言行也實在叫人退避。

露絲・魏爾《10號艙房的女人》故事講述旅遊雜誌的小尾記者蘿拉，在主管上司待產期間，竟榮獲了10年生涯中想都不敢肖想的金牌好康——搭乘豪華郵輪與名媛貴士交流採訪！可這被視為人生轉捩的生涯跳板，卻因上船前被闖空門，恐慌發作並與男友爭吵等，因私害公影響了她的邏輯運作。

失眠憂鬱恐慌，種種神智不清的夜半迷離裡，豪華貴氣「北極光號」卻傳來不明女子的尖叫與落水聲，本該存在於10號艙房的女子卻下落不明，不懂低調暗訪卻大肆聲張的小蘿，似乎有可能也將會被這樣的致命危機捲進漩渦。

本書佈局設計猶如可歌可泣《鐵達尼號》（*Titanic*）或經典暢銷的《東方快車謀殺案》（*Murder on the Orient Express*），僥倖誤入車船者，卻是後續破案解謎的關鍵主角，尤其是金光閃閃的北極光號與東方快車，基本都是以一個密閉移動的固定空間進行謀殺命案的開展與可疑人士的隱蔽失聯。

然而本書佈局匠心，在於情節的推進，彷彿《東方快車》群謀的集體詭計，然而航至最後，方知原不過是親密關係裡，伴侶不想被控制，及對錢財與自由的覬覦，而過程途中的風光點滴，也讓人想到《賭神》系列電影裡的機心，於是也要不免俗的來問一句「是不是到公海了？」[168]。

是故，「平行世界女性類比的追尋 II」女人心事的今昔對比間，非關血緣姻親的姊妹閨密或容貌，取而代之的成員組構代間悲

> 本書較偏近吉莉安‧弗琳（Gillian Flynn）《控制》（*Gone Girl*），追索「消失的女孩」與「男孩女孩對戰，女孩卻後來居上」的設定，並無平行世界今昔雙線的並進。

劇或個人遭遇的相仿類比造就混淆，雙主線查案與被害人過往點滴的平行，最終交會於兇案瞬間解謎，無論角色個性遭遇，往往都有在破裂中尋求自己的深意。

【平行宇宙書中書，套中套的華麗】故事接龍

平行宇宙，乍聽下的邏輯思索，是平行的、不相交集的，可是，有沒有可能，所謂的平行宇宙，乃是有如俄羅斯娃娃，由小至大或由大罩小的相互疊現，抑或是平行世界的視界，卻有另種的通道媒介，將彼此相互串結，彷彿萬（烤）花（肉）筒（串）的小說跨界，如此概念，便不能不提故事接龍的結構顯現。

十四世紀，英國文學之父喬叟（Geoffrey Chaucer）曾以《坎特伯利故事集》（*The Canterbury Tales*）為人所驚艷，這聚集諸多將前往坎特伯利聖地朝聖者們的客店，本為打發旅程的無聊疲憊，寒暄閒聊的所聞所見，無意間竟開啟了形式為「開場──『故事串故事』──結語」，各階層視域的故事接龍與串接，極其趣味，後世皆川博子《倒立塔殺人事件》與臺灣新銳小說家們合著《華麗島軼聞：鍵》更是鋒頭強健。

皆川博子《倒立塔殺人事件》以砲聲隆隆的二戰期間，被置於圖書館不起眼一隅的神祕筆記為引，玫瑰花樣框格中點題的「倒立塔殺人事件」，原來是多名少女與圖書館員的創作合寫，故事接龍

中，彷彿村上春樹《刺殺騎士團長》「意念顯現」與「隱喻遷徙」的概念，交相連綿的戰時摹寫，都不過是殺人被害，真相的浮現，讀來也頗有秋吉理香子《暗黑女子》，少女文學闇鍋與故事接續的串接。

而由臺灣五位新銳小說家——何敬堯、楊双子、陳又津、瀟湘神與盛浩偉接力寫作的《華麗島軼聞：鍵》，分別以〈天狗迷亂〉、〈庭院深深〉、〈河清海晏〉、〈潮靈夜話〉與〈鏡裡繁花〉五篇，各有專擅又各異其趣地，串起了臺灣日治時期藝文界，妖怪物語、百合絕戀、耽美BL、懸疑推理與純文學的虛實交構，完納30年代至戰後初，歷史文學民俗與信仰的故事接龍，亦是把美妙貫通歷史記憶的生命鎖鑰，值得後世後人誌存之，賞玩之。

不過一切謎團的開端，都要從〈郭松棻訪談錄〉記載的呂赫若，逃亡前曾將一串鎖匙交與膠彩畫家郭雪湖（郭松棻父）的軼事傳說開始講起——

何敬堯以創辦《華麗島》雜誌的西川滿、臺灣女子戀慕心事的聽香傳說與日本妖怪天狗（天行使者）啟程謎團，閃閃發亮的命定鎖匙卻遭楊双子開場直接爆破，轉進婢女姨娘與單傳千金，承繼家庭詛咒而生出百合絕戀的幽深巷弄。

文學少女陳又津則接續譜寫畫家及二美少年的耽美BL，淒涼唯美的水濱作畫，預告不可告人的祕密真相，後經瀟湘神翻手成雲，讓水鬼與瘟王爺，串結成謀殺案的驚心動魄，而是為始亦為終的盛浩偉，則用圓桌武士的時光穿梭，作成收尾的天蠍之勾，使鎖與匙一鍵貫通，成就華麗島歲月風華的流轉無窮。

此書以豐富的辭藻劇構，映射出人類集體歷史，前世今生的通靈變動——科學文明前，人類以神話做詮解，科學文明後，人類識得心理學與各項科學，這樣未知生焉知死，何況事鬼神的弔詭疑惑，便在此中人神鬼的善惡同容與一體兩面裡，敲響了哲理的鐘。

無論是被害轉加害的水鬼，或捨身成仁卻成瘟神的瘟王爺，到書中人物個性的懦弱，人神鬼書中書的虛實交構，即便語言地區經驗不同，卻直指萬事萬物生死起滅，實乃在於人心歷史記憶（甚或扭曲變造）的永垂不朽。

但溯源脈絡亦有可通，文化人類學經典埃利希・諾伊曼《大母神：原型分析》裡，遠古人類崇敬的大母神（The Great Mother），亦正亦邪同時兼有生育破壞特點，是故形象被摹繪示意以反覆迴旋，生死起滅同點的銜尾蛇。此些善惡同容的一體兩面，轉入心理學，則連結至人生來即需面對，非精神病患者專有的「精神分裂」——嬰幼稚童為求消解母親（乳房）同時代表「美好哺育生養」與「絕離拋棄冷漠」二者的焦慮混亂，而有命定的創傷症候，與父母作為無所關聯[169]。

事實上，若假定世界運作全依人想像期待運轉的美好連翩，實乃不成熟幼兒性格的遺留，踏步成年的成熟，則須理解生命荊棘處處，且福禍相偎依的四下變動。是以，寫實與虛構的鴻溝，跨領域各專擅文類的多元宇宙，與想像繽紛的故事接龍，既顯現了人類集體潛意識裡的原型組構，亦象徵了臺灣小說的成熟蓬勃。

──┤ 書評體的魔法圈169 ├──

詳見許皓宜《即使家庭會傷人，愛依然存在》第二話〈人之初，焦慮就成形了〉對創傷命定的釋疑。

假的我眼睛業障重啊：書評體的百萬種測試與生命叩問

【特別收錄】

 【二二八紀念推薦書評】
羅柏·傑克森·班奈特《階梯之城》系列

羅柏·傑克森·班奈特（Robert Jackson Bennett）《階梯之城》（*City of Stairs*）系列分屬《階梯之城》（*City of Stairs*）、《聖劍之城》（*City of Blades*）與《奇蹟之城》（*City of Miracles*）三部曲的遞進，情節各異，不過綜觀全集，卻可作為臺灣白色恐怖二二八的疊影呈現。

因為溯源《階梯之城》最先，便是肇因於殖民體權力派別的相互傾軋與鬥爭更迭，只不過那原始神靈與人的跨界，及分屬對峙群體的男女絕戀，在在都呈顯了，彷彿臺灣外省、本土與先住民等，殖民體權力歷史相互交疊，先來與後到不時發生衝突的血腥慘烈。其中多重人稱視角、多方口述記憶與史料記載的拼貼，不僅增添閱讀懸疑的樂趣，更讓我們深加思索口述記憶不可相信的曖昧，還有那寫作推理、創作推理，都是為了在權威發語權外求真求全的美，如蠅趨光，如蛾撲火的理解。

首部曲《階梯之城》以曾籠罩於諸神榮光下的輝煌國度——燦爛聖城布里可夫拉開序幕，曾於諸神羽翼下受庇護的子民，竟群起響應卡者大君（Kaj）的奪權叛變，於過往殖民屬地以神祕武器屠戮眾神，置之死地，本該不老不死長存於世的神靈，須臾間灰飛煙滅，僅存於不可見也不可說的遺跡裡。不過這後來居上的殖民體

與錯雜其中的前朝遺民，風平浪靜的表層底下，卻是暗潮洶湧的爭競，最終更因一歷史學家的死於非命，挑起烽火的鳴笛。而假冒不起眼文化參贊的情報調查員，則將由死者死前相關的線索，敲破人神間，祕密不可說破的意識浮冰。

二部曲《聖劍之城》地點由世界中央，曾被諸神所眷顧的布里可夫城，移轉至「神影」幢幢，滿是戰爭與死亡陷阱的芙亞城，題旨核心則是「老兵不死，只是逐漸凋零」的悲戚。故事講述前英雄穆拉蓋許將軍，曾經叱吒風雲的花木蘭本色，如今老來卻是酗酒囤物又傷殘的陷溺，若非首相夏拉脅迫退休年金的刪減，她也無以意料，此番危機重重的赴任歷險，將成就她人生不可思議的轉機。

各式史書、官方記錄或神的降靈剪影，在在使人踏入神滅人亡，無以為繼的岌岌可危，幾樁屍橫遍野的血腥殺戮，可供導電且具神祕力量的辛納岱特金，兼及女外交官喬卓里神祕材料獻祭、小眾密碼理解與圖畫痕跡等，最終都將指向不可喚醒的神靈遺跡、聖劍與推理謎底。芙亞城內，執掌戰事與死亡聖主神靈的斑斑剪影，正昭告著生即是死，死即是生的迴旋，彷彿聖經羔羊獻祭或將子之手獻予神，為成就「聖母手中劍」的榮耀，人的軀殼卻終將成為聖劍聖靈所依的容器用具，於殺戮中蒙蔽本心。

作為三部曲最終章的《奇蹟之城》（ *City of Miracles* ），故事則講述有如《神鬼傳奇》（ *The Mummy* ）布蘭登‧費雪（Brendan Fraser）的硬漢角色希古德，上刀山下火海的英雄冒險，實則為「以牙還牙，以眼還眼」（an eye for an eye and a tooth for a tooth）的錙銖必較。可戰士沾滿血腥的雙手、過往女死妻改嫁的天涯淪落，使得英雄雖不老不死，卻飽受罪責內疚煎熬，不得解脫，隱姓埋名多年等候，不料卻傳來前首相夏拉，生死與共夥伴遇刺身亡的噩耗，循線追蹤反踏入無以明瞭的闇影漩渦，無可回頭，夏拉遺落在世的女兒與風吹成塵的歷史陳舊，原來都藏著諸多不可說。

特別是以「那個不能說出名字的人」縱結開展出成人奇幻，面對超自然神靈力量，看不見卻依然存在的你追我跑，完納「人類歷史不過是各種不公不義的結合再結合」、「時間一如既往，是最致命敵人」的嘲諷。其中「空軌列車」上的搏鬥競技，與多重人稱視角轉移的拼圖推理，更有高登‧達奎斯（Gordon Dahlquist）《食夢者的玻璃書》（*The Glass Books of the Dream Eaters*）系列的匠心運用。

其中首部曲顛覆世界的致勝關鍵，實為人神交合間的禁忌生產，類同蘇珊‧易（Susan Ee）天使與人相愛，後裔卻因極具危險而遭撲殺的《滅世天使》三部曲（*Angelfall Trilogy*），而殺神、尋神、呼喚神，卻於人神軀殼暫借用中，感受諸多不可思議的「跨界通訊」，又宛若潔米辛（N. K. Jemisin）《繼承三部曲》（*The Inheritance Trilogy*）摹繪光明、黑暗與陰影三神共存並滅的十萬國度神話，又以首集《女神覺醒》（*The Hundred Thousand Kingdoms*）的劇情內裏最為酷肖[170]。

不過特別值得一提的是，無論是《階梯之城》系列，抑或是《女神覺醒》等，這以人神間的連結為引推進劇情，卻特別著重「將神封存於特定所在的設定」──不管是藏於神祕處所等待英雄英雌追尋的神祇，或以人類軀殼作為神祇靈魂行經暫借用的工具容器，都不脫「人神」概念的精義。

「人神」概念，於弗雷澤（Frazer J. G.）《金枝》（*The Golden*

書評體的魔法圈170

階級嚴明卻異類相愛的佈局，往往是奇幻小說悲劇文脈的開端與最末，另外，其實根據巫術史發展脈絡，據傳世界本是民神雜揉，繼而才是絕地天通，巫覡誕生於後，作為人神溝通的橋樑，用以祈神降幅消災禍，最後神話文明分野，各司其職，才是天人之分造就。

Bough)〈殺死神王〉的解釋中隨處可見，主要是談及「人神」之所以存在的緣由與作用——

人以己身形象造神，人的歲壽有時盡，神祇又何可超乎於外？人神自然也不例外，原始人以交感律（交感相生或觸染）產生模擬巫術與接觸巫術，是故神人於世，或者此些化身成人的神，其實便與自然萬物息息相關，相生相連。如神話故事專司萬物生長與五穀豐登的女神狄米特（Demete）女兒遭冥王擄走失蹤時，神思沮喪頹靡，大地便相對應的荒蕪絕育（神的狀態影響自然），所以人們關切人神或祈神，實非肇因於虔敬的緣故，實際上是出自他們對自己生命與生存環境的關心愛護[171]。

由此原始人才發展出「殺死神王」的相關儀禮，因為若自然萬物所有狀態進程，都須仰賴人神生命種種呈顯引發效應連鎖，那麼人神逐步邁向衰殘老弱，則勢必將引發世間萬物走上覆滅傾頹。為了防範並解決此一將動搖生者存有，生死攸關的人神狀態不佳，最好的辦法便是立刻將其殺死，讓人神體衰導致世界不可收拾的傷害前，便先行去除，而使神的靈魂被承繼給另一個精力充沛的人（軀殼）中。

人民所需所求者，實際為進駐人身軀殼中的靈魂力量，並非人神本身，是故人神本身軀殼，對她們而言並不俱意義，若人神自然死去，便會被視為靈魂自動離開拒絕回返，或被他者（如魔鬼巫師者流所攝所阻等）。讓人神於疾病衰頹中死去，將使輾轉流轉到其他軀殼的靈魂疲軟無力，在在皆是動搖原始人生存世界的重大恐怖，絕不容許[172]。

二部曲亦是由人神相連裡另行展演箇中弔詭，因為人神承諾間，洪荒之力緣起太古時期，上萬哨兵遺存的魂靈，可召喚連結的竄動嗜血，卻又來自人意識的凝結，叫人不禁揣度幾回，人與神，意識與靈之間，是不是有什麼環節彼此關聯？使其死死生生，生

巫術原理根據弗雷澤（Frazer J. G.）《金枝》（*The Golden Bough*）對巫術的定義，將世間萬物可經由超越時間距離等各項因素而達神秘感應、彼此作用者，統稱為交感巫術，可因基於「類同」或「接觸」原理劃分為二。一為順勢巫術或模擬巫術：相似律，指同類相生，或果必同因，藉由模仿（性質之類同）而實現。凡類同事物能相互感應，相似行為則有同樣效果。如哲儀《人偶輓歌》的人與人偶遭遇事項將交互感應類同。二則為接觸巫術：觸染律或稱接觸律，物體一經互相接觸則永保關聯，即便在中斷實體接觸後還會繼續遠距離互相作用，如井上夢人《風一吹桶店生意興隆》，超能者藉由碰觸協尋案主之物，去感應對方的所向，在林正英系列的《殭屍至尊》（*Ultimate Vampire*），（臺灣翻譯《靈幻家族》）拔富家女頭髮便可施術使其昏睡也是一例。另外「天人合一」，則歸屬中國哲學的重要觀念。強調人屬自然，是故人與自然需保持和諧，人的行為需順應自然規律。但人與自然相互交感最為重要的是，人的身體情感既與天體及其性能類同，那麼人的行為則可與上天的意志互相感應。小野不由美《十二國記》則是天所指定的王若無道，則麒麟將染病，國情也將受影響或許也可算是此種想像的建構。不過，更深遠地其實是中國道教的發展觀念——「古人以天和祖先能夠給人禍福，而天的觀念發展則從死生的靈而來，故俱有人格方面稱為上帝，王者則是能明白天的意志便可以治天下。」《墨子·天志》說：「古者聖王明知天鬼之所福而辟天鬼之所憎，以求興天下之利而除天下之害」。神教政治精髓，便是以天的威靈，寄託天子，天子歿則為祖先在天之靈，以鑒察人間的行為和降下禍福。

軀殼如衣，可隨意替換的觀念，亦是諸多古老宗教所宗，如威廉·達爾林普（William Dalrymple）《九樣人生》（*Nine Lives*）首篇〈女尼的故事〉講述印度耆那教的信奉，其中人物即透徹融貫有「軀殼如衣，變舊變破，便如寄居蟹物，另覓新殼新裝，接受死亡，是為新生」的概念。

生死死最終不息不滅？科學文明前，人類以神話做詮解，科學文明後，人類識得心理學，或許神力與人自由意志（意識情緒）的種種的雙關轉念，都直指生而為人，歷程一生的珍貴。

另外特別值得一提的是，通常奇幻與推理的結合，往往易流於推理為重，奇幻為風的輕重組合，如米澤穗信《折斷的龍骨》中世紀女性掌權的歐風奇幻佐以本格密室脫逃。然而綜觀羅柏‧傑克森‧班奈特《階梯之城》系列，奇幻卻是歷史文明更迭，紮紮實實的再現，且鎔鑄多元情節，甚且具備中國麥家《風聲》密碼碟報相互攻堅的趣味。

若對比紀念臺灣二二八白色恐怖情節，我則會想到《奇蹟之城》文中所言：「人類歷史不過是各種不公不義的結合再結合」、「人類的自由與幸福和掌權者的多寡有直接關聯，時至今日，仍有太多太多的人民無權決定自己的人生」（533）。作者亦明言「時間一如既往，是我們最致命的敵人」，或許那是因為，歷史便是代代的悲劇重演。

本套書結構嚴謹，寓意豐厚，奇幻為界，並結合有殖民體權力派系更迭、男女多元成家（？）的寬容體貼，與人神靈錯雜的權掌世界，及慘烈謀殺推理等，讀來叫人讚聲連連，真可說是支持多元成家，愛臺灣共鳴深，理解殖民體權力更迭的必備奇幻！不愧是入圍「世界奇幻獎」、「英倫奇幻獎」、「軌跡獎」、「大衛‧蓋梅爾傳奇大獎」的奇幻大作！

另外世界特殊奇幻大作，可另行參考米澤穗信《折斷的龍骨》，以中古歐風奇幻與女性掌權作為密室殺人的本格詭計佈局，亦可一觀。

假的我眼睛業障重啊：書評體的百萬種測試與生命叩問

【中古歐風奇幻與女性掌權的本格密室】
米澤穗信《折斷的龍骨》

　　米澤穗信那榮獲第64回日本推理作家協會賞的作品《折斷的龍骨》上下二冊，暢銷魅力的核心關鍵，主要在於奇幻風格世界觀的設定，以及密室殺人本格推理如何可能的詭計。本書背景設定在12世紀末距英國境內不列顛島三天船程的北海索倫群島，英明而備受愛戴的領主，招募傭兵以抵外侮的開戰前夕，卻因不明原因遭刺身亡，於是領主千金阿米娜，與追索神祕暗殺者流浪騎士法魯克結盟，共同來勘謎。

　　本書是米澤穗信極具創意的以其早年中世紀歐風奇幻作品，後續結合本格推理而成，特別有趣的是，文中推理甚至直言不諱的點出，其實世上並沒有真正密室可以完成的殺人，而是最後如何造就一個密室才是真正解破兇手的謎。是以索倫群島，地理環境先天被阻絕的密室、關押犯人的天牢與謀殺現場的密室三重奏裡，人究竟要如何逃出生天或犯案？明明這些人也就在你我之中！讀來頗有英雄史詩奇幻的風采，唯主角的冒險行進以智力解謎取代武力戰鬥，更藏諸領主之女，女子／兒童自身命運無法自主的掙扎困惑。

【中山七里《嘲笑的淑女》解說】
謎樣的雙眼——正義女神妳為何蒙眼

　　在日本向有「峰迴路轉帝王」美稱的中山七里，再度呈上驚豔鉅作！早在大學時期，便以關注東大安田講堂事件為軸的《謝罪》，通過江戶川亂步獎初選的他，也算早慧。然而畢業後因工作輟筆近20年，誰也料想不到，在四十多歲的中年之姿，會因親見本

格天王島田莊司的震撼而重拾筆耕生涯。不寫還好，一寫驚人！部部都帶給讀者極致享受的感官饗宴，叫人心醉。綜觀其作品，大致有以下分類[173]：

一、青春洋溢的音樂推理：

由氣質翩翩小鮮肉——鋼琴家岬洋介擔綱解謎的《再見，德布西》、《晚安，拉赫曼尼諾夫》與《永遠的蕭邦》音樂推理系列，語調輕快活潑，充滿青春氣息。專屬青少年女惆悵哀愁的青春紀事裡，神乎奇技地將音符樂章化作動人文字，優美旋律躍然紙上，奏樂行進配上命案謎團的抽絲剝繭，彷彿命運交響曲的嘈切錯彈。

二、精神心理變異的人性犯罪：

如《連續殺人鬼青蛙男》與《嘲笑淑女》。一改前述音樂推理的青春輕快，此類以社會冷漠下的人性犯罪為題，著重摹繪罪惡之源與變化——受害轉加害的崎嶇心路及變異後的種種恐怖，精神心理上的暴烈瘋狂，讀來令人不寒而慄，倍覺驚悚。

三、社會正義的兩難：警察、法庭與體制

此類多以警察／法庭人士為角，挑戰「社會標準下的公平正義」，如何在「團體」與「個人」間兩相權衡取其輕，及社會倫理法制的不全（日本刑法第39條或器官捐贈相關條例等）衍生善惡於法制內的種種艱難。如《泰米斯之劍》渡瀨警部個人正義與保全組織的矛盾，《贖罪奏鳴曲》與《追憶夜想曲》司法考試不含人格竟得善果，開啟前科律師御子柴禮司的贖罪旅程，《開膛手傑克的告白》腦死若非真正死亡，器捐算救人還是掠奪？個資法與公眾安全究竟孰輕孰重等，皆可一觀。

另外，還有不在歸類內，講述電影實業秘辛的《START!》。以短篇形式集結者，則有老卻不服老、七十多歲要介護偵探的《五張面具的微笑》；刑警犬養隼人遊走人心之毒，彷彿七宗罪的《七色之毒》，皆以單篇串聯方式接續破案。上述作品乍讀旨趣風格大相逕庭，然而歸結其創作，卻有幾點共通：

一、對既定標準（公平正義、善惡倫理、殘廢健全、虐與被虐等）的質疑翻轉

中山七里行文滿是對「既定標準」的質疑困惑，常由矛盾處開展辯證，呈顯主角迂迴曲折的痛苦心境，彷彿是把晃動不安的天平。如《泰米斯之劍》曾因刑求導致冤案的渡瀨警部，《贖罪奏鳴曲》與《追憶夜想曲》有殘虐前科的律師御子柴禮司，《連續殺人鬼青蛙男》因日本刑法第39條被釋放更生的有働小百合與當真勝雄[174]，還有《再見，德布西》浴火重生的香月遙與《五張面具的微笑》風中殘燭的香月玄太郎等。多元主角群像卻彷彿有志一同地提出，「即便行惡過，後續是否有為善可能？」、「行善為惡之源始於人性還是遭遇？」（虐與被虐的互換）、「身傷體殘能否『殘而

日本刑法第39條：「心神喪失者因無責任能力，不予處罰；心神耗弱者因其限定責任能力，得減輕其刑」。

不廢』？」等，乍讀絕境重生的敘述，卻凸顯他試圖扭轉既定框架，對持正天平晃蕩不安的遲疑猶豫。

二、請君入甕後，層層翻轉的驚嚇與驚喜

或許也因這樣善惡難辨的矛盾躊躇，故而作者筆下，淨是請君入甕後，層層翻轉的驚嚇，每每在結尾山窮水盡處便是柳暗花明的連翻轉折。如《泰米斯之劍》《連續殺人鬼青蛙男》與《開膛手傑克的告白》等，真兇現身便至少運用三次推翻，《嘲笑淑女》被害轉加害，最後迎來惡人逍遙法外的恐怖，甚至以毀屍滅跡開頭，結尾卻跌破眾人眼鏡的《贖罪奏鳴曲》等，皆可顯見中山七里的翻轉功力。

三、人物網與類同情節的縱橫呼應

其創作系列裡，主角人物或有不同，甚至主客各異，然而貫聯其中者，卻是細密如織，彼此交會的龐大網絡。《五張面具的微笑》中，老頑固香月玄太郎的出場，前傳式地補足鋼琴家岬洋介的《再見，德布西》（香月遙為其孫女）、《晚安，拉赫曼尼諾夫》與《永遠的蕭邦》。

《泰米斯之劍》鋪陳了渡瀨警部青年時的過錯，如何影響日後辦案信念，再搭檔小鮮肉古手川為《連續殺人鬼青蛙男》，並由此案翻拍電影衍生出電影實業秘辛的《START!》。古手川亦另搭檔犬養隼人《開膛手傑克的告白》辦案。還有連貫前科律師御子柴禮

司的《贖罪奏鳴曲》與《追憶夜想曲》等。劇情間也不乏「同儕霸凌，袖手旁觀的罪咎悔恨」與「母親失蹤，父親性侵女兒的悲劇」等，讀來關聯處處，迴旋呼應不絕。

四、「團體」VS.「個人」的對峙：正義與利益

團體與個人立場交相違背而引發衝突者也極為常見，如《泰米斯之劍》組織間的角力互鬥造就求快心切的刑求冤案，渡瀨警部伸張「（個人）正義」的同時，卻導致組織崩毀與相關人的悲慘苦果。《連續殺人鬼青蛙男》與《開膛手傑克的告白》皆因連續殺人案引發人心恐慌，衍生「個資法」（精神疾病患者列管名單或器官捐贈移植相關條例）與「群眾安全」的對峙，而溯源小團體內的霸凌，本就是「群體」圍剿「個人」的顯現。

六、博雜各類卻淺顯易懂

其系列著作可顯現作者涵養上的博學雜識與寫作功，尤為難得的是，對社會道德正義標準的質疑，結合各領域深厚的學識根柢，一不注意便可能流於說教或艱澀，讓人難以卒讀，然而他卻能妙筆生花的，將音樂、法律、警察、犯罪鑑識、金融銀行、精神變異、器官移植、廢棄物處理與電影作業等專業領域信手拈來，細膩又淺顯的鎔鑄於作品裡，引領讀者於音樂饗宴下，進入百花齊放的異世界。

此次新作《嘲笑淑女》，歸屬於「精神心理變異的人性犯罪」類，主要是講述「惡女生成」的故事。全書五章分別以〈野野宮恭子〉、〈鷺沼紗代〉、〈野野宮弘樹〉、〈古卷佳惠〉與〈蒲生美智留〉五人視角作分述，乍讀情節各異，實際卻是環環相扣的驚心，叫人不寒而慄。

故事由飽受霸凌的平凡女孩恭子說起，表姊妹美智留的突然

出現，轉移了班上霸凌的焦點，但這因母親出走被落魄父親作為洩慾工具、美貌驚人還捐出骨髓救恭子一命的美智留，可不甘於受害的角色，於是與她有過接觸的人——特別是恭子一家，便不由自主的，被她引領至慘烈而無以救贖的無間地獄去，徒留她張狂囂張的獰笑聲，於人世間裡迴盪不已

綜觀美智留幼時受虐淪為洩慾工具、過度壓抑自身需求與情感，漸次轉化為日後施虐時對被害者痛苦的冷漠無視，其實是童年受創引發成人犯罪的不幸寫照[175]。且善惡無常，法網疏漏的終局，也讓人想起2014年，美國普立茲小說獎得主唐娜・塔特（Donna Tartt）《金翅雀》（*The Goldfinch*）——「善果不總出自善行，惡

書評體的魔法圈175

兒童心理學大師愛麗絲・米勒（Alice Miller）幸福童年三部曲（《幸福童年的秘密》《夏娃的覺醒》《身體不說謊》）曾就「兒童心理創傷可能造就成人影響」做討論，不過旨在針對「以愛為名而不自覺的暴力黑色教育」為題，若以「童年性侵造就成年暴力犯罪」者，則可參考約翰・伍茲（John Woods）《失落的童年》（*Therapeutic Work with Perpetrators of Sexual Abuse*），此書整合了作者於倫敦波特曼中心的性侵加害人案例集成，歸結出「童年受親密關係人性侵殘虐者」，其「受創情境」將如跳針般於腦海反覆播放顯影，由此造就內在驅動「以再現來迴避當年受創心理的無助恐懼」或不自覺將「當年所受的暴力凌虐」作為表現親密的手段，因為這是他們從過往親密關係人身上所唯一習得的。共同特點是其「淪為工具性的使用、過度壓抑自身情感、反覆被創傷情境驚嚇煎熬」，最終將使日後對施虐他人麻痺無感——或許外界會對其「暴力恐怖且扭曲異常」的犯行感到陌生不解，可那卻是他們童年世界的顯影與生活日常揮之不去的陰影畫面，且從未得到誰的赦免與救贖。另外，關於霸凌種種，則可見陳俊欽《黑羊效應》或瑪麗法蘭絲・伊里戈揚《冷暴力》，詳見《小說之神》。

果也不必然出自惡行」，叫人無所適從的曖昧。那麼中山七里各本主題對持平公正的矛盾辯證與對既定框架的諸多破解，或許正暗示著，正義女神持秤與劍卻蒙眼的形象，說不定非是「一視同仁的客觀」，而是對「因果終非有報」，只好「眼不見為淨」的心傷。畢竟，覆上罩布的女神雙眼，藏著什麼，誰又看得清？

 【櫻木紫乃《繁星點點》導讀】
　　來自星星，卻一去不回的你

　　2013年，櫻木紫乃由日本情色官能大師渡邊淳一手上接過149屆直木獎，因被標誌為日本文壇「新官能派」小說天后的誕生而聲名大噪。然而同以「非正常倫理愛戀逼近死亡的憂鬱蒼涼」，對比於渡邊淳一在《失樂園》與《浮生戀》等，愛與死交相徘徊的頹喪，展現對生（肉體或女體）的眷戀，較具宗教哲理的虛無感，或《紅色城堡》，男人窺看並操控女體情慾的開發。櫻木紫乃以冷冽筆法，暗藏女性深刻壓抑的痛苦──「無一字寫情卻字字皆情，慾則於不言中悄然浮現」。冷靜自持、超然自外的節制，卻反使文字有「道是無情卻有情」的驚心[176]。

　　溯源櫻木紫乃創作，當與其北海道釧路市經營愛情賓館的原生家庭經驗有關。不管是2009年《玻璃蘆葦》，2013年《皇家賓館》，皆圍繞著「賓館」（家）的敘事展開，至2016年母女三代的新作《繁星點點》，對「家」的懷想推演則更多。其創作大抵有三大特色，一則為死亡憂鬱裡，滿溢對女體的剝削、空洞與被利用感，二則是家庭分崩離析的離散關係，三則是承繼第二，家庭的破碎崩毀造就異樣倫理關係的鍵結，奮力出逃悲劇卻仍代代承繼的傷感絕望。她生命／筆下那承載著經營者並見證諸多愛情悲歡的賓館遺址，是愛之始，亦為愛之終，起始終了間，便是愛情與生命那迴

本文為2016年11月20日出版，櫻木紫乃《繁星點點》導讀內容，主要以當時現有《玻璃蘆葦》《皇家賓館》與《繁星點點》等重點書目概括作者寫作特點，後續新出《愛的荒蕪地帶》《蛇行之月》與《冰平線》等雖未收錄，卻無礙櫻木紫乃其人其作特色徵顯的挈領提綱，故在此不再另行增補贅述，僅補充說明之。

旋反覆的圓，故所有招致痛苦的一切，都必須從「家」談起。

首先，首末篇章刻意部分雷同營造呼應效果的《玻璃蘆葦》，火災與喪葬交相錯落的背後，卻掩埋著「母親過往情人是女兒丈夫」、「錯母為女的殺人遁逃」與「幸福家庭不可言說」的恐怖祕密。而北海道濕原上，那掛著鏽斑累累招牌的《皇家賓館》，時光倒敘間，紛陳七則男女主角寄藏於此的情慾哀愁，絕望與孤單，彷彿重新曝曬一枚枚生灰衍塵的時光膠囊，任由不倫的記憶氣味，酵發空中。《繁星點點》則以九個短篇串起「塚本千春」漂泊流離的悲慘一生。由陷溺於不可靠男女關係的母親咲子始，被野放長大的千春，悲劇性的重蹈母轍──在各個無能擔負責任的男人中來去，然後也棄女離家，卻仍始終找不到安身立命的地方。輾轉流離的（咲子、千春與亞亞子）母女三代，彷彿天空裡散落的星，彼此追尋嚮往，卻難以憑依守望，只剩偶然紀錄在案的小說與和歌集，將她們受苦受難、稜稜角角的心，化為車禍嵌入人體的玻璃，取出時圓滑光潤，發出如鑽如星的耀眼光芒。

原生家庭裡，無枝可棲的虛無恐慌，成了櫻木紫乃筆下異樣不倫愛戀的重大推力，尤以母女間的對峙矛盾，最為可觀，那一幕幕崩毀離散的家庭悲劇，全然便是不穩定依附關係的鍵結網，這須由心理學上的依附理論（attachment theory）說起。

依附理論濫觴於1953年英國精神分析工作者約翰・鮑比（John

Bowlby），他觀察並歸結出「所謂的依附行為（或依戀）很有可能是生物在演化過程中，為求自保與避免被獵食者傷害而衍生」（在情感與生存上尋覓『安全感』）；承繼其志的學生瑪麗・愛因斯沃斯（Mary Ainsworth），後續以系列實驗──陌生情境（strange situation）測驗，完善了依附理論的概念，後更由此發展出「嬰幼兒依附行為『影響』（不自覺重現為）成人愛戀模式」的詮釋，用以伴侶關係系統治療與EFT情緒治療等。而哈利・哈洛（Harry Harlow）1957至1963年殘忍的恆河猴實驗，亦映證了「幼時依附關係對成人伴侶及撫育下一代的影響」。

簡言之，「幼時的依附關係，將『複印刻板』為未來成人的人格發展、人際關係，特別是與未來伴侶的互動模式」。若成長中俱有「安全基地」功能或充足安全感的嬰兒，比較能有健康互動，若幼時便遭遇關係不穩定（無特定的依附對象）或照料者未能俱足安全感，則未來人格與各種關係的鍵結，便將容易遭遇破碎困難，不僅可能造成個人性格上的自閉／疏離／反社會傾向，甚至影響社會適應及伴侶關係互動上的種種顛簸，縱橫累加最後走上犯罪一途，也不難想像了。

《玻璃蘆葦》與《繁星點點》的母親，總在各個男人們間遊去飄盪，對女兒成長未施加照顧，甚至參與共同犯罪（冷眼縱容同居人性侵女兒）；不穩定的依附關係，使得「異樣倫理愛戀」（繼父與女／義父母兄妹／上司同事／逃亡者或出軌）取代「正常家庭關係網」（父父母母子子），成為字裡行間的中心敘事。這些代代相承彷彿被詛咒的離家棄逃，其實不過是因為家的虛無空曠，逼使人向外任意攀附而落入悲劇，主要源自於「母親的情感撫育造就女兒成年與伴侶等的各式關係模式」，沒有被母親撫育過的情感記憶，將來在成為母親也會遭遇困難。咲子、千春到亞亞子母女三代，燈紅酒綠，朝始暮止的漂泊生涯與總是「不存在的父親」，當然也只

有動盪不安與空白可供承繼。

　　生命中重大的情感牽絆，卻長期無法穩定依靠，彷彿賓館男女的一晌偷歡，稍縱即逝，內心的創痛空洞又將之麻痺，使她們唯有面臨超越常人的痛，如女體情慾感官上的被利用剝削，方能確知自己存在，一再反覆，無法填滿，又由此倍覺空虛蒼涼，最終因果倒錯，再難以愛人也無法被愛。生命的圖譜，便只剩來去離散，無法停駐的遊魂。其中或許亞亞子最為幸運，雖先遭母親拋棄，卻很快被祖母收養，不穩定依附短暫過渡後，成功轉為穩定依附的鍵結，這也是她性格或許略顯冷漠無感，卻仍可經適應後融入關係群體，而有與其母其祖母，不一樣的人生。

　　根據日本精神科醫師岡田尊司，以現代諮商概念佐以歷史名人事蹟對照，探討家庭創傷與依附影響造就各式依戀情境的系列著作——《母親這種病》《父親這種病》《夫妻這種病》與《依戀障礙》等，或對照日本時事評論家下重曉子《家人這種病》所提出的見解，可顯見傳統緊密建構的家族形式已然喪失其唯一性，取而代之的是，乍看疏離冷漠，卻因保持距離使彼此心靈平靜安寧的「衛星」模式，蔚為流行。

　　柏拉圖曾把人擬為星星的碎片，人將傾盡一生去追尋另一半，因愛而成家，然而跋涉千山萬水，來自星星，卻一去不回的人，最終也將導致星空中，散落各地，遙相對望的星子們——「欲寄彩箋兼尺素，山長水闊知何處」，滿腹憂思懷想，卻難以互動回應的無奈悲傷。櫻木紫乃筆下，便是此種只能遠望卻無以相互憑依的新家庭形式大觀。

　　夜深了，星河潺潺，星子們，正低聲呢喃，她們「家」的故事。

【莎翁冥誕四百週年紀念特輯】

　　莎士比亞也瘋狂：那些年，為我們翻牆的羅密歐——幾則經典
莎劇與現代愛情迷思

　　公認英國文學史上最傑出戲劇創作家的威廉・莎士比亞（William Shakespeare），雖然其人其事仍部分成謎，但據傳誕生於英國伊莉莎白時期，並在16世紀末至17世紀極度活躍地留下數百多首詩、幾十部戲劇的他，產量之豐令人咋舌，最了不起者在於其深厚的藝術成就，歷經四百年仍傳唱不衰，甚至成為諸多經典改編與靈感取材的來源。

　　其喜劇、歷史劇與悲劇等極具戲劇渲染功力，尤以悲喜劇（傳奇劇）最為深入人心，與中國唐傳奇頗有些類同——總將角色人生的悲歡離合與愛恨，摹繪的栩栩如生，深深折磨著觀眾。然而這樣糾結人心緒，欲罷不能的戲劇人生，除娛樂性的潛移默化外，究竟還帶給我們些什麼？時值莎翁冥誕四百週年，藉此之機，且讓我們翻開歷史的扉頁，想想那些年，為我們翻牆的羅密歐——以幾則經典莎劇「穿越」，古今，破解愛情密碼。

　　當美國才女歌手泰勒絲（Taylor Swift）一曲輕快浪漫《愛的故事》（*Love Story*）風靡傳唱時，羅密歐與茱麗葉穿越前世今生，永恆的愛戀予人對愛情諸多遐想，可愛情中的闇黑毀滅，卻彷彿被拋諸腦後。心理學上認為，會愛上一個人，都是想要補足缺憾，滿足不夠完美的自己，所以才想找個人來愛，因投射有這樣的心態，所以初期熱戀時，情人總被包覆於「理想化」的粉紅泡泡中，然而隨著時日推移，彼此真貌越加清晰，激情的荷爾蒙退去後，只剩下了與自己一樣，坑坑疤疤、原形畢露的對方，最後「因誤解而相戀，為瞭解而分開」也就不難想像了。

如《仲夏夜之夢》，莎士比亞對愛情的嘲弄便是「那不過是場『魔法藥劑』點錯鴛鴦的小遊戲而已」——本來不過是仙王仙后，為一男童精靈出借為僕與否鬧脾氣，心生不滿的仙王，於是惡作劇地叫來精靈，將三色菫汁點於仙后眼皮，讓她陷入與醜陋驢頭人的情網中，途中精靈遭遇森林裡為愛奔逃的兩對愛侶（來追我啊），仙王本想讓他們「有情人終成眷屬」的美意，卻因意外而讓事情變得複雜，最後喜劇式地仙王仙后重修舊好，愛侶們也彼此成雙，皆大歡喜。可是這種愛戀人心無法永恆，僅是受到外物魔法操弄的劇情，正喻指短暫激情裡，卵子／精子衝腦而失去理智的瞬間。

有趣的是，魔法消退後，眾人若無其事，彷彿一切就是場夢，這種毫無疙瘩的心境轉移，在現實裡倒是有點困難的。有人在分手過後，仍會深陷前男女朋友的「餘毒」裡，久久難以忘懷；明知兩人已無法再復合，但不是希望以朋友關係作為另一種形式的永續長存，便是念念不忘，抱持著希冀達成「不可能任務」的幻想度日。但這樣的執著在某種程度上，可能並不是真正的愛，而是對「分手」的不甘、對自己愛錯人的遺憾憾恨無法消除（我是仙后耶，竟會看上驢頭人！），甚至，過往相處縈繞在心、歷歷可見，也不過是創傷後壓力症候群（PTSD）反覆跳針，無法接受現況，陷入自責沮喪循環的表現而已。

在《羅密歐與茱麗葉》裡，最叫人動容心傷的，怕也是那邂逅卻最終錯身而過的遺憾，彷彿是大衛‧尼克斯（David Nicholls）《真愛挑日子》（*One Day*）16世紀版。《羅密歐與茱麗葉》過去常被津津樂道者，便是世仇間「明知不可卻仍執意去愛」的奮不顧身，心理學將之詮釋為，當人們的選擇受到壓力或圍限時，反而會抗拒式的去選取最被反對的選項。不過卻很少人提及，在此劇中，男女雙方在茫茫情海裡，是多麼難得的一見鍾情，並於避過眾人耳目的艱難裡傳情達意，即便血海深仇／許嫁他人／面臨死亡的恐懼

等都無法阻擋兩人的烈愛，斬遍荊棘萬千，可是，迎來的卻不是永浴愛河，而是血流成河的悲劇殉情。

在愛情裡，你是否曾遭遇過千刀萬剮，即便彼此間都願意攜手走過，但最後仍不得不含著眼淚，目送深愛那人離開而無能有所改變？在狄卡（Dcard）論壇上，匿名發表的〈曾和我論及婚嫁的班導師〉（http://bit.ly/1pvAELM），校園禁忌的師生戀，走過世人道德眼光與父母反對的浪潮尖鋒，但最終也只能在無可奈何下，各自走向不同的人生道路。而世間情態種種，所謂的遺憾或放不下，有時也並非全然捨不得對方，而是沒有經過哀悼的枯萎愛情與受傷的自己，如鯁在喉、陰魂不散而已。這時候，學會面對遺憾與哀悼，也是愛情中相當重要的事。

相愛不能在一起是痛苦，可是，在一起相愛卻造就痛苦者，也不在少數，這讓人想到《馴悍記》。一提此作，恐怕天下女人將人人起而誅之，憤怒昂揚，畢竟此男行徑實在太囂張，這大概也是莎劇中，最受女性主義者撻伐的爭議作品，即便筆者為人溫順，讀此作品也不免有想絞擰男主角的衝動（兩手握拳關節咯咯作響）。

回歸正題，此劇講說某商人之女，長者個性暴烈恐怖，EQ修養顯然尚待加強，幼者美麗溫馴，前者求婚路上門可羅雀，後者則絡繹不絕，然而商人卻執意「長未婚，幼不嫁」的順序。此時一名覬覦豐厚嫁妝的男子來了，將壞脾氣的長女視作挑戰，對她行各式屈辱與作弄，最終「控制馴服」，完勝女人與嫁妝，藉由打賭大賺特賺外，還宣揚了「妻子總該聽服於男人的」信念。（女人們上啊圍毆他）

關於情人間的愛戀馴養，讓人不禁想到安東尼‧聖修伯里《小王子》（The Little Prince）裡，小王子與狐狸間的馴養互動，以此喻指愛情者，也可見2014年海苔熊〈小王子，別豢養不屬於你的狐狸〉（http://bit.ly/1R4W8JA），經由熟悉與規律，情人以此默契漸

成一體，若歷經變動分離，則會因此感到揪心不安。確實，情人間的彼此角力，不啻便是場「冰與火之歌：權力的遊戲」，然而過度的壓制，使對方成為沒有自由意志的個體，實屬變態。這種帶有M型男人厭女情結者，女性往往都以一種令人恐懼厭惡的「惡女」形象現身，就像此劇中的火山女一樣，但最終都會被男人制伏收場[177]。

不過或許讀者想起而攻之的是，瞧瞧吉莉安・弗琳《控制》（*Gone Girl*），妻子藉由公眾力量，將丈夫「控制」得無處可逃，或E. L.詹姆絲（E. L. James）《格雷的五十道陰影三部曲》（*Fifty Shades of Grey Trilogy*）裡，身心上由「主人奴隸」的「屈服馴化」，不也是讓女人以某種壓制男人的方式而得勝嗎？何故女人對此便是大快人心，備覺滿足（男人們覺得好不蘇湖），但對《馴悍記》卻憤恨不止，簡直雙重標準！可是，瑞凡——那些年，男人娶妻時，可不須「人財」都被直接登記入庫，就算時至今日，同擔重責的女人，工作外也尚有婚姻育兒與家務等瑣事，讀讀宅女小紅老公下班只顧低頭滑手機的哀怨，更遑論生活日常裡，女性還有諸多妥協！當然要平衡一下。

書評體的魔法圈177

「M型男人」的M，是「厭女症」（Misogyny）的縮寫，指憎惡／仇視女性，經由認知心理或行為上，表達對女性化／女性傾向／女性各類特質的蔑視厭惡等，在兩性關係上的互動上，常以極度的貶抑、言語或精神攻擊、圍限行程活動範疇甚至一舉一行以進行制約控制。但判定標準卻無邏輯規則可言，完全依據男人心情而定，女方抗拒時，將遭受極度嚴厲且合理化的態度回擊，引發背負所有重責的女方陷入自我質疑與困惑的漩渦，最終無所適從而崩潰。造就崩毀的元凶又是自己唯一的依附對象，更難以向外求援。不過，一個巴掌拍不響，男女雙方落入此種循環的主因，多源自原生家庭裡的各項失能，內在的依賴恐懼未得整合而造就家庭悲劇脈絡的重現。

假的我眼睛業障重啊：書評體的百萬種測試與生命叩問

確實，性別平權本非易事，因男女構造本就存在著差異，依約翰・葛瑞（John Gray）《男人來自火星，女人來自金星》（*Men Are from Mars, Women Are from Venus*），詳列男人女人不同而造就的誤會衝突，簡直足以毀滅整個宇宙。可是，在戀愛中跌跌撞撞的男女，即便明瞭差異，但小鹿亂撞，難以辨別對方真情實意之際，此時求解究竟是要線上求籤、塔羅牌占卜，還是數花瓣來釐清「對方究竟愛不愛自己呢」？

總被以戀母弒父情結與自我選擇擺盪不安作主題探討的悲劇《哈姆雷特》，關於愛情，哈姆雷特哥有真正愛過奧菲莉亞嗎？他其實沒有那麼喜歡她，還是，只是被分心或進了山洞？據約翰・葛瑞（John Gray）觀點，男人其實是種需要有自己「山洞時間」的生物——亦即什麼也不想，放空玩樂以恢復內在思緒的空白期，經此調節才能應付白天的壓力紛擾，但這可能常被因雜事弄得滿身疲憊，正想好好抱怨的女人，誤解為冷漠、不關心而吵架；男人因腦部結構的關係，生物學上較難分心，總得專注一件再過一件，無法如同女人可同步處理諸多事情[178]。

書評體的魔法圈178

哈姆雷特常被以心理學戀母（弒父）情結，或對自我選擇的猶疑，如人人琅琅上口的經典名句「To be or not to be, that is the question」（生存還是毀滅，這便是重點所在）作主題探討，對奧菲莉亞的差勁態度，前人也將之規諸他戀母，母卻不忠，「母親轉妓女」衝擊他對女性的認知。依現在家族治療心理學來看，戀母情結是嬰幼兒藉由對母親的戀愛依附（母子融合期），獲得獨裁專霸的情感與生存需要滿足，再經父親引領的形象標竿，才能完成自我認同的建構與成熟，奠基為成人入社會的基石。父早死而母改嫁本就會對心理尚在成長的子輩造就傷害，母親被他人奪去的悲傷，無父親引領成長，往後人際關係（特別是伴侶與子代）的種種艱難實屬自然。

在此無意替哈姆雷特開脫，雖然哈姆雷特以奧菲莉亞作為為愛瘋狂的掩飾，事後誤殺她父親而逃亡時，也未能顧慮到她感受，最終孤單無依又備受打擊的奧菲莉亞，發狂間失足溺斃而死。不過，喪父又失母，還有政治上潛在的壓迫，以男人依重大事件排序的邏輯，愛情被遠遠拋置腦後，怕也是不得不的無奈選擇。觀看哈姆雷特知其香消玉殞，悲痛不能自持而跳入將閉未閉的墳墓，或許心中曾藏有幾分真實愛意也未可知，不過這樣的死別也只能說命運捉弄，徒留遺憾。

要判定哈姆雷特愛奧菲莉亞的程度，讓人想到葛瑞格‧貝倫特（Greg Behrendt）和麗茲‧塔琪蘿（Liz Tuccillo）《他其實沒那麼喜歡妳》（*He's Just Not That Into You*），小說中試圖教導女人如何辨識男人的種種舉動，是否有那樣的喜歡妳。簡易快速的辨明標準，彷彿篩網一樣，迅捷濾掉「沒那麼喜歡妳卻又可能讓妳浪費心力」的對象，一棒打醒於愛情迷霧中徬徨的癡女。不過，不必太快栽入，節省心力與時間是件好事，可也應該給予彼此多點相處機會，畢竟愛情哪，並不如即時麵，隨開隨有，生活諸事繁雜，誰也不可能隨時做好準備，火花有時也在日久生情的瞬間。若是「男人因重大事件無法分心」或「進山洞」，不如給對方多點耐心關懷，待對方回神反應，說不定就閃光get了。

不過，或許有些女性讀者並不喜歡「好整以暇，坐以待斃成『壁花』」的被動，想要試驗「女追男說不定隔層紗」一理，綜觀莎翁諸多劇作中，常有「女人總扭捏得不讓男人知曉心意以示矜持」的場景，雖是時代背景使然，但特別的是，卻有一部女追男、撞冰山的慘烈「喜劇」《終成眷屬》，可觀後也只覺莎翁的愛情論點實乃一致——一切還是男人主動的好。

《終成眷屬》講說名醫父早逝而家道中落的美麗孤女，被和藹良善的伯爵夫人收容，相處日久下，她暗戀起年輕的公爵，可她並

假的我眼睛業障重啊：書評體的百萬種測試與生命叩問

沒有因出色容貌而「麻雀變鳳凰」，獲得公爵青睞，偶然以父親遺留秘方治好國王痼疾，榮獲賜婚機會，也沒有得到心上人的心，對方反而冷淡高傲的負氣出走，離鄉遠去。心碎的孤女於是也遠走天涯，不料卻於巧合間獲知愛人迷上某位寡婦女兒，藉其幫助，「偷龍轉鳳上錯床」，取得打賭所約的定情戒指，才使對方不得不守諾，相守終身。

此劇其實瑕疵頗多，情節轉換處諸多不合理，女倒追又無一般喜劇或偶像劇，剛毅木訥男不善表達，或最終將為女方癡情感動，如日本漫畫家多田薰《淘氣小親親》改編《的惡作劇之吻》，高高在上王子男，俯視在後跌跌撞撞小呆女，最終給付真心，反倒是有種被迫的不得不然。於今日愛情心理來說，才智雙全又擁有無雙美貌的女主角，追星癡戀，卻只受到冷漠惡劣的對待，也是自卑女人愛戀上M型男的一例。

聽其遭遇，兩性專家必為此搖頭嘆息，並給予忠告——男人彷彿野生美洲豹的生物，愛情上的獵捕乃為本能，違逆如此本能，即便暫時因虛榮而接納，也無法對這毫無成就感的到口肥肉顯見憐惜，瞧瞧年輕公爵追求寡婦之女的熱情洋溢，與倒追女孩大相逕庭的待遇便可見一斑。

兩性專家常諄諄告誡，女人或許可以主動，但囿限於給予對方暗示與相處機會，那些年，翻牆的羅密歐，也是因偷聽到女人心意，才敢這樣大膽無畏，畢竟男人心理雖喜好獵捕卻亦是自尊甚強者，再衝動也難以承受告白失敗的難堪，但對唾手可得者又不感珍惜（搞什麼龜龜毛毛的這麼麻煩）。畢竟，曖昧拉扯中眉角處處，步步驚心，女人還不如靜待對方再善加反應的好。

勇敢追愛雖值得鼓勵，作品讀來也頗為有趣，然而現實裡，在後頭追得跌跌撞撞卻仍換不得一絲疼惜，只能算是悲劇。或許愛情上並不必要過度消極的無所作為，不過所謂的「勇者無懼」，也非

是無謂地犧牲去飛蛾蹈火，真正的愛情，應當是兩顆心相互靠近取暖，手牽手一同走去，不必在意誰前誰後。

可是，即便歷經千辛萬苦締造了愛情，閃光get後，是否就能如此順利下去？在莎翁劇作裡，也常出現有「愛上朋友戀人」的衝突場景，這種在生活日常乍見對各自伴侶毫無威脅的親密關係人，有沒有也像狄卡（Dcard）論壇上，〈男友手機密碼是室友生日〉（http://bit.ly/1R4WDTT）與〈我哥上了我女友〉（http://bit.ly/1R4WS1l）這種「愛上自己兄弟／朋友的男人女人」劇情？有。

除《仲夏夜之夢》被愛情藥水點錯前後，一對摯友的愛集於兩閨蜜中的一女，還有《維洛那二紳士》──兩個貴族好友，A早已有愛侶C，但遠行時卻愛上B的心上人D，此時B正因D爸不准彼此交往而準備私奔。出於嫉妒，A竟去向D爸舉發B，B因此被放逐，因緣際會成了綠林老大。遠距離戀愛的C前來尋A，女扮男裝在D府當侍從，親見自己男友A對D表露愛意（跟偷看男友賴結果發現奸情一樣震驚）。後來受不過爸爸逼婚的D出逃，半路卻被強盜捕獲，A跟扮裝C前來救援，四人真情面對面（抓猴抓現場），B選擇原諒A，A也被C感動，最後兩組情侶雙宿雙飛結婚去，強盜們也獲得特赦（這告訴我們老大是誰是很重要的）。

此作有兩點弔詭，一則是為把馬子背信棄義害朋友還劈腿，沒心沒肝卻獲兩者寬恕，二則是較為常見的劇作老梗，A認不出女扮男裝者C是自己女友（觀眾表示明顯），這大抵是作為偶像劇或喜劇經典橋段，不過可能也暗示著我們也常被顯而易見的人事物所蒙蔽，所以也才會有〈男友手機密碼是室友生日〉與〈我哥上了我女友〉這種錐心泣血的故事。

對比悲劇的摧人心腸，莎翁喜劇有時常以過度的樂觀，表現出愛情命運脈絡的「眾星拱月」，亦即諸多事件都像是為促成男女主角間的傾城之戀而發生。然而在現實裡，舉目所見，往往卻是「多

加阻撓」、「荊棘滿佈」與「親密背叛」的橫阻為難，即便好心好意，也可能導致破裂誤會而成為無法了卻的遺憾。

　　歷經四百年卻仍流傳不衰的莎翁經典，對比今日愛情兩性心理領域，多所謬誤，自然，戲劇創作等本就不是實際戀愛的參考，但莎翁作品如此深入人心，或許也有可能是因為，我們在愛情裡，也常犯錯，被蒙蔽被背叛，什麼也看不清；面對種種阻撓的心力交瘁與錯身而過的遺憾，藉此得到療癒、抒發與滿足。

　　這麼多年過去，我們從未真正理解莎士比亞其人，然而莎士比亞在當年，卻早已洞察人心的諸多樣貌。

 【無聲之聲】讀伍綺詩《無聲告白》

　　美國華裔作家伍綺詩《無聲告白》（*Everything I Never Told You*）環繞以1977年一美國華裔家庭的悲劇為中心，繼承有白人母親容貌而無亞裔父親特色，由此備受寵愛期待的掌上明珠其死亡為開端，揭開此一家族序列網絡下埋藏的各式矛盾衝突。簡鍊文字托負著愛恨死亡的沈重悲劇，堪為一絕。下文將針對該書進行剖析。

一、華裔教育的悲歌與原生家庭的爆破扭轉：

　　本書可說是華裔教育悲歌與企圖扭轉原生家庭傷痛悲劇卻反而造就另一場不幸的代表。因此一家庭的特殊背景——華裔父親與白人母親，出生為美國校園移民長工之子的父親，飽受自卑與格格不入之苦，而力求上進亟欲改善自身命運的作為更加遽了種族與同儕間的霸凌鴻溝；母親長年不得「家政婦女王」祖母的認同，事業心旺盛想擔當醫生的夢想，卻因懷孕中斷學業，最終難以為繼，並因婚姻被迫斬卻與自己親生母親的所有連結。

　　此對夫妻締結新婚的同時，不僅背負著原生家庭裡未解的創

傷困惑與痛，還有對自己人生的失落，故而唯一承繼著完美白人面貌卻毫無亞裔影子的女兒茉莉亞，便成了他們付諸夢想的寄託——導致她成長的每一片段，都在為成就為醫學高材生（母親未竟的人生）與風雲人物（父親總被排擠在外的痛）做準備。茉莉亞沒有機會選擇，失去了自己的意志與探索內在的各項自由，她於是拚了命地去壓抑自己，以圓滿父母的遺憾，直到意外發生。她始終沒有機會說出口，只好讓浮出湖面的屍體，為她做出最後且無聲的告白。

綜觀茉莉亞飽受分數與志願選填所苦的成長史，宛若華裔家族中最熟悉不過的虎爸虎媽與受控的羊子悲歌，承載起圓滿上代未竟遺憾重責的孩子，雖然企圖以各式努力來扭轉過往父母無法達成的願望，但卻不幸地像被命運詛咒般地，以另種看似突破實則大同小異的悲劇模式（學業被迫中斷、被孤立、不被雙親認同）結束人生，結束生命。

這被歸結為自殺的意外，嘎然而止的稚嫩生命，僅於死亡為自己不由自主的人生成長做出無聲的控訴告白，力量是向內朝自己施加，若是朝外，朝向壓力處，可能便將是另一則反社會殺人或弒父母案，如2010年11月加國華裔女性弒母案。加拿大安略省萬錦市（Markham）的珍妮佛，長期背負移民華裔虎爸虎媽嚴厲要求，以作為炫耀本錢，生活日常除成績取向外無其他可能，並常因此遭任意虐待，身心俱疲的她無力負荷期待，曾嘗試以一個個包裝謊言換取求生，然而無意中被揭露的真相再度被施予高壓虐行，最終引發她買兇反撲的悲劇。

這種無由真實表達並發展出真正自我，而只能屈從父母意願期望作為圓滿遺憾工具的孩子，最終失去理解自我的能力，而在迷失混亂中瘋狂崩潰。此例絕佳代表便是艾曼紐・卡黑爾（Emmanuel Carrere）改編真人實事小說的《敵人》。

自稱於日內瓦國際衛生組織擔任研究人員的尚・克羅德・侯蒙

「醫師」（Jean Claude Romand），多年來其「模範父親／兒子／社會菁英」的形象深植人心，可是誰又能料到他不過是個醫學院二年級下學期缺席考試後便中斷求學的輟學生，所謂的上班出差也不過是至多處的咖啡館旅館或林地消磨時光，而濫用親友信任將寄託的財務基金全為己用，直至有人欲取資金自用並且金源告罄時，為維持層層疊疊掩蓋住的真相，他於是走上了弒父母殺妻女，縱火自焚未死而被判刑的終局[179]。

書評體的魔法圈179

延伸閱讀可參照中興大學外文系教授張亞麗〈騙子的心靈迷宮——小說《對手》映照出騙徒歐曼的內心世界〉。

二、愛是接納，愛是犧牲：個人特質與家族的關係

《無聲告白》的核心家族成員其實有三名子女，納森哥、茱莉亞與漢娜妹，但茱莉亞獨占鰲頭並承接了所有壓力期望源的原因，便在於其個人特質的顯現上，俱有父母認同期待可扭轉過去創傷可能的特徵——渾然天成白人面孔（不會如父親亞裔面貌被排斥）與大女兒身分（重現母親夢想）。

於是成績優異喜歡天文物理的納森哥總是被忽略不被重視，即便後來進了哈佛亦如是，而最小的妹妹漢娜兒在家族脈絡中，更顯微乎其微，幾乎是個隱形人的存在，除了雙親的冷漠疏離，手足間的年齡隔閡又失去了如納森與茱莉亞可相互扶持的機會，於是漢娜妹只能撿拾著殘愛棄物，私取兄姐個人物，或在桌下沉默。只因後兩者不具有雙親渴求的那般「純粹」白人面孔。這樣的不認同、疏離與忽略，幾乎是祖父母與父母那代鴻溝的再現，而其中的關鍵，便在於個人的特質可能影響至家族成員的接納與眼光。

這讓我想到了深雪的《邪惡家族》，雖然乍讀下滿佈在美華裔家族脈絡創傷而彼此承繼爆破的《無聲告白》，與華麗出場，西式人名充斥的食人謀殺劇有所差異，然而檢視二書中心旨趣，卻大同小異的指向「個人特質將成就為家族脈絡關係下的關鍵。」《邪惡家族》故事非常有趣，講述虐待狂首富與食人魔豔妻，撫養絕美編劇女兒的變態家族故事，全書分兩部，「愛是接納」（Love is acceptance）、「愛是犧牲」（Love is sacrifice）（書中以原文示，各人名亦為英文名），以模仿並致敬女兒劇場表演的謀殺案解謎為第一部重心，其次第二部才推演至父母雙親背景緣起與各式殺人犯案的解謎，兩部一氣呵成相互呼應，既講愛也講家族[180]。

書評體的魔法圈180

臺灣版《邪惡家族》可參考枓子《負罪》，本書講述傳來好友死訊的抽絲剝繭與內疚負罪，設計學院裡交織的寂寞、疏離與人心叛變，最終都指向過去現在推演至未來的恐怖輪迴。「人是不可能擺脫過去的，特別是基因血緣。」輕薄短小的篇幅裡，倒敘解謎的怵目驚心與節奏明快的冷血犀利，乍見包裹深厚情誼的糖衣內裏，原來生無可戀，不敢想起的家族血緣，才是生命不可承受之毀滅。

特別值得一提的是，女兒與雙親雖無真正血緣牽絆，卻因其個人特質——變態殺人食人養人等習性嗜好，及絕代無雙的美貌，正與此家族「變態」味相投而被接納認同；另一位名字樣貌彷彿暗示著雨果（Victor Hugo）《鐘樓怪人》主角的Hugo就沒這麼幸運，從小因母親的緣故，陰錯陽差下被毀損面貌，由此而在各種關係脈絡中被排擠拋棄甚至被至親謀殺未遂，渴求被認同與接納的他，一步步地以藝術型謀殺去向此變態家族致敬，渴望被接納。但顯而易見的是，縱然再多作為獲取了此一家族的讚賞，他的外貌最終成為

他有始有終被拒之門外的關鍵，含淚而亡。

而歸屬家族糾葛溯源的第二部，談的更多的是「愛的本質與犧牲」。到底是何因素，決定了可為愛奮不顧身，甚至犧牲自我肉體以供食，卻對他人殘虐暴厲，不加以任何同情的冷漠殘酷。愛的施受與差別待遇的關鍵啟動因子，便在於個性特質上的氣味相同、默契一致（變態的靠近變態，正常的喜歡正常的），不過在此之前，外貌的絕美無敵，更是基本門檻。故《無聲告白》與《邪惡家族》兩書基調與寫作方式雖不同，然而字裡行間浮現家族關係脈絡中的差別愛、差別待遇，源於個人特質乃影響家族態度的關鍵，卻有志一同，殊途同歸。

三、不存在的女兒

小說內文起始第一句：「莉蒂亞死了，但他們還不知道」，以已經「不存在的女兒」作為揭開家族各式衝突爆破的序幕，與此類同者，尚可參照金・愛德華茲（Kim Edwards）《不存在的女兒》（*The Memory Keeper's Daughter*）。

《不存在的女兒》講述一對彼此深愛的夫妻卻最終走向崩毀陌路的傷心故事。醫師丈夫出於保護妻子的善意，將初生雙胞胎中的唐氏症女兒送走謊稱早夭，以免去從小看著家族母親為病弱傷殘妹妹傷心難過的事件重演，希冀給予妻子快樂完善的未來，不料各式防範真相揭露的舉措，卻使得妻子因自責無法好好的與「早夭」女兒告別，而陷入永久的空虛憂鬱與沮喪裡。明瞭犯錯卻害怕失去妻子的他，只好一瞞再瞞，獨自背負著祕密內疚與同樣失去女兒的傷心丈夫，於是心裡築起了一道高牆，疏離而冷漠，誰也不讓進。

妻子在失落的混亂中，察覺了丈夫有意無意的迴避距離，被隔絕在外無法靠近的她，一個人感到又害怕又孤單，陷入不知道自己做錯什麼，或應該如何作才能打破僵局的鬼打牆。最終兩人皆於恐

懼與疲憊下選擇逃避——丈夫埋首工作與攝影，而妻子只好沈溺於外遇求取慰藉，以免去正視兩人間橫亙的疏離與沉默，不停將兩人向外推去的拉力。縱然兩人彼此相愛，卻始終無法再靠近，因為想要解決的問題，一方選擇沉默，而另一方則在未解的困惑中被隔離出去，最終造成了悲劇。

而因個人特質（非唐氏症）所以被遺留下的雙胞胎兒子，被父母彼此「視而不見」（怕想起另一個早夭妹妹痛苦）的尷尬中成長，無法享有專注而自然的愛，於是他只好選擇一次次的叛逆一次次的闖禍來博取注意，用音樂的喧鬧去填補家中經年累月可怕的靜寂、沉默與疏離。

醫師父親成長家庭窮困，妹妹多病體弱總惹得家人心傷，亟欲改善如斯命運，於是他全天救治工作，試圖想營造一種完美無虞的環境：將可能活不過十六歲的唐氏症女兒送走，極力反對天才兒子的音樂志向，逼其向醫學之路靠攏，此些舉措遂了過往無法拯救妹妹的悲傷、避免親愛之人將受此影響心緒的傷痛可能，以及兒子可能因音樂發展而陷落祖父母窮困潦倒、難以維生的窘境。但這些企圖扭轉原生家庭的悲劇，卻反而造就另外更多的不幸、衝突、憤怒與悲傷的引雷。

《無聲告白》與《不存在的女兒》，同以「不存在的女兒」，書寫出家庭關係脈絡中的各式為難，原生家庭的創傷、匱乏與不完美，卻命運式的被代代傳遞，滋生出更多新的問題，而使本來想解決根本問題的家庭，一同陷落更多的不知所措裡。不過後者其實更關注愛情或是婚姻經營裡，善意舉措與害怕失去對方的恐懼，如何因處置方式的差異（沉默隱瞞與壓抑VS.困惑被隔離的不安而憤怒），而使二人漸行漸遠。

在前的《邪惡家族》或《不存在的女兒》，雖然亦企及了「個人特質影響家庭成員對待態度」的描摹，但其親子關係的組合主要

乃是因各式緣由成就的「單苗」養成，而無如《無聲告白》那樣手足同時並列，於雙親差別待遇下感受到愛、競爭、恨等混亂拉扯的境況，此一特點則可另外參考茱迪‧皮考特（Jodi Picoult）《姊姊的守護者》（*My Sister's Keeper*）。

四、傾斜的天平：家族手足差別待遇下的混亂掙扎

茱迪‧皮考特《姊姊的守護者》如湊家苗用第一人稱敘事轉換來推進劇情的寫法，去鋪寫一位母親，為拯救患急性前骨髓性白血病女兒凱特，用醫學科技產出具有能與病重女兒基因完美匹配的安娜，於是二女兒從出生便不斷地供給己身（臍帶血、骨髓與血液等），直至13歲母親要求她捐出一顆腎臟時，她決定訴諸法律途徑，以爭取自我身體的醫療使用權，不由父母或他人決定，經由訴訟的過程去呈顯並辯證愛的真諦與差異性。令人動容。

其實茱迪‧皮考特（Jodi Picoult）寫作主題慣用充滿道德爭議事件以作為矛盾衝突的火苗，如醫療法、青少年霸凌、自殺、優生絕育或安樂死等等，寫作技法雖不花俏，但平實細膩的陳述常開展予讀者省思的空間。

不過，綜觀她所有著作中，我最喜愛《姊姊守護者》，因此書於愛的辯證中，去鋪寫家庭關係因個人差異（患病、藥糧與無病的三手足）而造就差異之愛與不同發展，即便雙親每人都是希望自己做到最好，試圖做到公平。成員各人細膩心緒的轉折波動對比理性感性判斷的為難，殊為精彩。

作為基因配對出產的「藥糧」安娜、飽受病痛總被手足投注憎惡眼光的凱特，健康無憂卻毫不被關注的傑西，紛紛以法律控訴、想尋死、叛逆為非作歹等各項行為變化，來應和內心想被尊重的渴求、被愛的感覺與活著的價值所在。這種家族態度使手足關係與行為舉措牽一髮動全身的戰爭，與《無聲告白》中，被託付全數壓力

期望的茱莉亞、無甚地位只好選擇把心寄託在外太空與離家出逃的哥哥納森，以及最終極的隱形小妹漢娜，沉默卻敏銳的去關注家族成員裡的迴轉崩毀，極為細膩感人。最後，我以應用在「心理治療」上的家族排列療法，簡單的來談論此些文本。

五、家族系統排列的能量流轉：

家族系統排列療法為歐洲心輔界或心靈成長團體裡盛行的一項療法，由德國治療大師伯特·海寧格（Bert Hellinger）整合推展而出，中心要旨大抵有點類似「不在其位，不謀其政」的意味，故而從家族排列的治療過程中，使得案主能夠辨識出自己在「家族」正確的序列責任，不額外去承擔他人（父母親人手足等甚至追溯到更遠的家族關係網）的罪責遺憾或傷害等，從中而解除家庭緊繃關係、身心疾病、婚姻親子關係經營等的各類問題。

學說立基於比較「玄」，且肉眼可能無法得見的「能量場」。概略來說，就像太極圖示的黑白流動，宇宙並非是非黑即白的硬生切割，而是一種和諧平衡的存在。因此為達完整序列並釐清之以達平衡的效果，故不分黑白好壞的涵容，特別是在納進「被家族所排除者」的部分，便常遭受爭議。畢竟這些被排除者的背後成因，可能本就肇源其道德與行為失當（賭鬼酒鬼爛人罪人虐行）或死亡等，才成為家族裡秘而不宣、避而不談或想要忽略矇混過去的「不能說的祕密」（總之這是一種「佛地魔哥之名不能提及」的概念）。

然而「家族系統排列」理論注重的是，不管其黑白特質（佛地魔哥與否），即便是犯下殘暴虐待犯下罪行的父母親戚，或死亡的往生者，皆有其一定位置。且據此學說示意，家族關係中的脈絡網，其能量場為求平衡，那些被忽視排除的人，將會在後代子系中再現，成為一種命運悲劇式的循環。（走了一個佛地魔，能量場的

假的我眼睛業障重啊：書評體的百萬種測試與生命叩問

推移下，便有機會來個經歷相似或叛逆破規的哈利波特弟，即便兩者一開始並沒有太多交集或互動的機會）

生活實例的話，有時早年喪父的母親，因未能於當年好好哀悼失父的痛楚，心中總抱持著遺憾，於是未能承認早逝父親（祖父）存在的母親，便無法正視自己的丈夫，因她尚追尋著父親的影子，故而丈夫便對這家庭無存在之感，也無能建立親密關係。之後面對兒子的需索時，母親便可能會在不自覺中，期許他「反子之道，如父之行」一樣，去成為「母親的父親」。糾結而下，這樣異樣成長的兒子將來成為父親，也只能一直守住自己的母親，無法專注妻子，故對於新締結的家庭，又是另一種「失父」的情狀，後代子系只好再度去照料不被關注的母親，代代傳遞下去。

這種心理學上子系試圖去打破循環，卻仍悲劇陷落相似模式的「代繼理論」，其實便是「家族排列系統」學說所抱持，能量場將會自動想要尋求平衡和諧而於某些後代子系展現的緣故。不過過往心理學說可能僅是立基於創傷引發循環，如真梨幸子《殺人鬼藤子的衝動》，幼時被虐的女兒發誓將使未來子代享有美好童年，但最後竟卻又悲劇式地落入殺女虐女循環。

若以此家族序列學說視之，《不存在的女兒》醫師父親為減免從小眼見自己母親照料體弱多病妹妹，最後仍不敵她早逝的悲傷沮喪，能量場的移動而賦予醫師父親背負起醫治世人的渴望動力去彌補。

之後這對父母因無法對這「不存在的女兒」（因唐氏症被送走的女孩）進行任何的告別或哀悼，未被承認的家庭序列造就主角內心的遺憾空缺，而使得兩者背對著背無法彼此正看，僅存的兒子為了平衡這家族的缺塊，也產生出想死或出逃的渴望。看似仿擬家族不敢觸碰禁忌人物之命運重演，實則卻是能量場的推移。直到最後認親（沒有滴血，看長相就知），各個家族成員承認這位女兒的存

在，才似乎緩解了家族中的張力，可惜已太遲。

而《無聲告白》母系一脈，家政婦祖母的嚴苛，事業心重而得不到認同常覺得遺憾的母親，女兒死後，才在遺物中尋訪到被女兒珍視的食譜──女兒的興趣於家政而非醫學事業。這或許還牽扯著更多的教育或個人特質相關，但就「家族系統序列療法」的詮釋，家族中懸而未決或秘而不宣的遺憾祕密，都將以某種形式，在子系上尋找出口，以達平衡與和解。另外手足間如納森哥與漢娜妹，在某種形式上也承繼了父母親想要出逃與沉默的渴望。

先不管家族序列療法實質的治療成效，在心理上，若能正視自己的角色，甚至釐清家族中懸而未決的各項「遺憾渴望期盼」，使各人各歸其位，各擔其責，各對其苦其痛。父親的位置、母親的位置，自己作為孩子的位置。或許如此就不會有因反子（女）為父（母），角色倒錯，而引發「小大人症候群」與後續成癮混亂的現象發生[181]。這樣看來，當年孔子倫理上「父父子子君君臣臣」的論述，對家庭親子關係上的詮釋更別有深意焉了。

對於家族關係脈絡中的崩毀爆破，試圖以家族排列序位的「正位」達到某種效果的靈感，其實更可由陳玉慧《海神家族》的成書始末一窺端倪。此書書末訪談中，便曾敘及寫作緣由，來自於在歐洲邀父母小住卻難以相處後的自責，面對心理診療室裡的兩張空椅，她假想其為父母的對談，最後漸次演發為寫作的開端。專擅戲劇的陳玉慧，在診療室裡對著空椅喃喃述說的家庭祕密，那不可

書評體的魔法圈181

詳見約翰・弗瑞爾與琳達・弗瑞爾（John C. Friel &Linda D. Friel）《小大人症候群》（*Adult Children*），「家庭功能失衡引發內在成癮或共依存問題，並常在自我身份認同上產生混淆錯亂」的逆行角色「小大人」解說。

說，不可觸，不可見而被排除在外的「父系一脈」，便正與「家族系統排列」的特色──以排列的方式去承認並正視那些被排除者在家族網絡中的地位，彷彿戲劇性的去紛顯家族中隱藏的各式事件，將有助於案主釐清自我的角色與觀察，而達到治療的目的[182]。

書評體的魔法圈182

家族排列治療領域可另參考海寧格（Bert Hellinger）《愛的序位》、史瓦吉多（Svagito R. Liebermeister）《家族系統排列治療精華－愛的根源回溯找回個人生命力量》、周鼎文《愛與和解：華人家庭的系統排列故事》與伊絲‧庫什拉博士、克里斯帝‧布魯格（Dr.Ilse Kutschera、Christine Brugger）《家族排列釋放疾病業力》（*What's Out of Order Here?*）等四書，可大略對家族系統排列學說內容有所認識。

【2016-2017時事精選集一覽】

 【文言文與白話文之爭的岔題廢文】

　　一個「好學生」的告白——臺灣，中華臺北，歡迎光臨「美麗新世界」

　　關於文言文與白話文之爭，早已眾家紛紜，而我其實無能提出更好的具體建議，我自己也極度渴求各家知識的累積，更關注期待臺灣文學與其相關的認識，但除卻內容外，尚有升學機制、家長心態與教師現場執行的現實問題，是以在此暫且以我自身經歷作為一種前車之鑑的警惕驚心，純感性發言，無社會效益，無切中實質的建議，廢文也，僅供參考之。

　　首先，較值得注意的是，文言文佔量比例的爭議，主要是訴諸學子「能力指標」的培育，及民族覺醒的政治議題。後者肇因歷史國族脈絡，非短短篇幅可釐清，然而就學子「能力指標」的培育而言，為的也不過是要許孩子們一個未來的光明。

　　可是，瑞凡，人的命運，並沒有那麼容易。可能也不過是社會的集體焦慮得到安撫減輕而已。小時了了，大未必佳，遑論孔融讓梨到最後，迎來的可是滅族的悲戚。人生不如意，十常八九，那能區區一學歷／學力即可更迭得了？

　　但當然，教育工作的宗旨要義，自是有其想傳衍的文化深蘊與人可苦讀翻身的鼓勵，可即便滿足所有要求，學力指數一等一，又將有怎樣的人生淬礪與大放光明呢？很遺憾的要說，事實並不如此。

假的我眼睛業障重啊：書評體的百萬種測試與生命叩問

以我為例，從小嗜讀百家書籍，經常於圖書館或書店裡輾轉流離，可說完全符合社會標準的好學生、一等一的品行；然而他人所不知曉的是，我初時對校內課業，毫無興趣，成績亦不起眼，又因個性呆萌，或許被歸於笨拙區。

是以，據華人社會升學體制的諄諄規訓，「天生笨拙更應勤能補拙」，君不見，先總統（空一格）蔣公，觀魚而知逆水上游，誰人能比，你何能不努力？於是天真如我，一開始以為是來解決自己人生面臨的第一個重大問題，後續便沒有問題，不料一念之差，卻是錯錯錯！莫莫莫！踏入生命的陷阱而無可回頭，然後陷溺種種，最終釀成悲劇大錯。

當我拿出好成績，周圍態度話語隨之改變，「你看你那麼聰明，只是你不肯努力！」、「哪有什麼不可以，你只是不肯努力！」成果論的陰影如影隨形，過度正面思考的「鼓勵」將我逼迫得幾近滅頂，只因「逆水上游，不進則退」的聖賢話語，是故對於後退，我早已無能為力。

人類學有套經典，弗雷澤（Frazer J. G.）《金枝》（*The Golden Bough*）〈殺死神王〉的篇章裡，曾講述過「人神」的存在緣由與其作用，乃在於「人神」生命種種，將引發原始世界，自然萬物消漲的連鎖，是以為求確保欣欣向榮的永久，人神軀殼既不容許衰落，也需時刻活於「體衰被處死或繼位暗殺」的膽顫心驚中。

由原始思維邁步文明社會，尤其是注重功成名就的華人群眾，則一轉為過度失控的正面思考作為想像寄託，從不允許人擁有陰影層面，自我情緒感受的各種需求甚且後退，並往往此作為後世的標竿懲戒。

確實一開始，是我想穿上那雙「品學兼優」的鮮豔紅鞋，但我從沒想過，一旦穿上了，竟是烈火焚身，被詛咒似地跳舞跳不停，一生無能擺脫的命運，最後更是受害轉加害，反倒成了填鴨學制，

「奮發向上」的極佳代言。

先簡單說一下我的所學背景，高中三類，大學主修中國文學，但也遍修臺灣文學與外國文學，甚至後來申請學海飛颺，交換去修習比較文學一年，現在則更想做出文史哲類與社會時事不分家，使「心理學、社會時事、比較文學、神話學、兩性戀愛、人類學」自成一格的「全學」，若論外語能力範圍，也自修考取過TOEFL與GRE證照，皆有憑據可循。

陳述這些，所為並非是要用以炫耀，或強調自身能力多麼厲害，受品評排名所制，在我長達20多年的校園時光，已經太久也實在受夠了。我講這些，是想讓大家明白，即便是眾人眼中的超級學霸，能人所不能（？），成長過程也是痛苦居多而歡樂的少，「學力指標」曾所代表的光明璀璨，事到如今完全明白那是場笑話與騙局。

人總要為自己的選擇與行為負責，生而為人之所以存在，便是因為擁有自由意志與情緒感受相關，人的自我一歲多才發展出來，乃是藉由主要照顧者行為的鏡映確認自我存在，直至青少年叛逆，更是另一個確立自我價值與認同的黃金時段。可恐怖的是，就我這個斷層的青年世代，青春校園生活的那些年，幾乎都虛擲在對未來無關也無助益的內容，而且考卷始終寫不完。

由一張張的考卷，建構起自尊、自我認同與價值感，既是破碎也不全，並隨時更換，心理學上，對人內心的發展，完全是種崩毀。

坦白說，直到現在我始終無法克服這樣的午夜夢迴：教室裡空盪盪，唯我一人被綑綁，身軀已長，卻仍困在小小的座椅上，考卷如雪片般飛來，我只能一直寫一直寫一直寫，逃也逃不了，更發不出尖叫，醒來的胸口總是怦怦作響，手摸著喉嚨，那是因為即便在夢中，也時刻銘記著需按捺痛苦，無論如何也不得叫出聲來。

話說我的國高中生活，幾乎沒有任何課外活動或體育美術電腦，往往最末，鐘聲一響就是考。我記憶力雖強，卻也不耐人的生

命僅餘小考、週考、段考與期考，那樣反覆不斷填鴨與被驗證的煎熬，可大人們當時都說他們是為我們好，以愛為名的情緒勒索，誰能躲得過？

現在看來，很清楚的知道，那不過是外在不安全感的焦慮波濤，反要年幼的我們去圓滿化掉，不合理也不公平，當然我無意對過往授課恩師群攻訐檢討，他們的好我感念於心，然而外在環境形成的迫力，遠比眾人想像的高。

梅谷薰《正義的霸凌》裡，曾以「史丹佛監獄實驗」（Stanford prison experiment）、「米爾格倫實驗」（Milgram experiment）與漢娜·鄂蘭（Hannah Arendt）《平凡的邪惡》（*The Banality of Evil*）來解釋霸凌，得出了即便違背良心與人的同理，人仍易流於服從權威指令而無視他人痛苦的結果，是以漢娜·鄂蘭才點明，非關邪惡自己，而是平凡內裏自有邪惡，臺灣的教育正是如此。

天真愚騃的國高中生被光明未來的藍圖所誘引，卻反覆落入無間地獄，彷彿反烏托邦戰場，非生即死的競爭排名，可這一切都不過是為了充填學校教育的春風化雨與家長期許的焦慮自尊心。

他們怎知，等在前方的，是低薪長工時的高教崩壞少子化，極盡被愚弄與剝削之能事，礙於青少年時長期被權威所馴，成就不加思考的無知膽小與怯懦，成年再任意野放，使無良資方，將我們視之黑羊壓榨並無能抵抗無法可管，最終還要擔負老年照護與年金破產的峭壁懸崖。

「你一生的預言」早已如伊底帕斯悲劇神諭的顯現，只有一個慘字可言，人的一生孜孜矻矻所為幸福，卻走入國家不仁，親身引燃的蛛網毀滅，豈不可憐？

或許在他人眼中，優等生是享盡一帆風順的騰達順遂，殊不知山不轉路轉，當無從由升學填鴨獲取榮耀，相對也提升自我追尋與生命領域開拓的轉折，沒什麼比被無知馴養，耽溺自以為的安逸，

最終落入現實的獻祭還要可怕的了。

如果最終都要走向毀滅而不可回頭，那何不一開始就給我們一個合理、快樂且無憂的童年，讓學童也有機會參與社團活動，看看外面世界的轉動？

人生就孤獨，人生就痛苦，學力指標再高又怎樣？懂得生活懂得活懂得喜怒哀樂懂得自由意志與情緒感受，比什麼都重要，人生真的不是只有成績而已，難道你要你的孩子像我一樣，空有一張漂亮的成績單，卻是沒有情緒過度壓抑而至失語，害怕與人靠近只因她知道她敵不過他人的機關算計，既對自己的評判能力失卻信心（因教育讓她信仰崩潰），也察覺自己跟正常人有異？

我可能是個特例，所以我無法對文言文與白話文之爭提出具體建議，畢竟對我而言，每一種文學小說都彌足珍貴，或許也是這種不食人間煙火，對文學美好的耽溺，才造就後續我人生的崩毀悲戚——這可說是完全與神力無涉，人自作自受的弔詭，了不起負責的背後，只能嘴，那也只能擺出厭世臉。

能力指標超高，成績優異又怎樣，人生照樣曲折蜿蜒不快樂，內容比例再調整，若升學體制與家長心態不改，仍舊是上有對策下有對策，彼此交相賊，犧牲的仍舊是那群新生無還手之力的幼雛，然後再次被獻祭。這才理解，人的一生即是社會集體歷史的鏡映，反覆迴旋，無計相迴避。

以國家社會的能為敦促之，誘引之，卻是死路在前，老實說，這不是霸凌什麼才是霸凌？噢，對不起，我曾是好學生，成年時候也該是好國民的一脈相承，我不該如此洩漏國家機密。（噓）來，各位，跟我一起大聲念一遍，臺灣，中華臺北，歡迎光臨「美麗新世界」，人生美好於是在焉。

海波浪伯說：「假的，我眼睛業障重啊！」，就是指這樣的前世因緣。

【親子教養事件有感】

　　本篇為親子教養事件影片有感——幼童人權需與性別平權等社會議題共相並進，別讓天下的媽媽們成為所有社會壓力宣洩的出口，是故內容所論，不僅是關於母親、兒童、不存在的父親，還有整體社會的層層繁瑣，牽一髮動全身，絲毫偏廢不得。

　　教育議題確實重大，需要眾人共同關注並參與，但這並不表示社會有權或可以合理化地將所有問題因果，丟擲給肩負「母親」角色的女人便草草帶過，很多家庭的悲劇暴力，是源於社會制度、傳統習俗、婚姻權益，甚至是代代相承的代間傳遞裡，諸多不公的共業結果。

　　很不幸的是，由歷史的切面來看，女人往往成為各種事件發生前後，成為被挑選，用以獻祭的羔羊與出口。某種程度上，女人所受的壓迫，與幼童的苦痛，關係不僅密不可分，更可說是同俱輕重。

　　這個社會，面臨各項事件的發生，不論是不是犯罪，起火點往往由不經意的小處引爆，接而被大幅流傳或聳動報導，最後引發眾怒的批判熱潮，可重要的危機處理經過，便往往是雷聲大雨點小的，在刀尖浪口上找個替死羔羊橫加指責（他媽是怎麼教的？推理小說看太多噢！）。

　　待鄉民們正義魔人的心情得到發洩抒解，事件便「完美」了結，可問題核心卻始終不曾得到解決，社會由此該修繕改進的應對保護機制等，仍舊停留原地，風潮一過，船過水無痕，眾人也無動於衷，這不啻可說是近幾十年觀察社會怪現象的悲哀遺憾。於是悲劇只能代代流傳，反覆發生然後持續。我曾多次寫文，談論過社會對於處理犯罪相關的種種緣由，道理亦同。

關於此次兒童教養影片，行為互動上的作法確實引發爭議，但在眾人群起激憤，揚起一陣對母親作為的憤慨砲轟後，是否能先踩一下煞車，冷靜想想，那些被「正確完美」種種，不合理要求的母親們，以愛為名，但卻也有可能犯錯的歉疚、自責與惶恐，而她們一路上的過程種種，社會脈絡是否也提供有足夠的協助、寬容與引導？還是只有置之不理的壓迫與旁觀的冷漠？

人非完人，自然無法事事完美無錯，更別說打娘胎來就能知道好好地當個父母或誰，人生實難，各個角色分工我們都需要摸索。

或許對於我這樣無夫無子無男友的大齡剩女，來討論這樣的議題，相較於天下含辛茹苦又焦頭爛額的媽媽們（或其他主要照顧者）我的立場顯得薄弱，但其實於私於公，這樣切身相關的的經歷我也不是沒有。我跟這個世代許多同年齡的孩童一樣，母親的養育，在我的生命中幾乎佔了非常重要的一部分，當然我的父親也非常努力，可在社會職場的強制分工下，幾乎還是迫不得已地處於缺席。

我從童年至成人，當然也會被責罵哭泣，但更多時候，是我看到母親各個角度身影下的疲憊苦痛，印象最深的是，她那整日忙碌，到終於可以坐下，便幾乎開始無意識打盹的睡臉，那畫面往往讓我深感自責內疚與感動，母子關係課題，我自身也走過很長的歷程。因此這個時候，我雖也想抱抱那哭泣的孩童（之前發表的文章也算多）但同時我也想為天下被砲轟而失措的媽媽們，緩緩頰，說點公道話。

這個世界從來就沒有所謂的完美或絕對正確這種事，只有從不同的錯誤中孜孜矻矻摸索，咬緊牙關前進不放棄。人生中任何事都相同，有些時候，若是幸運，我們往往可獲得眾人的從旁協助，像英雄冒險的旅程，左右逢源，但遺憾的說，現實裡可不比小說，這些媽媽們往往是在艱難中孤軍奮鬥。

臺灣近期出現的斷層代溝，源於經濟起飛教育不普及的過往，與高學歷卻高教崩壞的貧困世代，親子教養的空白，比我們想像中的更為匱乏嚴重，在未來，更可預見其中的困難重重。歷史自有其洪流，而世代親子教養觀，正如醫藥科技，亦日新月異，諸多需要重新適應。更遑論如今百廢待舉的臺灣，在社會政經、習俗傳統、職場分配與福利制度等，幾乎是處處缺漏，即便是生活當中的言語口頭，也充斥著諸多暴力與不合理的要求。根本沒有足夠的空間給予身擔「母親」角色照顧者，一點喘息的空間餘裕。

　　在砲火隆隆之後，是否該想想，有沒有什麼可以達到「真正俱有建設性」的要求？是否也可以先想想「爸爸去哪兒了」？當然了，在此也無意指責天下父親，否則那也不過只是代罪羔羊的替換，根本無足意義。

　　心理學上有一種說法，在劃清界限，情緒或關係上，雖然主要重點是釐清責任，以達到放過自己，甚至推己及人至對他人的原諒寬容，但從來不是為了要尋得一個特別的對象或理由，以強加指責、怪罪或充當藉口，最重要的是，要在從來不是坦途的生命道路，即便跌跌撞撞，也能尋找到更好更溫柔、雙贏或更保護自己的方式，來與別人共處或與自己獨處，與這個世界相容。

　　可現下迫切的問題點，主要應當要處理這樣畸形的社會型態，那關乎性別平權與刻板印象的包袱，都重重的壓在，同樣也在工作或成為全職母親，失去自我又驚慌失措的女人肩頭，諸多不合時宜的舊觀念舊傳統，要如何破舊立新，注入活水源頭，已是刻不容緩，更別提至今不分男女老幼，幾乎都存在過勞長工時的社會型態（還被罵草莓不中用），自身溫飽都難保的動盪不安，就社會長遠的進程來看，往往都可能成為將來犯罪種子或禍根的溫床，再努力也沒用。是故，真正需要改革的是這個社會的型態與分工。

　　且性別平權上，眾人對「父親」的存在與「父職」重要的忽視

由來已久，又有誰真正注意過？從心理學的發展來看，父親是確立幼童社會化標竿的重大關鍵，代表著從與母親融合的狀態進入社會團體，諸多人格養成與人際互動，父親亦是同等的舉足輕重，可肇因於社會習俗偏見傳統，不僅是將所有責任壓力置放於母親的不公壓迫，也全然沒有理解幼童全面發展的需求，最後倒因為果，幼童與女人皆成為壓抑爆破的出口。

綜觀兒童與女人，男人與社會，諸多種種必須同等受到關注，但特別提出前者，是因為她們過往在權力角色裡，相較下較為弱勢或最受逼迫。2015年諾貝爾文學獎得主亞歷塞維奇作品，力求於「正統歷史」的權力書寫中，為那些總被遺忘忽略，卻又舉足輕重的「兒童與女人」（還有其他被默默掩蓋而去的弱勢受害群眾）發聲的用心，也顯示了這正是此一議題聲勢鵲起的年代。

但她們所需要的，並非同情或施捨，而是傾斜天平上的公平正義與尊重，對此兒童影片的批評浪潮，往好的一面來想，至少引發眾人對於兒童人權與尊重界線的關注；可砲轟的同時，是否也請大眾多點寬容，多點真正具建設性的幫助與實際行動。或許此一事件的母親，在行為上不夠周全犯了錯，但想想聖經經文裡，耶穌曾對一群自命清高、咄咄逼人的圍觀者說過：「你們中間誰是沒有罪的，誰就可以先拿石頭打她！」（約翰福音第八章7節）。

捫心自問，我們真的有拾取投擲（所謂）「罪人」石頭的資格嗎？

由自省的角度來看，英文裡有個極其有名的片語「stand in others shoes」（站在別人立場為其著想）來描述同理心這件事。試想，你若是一名母親，是否也能行之有道並且面面俱到？關注議題自然是好，但是否也有對自己過往情緒或創傷投射的對照？看戲的心情人人有，可誰又能理解身擔母親那樣居中的挫折煎熬？

若不能站在別人立場著想，自己行為上也做不到，反而用一種

強勢的社會浪潮，來作為個人「正義」的宣照，嚴厲來說，那樣的人所擁有的，也不過是眼睜睜看事態發展，無所作為還任意施加狂暴，事不關己的旁觀與冷漠。但我寧可相信，會對幼童的哭泣而感到不捨的人，至少都心存善念寬厚，跟這位備受砲轟的母親一樣，只是不知己身行為造就，那下一次話語出口，或行為活動，是不是也能多點寬容？

是的，我過往也對兒童權益該有的尊重發表過不少文章，但漸漸地我觀察到，社會面對這樣的棘手，往往只會單件式地尋求個替罪羔羊獻祭與壓力出口（通常是母親）便草草帶過，但對於可改善此一事件所引發的議題，本身卻無任何助益。社會的脈絡往往環環相扣，若讓爭取兒童權益的尊重，成為另行轉嫁壓力於天下母親的作為，我也無法認同。

人總說節日是商人的噱頭，但試問生活日常裡，除卻母親節，我們又有什麼機會向母親們表達感謝，說聲辛苦。不是為「以愛為名，行＿＿之實」作開脫（那些字眼說來太過沉重）。這世上確實也存在著諸多黑暗角落，許多幼童活著擁抱恐怖與傷痛，可大家有沒有想過，很多時候，媽媽們可能只是不知所措，被層層逼迫、無人援手又驚慌失措。

有機會，是不是也能試著對天下的母親，也多點理解、掌聲、鼓勵、協助與包容，兒童的人權關注與其他社會議題需同時並進，將所有箭頭指向女人，只會讓肩負「母親」責任的照顧者被壓垮崩潰，然後環環相扣的再倒因為果的讓女人成為壓力出口，這都不是大家所樂見的。

更深遠更多層面的來說，在安・瑪莉・史勞特（Anne-Marie Slaughter）《未竟之業：為何我們無法兼顧所有？》（*Unfinished Business: Women Men Work Family*）一書中，也曾鞭辟入裏的解釋「托兒與老人照護各項，不該成為女性與家人的沉重包袱，也必須

重塑職場文化」的振聾發聵。

過往我們讀宅女小紅的內心悲摧，再至作家林蔚昀〈生而為母，我很過勞〉的「憤世媽媽」記事點滴（http://t.cn/REB-WdxZ），對照臺灣生活日常，深感心有戚戚焉，關於母親／媳婦／女兒所承擔的忽視、差別待遇與理所當然的責任包袱，都遠比想像中的沉重許多，然而這也不僅限於女性主義的範疇，甚至可遠擴至整個國家社會畸形的工酬架構帶來的全體毀崩，畢竟「偽單親」的無奈，很多時候是從價值體系至現實壓力湧現而來的不得不與被迫。

與其關注注音改換的ㄅㄆㄇ，我們更應該多加關注這社會集體偏見的不公魔咒如何使人生命陷入恐怖，又該當如何伸出援手而非純然置身事外的尖酸刻薄。

其實後續網路又有諸多親子教養事件相關瘋傳，但先說我無意參與批評，即便我認為各家名人的論點實在中肯且犀利，完全一語中的。

不過親子教養事件層出不窮的引發熱議，在這些事件背後，到底代表著什麼樣的社會價值意義？例如其中有次事件的導火線起源於，親子教養部落客邀約賓客，雖然有做到事前溝通的告知部分，然而事件的發展卻因賓客的擅闖亂動而失控，父母雖然即時辨識出孩子的情緒緣由卻諸多解釋也無以疏通。

面對一般常人所知，對孩子番（？）來番（？）去（歧視詞彙）的不耐與詞窮，最後部落客無意識採用「你的房間不是你的房間，是爸爸的錢，等同上帝的恩典，需心存感謝」的說服行為，於是最後親子和睦大團圓。這件事主要問題出在事後處理方式的紕漏，陷入了兒童沒有話語權與隱私權的脈絡。

無意為誰開脫，不過先持正的從兩方立場來想過，我們以前為人子為人女，撇除青年厭世無希望的潦倒落魄，雖然機率不高，但

我們將來很有可能也為人父為人母。想想只要升任父母，就必須接受連不知道從哪裡冒出來的路人都可對自己教養方式橫加指責的心慌惶恐，可是日常生活甚至成長脈絡的種種，多數時候都不可說。

在蘇珊・佛沃與唐娜・費瑟《母愛創傷》或此類親子關係相處療癒的書籍上市時，最常聽聞的抨擊即是「天下無不是的父母，父母很辛苦，怎麼能夠拿這些出來說？父母都是為你好」，於是人們最後只能選擇沉默順從。好囉，奇怪耶你，大家可以接受有如八卦耳語卻又顯犀利的時事批評，彰顯正義，可是只要試圖以專業心理來討論療癒或涉及到自家教養方式就只能選擇噤閉？

若你是那個當事兒童，你自己不可以提出來說，別人見義勇為就可以？看見別人教養失當可以批評，義憤填膺，滿懷道理，可是若覺得己身受委屈或嘗試溝通理解生命的痕跡就是大逆不道的不可行？「別人孩子死不完」的邏輯，套用至「別人父母罵不完」無關痛癢的批評，說實話，大家究竟想表達些什麼？

其實多方面來講，或許大家只是存在恐懼，一者對於社會傳統價值觀脈絡，權威人等如父母上司與國家社會共識的不可違逆，二者成長過程雖遭遇崎嶇卻只能選擇壓抑的不平，甚至恨意。

雖然亦不排除好心正義的存在性，或無意無心的傷害，不過很多時候，我們批評或讚賞他人，只因那樣的事件特質引發自己的「投射」反應。心理學說，人的喜愛痛惡與投射的關係，乃在於人與互動對象存在本身所引發的類同與差異，造就的認同渴求或拒絕厭棄。可值得注意的是，心理學引領人們一無保留的審視，不是為了歸咎檢討誰，而是為了釐清自身恐懼因果的原型，協助自己走出陰影向前走去。

這也讓我想到尼泊爾的「活女神」庫瑪麗（Kumari），三至七歲符合遴選資格的年輕女童，一旦被選中，為人卻成神的生活，將是枯燥無味的繁瑣——

「活女神」需住進寺院，不得習取知識意義或玩耍同儕裡（現今據傳此點已改善），任期間雙腳不可觸地，更不可輕易表露情緒的壓抑，以免引來災禍的象徵意義，慶典巡迴供人膜拜景仰，直至青春期初潮來臨退位，重返人間（仙女4ni）。在此無意冒犯宗教或社會價值觀，不過這同樣也都是，自己的房間（身體）不是自己的房間（房間），一切歸屬於父母或神恩典的變形。

女子兒童話語權與各項權力，總被忽略歧視與差別待遇，甚或融入潛意識於無形，如果我們真的關心，中肯犀利的時事批評或許是方式之一，但或許，我們可以多一點寬容與尊重，在非將特定的誰成為錯誤歸咎獻祭的前提，好好討論女子兒童應得什麼樣的待遇，我們又該如何改進？這些風起雲湧的親子教養事件風波，或許人們對於華人傳統窠臼的牢不可破有所警醒，也算是正面意義。

另外，對社會議題的「關注」引發的旁觀與冷漠之譏，尚可以米澤穗信《王與馬戲團》與被抨擊為「我的苦痛是你的感動」林立青《做工的人》作延伸闡述。

【知的權益正義與旁觀合理】

1994年，攝影師凱文‧卡特（Kevin Carter），以一張題為《飢餓的蘇丹》（*The Starving of Sudan*），摹寫「禿鷹佇立飢餓女孩背後」的畫面，獲得當年普立茲新聞特寫的攝影獎。然而獲獎成名的同時，卻也飽受所謂「道德良心」的譴責批判，以及「是否未曾施加援手」的質疑浪潮，於是那樣內疚煎熬的心靈暗湧，最終迫使他於孤獨寂寞裡，自殺離走[183]。

延續前述親子教養事件有感，或許我們心中，對於知的權益正義，與旁觀他者痛苦的冷漠，都自有一定的想像，不過在此，請容我以米澤穗信《王與馬戲團》與林立青《做工的人》來另作延伸闡

後續日本小說家夢枕獏，其獲得日本第十回SF大獎與第二十一回星雲獎的奇幻小說《吞食上弦月的獅子》，便是改編並重詮「日本知名童話詩人宮澤賢治哀悼妹妹死亡的悲傷詩作〈永訣之朝〉」，與「凱文‧卡特《飢餓的蘇丹》（內容改為攝影師眼見兄妹受槍擊屠殺，卻不自覺按下快門的煎熬）」，作為故事雙線的並進之作。

述：知的權益是否等同正義，旁觀他人苦痛又是否即為冷漠？這並不是一個哲學的命題，而是遍存日常生活的奧義。

米澤穗信《王與馬戲團》，故事講述甫離開報社成為自由文字工作者的年輕女記者太刀洗萬智，本為編寫海外旅遊特輯初訪尼泊爾，卻因緣際會捲入（現實實際發生有的），2001年王室槍擊事件的血腥屠殺。解破殺人謎團的層層推理，她與警察、僧侶、背包客，及看似天真的孩童幾度交手，最終才明瞭，所謂知的正義與旁觀者的冷漠，在在都不過是自我滿足的不可說破。

身當日本推理名家的米澤穗信，作品擅以狠辣回馬槍結局，帶來人性的不寒而慄與不可思議，《虛幻羊群的宴會》便是一例；相較前者虛幻漂浮的氛圍，《王與馬戲團》文字雖也是朦朧中帶點從容迂徐，但在社會寫實與殘酷人性上，力道卻更顯剛勁。特別值得一提的是，女記者太刀洗這一角色的塑造，頗富深意——那特具東方臉孔的狹長眼睛，卻是眼神淡漠，無論內心如何動盪震驚，臉面肌肉始終不會透露出情緒，頗酷肖村上春樹《1Q84》的青豆形容。

不過太刀洗與其他出場人物，不管是記者、警察、僧侶、背包客與孩童等，其實是同等類型——無論配戴著什麼樣的面具，彼此卻都在黑白的光影間隙，貓抓老鼠，玩著人心的遊戲。即便擁有高貴的心與冠冕的話語，雙手也可能沾滿血腥，正如正義女神剛正不阿的天平，也是肇源於那無可直視，被矇上的眼睛。

或許現存於社會現實裡，人間情態與各種事件，皆俱有其正反意義與利弊，然而此書字裡行間，卻滿是那拒絕讓王之死去，或說把「當事親歷」的殘酷血腥，成為他人眼裡，用以娛樂、打發無聊的馬戲團，讓人看戲。畢竟，「我的苦痛怎可成為你的感動」是以，由此我們來談談近期林立青那暢銷熱賣《做工的人》[184]。

　　林立青《做工的人》以自身十餘年建築監工的親身經歷，建築工地前線工程師的近距離，摹寫了臺灣底層，特別是勞工階級相關的「飢餓遊戲」：內容遍貫「工地八嘎囧」、「電悍工」、「外籍移工」、「工地阿嫂」、「看板人」、「拾荒者」與「檳榔西施」等，及無奈居中卻總背負臭名的警察種種。

　　乍讀彷彿反烏托邦小說設定的世界觀──社會階級嚴明對立，卻毫無公平正義，弱勢底層被挾以權威暴力，層層壓迫，歧視與霸凌，卻沒有可以伸張冤屈之地，於是最終僅剩，被眾人行經踐踏，無能翻身的沮喪絕望。是故，正如作者於書後所說，不管他如何更動人名、地點或季節，卻始終難掩那不經意影射現實的窘境，而我們所能保有的，只有一顆哀衿勿喜的心。因他所摹寫者，正是臺灣惡劣勞動環境，與被社會標籤而墜落惡谷地獄的「苦難原型」──居中的暗夜行者，不論為誰，人人皆可套用行進。讀之叫人鼻酸心傷。但也正肇因於「讀者為之涕泣，卻又事不關己且無能為力」（如果我們只能嘴而已，那也只能擺出厭世臉？），而使此書飽受抨擊。

就此而言，若因身當消費者（讀者／旁觀者）眼中的意義，而使文本本身發生歧異爭議，或可參照參考蘇珊・桑塔格（Susan Sontag）《旁觀他人之痛苦》（*Regarding the Pain of Others*）與羅蘭・巴特（Roland Barthes）強調「作者已死」的解構主義。在此考量讀者消化理解的便利，暫不觸及晦澀難解的文學理論議題，但簡單來說說此二書的核心精義以作詮解。

首先，《旁觀他人之痛苦》相當適合作為詮解此文所提到的一切文本，因為此書的核心本質，便是為了探究戰爭與攝影的倫理而成立，雖說《王與馬戲團》偏重犯罪與新聞倫理，《做工的人》則是監工眼光／眼觀社會底層與勞工苦痛，接著消費者（讀者／旁觀者）及書評寫作者才陸續跟進。

不過事實上，文本群一層層推演而進的，確實正是那《旁觀他人之痛苦》提出的質疑爭議——觀看與旁觀，佛陀那看透萬象的森羅之眼，俯視人間；人的心靈近眺苦難卻無能為力，執筆紀錄繼而跟進的消費者（讀者／旁觀者），及像我這樣「紙上談兵」的書評寫作者。現實裡，不論為誰，我們既活生生也赤裸裸地，見證並旁觀他人之痛苦，臨書（或以其他形式承載的媒體）涕泣，卻無能為力且事不關己。坦言說，此點無庸置疑。

於是蘇珊・桑塔格才想探問，那樣四通八達的通訊媒體，與接收者無所阻礙的眼睛，從中所感發出的憐憫同情，究竟是為了善心正義，還是自我滿足的一種畸形「同理」，抑或是兩者兼具？細細探究下的真相，可能遠比眾人所想的更為怵目驚心。且不論「旁觀」是否等同於「袖手旁觀」，在透過各式媒體展露並用以消費後，其中是非公義彷彿再也難以釐清[185]。

所以由此，我們會想，那麼，是否就讓作者與作品分離，以達到全面的客觀冷靜？那這樣就必須從1960年代，解構主義（或稱後結構主義）創始人之一，羅蘭・巴特（Roland Barthes）「作者已

書中所謂媒體在此特指攝影，因此書是桑塔格1977年《論攝影》後，隔26年出版，卻同等研究攝影的專書。

死」的概念來為此點釋疑。

羅蘭‧巴特在「作者──作品──讀者」三位一體的角力裡，讀者與作品的關係總被特意提起，原因在於他認定，作品本身的結構意義，將隨著波濤起伏的年代潮流而變異，是故隨著歷時性推進更迭的讀者群，其閱讀、發想與評解，都將另外造就此一文本的時代性或多元意義。是故，對於原本瀝血嘔心出產作品的作者，其角色輕重已無太大意義──這便是「作者已死」概念的精義。

這種讀者與作品「解構完成作品屬性」，或以「兩者間的互動共構完成結構」的概念非常有趣。2017年3月起，為了紀念國際婦女節，紐約在原本著名的華爾街銅牛（Charging Bull）對面，置放了一個綁有馬尾，嬌俏可愛的小女孩銅像，眾人並為之命名「無懼女孩」（Fearless Girl）（https://goo.gl/ViOQRH）。

然而銅牛的原創作者狄莫迪卡（Arturo Di Modica）卻對此一舉措發出異議，因這個銅牛本是他眼見1987美國股災橫行，才於某日晚將作品置於紐約證券交易所門外。用以含納「自由、世界和平、力量與愛」與對美國未來振興期待的正面意義。（https://goo.gl/LjYynk）可在那被視為「兒童及性別平權」象徵的「無懼女孩」加入後，富有正面形象的銅牛，卻一轉為「威脅恐嚇」的負面含意，狄莫迪卡由此認定他的作品遭受侵害與扭轉。

事實上「狄莫迪卡──銅牛──無懼女孩」三者的關係，或可說是另類浮顯，羅蘭‧巴特他那「作者──作品──讀者」三者（或其後續效應）權力彼此角逐輕重的變化關係。

不過弔詭的是，若「作者已死」，作者與作品分離，那麼作品後續效應（消費行為或讀者眼中的詮解）更動原本內容的象徵意義或真諦，如《做工的人》付梓後續，「我的苦痛成就你的感動」之譏，究竟該由誰為此負責？並且，在苦難居間付諸以文字攝影或其他媒體，難道不存有善良正義或支持使其付諸流傳的用心？說不定（不負責任言論）反覆落入循環，有理說不清且不停正反辯論的弔詭，才是哲學真正的奧義（點菸）（被丟香蕉皮）？

所以（真正的結論），我對《做工的人》，內容抱持正面看法，不論後來的人，不管是消費者、讀者、旁觀者或書評寫作者，我都認為其所眼光／眼觀所寫所見，那權威弱勢的對峙皆自俱其社會意義。因為苦難確實就在那裡，若是對這樣的剝削歧視或種種悲慘視而不見，才是真正的掩耳盜鈴。

這個世界，其實很難為世間萬物或情態各一，作任何的命名評理，神如此，人亦是，又遑論人出產造就的作品，因為回過頭來講，無論有沒有經過任何管道的流傳，都無法抹滅它本身自有，在宇宙間存在的意義。可世間萬物既如此是非難斷，那我們該如何看待這樣的旁觀？

我想到一部我很喜歡的小說作品──吳明益《複眼人》，此書雖是以尋訪自然的多重錯落，來鋪排人與人，人與自然的關係，其中令人印象深刻的是那人尋山訪山卻與神祕複眼人交相對看的奇幻旅程。

聽說在生物學上，複眼是由諸多數量單眼所組成的視覺器官，多見於昆蟲、甲殼類節肢動物或雙殼綱上，數目不論。但最重要的是，複眼為其主提供了更為遼闊的眼界，理解這世界，並以此作為日後活動或反應的依據來源。因此，或許我們無法動搖人性的組成結構，卻能決定，讓什麼被收納眼裡，重點不在於誰的同情憐憫，而是我們用之理解，並在行之有餘時，能哀衿勿喜並期許，有朝一

日有改變世界的動力決心。亞歷塞維奇曾言：「為了理解，我把話語權交給所有人」。眾聲喧嘩的世界，複眼的視界，也是如此。

【飛蛾撲火──乖巧順從者的生命悲劇】

《論語·顏淵》裡，孔子曾用「君君，臣臣，父父，子子」來應答齊景公的問政，事實上，儒家思想體系，特別是尊卑位列各安其份的順從，風吹草偃地深入華人文化日常的內裏。從先秦孔孟聖賢所倡五倫道德，漢儒董仲舒結合天道陰陽的三綱五常，至宋明理學的吃人禮教，甚或已達民國的現代，非關統獨政治或國族問題，皆浸沐於此來維繫國家社會的安定。可若萬事萬物皆有其序，個人家庭至國，都必有所由無能擺脫，另行端視，會不會也是種上至下，權力從屬關係的洗腦掌控，而使人們有所利有所弊的深受創痛呢？

心理學曾言明，人的自我大約一歲多才發展出來，由主要照顧者行為模式的鏡映確認自身存在，直至欲求獨立的青少叛逆，才又是另一個確立自我價值認同的黃金期。可遺憾的是，臺灣今時現況，幼時可能囿限貧困世代父母的經濟困窘，青少的花樣年華，則滿是與未來無關的分數填鴨，作為自我價值認同的自尊建構；且無論尊卑老幼，往往皆須以傳統權威為尚（感恩讚嘆），順從聽話更遠比什麼都重要。

然而這樣可能摻雜不辨是非黑白危機的從眾，箇中究竟有何危險？在此試以加藤諦三《人生的悲劇從當個「乖孩子」開始》，岡本茂樹《教出殺人犯》與碓井真史《誰都可以，就是想殺人》，標題頗顯「驚世駭俗」的三書內容遞進，來對長幼尊卑有序且必得服從權威的華人社會，「振聵發聲」。

己身飽受父親權威所苦的日本心理學大師加藤諦三，畢業於東京大學社會學研究所，後往赴美國哈佛大學擔任研究員，出版有

《為何我們總是如此不安？》與《為什麼我們愛得這麼累》等，皆深入叩問人於關係中不安痛苦的緣由。

岡本茂樹曾任國高中英文教師與立命館大學產業社會學系教授，授課研究之餘更致力受刑人更生，《教出殺人犯》為作者2015年歿後遺稿，由家人轉交出版編輯校稿微調，價值意義大抵根基於他犯罪諮商輔導淬練出的人生智慧。

碓井真史則為新潟大學臨床心理學研究所教授、專擅社會心理中，犯罪心理與自殺預防的日本文部科學省心理輔導師

三者同是社會學系相關，且對犯罪人性有臨床或親身實例為研究根據，內文不僅對社會傳統窠臼有所破有所立，字裡行間更滿溢真摯慈悲。題旨雖各異其趣，卻同樣大篇幅描摩，過度壓抑順從衍生的「乖孩子」爆破。

《乖孩子》點明，居於日常常見的「乖孩子」品種，因畏懼被遺棄，於是忍耐壓抑，戰戰兢兢如履薄冰，不得不久居下弱被宰割，被佔有所支配，無止盡服從。於是沮喪無力更感悲戚，按壓下的怒氣，不是指向自己，前進憂鬱自毀或耽溺的上癮，便是對上親密家人，變相撒嬌的家暴宣洩（如湊佳苗《告白》拒學繭居小男孩對母親的言行），理解自身無能改變生活或權力現狀，更加深絕望與自我厭惡觀。

其實面臨被棄的恐懼，人只有兩條路走，一則為無窮討好的漩渦，一則則是全數斷絕的冷漠，可人往往先選擇了前者，直至傷痕累累才慢慢退居至後。但放棄呈顯真我的喜悅，轉成為求認同的虛偽，那樣無以被接納承接的真實自己，將導致生存的顛危與被拒的自卑，轉而只能於他人價值觀裡動盪徘徊，不安由此更根深蒂固為自我囿限──無能相信自我存在本身即有價值意義，自然也無法相信他人存有溫情善意，心扉緊閉更加邃人際關係的破裂縫隙。

弔詭的是，人複製過去，本是為了要引導往日遺憾未解的重新

面對與生物本能的趨近熟悉，所以家庭互動的模組，才會等同於未來人際，特別是與伴侶間相處的複印。然而命運輪轉的不幸，在此些無窮討好，滿是自責罪咎的工具化孩童，未來即便佛陀降下了蜘蛛之絲，僥倖有機會，也容易重蹈痛苦的黑洞。是此時，才方知，人的一生是多麼長又多麼短，短短幾個悲劇循環便可講完，路不知何時才能到盡頭，怎樣才能逃脫？

《教出殺人犯》承繼上書脈絡，更聚焦至犯罪更生相關的為惡連鎖，可能皆源於「笑容」背後的不能說──「寶寶苦，但寶寶心裡不說」的強裝微笑，壓抑了真實情感抒發的引流，既無能表達也無法被明瞭，於是悲傷失落再慢慢化為無所適從的惶恐，壓抑真我不透風直至爆破，就是崩毀犯罪而難回頭。若什麼事也都只能笑著說，只能報喜不報憂，那便彷彿攀爬喜馬拉雅山卻面臨災禍的臺灣情侶劉宸君與梁聖岳，生離死別是苦的倖存，卻仍笑容燦爛接受訪問，不能哭也不敢哭作為保護，太陽與北風，終究會成為人生悲劇的無底洞。

另外，本該作為矯治教導、人生中繼轉圜的少年撫育院，為免團體勢力交相錯節的組構，或作奸犯科資訊的交流，便強硬眾人順服於一種不得相互交談的沉默，及滿是正向光明的文體應用，做為院內洗心革面的管教成果。可執事者卻絲毫不察，這樣不得不的屈從，有若嚴刑下逼供，某種程度上，同是重蹈「乖巧順從」以符合社會價值觀涵容的表面鏤空。完全不懂，指責攻訐意氣、鮮明服飾穿著，犯罪鬥毆逞兇甚至殺人，為求引人注目諸多，有時可能不過是為求關注與愛，卻被忽略差別待遇的需求未滿，痛苦積累至無感冷漠，便是無差別殺人與隨機加害的驚駭罪種。

《誰都可以》以2008年秋葉原無差別殺人事件加害人成長相關，開展論述家庭環境教養裡潛藏的種種未爆彈。父母的自我中心，過剩的愛過度保護，強加逼迫下的嚴厲服從，反破壞了孩童自

我的自由創造。可家庭關係是人未來人際模組的重蹈，即便金玉其外卻也敗絮其中的機能缺陷，將造就個體自立不足，最後從家庭學校到職場，去哪都一樣，無所連結又不被明瞭，不是被霸凌便是孤絕，於是時光迤邐，也不過是監獄牢籠，款式的更迭。

這樣孤獨淡漠與人絕，缺乏滿足感安全感，若自我認同搖擺又有沒被開發的述情障礙，那一生飽受羞恥罪咎、非黑即白價值觀煎熬的痛，將轉為自暴自棄，殺人或自害的極端妄念與揣想。因人一旦無能覺知自己或遭強大的痛苦所麻痺，便也難對他人產生同理，就像德國小說徐四金《香水》裡的葛奴乙，空有對氣味靈敏的鼻，卻對己身氣味毫無頭緒，以致於必須殺人製香方得確知自身存在，看似兇狠殘虐的無差別殺人或隨機殺害，可能是於疏離不安裡，被孤獨絕望所擊敗，與亟欲被瞭解傾聽的呼救哭喊[186]。

┃ 書評體的魔法圈186

是以，往常奇幻文學或魔法世界設定，總愛以「真名」的浮現（賑早見琥珀主與荻野千尋）作為不可思議改變的關鍵，那是因為，非關善惡好壞，只要標示其名，或說察覺己身「面具人格」下隱隱作現的真名實姓，識之引之，則人的身心與外在世界當由此湧現無窮法力。情緒＝氣味＝真名。

特別值得一提的是，本書更添入網路依存危害與各式樣的人格障礙——妄想型、畏避型、自戀型、邊緣型、反社會型或輕度發展障礙、注意力缺陷過動、精神官能症等相關與家庭環境教養作比排，由中得知窮兇惡極罪犯，平日可能與常人差異不大，甚且你我也可能位列其中。

是故，或可說人之善惡非為一定，實乃環境造就矣。不過也非

三餐衣食無虞，便風平浪靜。「我的家庭真可愛」可能潛藏幸福童年祕密的變調。遑論生存本能將激發修改記憶的程序，但記憶或可被變造抹消，可事件發生歷經的傷害驚懼卻不曾遠離，並深入身體的內裏[187]。

這便是兒童心理學大師愛麗絲・米勒（Alice Miller）幸福童年三部曲「身體不說謊，並將一切真實銘記在心」的箇中精義。越否認，越抗拒去釐清，真實反倒像鬼魂一樣糾纏不去，使生命未解的遺憾，如未揭的謎，伺機而起，大凡物不平則鳴，則傷害更難撫平。

三書分別針對乖巧順從的過度壓抑，內心崩毀的後果前因，至人生中繼也難施力的犯罪成形，最終直抵殺人隨機只求解脫與注目的無感無情，都需認清，理解照護情緒和自我的重要性。

人須被容許些許叛逆與不完美，適度地於界線內學會撒嬌、任性與哭泣，接納真實的自己與情緒，才承接得住自己。否則無能正視自我內心需求，將誘發自欺欺人不敢相信任何人的危機，又原生家庭的重擔荊棘，也將轉成極端的自我苛屬或對外的正義霸凌，給予安全信賴且無條件的愛，取代外觀評論式讚許的嚴屬，方得以確保他們敢於示弱並求救於危急，亦可免去成年內心空虛的陷溺與癮。

至聖先師既談長幼尊卑位列的倫理，亦論人生就平等有教無類的教育，是故，由國家家庭至個體實可多加思慮。小心家庭環境教

養的步履，轉念國家社會的風尚所趨，那麼或許人生，在歷史無限輪轉的悲劇命定外，還能有新的契機，真正邁步光明。

最後，本文無意替任何人開脫說項，或觸及死刑存廢爭議，人終歸要替自己的行為負責。因生而為人，自有其自由意志抉擇與情緒感受相關，但若溯源犯罪脈絡，我們當知現代社會，仍存有因果顛倒的錯亂，並無知無覺地蹈規沿襲，殊不知，過度壓抑封閉的保守，過度重視權威尊卑的傳統，反衍生更多犯罪的層出不窮。

【當掌聲響起——天賦其能的人才培育困境】

2017年世大運歡欣閉幕，臺灣挾帶著主場國的如虹氣勢，共贏取有90面獎牌的優異成績，舉國上下歡騰一片，然而當掌聲響起，也別忘了各領域選手，平日訓練的艱辛耕耘，及不時遭受忽略差別待遇，種種掣肘的切心。

雖可理解臺灣肇因歷史殖民更迭背景，造就國族自信長期低迷，然而若一朝奪金天下成名，台下訓練血汗剝削卻乏人問津，無論如何都是種「不成功便成仁」殘忍驚心。這也讓我想到過往原始思維「人神」（神於人間的化身寄託）的概念成因。

人類學大部經典弗雷澤（Frazer J. G.）《金枝》（*The Golden Bough*）〈殺死神王〉篇中曾講過「人神」的存在緣由與其作用，乃在於「人神」生命種種，將引發原始人世界，自然萬物消漲的連鎖，等同「一人奪金便是臺灣光榮」個人作為影響群體枯榮的作用。

原始人為求確保欣欣向榮的永久，是以「人神」軀殼既不允許衰頹老弱，也需時刻活於「體衰處死與繼位暗殺」的膽戰心驚中，由原始思維邁步文明社會，尤其注重功成名就的華人群眾，往往總以過度失控的正面思考作為想像寄託，既不寬容人擁有陰影示弱，

也不願體察當事者自我情緒感受的各項需求，眼界唯有必得「成功」之結果，後續再以此為標竿懲戒，流傳於後。

原始人因交感律（交感相生或觸染）產生模擬巫術與接觸巫術，是以人神於世，或此些化身成人的神，被視為與萬物起滅一同。因此人們關切人神或祈神，非源於虔敬之故，實乃出自對己身生命與生存環境的關心惶恐。

直言不諱，群眾對2017世大運「臺灣之光」的奪金得銅，到底有幾分出於真心的愛護熱擁？（到底有幾分，說得比想像還快～），說穿了，選手們不過亦是一尊尊現代「人神」化身，牽一髮動全身，而使「臺灣的美被看得見」的目的寄託，但他們最終將會落得什麼樣的下場後果呢？

過往原始思維對所謂的「人神」，發展出「殺死神王」的儀禮過程，以避免人肉體之身，邁向老弱衰殘引發世間萬物覆滅崩動，在動搖生者生死攸關的世界之前，便將其肉身毀滅，而使神靈繼承予另一個精力充沛者的青春之身。人民所需者，其實不過是進駐人身軀殼中，靈魂目的完滿的顯現（臺灣之光臺灣的美被看見），人神軀殼本身（選手遭遇一生）並不具有任何意義呈顯，試問古往今來，社會對待是否將能有所不同？

是故，2017年，現代文明泱泱臺灣國，為政當奚先？當以改善人才培育偏見與掣肘待遇為先，並佐附中國至聖先師孔子之言，「必也正名乎！」名不正則言不順，言不順則事不成，禮樂不興刑罰不中，民何所措其手足？臺灣就是臺灣，不是中華臺北，可現實蜿蜒，革命尚未成功，同志們仍須努力啊[188]。

 ## 【邪惡的平庸性——幸福男，不難？】

此篇乃根據日本女星在臺被劈腿卻反開道歉記者會有感，看

假的我眼睛業障重啊：書評體的百萬種測試與生命叩問

此文典故取於《論語》（子路第十三），子路曰：「衛君待子而為政，子將奚先？」子曰：「必也正名乎！」子路曰：「有是哉，子之迂也！奚其正？」子曰：「野哉由也！君子於其所不知，蓋闕如也。名不正，則言不順；言不順，則事不成；事不成，則禮樂不興；禮樂不興，則刑罰不中；刑罰不中，則民無所措手足。故君子名之必可言也，言之必可行也。君子於其言，無所苟而已矣。

到這樣的直播，其實感覺蠻錯愕的，臺灣社會如此正大光明的檢討受害者，可以嗎？不說臺日友好的深固情誼（？），作為臺灣真男人，紳士們的品格，難道也接受嗎？雖說清官難斷家務事，感情的事本來就毋須他人置喙，然而女方被迫勞師動眾開了道歉暨重大聲明記者會，男方「大器諒解」，比對資訊，卻似乎有某種程度上的弔詭。

事件始末據傳來自女方正交往熱戀中，卻被另女發送惡意侮辱且與愛人的親密床照等訊息所擾，可這信誓旦旦以老公自稱的男人不僅居間曖昧，事後更無預期突然疏遠，誰遇上這樣的事都會感到難過心傷，何況人在異鄉，舉目無親的驚慌失措。

相信任何一個女孩子，在東亞文化圈，或說華人根深蒂固的權威文化、敬老尊賢原則與女人身死事小，失節事大的觀念裡，對前輩崇慕自是理所當然，然而即便再崇慕，也不可能輕易主動與之發生性關係，很大一部分必定基於真心，愛的託付。

確實，她不該揭人隱私，可平心視之，她也不過是好傻好天真的窮途末路，以此試圖來證明愛曾經來過的無奈錯亂，試問世間女子，又有誰願意任意公開自己的隱私床照供人佐料？

比較心疼這個女孩子的是，從言行語談間的線索，大致可理解她的個性溫柔敦厚，行事不太懂得拒絕，人際回應也不夠世故老

練，這其實是她的可愛她的萌，甚至可以說是優點，但不幸的是，此點卻被他人所利用而有苦難說。

若以心理學概念來講，這其實是個人自我界線認知模糊的囿限，不過這在華人社會裡，十分常見，尤以女性受擾為甚——雖覺不妥但仍以他人為重，卻將自我感受居後，顯現女性角色須得犧牲付出讓渡他人觀念的根深固著。

但可預知的是，即便意識表面渾然無覺，往後內在亦會受到深自痛苦的自責罪咎，怪罪自己沒有好好保護自己，識人不清又不懂明辨是非與對錯，因為這個社會從來只教導她們，千夫所指，萬般痛苦都是they的錯，值此當下，若外界再加諸胡攪亂搞的蠻橫攻訐，受害者創痛再先，冤屈腹內還被檢討言行舉動，走向崩潰是再自然不過的。

英文片語裡「stand in others shoes」講述同理心，試問，若她是你的女兒，姐姐，妹妹，各式姻親血緣或親密的友好關係人，你忍心嗎？或者我們自己，也曾被社會這般洗腦馴化而認同自咎煎熬，由過去直抵現在未來的事件傷痛？這些都值得深加思考。事實上，從米爾格倫實驗（Milgram experiment）與史丹佛監獄實驗（Stanford prison experiment）所導，人們理解即便違背人的良心同理，眼見他人痛苦也會持續權威命令，是故從眾與基於利益結合的工作倫理，才往往最容易讓人蒙蔽眼睛。

不過持平而論，某知名演藝圈重要人士發言僅基於隱私不當被任意揭露，只能說不夠全面，但重點是，誰又能為女方短時間託付真心卻被劈腿疏遠然後被攻訐還要出來道歉的震盪挺身？漢娜・鄂蘭（Hannah Arendt）曾指邪惡的平庸，意指邪惡就存於日常生活裡，若我們旁觀冷視，視而不見，那我們也是權力結構裡，共犯之一。

另外還要探究的是，或許幸福男，不難，不過是場巨大的謊言？

假的我眼睛業障重啊：書評體的百萬種測試與生命叩問

若以這樣的個案定調愛情或男人不可信任，一竿子打翻一船人委實太過偏頗，但不可忽視者，綜觀世間情愛，那怕是情投意合的曖昧或男女朋友關係分野，一樣存在有難以清楚釐清的灰色地帶，使人心傷碎裂，受盡委屈。即便進展至有約束法力的婚姻，也無可例外（但相較下後者具法律約束與權力責任釐清）。

　　不過無論如何，起碼也該符合一點道義良心，做到這樣實在太超過。讓人想起林奕含《房思琪的初戀樂園》中摹寫被誘姦種種所產生的異樣感，「有一種功課做不好的感覺。雖然也不是我的功課」、「他硬插進來，而我為此而道歉」，最後甚至還誤以為這真是愛，由此顯露錯亂悲哀而自戕身亡。

　　是故，情感玩弄可說是最完美的犯罪，因為來去水無痕，無法佐證，吃完就甩更無能可管。雖說近期由伍迪艾倫（Woody Allen）之子羅南・法羅（Ronan Farrow）踢爆好萊塢金牌製片哈維韋斯坦（Harvey Weinstein）的性騷疑雲風起雲湧，彰顯了女性職場身體意識的自主與不受騷擾正逐步受到重視。

　　然而，這對各國而言甚且遠遠不夠，遑論封閉保守的臺灣民國，人們到底什麼時候才能真正正視性平概念，以及真實殘酷裡，權力脈絡裡的不義不公？除卻知曉真正的愛不是錯愛，還要懂得如何保護自己不受傷害。

　　可如今看來，路還很遠，戰爭也很長。

 【世新追求不成轉騷擾砍殺案】

　　2017年12月11日新聞與臉書河道，滿是世新砍殺事件的討論，觀其賴的對話互動，可見一方未覺與不顧他人感受，持續執拗想追求的焦慮衝動。日本心理學大師加藤諦三言說，自我中心者實乃自我中心缺乏者，自我發展不全，往後未來人際特別是愛戀對象（不

管有心無意的單戀或雙方）的互動種種，都有可能深陷牢籠。

因為，距離真實自我與情緒感受遙遠的人，也難以感知他人的，只能強硬地以錯誤的期待與不當的想像投射來解釋這個世界轉動。關於女方的態度說，其實事件初始，相信一般人也會想寬厚——「此人本性或許不壞、只是情感表達笨拙、他不知道這樣讓人覺得恐怖不尊重」。可是當關係的交流切身的變成一種，無視他人主體觀感的不尊重，甚至人身安全的跟蹤，那真的也是窮途末路的無路可走。

身為女者，有時退無可退還要被檢討得夠夠，這是不公。更遺憾的是，我們也見著男方不懂愛自己於是也不知如何愛人的失措而犯下大錯。

雖說盡信書不如無書，書本的世界，並無法全然代表並真正解釋與解決殘酷人生裡的種種破裂與不完美，不管是兩性相處叢書或文學作品亦然，如世新騷擾至殺人未遂，在砍殺前的跟蹤或所謂「癡心情長」的作為，於過往文學作品裡，往往是浪漫深情的詮解。

而常人較易獲知的資源——老一輩的「口述愛情傳說」，不僅個體無法代表集體，一樁懸案各自表述觀察（？），有時更有口述記憶不可相信的變造改編，及時代單一切面的侷限。不過若只光靠己身生命歷程的碰撞摸索，時程也顯得太過漫長疲憊了。

坊間確實存有大量兩性學，大致可分為搭訕攻心獵捕、自身情感歷程分享與關係長久經營為幾大主流，然而遺憾的是，箇中良莠不齊，亦存在諸多道聽塗說，自身相關親友連結（我朋友說）、時代侷限（相親訂終身）、流於片面（他／她這樣做一定怎樣）、過度詮解（粗淺草率訂立綱目的「人種」分類與辨別），或個案無法代表集體（如果是我的話）等，頂多只能顯現一般常情的勢利人心概念，但不僅無法涵蓋見招拆招的融會貫用，偏頗或結果論的內容

讀來往往更只讓人想翻白眼。

　　雖然不能否認大眾偏見比想像中更為常見，但更糟糕的是，有時往往執筆捉刀的寫作者，本身是否配備他們口中，舉止行事相關種種的魅力學，尚且存疑，更下者流，立基豪門魅力型男擇偶標準解說代表，本人上台，卻只給人一種蒼白無趣嘴砲王，除了誤人子弟啥鬼也沒有的尖酸刻薄感。

　　另一類則針對如今當道的「肥宅廢魯蛇男」或「魚干女又怎樣」的大齡剩男女，肇因於專注工作學業，生活範圍狹窄無有正當交友管道，或個人個性外表打扮等的老（過）實（度）忠（笨）厚（拙）進行改造，彷彿2006年金榮華執導的《醜女大翻身》，改造了不合理的那些，世界就會轉變。

　　甚至還有讓戀愛交友成為一種奇技專業的特殊「視野」，如男人圈備受爭議的尼爾·史特勞斯（Neil Strauss）《把妹達人》（*The Game: Penetrating the Secret Society of Pickup Artists*）全系列、奧利佛·庫恩（Oliver Kuhn）《獵女聖經》；女人圈蝴蝶《小魔女的戀愛王牌》與《真愛是屬於誘惑者的：被上千男性求婚告白的戀愛高手親授》或銀座媽媽桑話術攻心性愛全方面系列等皆在其列。

　　關係種種都需要經營，不管是感情或日常交際都是，事實上，我相當肯定這些提倡「願意自我改變、願意學習、願意提升自己與人際關係各眉角的經營」的呼籲，可是美中不足的是，上述火力全開，主動技巧技能提升類，或許是為了宣傳效用口碑的誇大話術，常常過度渲染由搭訕到攻心，那種「權力在握」或「馴養獵殺」的獵捕攻略而忘卻相愛的本質是尊重。

　　確實從安東尼·聖修伯里《小王子》（*The Little Prince*），吉莉安·弗琳《控制》（*Gone Girl*）與E. L.詹姆絲（E. L. James）《格雷的五十道陰影三部曲》（*Fifty Shades of Grey Trilogy*）等，

在在都詮解了一般人對愛情的想像，乃是出於「馴養」與「控制」的權鬥分野。然而，若一直抱持著這種高高在上的馴捕圈獵的心態，忘卻相互尊重的重要，即便短期得手，又如何能走得長遠呢？

且用理性邏輯的「市場分析策略」、「自我剖析與魅力指數提升秘訣」與「把妹調情芳心攻略」三大命題成功脫魯，但操作實用中，有時也流於過度粗淺草率訂立綱目「人種」分類，技巧高超顯得油條讓人感覺不真誠的退怯誤會，及無以涵蓋「『得手過後』兩人相處的長遠經營脈絡」（習得技巧是否等同個性表現）等問題，也始終未能解決。

畢竟原生家庭的互動模式乃是人未來人際特別是與伴侶的關係，其中人生命歷程的創傷糾結與行為呈顯，有時無能被簡易區分。除卻重大危及人身安全與造就傷害需戒護者，一般多見一些懵懂無知不完美，只要稍加引導同理即可解決。人的愛戀關係自有其生成脈絡，學習技巧的同時，也要謹記個人體質與愛戀對象的適應套用，隨時調整，如學太極，無招勝有招，「學完全忘了」卻自成一體的適用。

所以，王子與公主，並非只要想方設法會了面，自動便能理解往後的柴米油鹽，過著幸福快樂的日子。認識後，關係經營的全面，可能才是解決長久問題的首選，而非馴養與獵捕之道即可完納，以下推薦幾本精選來理解，步步驚心也需步步為營的婚姻經營之道，如約翰・高曼&妮安・希維爾（John M. Gottman, Nan Silver）《七個讓愛延續的方法》（*The Seven Principles for Making Marriage Work*）。

本書立基於40年以上，上千對伴侶互動的研究，歸納出傷及婚姻的尖銳開場、情緒衝擊、肢體語言與對話兩敗俱傷的四騎士（批評、輕蔑、辯解、放棄溝通）與愛戀補給的七大守則（1）補強愛情地圖（2）培養愛戀愛慕（3）回應取代回絕（4）接受另一半意

見（5）解決可解決問題（6）永久問題的僵局破解（7）創造共同
意義。

　　此書客觀精闢與實用的程度，大致可列為百家之首，由柴米
油鹽日常生活的永久問題與可解決問題等重大事件的衝突化解，長
期關係的經營妥協與包容接納人的不完美，直至崩壞變質關係的挽
救，突破迷思種種，甚至連詳細的財務報表、家務分配都有，從此
不能以「個性不合」為由分手。因為那些僵持不讓的價值觀背後，
都只是成長夢想，或讓對方感受被愛尊重「愛之語」的不同。完美
的「神雕俠侶」並不存在，每一單元更佐附練習評量供亦步亦趨的
引導。針對理解雙方、情感存款、解決衝突、控制傷害與創造共同
意義的親密感等各點突破。

　　不過上書根基兩性平等的客觀經營，可能較難以適用父權大
蠹深重的華人社會，尤以重男輕女與家務教養分配不均的難題，此
一類型尤以百萬部落客宅女小紅系列、陳安儀《致婚姻中狂翻白眼
的時刻》與珍西・唐恩（Jancee Dunn）《我如何忍住不踹孩子的
爸》（*How Not to Have Your Husband After Kids*）中，最為英雌所
見略同。

　　後二者同是知名記者婚姻實錄，前者為名嘴陳安儀婚姻飄搖20
年辛酸血淚——從兩性交往情事至邁入婚姻大小事，與婆媳孩子，
特別是婚前多劈多比較、解決外遇是釐清婚姻相處危機轉捩、床笫
之間不可說的祕密，小姑與婆媳幾大面向，犀利解決問題之霸氣尤
為人稱道。

　　後者則立意警醒的強調「老公這種生物，是個國際性的問
題」，與宅女小紅那一貫嬉笑怒罵的幽默，暗藏「教夫養子」歇斯
底里與失控展演——女人蓬頭垢面的觀音千手，卻對上怡然安泰的
丈夫遊戲中臥佛，只能悲嘆。

　　兩者同是討論「美滿婚姻」卻於生子後，面臨丈夫身分責任轉

換無法同步，造就需求無法彼此滿足與參與的困境，「羞昂」以日常生活細鎖與鄉民對話排遣寂寞，後者則尋求心理學家、婚姻諮商與兩性治療協助，一針見血的幽默讓人發噱。

縱結得來，友善且有效的溝通，均衡的家務分攤、尚有餘裕的財務關係與家為一體共生的患難相與、爭吵原則與夫妻親密感時間、親子教養間的父母共存與孩子自主能力培養及日常相處小眉角最為重要。

特別是家務分配與同理心的換位思考，特別適用女性為主的偽單親模式，家務分攤趨近公平參與，可減低女方情緒風暴燃起，間接促進夫妻溫情，男方參與後也可由此索求完整的洞穴時間，相互寬容妥協，不過理想是美好的，但幻滅總是來得更快，現實的眉眉角角總是太過驚悚，最後可能也只能選取萬不得已的折衷，得過且過了吧。

【索驥地圖】眼睛業障重逃生專用指南

★突破框架無限可能

御姊愛《單身生活，不是學會堅強就好》

卡羅爾‧安‧杜菲〈回聲〉、希臘神話納西瑟斯、茱莉‧泰摩執導《揮灑烈愛》

蘇絢慧《皇冠雜誌》〈完美情人不存在〉、瀟湘冬兒《11處特工皇妃》
　　（《楚喬傳》）

★正常與異常的界線

皆川博子《異常少女》、村田沙耶香《殺人生產》《便利店人間》

★小龍女的古墓有誰居

鄧惠文《婚內失戀》、蘇絢慧《七天自我心理學》

陳鴻彬《鋼索上的家庭》、女王《美好的愛，是先給自己幸福》

★借物少男自我追尋──村上村樹《刺殺騎士團長》（倉橋由美子《亞瑪諾
　　國往還記》）

| 人與歷史繾綣 |

★如銜尾之蛇輪轉

理查‧費納根《行經地獄之路》、埃利希‧諾伊曼《大母神：原型分析》

姜峯楠《妳一生的預言》、克里斯托弗‧諾蘭執導《星際效應》、米澤穗信
　　《滿願》

藤原進三《少年凡一》《彩虹麗子》、約翰‧伯格《我們在此相遇》

★魔幻現實的陰陽泯滅與圓

魯佛《佩德羅‧巴拉莫》、賈西亞‧馬奎斯《百年孤寂》

伊莎貝拉‧阿言德《精靈之屋》、艾卡‧庫尼亞文《美傷》

曹雪芹《紅樓夢》、徐小斌《羽蛇》（宋澤萊《血色蝙蝠降臨的城市》）

★跳針重播的無限輪迴

戴夫‧艾格斯《梭哈人生》（山繆‧貝克特《等待果陀》亞瑟‧米勒《推銷
　　員之死》）

大衛‧米契爾《骨時鐘》、拉維‧提德哈《狂暴年代》

延尚昊執導《屍速列車》、赤燭股份有限公司與等菁《返校：惡夢再續》

井上夢人《耶誕節的四人》（斯坦‧賈德《庇里牛斯山的城堡》）（回到未來）

★習得性無助的無間地獄──安部公房《沙丘之女》（薛西佛斯神話）

★被害轉加害的佛魔輪轉

真梨幸子《復仇女神的布局》、中山七里《哈梅爾吹笛人的誘拐》

假的我眼睛業障重啊：書評體的百萬種測試與生命叩問

約翰・道格拉斯&馬克・歐爾薛克&史蒂芬・辛格勒《破案神探》系列
丹尼爾・柯爾《布娃娃殺手》、阿嘉莎・克莉絲蒂《一個都不留》
唐墨《清藏住持時代推理》、內藤了《獵奇犯罪搜查班》系列
清水玲子《最高機密》、哲儀《人偶輓歌》

人本孤獨

歐文・亞隆《存在心理治療》、上橋菜穗子《鹿王》
★歷史真實事件改編，群體利益對峙自我個體的孤寂
麥克・龐可《神鬼獵人》、埃克多・托巴《33》
拿塔尼爾・菲畢里克《白鯨傳奇：怒海之心》（赫曼・梅爾維爾《白鯨記》）
★神棄之地，倖存者的PTSD與人「屍」差異
喬迪・尤布雷卡特《解剖師的祕密》
麥可・費里斯・史密斯《暴雨荒河》、理察・麥特森《我是傳奇》
延尚昊執導《屍速列車》、松久淳&田中渉《咬屍》、史蒂芬・金《迷霧驚魂》
菲利普・狄克《銀翼殺手》、安東尼・歐尼爾《月之暗面》
★區別人類與否的差異
伊藤計畫&圓城塔《屍者的帝國》（屍者／生者）、伊格言《噬夢人》（生化
　人／人類）
皮爾斯・布朗《紅色覺醒》三部曲（色階人種）
貴志祐介《來自新世界》（超能者／化鼠（沒有咒力的人類））
山田宗樹《怪物》（天賦者／凡人）、馬可斯・塞基《異能時代》系列（天
　賦者／凡人）
★最優雅的謀殺發生在家裡，以最溫柔的方式進行
約翰・弗瑞爾與琳達・弗瑞爾《小大人症候群》
克萊兒・傅勒《那些無止盡的日子》（依萊莎・瓦思《畫星星的女孩》）
艾蜜莉・梅鐸《最後一個祕密》、是枝裕和執導《無人知曉的夏日清晨》
V.C.安德魯絲《閣樓裡的小花》全集（小川洋子《琥珀眨眼的瞬間》）
安・范恩《禁錮男孩》、中脇初枝《你是好孩子》、珍奈特・沃爾斯《玻璃
　城堡》
傑佛瑞・尤金尼德斯《少女死亡日記》、黎安・莫瑞亞蒂《丈夫的祕密》
辛西亞・狄普莉絲・史威尼《安樂窩》（強納森・崔普爾《如果那一天》）

★集體潛意識的心魔與別類行屍的夢遊

柳原漢雅《林中祕族》（詹姆斯‧卡麥隆執導《阿凡達》）

李家愷《臺灣魔神仔傳說的考察》、林美容，李家愷《魔神仔的人類學想像》

小野不由美《十二國記》、吳承恩《西遊記》、托爾金《魔戒》

阿比查邦‧韋拉斯塔古執導《波米叔叔的前世今生》

★書寫自然，即是生命的刻印與自我追尋

劉崇鳳《我願成為山的侍者》、傑夫‧凡德米爾《遺落南境三部曲》

（村上春樹《1Q84》、姜峯楠短篇〈妳一生的預言〉、娥蘇拉‧勒瑰恩《地
　　海古墓》）

弗雷澤《金枝》、歐文‧亞隆《存在心理治療》、胡展誥《別讓負面情緒綁
　　架你》

麥克‧克萊頓《侏羅紀公園》《侏羅紀公園2：失落的世界》

假的眼睛業障重

希臘神話伊底帕斯、人面獅身獸斯芬克斯與牛頭人身怪米諾陶爾

【無臉男女假面告白】紀昭君《無臉之城》

蘇絢慧《你過的，是誰的人生》、約翰‧弗瑞爾&琳達‧弗瑞爾《小大人症
　　候群》

林斯諺《假面殺機》、東野圭吾《假面飯店》《假面飯店：前夜》

珍‧漢芙‧克瑞茲《假裝》、潔西卡‧諾爾《最幸運的女孩》

文善《你想殺死老闆嗎？（我們做了）》、蝙蝠俠、井上夢人《橡皮靈魂》

S.J.華森《別相信任何人》《雙面陷阱》、珀拉‧霍金斯《列車上的女孩》

★無法儲存記憶的詭計

S.J.華森《別相信任何人》、克里斯托弗‧諾蘭執導《記憶拼圖》

西尾維新《掟上今日子的備忘錄》、中山七里《哈梅爾吹笛人的誘拐》

★臉孔辨識失能與身分關聯

陳浩基《網內人》（梅谷薰《正義的霸凌》）

既晴《感應》（臉孔辨識失能症）、姜峯楠《妳一生的預言》〈看不見的美〉

★酒店真實經歷

謝碩元《暗夜裡的白日夢》、吳婷婷《麗晶酒店首部曲》、菅原和也《下地
　　獄吧》

【怪物們的迷宮】何敬堯《怪物們的迷宮》

宮澤賢治〈永訣之朝〉、凱文‧卡特《飢餓的蘇丹》、夢枕獏《吞食上弦月的獅子》

青木新門《納棺夫日記》（瀧田洋二郎執導《送行者：禮儀師的樂章》）

★書中書虛實交相出界的迷離（管道昇《我儂詞》）

井上夢人《梅杜莎，看鏡子》（伊莎‧西格朵蒂《被遺忘的男孩》）

三津田信三《忌館》《蛇棺葬》《百蛇堂》

小野不由美《殘穢》、既晴《請把門鎖好》（安‧萊絲《夜訪吸血鬼》）

芮妮‧奈特《免責聲明》、岱芬‧德薇岡《真實遊戲》

法國佛杭蘇瓦‧歐容執導《雙面愛人》、珀拉‧霍金斯《水底的妳們》

★多重人稱拼圖推理範例──貫井德郎《愚行錄》（珀拉‧霍金斯《水底的妳們》）

★並蒂雙胞的雙面陷阱

宮部美幸《荒神》（奉俊昊《駭人怪物》周星馳《西遊：降魔篇》）

張渝歌《詭辯》、中山七里《嘲笑的淑女》

★世代資源爭奪戰

深澤七郎《楢山節考》、山田宗樹《怪物》

馬可斯‧塞基《異能時代》《美麗新世界》、貴志祐介《來自新世界》

★博學雜識炫技

日本京極夏彥全集、舟動《慧能的柴刀》《跛鶴的羽翼》（代間傳遞悲劇）

★英雄冒險風光旅情，自我追尋的蛻變，迴轉愛與家的原型

喬瑟夫‧坎伯《千面英雄》

小島正樹《附身之家》、沙棠《沙瑪基的惡靈》、提子墨《水眼》

提子墨《熱層之密室》《火鳥宮行動》《幸福到站，叫醒我》、薛西斯《H.A.》

費德利可‧阿薩特《自殺互助會》、宮部美幸《扮鬼臉》、何敬堯《幻之港》

★眼盲心不盲，亂世家國下，盲探的人心推理

雷鈞《黃》、下村敦史《黑暗中芬芳的謊言》（林斯諺《床鬼》〈看不見的密室〉）

★世界暢銷小說家失憶梗與翻轉連成騙的結構佈局

丹‧布朗《地獄》、溫蒂‧沃克《最好別想起》、瑟巴斯提昂‧費策克《包裹》

麻耶雄嵩《有翼之闇：麥卡托鮎最後的事件》、克里斯托弗‧諾蘭執導《記

憶拼圖》

★中山七里導讀

《七色之毒》《晚安，拉赫曼尼諾夫》《再見，德布西》《START!》

《五張面具的微笑》《開膛手傑克的告白》《贖罪奏鳴曲》《永遠的蕭邦》

《泰米斯之劍》《追憶夜想曲》《連續殺人鬼青蛙男》《嘲笑的淑女》

★櫻木紫乃導讀──《玻璃蘆葦》《皇家賓館》《繁星點點》

★莎翁特輯《仲夏夜之夢》《馴悍記》

《羅密歐與茱麗葉》（大衛・尼克斯《真愛挑日子》〈曾和我論及婚嫁的班
　　導師〉）

《哈姆雷特》（葛瑞格・貝倫特&麗茲・塔琪蘿《他其實沒那麼喜歡妳》）

《維洛那二紳士》（〈男友手機密碼是室友生日〉&〈我哥上了我女友〉）

★華人教育崩毀與家族排列

伍綺詩《無聲告白》、陳玉慧《海神家族》、深雪《邪惡家族》（烊子《負
　　罪》）

金・愛德華茲《不存在的女兒》、茱迪・皮考特《姊姊的守護者》

海寧格《愛的序位》、史瓦吉多《家族系統排列治療精華》、周鼎文《愛與
　　和解》

伊絲・庫什拉博士&克里斯帝・布魯格《家族排列釋放疾病業力》

★知的權益、旁觀冷漠與奮起正義的對立

凱文・卡特《飢餓的蘇丹》米澤穗信《王與馬戲團》《虛幻羊群的宴會》

林立青《做工的人》、蘇珊・桑塔格《旁觀他人之痛苦》《論攝影》

羅蘭・巴特作品集、吳明益《複眼人》

★乖孩子悲劇

加藤諦三《人生的悲劇從當個「乖孩子」開始》

岡本茂樹《教出殺人犯》、碇井真史《誰都可以，就是想殺人》

【主要參考書目】緣之所起前世因緣業障

＊以下按照姓氏筆畫順序

小說

1. JP德拉尼（JP Delaney）《之前的女孩》（*The Girl Before*），臺北：皇冠，2017。

2. S. J.華森（S.J. Watson）《別相信任何人》（*Before I Go to Sleep*），臺北：寂寞，2011。

3. S. J.華森（S.J. Watson）《雙面陷阱》（*Second Life*），臺北：寂寞，2015。

4. V. C.安德魯絲（V. C. Andrews）《閣樓裡的小花》（*Flowers in the Attic*），臺北：麥田，2016。

5. V. C.安德魯絲（V. C. Andrews）《閣樓裡的小花2：風中的花朵》（*Petals on the Wind*），臺北：麥田，2016。

6. V. C.安德魯絲（V. C. Andrews）《閣樓裡的小花3：花中荊棘》（*If There Be Thorns*），臺北：麥田，2016。

7. V. C.安德魯絲（V. C. Andrews）《閣樓裡的小花4：昨日惡種》（*Seeds of Yesterday*），臺北：麥田，2017。

8. V. C.安德魯絲（V. C. Andrews）《閣樓裡的小花5：花園裡的闇影》（*Garden of Shadows*），臺北：麥田，2017。

9. 乙一、中田永一、山白朝子、越前魔太郎、安達寬高《殺死瑪麗蘇》，臺北：皇冠，2017。

10. 七月隆文《明天，我要和昨天的妳約會》，臺北：春天，2017。

11. 三津田信三《百蛇堂》，臺北：獨步文化，2013。

12. 三津田信三《忌館》，臺北：獨步文化，2012。

假的我眼睛業障重啊：書評體的百萬種測試與生命叩問

13. 三津田信三《蛇棺葬》，臺北：獨步文化，2013。

14. 下村敦史《黑暗中芬芳的謊言》，臺北：悅知文化，2017。

15. 大衛・米契爾（David Mitchell）《骨時鐘》（*The Bone Clocks*），臺北：商周，2016。

16. 大衛・米契爾（David Mitchell）《雲圖》（*Cloud Atlas*），臺北：商周出版，2009。

17. 大衛・米契爾（David Mitchell）《靈魂代筆》（*Ghostwritten*），臺北：天下文化，2012。

18. 小川洋子《琥珀眨眼的瞬間》，臺北：麥田，2017。

19. 小野不由美《十二國記》，臺北：尖端，2015。

20. 小野不由美《殘穢》，臺北：獨步，2016。

21. 山田宗樹《怪物》，臺北：獨步文化，2016。

22. 山迪亞哥・帕哈雷斯（Santiago Pajares）《螺旋之謎》，臺北：木馬文化，2016。

23. 山繆・貝克特（Samuel Beckett）《等待果陀&終局》（*Waiting for Godot& Endgame*），臺北：聯經，2008。

24. 文善《你想殺死老闆嗎？（我們做了）》，臺北：皇冠，2017。

25. 中脇初枝《你是好孩子》，臺北：春天，2015。

26. 中山七里《七色之毒》，臺北：瑞昇，2014。

27. 中山七里《晚安，拉赫曼尼諾夫》，臺北：野人，2014。

28. 中山七里《再見，德布西》，臺北：野人，2014。

29. 中山七里《五張面具的微笑》，臺北：瑞昇，2014。

30. 中山七里《開膛手傑克的告白》，臺北：瑞昇，2014。

31. 中山七里《贖罪奏鳴曲》，臺北：獨步文化，2015。

32. 中山七里《永遠的蕭邦》，臺北：瑞昇，2015。

33. 中山七里《START!》，臺北：瑞昇，2015。

34. 中山七里《追憶夜想曲》，臺北：獨步文化，2015。

35. 中山七里《連續殺人鬼青蛙男》，臺北：瑞昇，2015。

36. 中山七里《泰米斯之劍》，臺北：瑞昇，2016。

37. 中山七里《嘲笑的淑女》，臺北：瑞昇，2016。

38. 中山七里《替身總理》，臺北：瑞昇，2017。

39. 中山七里《哈梅爾吹笛人的誘拐》，臺北：瑞昇，2017。

40. 丹・布朗（Dan Brown）《地獄》（*Inferno*），臺北：時報，2013。

41. 丹尼爾・柯爾（Daniel Cole）《布娃娃殺手》（*Ragdoll*），臺北：馬可孛羅，2017。

42. 丹尼爾・笛福（Daniel Defoe）《魯濱遜漂流記》，臺北：桂冠，1994。

43. 井上夢人《The Team》，臺北：春天，2016。

44. 井上夢人《耶誕節的四人》，臺北：春天，2016。

45. 井上夢人《風一吹桶店生意興隆》，臺北：春天，2016。

46. 井上夢人《梅杜莎，看鏡子》，臺北：春天，2017。

47. 井上夢人《橡皮靈魂》，臺北：春天，2016。

48. 內藤了《ON獵奇犯罪搜查班・藤堂比奈子》臺北：尖端，2016。

49. 內藤了《CUT獵奇犯罪搜查班・藤堂比奈子》臺北：尖端，2017。

50. 內藤了《AID獵奇犯罪搜查班・藤堂比奈子》臺北：尖端，2017。

51. 尤金・薩米爾欽（Yevgeny Zamyatin）《我們》，臺北：野人，2015。

52. 尹梨修《雲畫的月光》（初月、月暈、月戀、月夢與烘雲托月共五卷），臺北：春光，2016。

53. 卡洛斯・魯依斯・薩豐《風之影》（*The Shadow of the Wind*），臺北：圓神，2006。

54. 卡洛琳・艾瑞克森（Caroline Eriksson）《失蹤》（*The Missing*），臺北：奇幻基地，2017。

55. 卡莉雅・芮德（Calia Read）《是誰在說謊》（*Unravel*），臺北：奇幻基地，2015。

56. 卡斯頓・勒胡（Gaston Louis）《歌劇魅影》（*The Phantom of the Opera*），臺北：遠流，2004。

57. 史蒂芬妮・丹勒（Stephanie Danler）《苦甜曼哈頓》（*Sweetbitter*），臺北：時報出版，2016。

58. 布萊克・克勞奇（Blake Crouch）《人生複本》（*Dark Matter*），臺北：寂寞，2017。

59. 皮爾斯・布朗（Pierce Brown）《紅色覺醒》（*Red Rising*），臺北：木馬文化，2015。

60. 皮爾斯・布朗（Pierce Brown）《紅色覺醒2：金色同盟》（*Golden Son*），臺北：木馬文化，2015。

61. 皮爾斯・布朗（Pierce Brown）《紅色覺醒3：銀色新生》（*Morning*

Star），臺北：木馬文化，2016。

62. 伊格言《噬夢人》，臺北：聯合文學，2010。

63. 伊格言《你是穿入我瞳孔的光》，臺北：逗點文創結社，2012。

64. 伊莎‧西格朵蒂《被遺忘的男孩》，臺北：奇幻基地，2017。

65. 伊莎貝拉‧阿言德（Isabel Allende）《精靈之屋》（*The House Of The Spirits*），臺北：時報文化，1994。

66. 伊莎貝爾‧渥芙（Isabel Wolff）《古董衣情緣》（*A Vintage Affair*），臺北：寂寞，2010。

67. 伊塔羅‧卡爾維諾（Italo Calvino）《如果在冬夜，一個旅人》（*If on A Winter's Night A Traveller*），臺北：時報出版，1993。

68. 伊藤計畫&圓城塔《屍者的帝國》，臺北：獨步文化，2016。

69. 伍綺詩《無聲告白》（*Everything I Never Told You*），臺北：悅知文化，2015。

70. 吉莉安‧弗琳（Gillian Flynn）《控制》（*Gone Girl*），臺北：時報，2014。

71. 安‧范恩《禁錮男孩》，臺北：臺灣商務，2015。

72. 安妮‧法蘭克（Anne Frank）《安妮日記》，臺北：皇冠，2013。

73. 安東尼‧歐尼爾（Anthony O'Neill）《月之暗面》（*The Dark Side*），臺北：麥田，2017。

74. 安部公房《沙丘之女》，臺北：聯經，2016。

75. 托爾金（J. R. R. Tolkien）《魔戒》（*The Lord of The Rings*），臺北；聯經，2012。

76. 朱莉安娜‧柏格特（Julianna Baggott）《純淨之子首部曲》（*Pure*），臺北：商周，2013。

77. 朱莉安娜‧柏格特（Julianna Baggott）《重返瓊宮：純淨之子二部曲》（*Fuse*），臺北：商周，2013。

78. 朴研美《為了活下去：脫北女孩朴研美》（*In Order to Live*: A North Korean Girl's Journey to Freedom），臺北：大塊文化，2016。

79. 朵特‧哈契森（Dot Hutchison）《蝴蝶花園》（*Butterfly Garden*），臺北：高寶，2017。

80. 百田尚樹《永遠的零》，臺北：春天，2016。

81. 米雪兒‧辛克（Michelle Zink）《預言的姊妹》三部曲（*Prophecy of the*

Sisters Trilogy），臺北：尖端，2010-2012。

82. 米澤穗信《王與馬戲團》，臺北：尖端，2017。

83. 米澤穗信《折斷的龍骨》（上下共二冊），臺北：尖端，2017。

84. 米澤穗信《虛幻羊群的宴會》，臺北：新雨，2013。

85. 米澤穗信《滿願》，臺北：春天，2017。

86. 舟動《跛鶴的羽翼》，臺北：要有光，2017。

87. 舟動《慧能的柴刀》，臺北：釀出版，2016。

88. 艾卡・庫尼亞文（Eka Kurniawan）《美傷》（*Beauty Is A Wound*），臺北：木馬文化，2017。

89. 艾曼紐・卡黑爾（Emmanuel Carrere）《敵人》，臺北：皇冠，2003。

90. 艾蜜莉・梅鐸（Emily Murdoch）《最後一個祕密》（*If You Find Me*），臺北：尖端，2015。

91. 西村壽行《追捕：涉過憤怒的河》，臺北：新雨，2016。

92. 但丁・阿利格耶里（Dante Alighieri）《神曲》，臺北：九歌，2006。

93. 何敬堯、楊双子、陳又津、瀟湘神與盛浩偉《華麗島軼聞：鍵》，臺北：九歌，2017。

94. 何敬堯《幻之港》，臺北：九歌，2014。

95. 何敬堯《妖怪臺灣：三百年島嶼奇幻誌・妖鬼神遊卷》，臺北：聯經，2017。

96. 何敬堯《怪物們的迷宮》，臺北：九歌，2016。

97. 克莉絲汀・哈梅爾（Kristin Harmel）《命中注定遇見你》（*The Life Intended*），臺北：悅知文化，2015。

98. 克萊兒・傅勒（Claire Fuller）《那些無止盡的日子》（*Our Endless Numbered Days*），臺北：愛米粒，2015。

99. 克蘿蒂亞・格雷（Claudia）《泡沫宇宙》（*A Thousand Pieces of You*），臺北：臉譜，2015。

100. 吳明益《複眼人》，臺北；新經典文化，2016。

101. 吳婷婷《麗晶酒店首部曲：生存與背叛》，臺北：稻田，2014。

102. 廷銀闕《成均館羅曼史》（上下共二冊），臺北：蓋亞，2012。

103. 廷銀闕《奎章閣之戀》（上下共二冊），臺北：蓋亞，2013。

104. 廷銀闕《擁抱太陽的月亮》（上下共二冊），臺北：臺灣角川，2013。

105. 李欣倫《以我為器》，臺北：木馬文化，2017。

106. 李晛瑞《擁有七個名字的女孩：一個北韓叛逃者的真實故事》（*The Girl with Seven Names- A North Korean Defector's Story*），臺北：愛米粒，2015。

107. 村上春樹《1Q84》（全三冊），臺北：時報，2009-2010。

108. 村上春樹《刺殺騎士團長》（全二冊），臺北：時報出版，2017。

109. 村田沙耶香《便利店人間》，臺北：悅知文化，2017。

110. 村田沙耶香《殺人生產》，臺北：皇冠，2017。

111. 沙棠《沙瑪基的惡靈》，臺北：釀出版，2016。

112. 辛西亞・狄普莉絲・史威尼（Cynthia D'Aprix Sweeney）《安樂窩》（*The Nest*），臺北：啟明出版，2016。

113. 亞瑟・米勒（Arthur Miller）《推銷員之死》（*Death of a Salesman*），臺北：書林，2006。

114. 泡坂妻夫《幸福之書：迷偵探約吉・甘地之心靈術》，臺北：新雨，2016。

115. 依萊莎・瓦思（Eliza Wass）《畫星星的女孩》（*The Cresswell Plot*），臺北：春光，2017。

116. 岩井俊二《華萊士人魚》，臺北：新經典文化，2013。

117. 岱芬・德薇岡（Delphine de Vigan）《真實遊戲》，臺北：愛米粒，2016。

118. 拉維・提德哈（Lavie Tidhar）《狂暴年代》（*The Violent Century*）臺北：獨步文化，2016。

119. 東野圭吾《假面飯店》，臺北：三采，2012。

120. 東野圭吾《平行世界的愛情故事》，臺北：皇冠，2016。

121. 東野圭吾《假面飯店：前夜》，臺北：三采，2016。

122. 松久淳&田中渉《咬屍》，臺北：馬可孛羅，2016。

123. 林奕含《房思琪的初戀樂園》，臺北：游擊文化，2017。

124. 林斯諺《床鬼》，臺北：要有光，2017。

125. 林斯諺《假面殺機》，臺北：要有光，2016。

126. 沼正三《家畜人鴉俘》（全五冊），臺北：新雨，2016。

127. 法蘭西斯・海格（Francesca Haig）《烈焰雙生》（*The Fire Sermon*），臺北：圓神，2017。

128. 法蘭茲・卡夫卡（Franz Kafka）《卡夫卡變形記》，臺北：晨星，2016。

129. 肯恩・格林伍德（Ken Grimwood）《重播》（*Replay*），臺北：商周，2014。

130. 芮妮・奈特（Renée Knight）《免責聲明》（*Disclaimer*），臺北：春天，2016。

131. 金・愛德華茲（Kim Edwards）《不存在的女兒》（*The Memory Keeper's Daughter*），臺北：木馬文化，2007。

132. 阿道斯・赫胥黎（Aldous Huxley）《美麗新世界》（*Brave New World*），臺北：野人，2015。

133. 阿嘉莎・克莉絲蒂（Agatha Clarissa）《一個都不留》（*And Then There Were None*），臺北：遠流，2017。

134. 阿嘉莎・克莉絲蒂（Agatha Clarissa）《東方快車謀殺案》（*Murder on the Orient Express*），臺北：遠流，2017。

135. 青木新門《納棺夫日記》，臺北：新雨，2009。

136. 流瀲紫《後宮・甄嬛傳》（全七冊），臺北：希代，2010。

137. 流瀲紫《後宮・如懿傳》（全六冊），臺北：希代，2016。

138. 哈蘭・科本（Harlan Coben）《別找到我》（*Six Years*），臺北：臉譜，2015。

139. 姜峯楠（Ted Chiang）《妳一生的預言》（*Stories of Your Life and Others*），臺北，鸚鵡螺文化，2017。

140. 威廉・達爾林普（William Dalrymple）《九樣人生》（*Nine Lives*），臺北：馬可孛羅，2011。

141. 既晴《請把門鎖好》，臺北：皇冠：2002。

142. 柳原漢雅（Hanya Yanagihara）《林中祕族》（*The People in the Trees*），臺北：大塊文化，2015。

143. 珀拉・霍金斯（Paula Hawkins）《水底的妳們》（*Into The Water*），臺北：寂寞，2017。

144. 珀拉・霍金斯（Paula Hawkins）《列車上的女孩》（*The Girl on the Train*），臺北：寂寞，2016。

145. 珍・漢芙・克瑞茲（Jean Hanff Korelitz）《假裝》（*You Should Have Known*），臺北：高寶，2016。

146. 珍・羅森（Jane L. Rosen）《黑色小洋裝的九段真愛旅程》（*The Dress*），臺北：三采，2017。

147. 珍奈特・沃爾斯（Jeannette Walls）《玻璃城堡》（*The Glass Castle: A Memoir*），臺北：遠流，2017。

148. 皆川博子《倒立塔殺人事件》，臺北：瑞昇，2016。

149. 皆川博子《異常少女》，臺北：瑞昇，2016。

150. 紀昭君《小說之神就是你》，臺北：釀出版，2016。

151. 紀昭君《無臉之城》，臺北：要有光，2016。

152. 約翰・伯格（John Berger）《我們在此相遇》（*Here is where we meet*），臺北：麥田，2017。

153. 約翰・符傲思（John Fowles）《蝴蝶春夢》（*The Collector*），臺北：麥田，2017。

154. 約翰・道格拉斯（John Douglas）《破案神探》（*Mindhunter*）（全四冊），臺北：時報出版，2017。

155. 倉狩聰《蟹膏》，臺北：皇冠，2015。

156. 倉橋由美子《亞瑪諾國往還記》，臺北：新雨，2002。

157. 唐墨《清藏住持時代推理：當和尚買了髮簪》，臺北：要有光，2017。

158. 埃克多・托巴（Héctor Tobar）《33》（*Deep Down Dark*），臺北：麥田，2015。

159. 娜塔莎・坎普許（Natascha Kampusch）《3096天：囚室少女娜塔莎・坎普許》（*3096 Days*），臺北：商周，2011。

160. 宮部美幸《扮鬼臉》，臺北：獨步文化，2007。

161. 宮部美幸《荒神》，臺北：獨步文化，2016。

162. 宮部美幸《逝去的王國之城》，臺北：獨步文化，2017。

163. 徐四金《香水》，臺北：皇冠，2006。

164. 拿塔尼爾・菲畢里克（Nathaniel Philbrick）《白鯨傳奇：怒海之心》（*In the Heart of the Sea*），臺北：馬可孛羅，2015。

165. 海飛《麻雀》，北京：新世界，2014。

166. 海德薇《禁獵童話I：魔法吹笛手》，臺北：釀出版，2017。

167. 海德薇《禁獵童話II：魔豆調香師》，臺北：釀出版，2017。

168. 海德薇《禁獵童話 III：七法器守護者》，臺北：釀出版，2017。

169. 真梨幸子《復仇女神的布局》，獨步文化，2017。

170. 茱迪・皮考特（Jodi Picoult）《姊姊的守護者》（*My Sister's Keeper*），臺北：臺灣商務，2006。

171. 馬可斯・塞基（Marcus Sakey）《異能時代》（*Brilliance*），臺北：馬可孛羅，2017。

172. 馬可斯・塞基（Marcus Sakey）《異能時代II：美麗新世界》（*A Better World*），臺北：馬可孛羅，2017。

173. 馬克・艾倫・史密斯（Mark Allen Smith）《無名偵訊師》（*The Inquisitor*），臺北：大塊文化，2012。

174. 馬克・艾倫・史密斯（Mark Allen Smith）《無名偵訊師2：雙重告解》（*The Confessor*），臺北：大塊文化，2016。

175. 乾胡桃《愛的成人式》，臺北：尖端，2015。

176. 乾胡桃《愛的輪迴式》，臺北：尖端，2017。

177. 張渝歌《詭辯》，臺北：要有光，2015。

178. 深雪《邪惡家族》，臺北：皇冠，2015。

179. 理查・費納根（Richard Flanagan）《行經地獄之路》（*The Narrow Road to the Deep North*），臺北：時報出版，2017。

180. 理察・麥特森（Richard Matheson）《我是傳奇》（*I am Legend*），臺北：春天，2007。

181. 笭菁&赤燭股份有限公司《返校：惡夢再續》，臺北：尖端，2017。

182. 荷莉・賽登（Holly Seddon）《窒息過後》（*Try Not to Breathe*），臺北：皇冠，2017。

183. 莎士比亞原著（William Shakespeare），蘭姆姊弟（Mary & Charles Lamb）改寫，《莎士比亞故事集》（*Tales from Shakespare*），臺北：漫遊者文化，2016。

184. 莎里・拉佩納（Shari Lapena）《隔壁那對夫妻》（*The Couple Next Door*），臺北：時報出版，2017。

185. 貫井德郎《愚行錄》，臺北：獨步文化，2017。

186. 陳玉慧《海神家族》，臺北：印刻，2009。

187. 陳浩基《網內人》，臺北：皇冠，2017。

188. 麥可・費里斯・史密斯（Michael Farris Smith）《暴雨荒河》（*Rivers*），臺北：天培，2015。

189. 麥克・克萊頓（Michael Crichton）《侏羅紀公園》（*Jurassic Park*），臺北：新雨，2017。

190. 麥克・克萊頓（Michael Crichton）《侏羅紀公園2：失落的世界》（*The Lost World: Jurassic Park*），臺北：新雨，2017。

191. 麥克・龐可（Michael Punke）《神鬼獵人》（*The Revenant*），臺北：高

假的我眼睛業障重啊：書評體的百萬種測試與生命叩問

寶，2015。

192. 麥家《風聲》，臺北：印刻，2009。

193. 麥家《風語》，臺北：印刻，2011。

194. 麥家《暗算》，臺北：新經典文化，2012。

195. 麥家《解密》，臺北：聯經，2014。

196. 麻耶雄嵩《有翼之闇：麥卡托鮎最後的事件》，臺北，瑞昇，2017。

197. 傑夫・凡德米爾（Jeff Vandermeer）《遺落南境Ⅰ滅絕》（*Annihilation*），臺北：高寶，2016。

198. 傑夫・凡德米爾（Jeff Vandermeer）《遺落南境Ⅱ：權威》（*Authority*），臺北：高寶，2017。

199. 傑夫・凡德米爾（Jeff Vandermeer）《遺落南境Ⅲ：接納》（*Acceptance*），臺北：高寶，2017。

200. 傑佛瑞・尤金尼德斯（Jeffrey Eugenides）《少女死亡日記》（*The Virgin Suicides*），臺北：時報出版，2012。

201. 凱特・亞金森（Kate Atkinson）《娥蘇拉的生生世世》（*Life After Life*），臺北：高寶，2014。

202. 凱瑟琳・M・瓦倫特（Catherynne M. Valente）《黑眼圈》（*The Orphan's Tales*）系列，臺北：馥林文化，2009-2012。

203. 喬艾爾・狄克《HQ事件的真相》，臺北：愛米粒，2014。

204. 喬艾爾・狄克《巴爾的摩事件的真相》，臺北：愛米粒，2016。

205. 喬治・歐威爾（George Orwell）《一九八四》（1984），臺北：野人，2015。

206. 喬迪・尤布雷卡特（Jordi Llobregat）《解剖師的祕密》，臺北：悅知文化，2016。

207. 喬叟（Geoffrey Chaucer）《坎特伯利故事集》（*The Canterbury Tales*），臺北：桂冠，1994。

208. 提子墨《熱層之密室》，臺北：皇冠，2015。

209. 提子墨《火鳥宮行動》，臺北：釀出版，2016。

210. 提子墨《水眼：微笑藥師探案系列》，臺北：要有光，2017。

211. 提子墨&Josef Lee《幸福到站，叫醒我》，臺北：尖端，2017。

212. 斯坦・賈德（Jostein Gaarder），《庇里牛斯山的城堡》（*The Castle in the Pyrenees*），臺北：木馬文化，2011。

213. 斯維拉娜・亞歷塞維奇（Svetlana Alexievich）《車諾比的悲鳴》，臺北：馥林文化，2011。

214. 斯維拉娜・亞歷塞維奇（Svetlana Alexievich）《我還是想你，媽媽》，臺北：貓頭鷹，2016。

215. 斯維拉娜・亞歷塞維奇（Svetlana Alexievich）《戰爭沒有女人的臉》，臺北：貓頭鷹，2016。

216. 斯維拉娜・亞歷塞維奇（Svetlana Alexievich）《鋅皮娃娃兵》，臺北：貓頭鷹，2016。

217. 斯維拉娜・亞歷塞維奇（Svetlana Alexievich）《二手時代》，臺北：貓頭鷹，2016。

218. 湊佳苗《告白》，臺北：時報出版，2010。

219. 菅原和也《下地獄吧》，臺北：四季，2016。

220. 菲利普・狄克（Philip K. Dick）《銀翼殺手》（*Do Androids Dream of Electric Sheep?*），臺北：寂寞，2017。

221. 貴志祐介《來自新世界》（上下共二冊），臺北：獨步文化，2014。

222. 費德利可・阿薩特（Federico Axat）《自殺互助會》，臺北：漫遊者文化，2017。

223. 塔娜妲・沙望都恩（Thanadda Sawangduean）《應召人生》（*I am Eri : My Experience Overseas*），臺北：高寶，2014。

224. 楊・馬泰爾（Yann Martel）《少年Pi的奇幻漂流》（*Life of Pi*），臺北：皇冠，2012。

225. 楊富閔《花甲男孩》，臺北：九歌，2017。

226. 溫蒂・沃克（Wendy Walker）《最好別想起》（*All Is Not Forgotten*），臺北：木馬文化，2017。

227. 溫蒂・沃克（Wendy Walker）《世上只有媽媽好》（*Emma in the Night*），臺北：木馬文化，2018。

228. 瑟巴斯提昂・費策克《包裹》，臺北：商周出版，2017。

229. 葉真中顯《失控的照護》，臺北：天培，2015。

230. 葉真中顯《絕叫》，臺北：圓神，2017。

231. 詹姆斯・馬修・貝瑞（James Matthew Barrie）《彼得潘》（*Peter Pan*），臺北：國語日報，2015。

232. 賈西亞・馬奎斯（Gabriel García Márquez）《百年孤寂》（*Hundred Years*

of Solitude），臺北：皇冠，2018。

233. 雷鈞《黃》，臺北：皇冠，2015。

234. 嘉布莉・麗文（Gabrielle Zevin）《A. J.的書店人生》（*The Storied Life of A. J. Fikry*），臺北：商周出版，2014。

235. 夢枕獏《吞食上弦月的獅子》，臺北：繆思，2012。

236. 瑪格麗特・愛特伍（Margaret Atwood）《使女的故事》（*The Handmaid's Tale*），臺北：天培，2017。

237. 赫曼・梅爾維爾（Herman Melville）《白鯨記》，臺北：桂冠，1994。

238. 劉崇鳳《我願成為山的侍者》，臺北：果力文化，2016。

239. 潔米辛（N. K. Jemisin）《繼承三部曲1：女神覺醒》（*The Inheritance Trilogy* 1 *The Hundred Thousand Kingdoms*），繆思，2013。

240. 潔米辛（N. K. Jemisin）《繼承三部曲2：光明之戰》（*The Inheritance Trilogy* 2 The Broken Kingdoms），繆思，2013。

241. 潔米辛（N. K. Jemisin）《繼承三部曲3：諸神末日》（*The Inheritance Trilogy* The Kingdom of Gods），繆思，2013。

242. 潔西・波頓（Jessie Burton）《打字機上的繆思》（*The Muse*），臺北：麥田，2017。

243. 潔西卡・諾爾（Jessica Knoll）《最幸運的女孩》（*Luckiest Girl Alive*），臺北：尖端，2017。

244. 魯佛（Juan Rulfo）《佩德羅・巴拉莫》（*Pedro Paramo*），臺北：麥田，2012。

245. 魯迅《中國小說史略：漢文學史綱要》，臺北：小倉，2011。

246. 魯迅《中國小說史略》，臺北：中華書局，2016。

247. 黎安・莫瑞亞蒂（Liane Moriarty）《丈夫的祕密》（*The Husband's Secret*），臺北：春光，2015。

248. 戴夫・艾格斯（Dave Eggers）《梭哈人生》（*A Hologram for the King*），臺北：高寶，2016。

249. 謝碩元《暗夜裡的白日夢：酒店男公關與我們的異視界》，臺北：時報，2014。

250. 邁可・洛勃森（Michael Robotham）《請找到我》（*Say You're Sorry*），臺北：臉譜，2014。

251. 鮮橙《太子妃升職記》（上下共二冊），臺北：麥田，2012。

252. 瀟湘冬兒《特工皇妃楚喬傳》（全六冊），臺北：尖端，2017。

253. 羅伯・杜格尼（Robert Dugoni）《妹妹的墳墓》（*My Sister's Grave*），臺北：奇幻基地，2016。

254. 羅柏・傑克森・班奈特（Robert Jackson Bennett）《階梯之城》（*City of Stairs*），臺北：皇冠，2017。

255. 羅柏・傑克森・班奈特（Robert Jackson Bennett）《聖劍之城》（*City of Blades*），臺北：皇冠，2017。

256. 羅柏・傑克森・班奈特（Robert Jackson Bennett）《奇蹟之城》（*City of Miracles*），臺北：皇冠，2017。

257. 羅莉・奈爾森・史皮曼（Lori Nelson Spielman）《生命清單》（*The Life List*），臺北：悅知文化，2015。

258. 藤原進三《少年凡一》，遠流，2017。

259. 藤原進三《彩虹麗子》，遠流，2017。

260. 櫻木紫乃《玻璃蘆葦》，臺北：時報，2014。

261. 櫻木紫乃《皇家賓館》，臺北：時報，2016。

262. 櫻木紫乃《繁星點點》，臺北：瑞昇，2016。

263. 露絲・魏爾（Ruth Ware）《10號艙房的女人》（*The Woman In Cabin 10*），臺北：遠流，2017。

264. 蘿拉・李普曼（Laura Lippman）《貝塞尼家的姊妹》（*What the Dead Know*），臺北：漫遊者文化，2008。

265. 蘿倫・葛洛芙（Lauren Groff）《完美婚姻》（*Fates and Furies*），臺北：新經典文化，2017。

266. 蘿莉・洛伊（Lori Roy）《消失的夢田》（*Let Me Die in His Footsteps*），臺北：悅知，2017。

漫畫

1. 高橋留美子《犬夜叉》，臺北：青文，2016。

2. 清水玲子《最高機密》全集，臺北：東立，2002-2017。

心理學、兩性愛情、生命創傷與親子關係等

1. David R. Shaffer & Katherine Kipp《發展心理學》（*Developmental Psychology: Childhood and Adolescence, 9e*），臺北：學富文化，2014。

2. Jane Su《問題是，妳打算當少女到幾歲？》，臺北：不二家，2016。

3. M.E.湯瑪士（M.E. Thomas）《反社會人格者的告白》，臺北：智富，2015。

4. 上野千鶴子《厭女：日本的女性嫌惡》，臺北：聯合文學，2015。

5. 下重曉子《家人這種病》，臺北：三采，2016。

6. 女王《愛自己：我愛你，但是我更愛我自己》，臺北：圓神，2011。

7. 女王《謝謝你（不）愛我》，臺北：圓神，2014。

8. 女王《相信你值得幸福》，臺北：圓神，2015。

9. 女王《美好的愛，是先給自己幸福》，臺北：圓神，2017。

10. 片田珠美《成熟大人回嘴的藝術》套書，臺北：大是文化，2017。

11. 加藤諦三《人生的悲劇從當個「乖孩子」開始》，臺北：遠流，2017。

12. 史瓦吉多（Svagito R. Liebermeister）《家族系統排列治療精華》，臺北：生命潛能，2008。

13. 尼爾・史特勞斯（Neil Strauss）、迷男（Mystery）《把妹達人》（*The Game˙Method˙Rules˙Artist and The Truth*）全系列，臺北：大辣，2016。

14. 伊絲・庫什拉博士（Dr.Ilse Kutschera&克里斯帝・布魯格（Christine Brugger）《家族排列釋放疾病業力》（*What's Out of Order Here*），臺北：生命潛能，2010。

15. 宅女小紅《好媳婦國際中文版：第一次結婚就該懂的事，媳婦燈塔宅女小紅的婚姻開示特集》，臺北：自轉星球文化，2014。

16. 宅女小紅《好媽的國際中文版：宅女小紅的全方位教（夫）養（子）聖經》，臺北：自轉星球文化，2015。

17. 艾蜜莉・懷特（Emily White）《找到不再孤單的自己》（*Count Me In*），臺北：時報出版，2016。

18. 西格蒙德・佛洛伊德（Sigmund Freud）《性學三論：愛情心理學》臺北：志文，1990。

19. 克萊麗莎・平蔻拉・埃思戴絲（Clarissa Pinkola Estes, Ph.D.）《與狼同奔的女人》（*Women Who Run with the Wolves*），臺北：心靈工坊，2012。

20. 周志健《故事的療癒力量》，臺北：心靈工坊，2012。

21. 周志健《擁抱不完美》，臺北：心靈工坊，2013。

22. 周志健《把自己愛回來》，臺北：方智，2014。

23. 周志健《跟家庭的傷說再見》，臺北：方智，2016。

24. 周鼎文《愛與和解：華人家庭的系統排列故事》，臺北：心靈工坊，2011。

25. 周慕姿《情緒勒索》，臺北：寶瓶文化，2017。

26. 岡本茂樹《教出殺人犯》，臺北：光現出版，2017。

27. 岡田尊司《人際過敏症》，臺北：時報出版，2016。

28. 岡田尊司《夫妻這種病》，臺北：三采，2016。

29. 岡田尊司《父親這種病》，臺北：時報出版，2015。

30. 岡田尊司《母親這種病》，臺北：時報出版，2014。

31. 岡田尊司《依戀障礙》，臺北：聯合文學，2016。

32. 岡田尊司《孤獨的冷漠》，臺北：聯合文學，2017。

33. 岡田尊司《啟動心靈的對話》，臺北：時報出版，2016。

34. 岡田尊司《戀愛這種病》，臺北：時報出版，2017。

35. 柚子甜《老妹世代》，臺北：遠流，2017。

36. 洪仲清《讓孩子有好人緣，人際力養成法》，臺北：新手父母，2013。

37. 洪仲清《跟自己和好》，臺北：遠流，2015。（傾聽你三書之一）

38. 洪仲清《謝謝你知道我愛你》，臺北：遠流，2015。（傾聽你三書之一）

39. 洪仲清《我想傾聽你》，臺北：遠流，2016。（傾聽你三書之一）

40. 洪仲清《找一條回家的路》，臺北：遠流，2015。

41. 洪仲清《靜下心去愛》，臺北：遠流，2016。

42. 洪仲清《你的存在本身就是美好》，臺北：遠流，2017。

43. 洪仲清《洪仲清傾聽你三書：認識自己與愛，是一生的功課》，臺北：遠流，2017。

44. 洪仲清《療癒誌：洪仲清與你書寫談心》，臺北：遠流，2017。

45. 珍西‧唐恩（Jancee Dunn）《我如何忍住不踹孩子的爸》（*How Not to Have Your Husband After Kids*），臺北：三采，2017。

46. 約翰‧弗瑞爾與琳達‧弗瑞爾（John C. Friel &Linda D. Friel）合著《小大人症候群》（*Adult Children*），臺北：心靈工坊，2013。

47. 約翰‧高曼&妮安‧希維爾（John M. Gottman, Nan Silver）《七個讓愛延續的方法》（*The Seven Principles for Making Marriage Work*），臺北：遠流，2016。

48. 約翰‧葛瑞（John Gray）《男人來自火星，女人來自金星》（*Men Are from Mars, Women Are from Venus*），臺北：生命潛能，2015。

49. 胡展誥《別讓負面情緒綁架你》，臺北：寶瓶，2017。

50. 海芮葉‧布瑞克（Harriet B. Braiker）《看穿無形的心理操控》，臺北：天

下文化，2017。

51. 海寧格（Bert Hellinger）《愛的序位》，臺北：商周，2008。

52. 婕咪・瓦克斯曼（Jamye Waxman）《這一次，你該捨不得的是自己》（*How to Break Up With Anyone*），臺北：商周出版，2016。

53. 張閔筑《別再叫我加油，好嗎》，臺北：三采，2017。

54. 御姊愛《只是不想將就在一起》，臺北：寫樂文化，2015。

55. 御姊愛《對的人：找回自己，才能找到親愛的你》，臺北：寫樂文化，2015。

56. 御姊愛《單身生活，不是學會堅強就好》，臺北：平安文化，2017。

57. 梅谷薰《正義的霸凌》，臺北：大是文化，2017。

58. 梅樂蒂・碧緹（Melody Beattie）《每一天，都是放手的練習》（*The Language of Letting Go*），臺北：遠流，2012。

59. 梅樂蒂・碧緹（Melody Beattie）《每一天練習照顧自己》（*Codependent No More*），臺北：遠流，2014。

60. 梅樂蒂・碧緹（Melody Beattie）《每一天，都是放手的練習2》（*More Language of Letting Go*），臺北：遠流，2016。

61. 梅樂蒂・碧緹（Melody Beattie）《練習設立界線》（*The New Codependency: Help and Guidance for Today's Generation*），臺北：遠流，2017。

62. 許皓宜《女人的情人與女朋友》，臺北：瑞麟，2006。

63. 許皓宜《關係的評估與修復：培養家庭治療師必備的核心能力》，臺北：張老師文化，2012。

64. 許皓宜《在愛情的四季裡，妳依然可以作自己》，臺北：人本自然，2013。

65. 許皓宜《教出情緒不暴走的孩子》，臺北：新手父母，2013。

66. 許皓宜《人生不能沒有伴》，臺北：如何，2015。

67. 許皓宜《與父母和解》，臺北：如何，2015。

68. 許皓宜《如果，愛能不寂寞》，臺北：三采，2016。

69. 許皓宜《為何上班這麼累》，臺北：商業周刊，2016。

70. 許皓宜《爸媽不暴走，孩子正成長》，臺北：新手父母，2016。

71. 許皓宜《即使家庭會傷人，愛依然存在》，臺北，如何，2017。

72. 陳安儀《致婚姻中狂翻白眼的時刻》，臺北：野人，2016。

73. 陳俊欽《黑羊效應：心理醫師帶你走出無所不在的霸凌現象》，臺北：凱特文化，2014。

74. 陳鴻彬《鋼索上的家庭：以愛，療癒父母帶來的傷》，臺北：寶瓶文化，2016。

75. 森田洋司《霸凌是什麼：從教室到社會，直視我的暗黑心》，臺北：經濟新潮社，2017。

76. 琳賽・吉普森（Lindsay C. Gibson）《假性孤兒》（*Adult Children* of Emotionally Immature Parents），臺北：小樹文化，2016。

77. 黃之盈《從此，不再複製父母婚姻》臺北：寶瓶文化，2016。

78. 愛麗絲・米勒（Alice Miller）《幸福童年的祕密》，臺北：心靈工坊，2014。

79. 愛麗絲・米勒（Alice Miller）《夏娃的覺醒》，臺北：心靈工坊，2014。

80. 愛麗絲・米勒（Alice Miller）《身體不說謊》，臺北：心靈工坊，2015。

81. 楊建東《我在精神病院當醫生》，臺北：寶瓶，2017。

82. 楊嘉玲＆裘凱宇《別人的情緒，你讀懂了嗎?》，臺北：本事，2016。

83. 碓井真史《誰都可以，就是想殺人》，臺北：時報文化，2017。

84. 葛瑞格・貝倫與麗茲・塔琪蘿（Greg Behrendt＆Liz Tuccillo）《他其實沒那麼喜歡妳》（*He's Just Not That Into You*），臺北：平安文化，2005。

85. 賈靜雯《賈如幸福慢點來》，臺北：時報，2017。

86. 鈴木敏昭《拒絕被支配的勇氣》，臺北：時報出版，2016。

87. 瑪琳・史坦伯格與瑪辛・史諾（Marlene Steinberg & Maxine Schnall）《鏡子裡的陌生人》（*The Stranger in the Mirror*），臺北：張老師文化，2004。

88. 瑪麗法蘭絲・伊里戈揚（Marie-France Hirigoyen）《冷暴力》，臺北：商周，2015。

89. 瑪麗－路薏絲・馮・法蘭茲（Marie-Louise von Franz）《榮格心理治療》（*Psychotherapy*），臺北：心靈工坊，2011。

90. 蓋瑞・巧門（Gary Chapman）《愛之語：兩性溝通的雙贏策略》（*The Five Love Languages: How to Express Heartfelt Commitment to Your Mate*），臺北：中國主日學協會，2016。

91. 蓋瑞・巧門（Gary Chapman）《咦？不是你去刷馬桶嗎：結婚前早該知道的12件事》（*Things I wish I'd known before we got married*），臺北：格子外面，2017。

92. 歐文・亞隆（Irvin D. Yalom）《存在心理治療》（*Existential Psychotherapy*）（上下共二冊），臺北：張老師文化，2013。

93. 蝴蝶《小魔女的戀愛王牌》，臺北：新雨，2011。

94. 蝴蝶《真愛是屬於誘惑者的：被上千男性求婚告白的戀愛高手親授》，臺北：方智，2015。

95. 鄧惠文《寂寞收據》，臺北：三采，2008。

96. 鄧惠文《還想遇到我嗎》，臺北：三采，2010。

97. 鄧惠文《非常關係》，臺北：平安文化，2011。

98. 鄧惠文《別來無恙》，臺北：三采，2011。

99. 鄧惠文《直說無妨：非常關係2》，臺北：平安文化，2012。

100. 鄧惠文《學習。在一起的幸福》，臺北：三采，2013。

101. 鄧惠文《有你，更能作自己》，臺北：親子天下，2015。

102. 鄧惠文《不夠好也可以》，臺北：三采，2016。

103. 鄧惠文《婚內失戀》，臺北：平安文化，2017。

104. 鄧惠文《愛情非童話》，臺北：平安文化，2017。

105. 黛伯拉・泰南（Deborah Tannen）《母女不易碎》（*You're Wearing That?*），臺北：大寫文化，2015。

106. 蘇珊・佛沃與瓊・托瑞絲（Susan Forward&Joan Torre）《愛上M型男人》（*Men Who Hate Women&the Women Who Love Them*），臺北：張老師文化，2003。

107. 蘇珊・佛沃與唐娜・費瑟（Susan Forward, PhD&Donna Frazier Glynn）《母愛創傷》（*Mothers Who Can't Love: A Healing Guide for Daughters*），臺北：寶瓶，2017。

108. 蘇珊・佛沃與唐娜・費瑟（Susan Forward, PhD&Donna Frazier Glynn）《情緒勒索》（*Emotional Blackmail*），臺北：究竟，2017。

109. 蘇珊・佩琦（Susan Page），《我們那麼渴望愛情，為何卻無法好好愛》，臺北：采實文化，2016。

110. 蘇絢慧《請容許我悲傷》，臺北：張老師文化，2003。

111. 蘇絢慧《這人生》，臺北：張老師文化，2004。

112. 蘇絢慧《生命河流》，臺北：張老師文化，2005。

113. 蘇絢慧《喪慟夢》，臺北：張老師文化，2007。

114. 蘇絢慧《於是，我可以說再見》，臺北：寶瓶文化，2008。

115. 蘇絢慧《因愛誕生》，臺北：寶瓶文化，2009。

116. 蘇絢慧《當傷痛來臨》，臺北：寶瓶文化，2011。

117. 蘇絢慧《愛，一直都在》，臺北：張老師文化，2012。

118. 蘇絢慧《其實我們都受傷了》，臺北：寶瓶文化，2013。

119. 蘇絢慧《其實你沒有學會愛自己》，臺北：寶瓶文化，2014。

120. 蘇絢慧《死亡如此靠近》，臺北：寶瓶文化，2014。

121. 蘇絢慧《為什麼不愛我》，臺北：寶瓶文化，2015。

122. 蘇絢慧《七天自我心理學》，臺北：究竟，2015。

123. 蘇絢慧《你過的，是誰的人生？》，臺北：究竟，2016。

124. 蘇絢慧《親愛的，其實那不是愛》，臺北：寶瓶文化，2016。

125. 蘇絢慧《敬那些痛著的心》，臺北：究竟，2017。

126. 蘇絢慧《入夜，擁抱你》，臺北：麥田，2017。

127. 蘇絢慧《完美情人不存在》，臺北：平安文化，2018。

電影 或 影音 相關

1. 木下惠介執導《楢山節考》，臺北：新動，2015。

2. 王晶執導《賭神》，香港：永盛電影公司，1989。

3. 安妮・弗萊徹（Anne Fletcher）執導《27 件禮服的祕密》（*27 Dresses*），臺北：得利影視，2010。

4. 艾利・羅斯（Eli Roth）執導《恐怖旅舍》（*Hostel*），臺北：得利影視，2006。

5. 佛杭蘇瓦・歐容（François Ozon）《雙面愛人》，臺灣2017.8.18上映（尚無DVD）。

6. 克里斯托弗・諾蘭（Christopher Nolan）執導《星際效應》（*Interstellar*），臺北：美商華納兄弟，2015。

7. 宋在貞編劇，鄭大胤執導《W：兩個世界》，臺北：世詮多媒體，2017。

8. 周星馳執導《西遊：降魔篇》臺北：禾廣，2014。

9. 延尚昊執導《屍速列車》，臺北：海樂，2017。

10. 法蘭克・戴拉邦（Frank Darabont）執導《迷霧驚魂》（*The Mist*），臺北：台聖發行，2008。

11. 阿比查邦・韋拉斯塔古執導《波米叔叔的前世今生》，臺北：迪昇數位影視，2011。

12. 俄國導演柏提・古杜納佐諾夫執導《誰來為我摘月亮》（*Luna Pappa*），臺北：聯影企業，1999。

13. 保羅W.S.安德森（Paul Anderson）執導《惡靈古堡》（*Resident Evil*），臺北：得利影視，2002。

14. 是枝裕和執導《無人知曉的夏日清晨》（*Nobody Knows*），臺北：台聖發行，2005。

15. 新海誠《你的名字》（*Your Name*），臺北：傳影，2017。

16. 溫子仁執導《奪魂鋸》（*Saw*），臺北：新動國際，2009。

17. 詹姆斯‧卡麥隆（James Francis Cameron）執導《阿凡達》（*Avatar*），臺北：得利影視，2010。

18. 瑪雅‧孔恩（Marya Cohn）執導《被竊取的故事》，彰化紅絲線，紅絲女子節播映，2017.10.28。

19. 劉偉強和麥兆輝執導《無間道》，香港：龍祥，2010。

20. 藍道克‧萊瑟（Randal Kleiser）執導《藍色珊瑚礁》（*The Blue Lagoon*），Columbia /Tristar，1999。

21. 瀧田洋二郎執導《送行者：禮儀師的樂章》，臺北：臺灣東販，2009。

22. 鄧惠文〈一種「永遠不想讓自己定下來的人」〉《50+時光心蘊》2017.08.04（https://goo.gl/aQnPpw）

23. 鄧惠文〈大人的愛情第三講：你相信這個世界上有真愛嗎？〉《大人社團》，2017.04.21（https://goo.gl/jovgJu）。

詩集

1. 宮澤賢治《不要輸給風雨：宮澤賢治詩集》，臺北：商周，2015。

2. 徐志摩《徐志摩全集》，臺北：世一，2016。

3. 徐志摩《雪花的快樂：徐志摩詩文集》，臺北：遠足文化，2014。

4. 羅伯特‧佛羅斯特（Robert Frost）《到風雨中來做我的愛人：佛羅斯特詩集》〈未走之路〉（The Road Not Taken），臺北：格林文化，2016。

5. 羅伯特‧佛羅斯特（Robert Frost）《佛羅斯特名作集：未走之路》（*Robert Frost: Selected Poems*），臺北：格林文化，2014。

神話學、文化人類學、社會觀察或特殊理論類

1. 安‧瑪莉‧史勞特（Anne-Marie Slaughter）《未竟之業：為何我們無法兼顧所有？》（*Unfinished Business: Women Men Work Family*），臺北：悅知文化，2016。

2. 弗雷澤（Frazer J. G.）《金枝：巫術與宗教之研究》（上下共二冊）（*The Golden Bough*），臺北：桂冠，1991。

3. 列宇翔《驚世尋謎：屍人檔案》，臺北：四方媒體，2015。

4. 列維・布留爾（Lucien Levy- Bruhl）《原始思維》，臺北：臺灣商務，2001。

5. 祁立峰《讀古文撞到鄉民》，臺北：聯經出版，2017。

6. 克洛德・列維－李維史陀（Claude Levi-Strauss）《結構人類學》（*Structural Anthropology*），文化藝術出版社，1989。

7. 李家愷《臺灣魔神仔傳說的考察》，政治大學宗教研究所，碩士論文，2010。

8. 李家愷&林美容《魔神仔的人類學想像》，臺北：五南，2014。

9. 拉班・賈瑞克・希爾（Laban Carrick Hill）《魔幻藍屋——遇見卡蘿》（*Casa Azul: An Encounter With Frida Kahlo*），臺北：維京，2008。

10. 林立青《做工的人》，臺北：寶瓶文化，2017。

11. 林美容《臺灣鬼仔古》，月熊出版，2017。

12. 韋德・戴維斯（Wade Davis）《生命的尋路人》（*The Wayfinders*），臺北：大家，2012。

13. 埃利希・諾伊曼（Erich Neumann）《大母神：原型分析》（*The Great Mother:An Analysis ofthe Archetype*），東方出版，1998。

14. 夏若生《活色生香的希臘神話》，臺北：大是文化，2016。

15. 陳正芳，《魔幻現實主義在臺灣》，臺北：生活人文，2007。

16. 陳踴《地表最強國文課本》，臺北：逗點文創結社，2016。

17. 陳嘉輝《這不是你想的希臘神話》，臺北：原點，2016。

18. 黃怡翎&高有智合著《過勞之島》，臺北：社團法人臺灣職業安全健康連線，2015。

19. 森村泰昌《請回答吧，藝術！謝謝你說看不懂：森村泰昌的藝術問答室》，臺北：2017。

20. 喬瑟夫・坎伯（Joseph Campbell）《千面英雄》（*The Hero with A Thousand Faces*），臺北：立緒，1997。

21. 筑摩書房編集部《痛並快樂著：燃燒的芙烈達》，臺北：木馬文化，2017。

22. 愛德華・薩依德（Edward W. Said）《東方主義》（*Orientalism*）臺北：立緒，1999。

假的我眼睛業障重啊：書評體的百萬種測試與生命叩問

23. 瑪格麗特・米德（Margaret Meed）《薩摩亞人的成年》（*Coming of age in Samoa*），臺北：遠流，1995。

24. 漢娜・鄂蘭（Hannah Arendt）《平凡的邪惡：艾希曼耶路撒冷大審紀實》，臺北：玉山社，2013。

25. 德里克・弗裡曼（Derek Freeman）《瑪格麗特・米德與薩摩亞：一個人類學神話的形成與破滅（*Margaret Mead and Samoa: The Making and Unmaking of an Anthropological Myth*），臺北：商務，2008。

26. 謝金魚&陳韋聿&神奇海獅&海州貓《鬼的歷史》，臺北：聯合文學，2017。

27. 謝金魚《崩壞國文》，臺北：圓神，2017。

28. 藤田孝典《貧困世代》，臺北：高寶，2016。

29. 蘇珊・桑塔格（Susan Sontag）《旁觀他人之痛苦》（*Regarding the Pain of Others*），臺北：麥田，2010。

30. 蘇珊・桑塔格（Susan Sontag）《論攝影》（*On Photography*），臺北：麥田，2010。

31. 羅蘭・巴特（Roland Barthes）《符號帝國》，臺北：麥田，2015。

32. 羅蘭・巴特（Roland Barthes）《戀人絮語》，臺北：商周，2015。

33. 紀昭君《戀慕於祂／她：《百年孤寂》與《紅樓夢》的母體回歸及母神樣貌》，2010成功大學中國文學系碩士論文。

電子媒體相關

1. 《溫哥華港灣》新聞中心〈加國女作家的故事狂攬艾美獎 竟是可怕警世寓言〉《溫哥華港灣》（www.bcbay.com），2017.9.19（https://goo.gl/6NDFrs）

2. Sid Weng〈為當代苦難與勇氣樹立紀念碑——2015諾貝爾文學獎得主亞歷塞維奇〉《The News Lens關鍵評論網》，2015.10.9（https://goo.gl/KLXIhc）。

3. 女人迷編輯Audrey Ko〈加害者與受害者能和解嗎？TED 沈痛告白：他強暴我的那7200秒〉《女人迷》（Womany.net），2017.4.10（http://t.cn/RE7sEDp）。

4. 女人迷編輯婉昀整理〈歐普拉金球獎致詞全文：說出真相，是我們共有最強大力量〉《女人迷》（Womany.net），2018.1.9（https://goo.gl/gbNATa）

5. 余宜芳〈《刺殺騎士團長》之後，才是開始〉《博客來OKPAI閱讀生活誌》，2017.12.14（https://goo.gl/x2WLwu）。

6. 吳明益〈吳明益：傷心就是一種凝視〉《端傳媒》，2015.9.7（http://t.cn/RyUPpYX）

7. 吳明益〈來自廉價座位區的觀點——關於尼爾・蓋曼給我的啟示〉《The News Lens關鍵評論網》，2018.2.24（http://t.cn/REFhSkN）。

8. 林奕含〈【逐字稿】「這是關於《房思琪的初戀樂園》這部作品，我想對讀者說的事情。」〉《Readmoom閱讀最前線》，2017.5.5（https://goo.gl/py2iR9）

9. 林宣瑋撰文〈飢餓的生活——與崔舜華漫聊蕭紅與林芙美子的酒與食〉《Readmoom閱讀最前線》2017.10.31（https://goo.gl/LkVNZf）（詩人崔舜華【啜飲文學，閱讀沙龍】講座紀錄）

10. 胡慕情〈血是怎麼冷卻的：一個隨機殺人犯的世界〉《端傳媒》，2016.4.26（http://t.cn/RqOuHOp）。

11. 海苔熊〈分手心理學CH19：我的愛人，愛上了別人：關於外遇、劈腿的9個問題〉《失戀花園》，2017.7.28（https://goo.gl/zs1ApY）

12. 犁客專訪林奕含記錄〈林奕含：「這個故事摧毀了我的一生，但寫作的時候，我很清醒地想要達到一種藝術的高度。」〉《Readmoom閱讀最前線》，2017.5.5（https://goo.gl/U3EyjD）

13. 盛浩偉〈一幅村上春樹世界的自畫像——《刺殺騎士團長》〉《說書SPEAKING OF BOOKS》，2017.4.14（https://goo.gl/5fLHqz）

14. 郭瀚陽〈【復仇女神的佈局／真梨幸子】——誰負我，我負誰〉，2017.2.23（https://goo.gl/YlNsbA）。

15. 陳怡靜撰文〈回頭不該那麼難——更生人馬景珊的故事〉《鏡週刊——鏡相人間》，2017.10.17（https://goo.gl/7TRvMG）

16. 提子墨〈陌生的人危險，熟悉的人陰險〉《推理藏書閣嚴選》，2017.12.7（https://goo.gl/RLngPn）

17. 舒晉瑜採訪整理〈《甄嬛傳》作者流瀲紫：古代不美好，後宮很殘酷〉《中華讀書報》，2014.12.31（https://goo.gl/bBAZvb）

18. 黃軒〈重返醫療現場：Vx神經毒劑日常生活會碰到嗎？從金正男中毒說起〉《康健雜誌》，2017.3.1（https://goo.gl/CLAeLG）。

19. 楊勝博〈出道二十年的華麗演出，與始終不變的小說初心——專訪乙一〉《聯合文學》（unitas lifestyle），2018.1.3（https://goo.gl/veNpBh）。

20. 楊惠君〈【認識馬凡氏症2-1】從此，他無法在夜裡安睡〉《報導者》，2017.7.31（http://t.cn/RRXs5lF）。

21. 暮琳編譯〈艾瑪・華森訪問瑪格麗特・愛特伍：關於父權、厭女、女權運動與《使女的故事》〉《Readmoom閱讀最前線》，2017.8.8（https://goo.

假的我眼睛業障重啊：書評體的百萬種測試與生命叩問

gl/5XhGLc）

22. 鄭峻展〈「我的苦痛是你的感動」——《做工的人》眼中圍觀的布爾喬亞〉《BuzzOrange》，2017.3.21（http://t.cn/RRXFcNf）。

23. 謝瑩提問整理、安歌翻譯〈諾貝爾文學獎得主亞歷塞維奇：為了理解，我把話語權交給所有人〉《獨立評論＠天下》，2016.9.17（https://goo.gl/ssdtsA）。

24. 謝樹寬〈他為何歷經創傷還滿面笑容？心理治療師說很正常〉《鏡週刊》，2017.5.4（https://goo.gl/psflVo）

25. 蘇絢慧〈完美情人不存在〉系列《皇冠雜誌》，2017年2月迄今，線上閱讀（http://t.cn/REwo7De）。（後此專欄結集為同名書出版）

啟思路10　PG2096

 假的我眼睛業障重啊：

書評體的百萬種測試與生命叩問

作　　者	紀昭君
責任編輯	洪仕翰
圖文排版	楊家齊
封面設計	蔡瑋筠

出版策劃	釀出版
製作發行	秀威資訊科技股份有限公司
	114 台北市內湖區瑞光路76巷65號1樓
	電話：+886-2-2796-3638　傳真：+886-2-2796-1377
	服務信箱：service@showwe.com.tw
	http://www.showwe.com.tw
郵政劃撥	19563868　戶名：秀威資訊科技股份有限公司
展售門市	國家書店【松江門市】
	104 台北市中山區松江路209號1樓
	電話：+886-2-2518-0207　傳真：+886-2-2518-0778
網路訂購	秀威網路書店：https://store.showwe.tw
	國家網路書店：https://www.govbooks.com.tw
法律顧問	毛國樑　律師
總 經 銷	聯合發行股份有限公司
	231新北市新店區寶橋路235巷6弄6號4F
	電話：+886-2-2917-8022　傳真：+886-2-2915-6275

出版日期	2018年11月　BOD一版
定　　價	490元

本書由財團法人國家文化藝術基金會贊助創作　國藝會

Printed in Taiwan

國家圖書館出版品預行編目

假的我眼睛業障重啊：書評體的百萬種測試與生
命叩問 / 紀昭君著. -- 一版. -- 臺北市：釀
出版, 2018.11
　　面；　公分. -- (啟思路；10)
　BOD版
　ISBN 978-986-445-286-6(平裝)

　1. 小說　2. 文學評論

812.7   107016772

讀者回函卡

感謝您購買本書，為提升服務品質，請填妥以下資料，將讀者回函卡直接寄回或傳真本公司，收到您的寶貴意見後，我們會收藏記錄及檢討，謝謝！如您需要了解本公司最新出版書目、購書優惠或企劃活動，歡迎您上網查詢或下載相關資料：http:// www.showwe.com.tw

您購買的書名：＿＿＿＿＿＿＿＿＿＿＿＿＿＿＿＿＿＿＿＿＿

出生日期：＿＿＿＿＿年＿＿＿＿＿月＿＿＿＿＿日

學歷：□高中 (含) 以下　　□大專　　□研究所 (含) 以上

職業：□製造業　□金融業　□資訊業　□軍警　□傳播業　□自由業
　　　□服務業　□公務員　□教職　　□學生　□家管　　□其它＿＿＿

購書地點：□網路書店　□實體書店　□書展　□郵購　□贈閱　□其他

您從何得知本書的消息？

　□網路書店　□實體書店　□網路搜尋　□電子報　□書訊　□雜誌

　□傳播媒體　□親友推薦　□網站推薦　□部落格　□其他＿＿＿＿＿

您對本書的評價：(請填代號　1.非常滿意　2.滿意　3.尚可　4.再改進)

　封面設計＿＿＿　版面編排＿＿＿　內容＿＿＿　文／譯筆＿＿＿　價格＿＿＿

讀完書後您覺得：

　□很有收穫　□有收穫　□收穫不多　□沒收穫

對我們的建議：＿＿＿＿＿＿＿＿＿＿＿＿＿＿＿＿＿＿＿＿＿

＿＿＿＿＿＿＿＿＿＿＿＿＿＿＿＿＿＿＿＿＿＿＿＿＿＿＿＿

＿＿＿＿＿＿＿＿＿＿＿＿＿＿＿＿＿＿＿＿＿＿＿＿＿＿＿＿

＿＿＿＿＿＿＿＿＿＿＿＿＿＿＿＿＿＿＿＿＿＿＿＿＿＿＿＿

11466
台北市內湖區瑞光路 76 巷 65 號 1 樓

秀威資訊科技股份有限公司　　　收

BOD 數位出版事業部

⋯⋯⋯⋯⋯⋯⋯⋯⋯⋯⋯⋯⋯⋯⋯⋯⋯⋯⋯⋯⋯⋯⋯⋯⋯⋯⋯⋯⋯⋯⋯

（請沿線對折寄回，謝謝！）

姓　　名：＿＿＿＿＿＿＿＿　年齡：＿＿＿＿　性別：□女　□男

郵遞區號：□□□□□

地　　址：＿＿＿＿＿＿＿＿＿＿＿＿＿＿＿＿＿＿＿＿＿＿＿

聯絡電話：(日) ＿＿＿＿＿＿＿＿　(夜) ＿＿＿＿＿＿＿＿＿

E-mail：＿＿＿＿＿＿＿＿＿＿＿＿＿＿＿＿＿＿＿＿＿＿＿